RICK WILDMANN

VERSCHÜTTETES WASSER

BAND I

VOM GLÜCK VER-FOLGT

ERZÄHLUNG

Meinem Clubkameraden Lutz Schneider gewidmet

Wolf Bergmann, ein leidenschaftlicher Motorradfahrer, wacht eines Nachts nach einem unverschuldeten schweren Unfall auf der Intensivstation einer Klinik auf.

Im Wissen, dass er monatelang hier verbringen wird, zieht er Bilanz über sein bisheriges Leben.

Während die Ärzte nach den neuesten Erkenntnissen der Medizin zusammen mit dem eisernen Willen Bergmanns, wieder fahren zu können, in einer Reihe von Operationen darum ringen, sein Bein vor einer Amputation zu bewahren, lässt der Autor seinen Unglücksraben zwischen der Gegenwart des Klinikaufenthaltes und der Vergangenheit in seinen Gedanken hin und her springen.

Die Wendepunkte seines Lebens sind wie verschüttetes Wasser, das man nicht mehr zurückholen kann. Er muss sich damit abfinden.

Wie ein roter Faden wird sein Leben immer wieder von Außen bestimmt;

durch Frauen, Motorräder, Feinde und das Phänomen, Unglücke immer wieder wie ein Magnet anzuziehen.

In einer Mischung aus humorvollen Begebenheiten seines Lebens als Heranwachsender und als gereifter Mann im Berufsleben, die ihn immer wieder neuen Prüfungen durch Schicksalsschläge unterziehen, und kleinen Abenteuern, die er als einsamer Motorradfahrer während seiner Reisen durch Europa erlebt, geht er zuweilen mit sich und der Gesellschaft zu allen Zeiten seines Lebens kritisch ins Gericht.

Als er nach Wochen des Krankenlagers noch immer keine Antwort nach dem „Warum?" gefunden hat, weiß er, dass die Analyse seines Lebens noch nicht zu Ende ist.

I

Er erwachte nur langsam. Das Geräusch von tapsenden Schritten, die auf einem langen Gang widerhallten, weckte ihn. Es waren Steinfliesen oder etwas ähnliches, keinesfalls Teppichboden oder gepolstertes Linoleum. Und noch etwas, nämlich der Geruch von Kresol und Desinfektionsmitteln. Diesen Geruch kannte er. Es roch nach Krankenhaus! Plötzlich waren seine Sinne hellwach. Schlagartig kam ihm die Erinnerung.

Gestern Abend war er wie die vergangenen Tage auch seit dem Beginn des Hochwassereinsatzes zur Nachtschicht aufgebrochen. Kurz nach halb neun saß er auf seiner geliebten BMW Wilma und verließ das heimatliche Grundstück in Arendorf. Dorthin hatte es ihn vor fünfundzwanzig Jahren verschlagen, weil er glaubte, hier eine gute Arbeit gefunden zu haben.

Es war noch Hochwinter, der Dezember des letzten Jahres war hart und brachte jeden Tag neuen Schnee und Kälte, aber Mitte Januar setzte Tauwetter ein und ließ den großen Fluss anschwellen. Seit Tagen herrschte Hochwasseralarmstufe IV, die höchste. Deshalb war er im Schichtdienst; die Deichwachen waren seit sechs Tagen rund um die Uhr im Einsatz, um die Deiche zu kontrollieren.

Er war lange genug dabei, es war nicht sein erster Einsatz als Leiter der Deichwache. Vor neun Jahren im August hatte er das sogenannte Jahrhunderthochwasser mitgemacht und das Gefühl erlebt, das einem durch Mark und Bein fuhr, als im Nachbarort zu Mitternacht die Sirene heulte, weil ein Deich gebrochen war und sich die schlammigen Fluten in die östlichen Gemeinden ergossen.

Der Landrat des Kreises Mattburg löste gleich zu Beginn des Hochwassers Katastrophenalarm aus. Es war die einzig richtige Entscheidung, auch wenn es am Ende nicht ganz so dick kam, nicht zuletzt deshalb, weil im Oberlauf des Flusses mehrere Deiche gebrochen waren und die sich in den dort überschwemmten Gebieten verlaufenden Wassermassen zu einer kurzzeitigen Absenkung des Pegelstandes unterhalb führten. Er kam häufig erst am späten Vormittag von der Nachtschicht, weil es noch Besprechungen im Katastrophenstab gab oder Sichtungen von Sickerstellen bei Tage besser zu beurteilen waren als im Licht der Taschenlampe. Richtig schlafen konnte er tagsüber auch nicht, also litt er wie so viele der freiwilligen Helfer und hauptamtlichen Einsatzkräfte an permanentem Schlafmangel und war froh, als der Hochwasserscheitel das Kreisgebiet passiert hatte und der Katastrophenalarm und ein paar Tage später auch die Alarmstufe III aufgehoben wurden.

Schon vier Monate später gab es ein Winterhochwasser mit Eisgang, dessen Pegelstand den Richtwert der Alarmstufe IV nur um einen Zentimeter verfehlte und dessen höchsten Stand er mit einem Pegel zwischen 580 und 590 cm vorausgesagt hatte. Von einem der Vorgesetzten wurde er deshalb gerügt, wie er zu solchen Behauptungen käme, denn in der Zeitung stand, es werden etwa 565 cm erwartet. Doch seine Erfahrungen lehrten ihn, der Zuwachs an einem Richtpegel im Oberlauf käme etwa zu einem Drittel auf den gegenwärtigen Wert von Mattburg drauf. Darauf begründete sich seine Einschätzung. Er sollte Recht behalten; am Ende erreichte der Hochwasserscheitel einen Pegelstand von 5,85 m.

Ein paar Jahre später setzte nach einem schneereichen Winter vor Ostern Tauwetter in den Mittelgebirgen ein, wieder wurde die Alarmstufe IV ausgerufen.

Ein Hochwasser war für ihn schlicht etwas Abwechslung im eintönigen Behördenalltag und er hatte das Gefühl, etwas für die Menschen zu tun, die sich um ihr Hab und Gut sorgten; nicht zuletzt darin sah er den Sinn seines Amtseides.

Den Schnee hatte er in den vergangenen Wochen ohne nennenswerte Probleme überstanden. Einmal war er beim Hoppeln über der aus schlaglochartigen Mulden bestehenden festgefahrenen Schneedecke mit dem Vorderrad weggerutscht. Mit so einer Lappalie musste er jederzeit rechnen und war darauf gefasst. Doch bei dieser Geschwindigkeit passierte da nichts, die BMW kam auf dem Sturzbügel zu liegen. Er stieg ab, richtete die Maschine wieder auf, saß auf und hoppelte weiter. Seine einzige Sorge war, ob das Benzin bis nach Hause reichen würde, denn er fuhr schon auf Reserve und hatte nicht mehr tanken wollen, um Zeit zu sparen. Doch durch die Schleicherei im ersten Gang, mehr war nicht drin, wurde der Verbrauch in die Höhe getrieben und es wurde knapp. Zudem war die Straße mit Autos verstopft, die die Autobahn verlassen hatten. Wann immer es keinen Gegenverkehr gab, musste er sich auch noch an den stehenden Wagen vorbeimogeln. In wenigen Wochen würden die Tage länger werden und der Frühling an die Tür klopfen. Dann waren die Mühsale des Winters Vergangenheit.

*

Der Januarabend war klar. Es herrschten zwar ein paar Grad Frost, aber die Straßen waren frei und er musste sich keine Sorgen machen. Zu der späten Stunde war der Verkehr auf der Hauptstraße abgeebbt. Seit die Autobahn fertig war, benutzten nicht mehr viele Fahrer die Landstraße zur Kreisstadt. Nur zwei Autos überholten ihn mit deutlich überhöhter Geschwindigkeit. Ihre Rücklichter leuchteten noch kilometerweit, doch an diesem Abend würde er sie nicht mehr mit den Augen verfolgen können, bis sie unsichtbar wurden.

Ein einsames Auto kam ihm entgegen. Wie gewohnt, benutzte er die Mitte seiner Straßenseite, um im Ernstfall einem Hasen oder einem Fuchs ausweichen zu können. Schwarzwild war eher selten in dieser trostlosen Gegend ohne Berge und Wälder. Er bedauerte, dass er hier hängen geblieben war, aber nun hatte er seit zwanzig Jahren sein eigenes Haus in Arendorf, und das wollte er behalten, solange es die Umstände erlaubten. Dafür nahm er das endlose Flachland mit seinen Hunderthektarschlägen, auf denen Wintergetreide, Zuckerrüben und Kartoffeln Rekorderträge lieferten, in Kauf. Hier konnten Stürme mit Windstärke zehn aus West blasen, so dass er wie ein Regattasegler schräg im Wind lag, wenn er mit dem Motorrad von der Arbeit kam. Es war eben im Augenblick so und nicht anders.

Wenigstens gab es in den ersten Jahren, als der Windschutzstreifen westlich seines Grundstückes gerade erst gepflanzt und noch niedrig war, bei günstigem Wetter eine Fernsicht bis zum höchsten Berg des sechzig Kilometer entfernten Mittelgebirges und einen phantastischen Sonnenuntergang.

Er befand sich jetzt auf gleicher Höhe mit dem entgegenkommenden PKW und konnte schon das grüne Licht der noch vier Kilometer entfernten Ampel der Kreuzung sehen, als er plötzlich einen Lichtblitz gewahrte, den er im Bruchteil einer Sekunde als die Scheinwerfer eines Autos erkannte, die sich hinter dem Kleinwagen lösten und auf die Gegenfahrbahn steuerten.

Noch bevor er sich darüber wundern konnte, warum dieser so einfach mir nichts dir nichts bei Gegenverkehr zum Überholen ansetzte, krachte es auch schon. Zum Ausweichen oder irgendeiner anderen nutzlosen Reaktion hatte er keine Chance. Der andere ließ ihm keine. Er spürte den Schlag am linken Schienbein, dann schleuderte seine Maschine mit ihm durch die Luft und überschlug sich. Er hörte das Kreischen vom auf dem Asphalt kratzenden Metall hinter sich, während er auf dem Rücken liegend an die fünfzig Meter oder mehr auf der Straße entlang rutschte. Dabei war er nur von der Hoffnung beseelt, dass die Maschine mit ihren mehr als vier Zentnern Gewicht vor ihm zum Stillstand kommen möge, um ihm nicht noch mehr Knochen zu zerschlagen. Denn dass das linke Schienbein gebrochen war, fühlte er schon, als er zu rutschen begann. Er bewegte das Knie nach rechts – der Fuß blieb, wo er war.

Endlich kam er auf der Bankette zum Liegen. Stillstand. Nacht. Stille. Dunkelheit. Kein Fahrzeug war mehr zu sehen. Nur Wilmas Scheinwerfer warf einen Lichtstrahl zum Acker. Hatte der Typ den Aufprall gar nicht bemerkt? Oder Fahrerflucht begangen? Er wollte fluchen, aber die Schmerzen im Fuß kamen jetzt mit einer Heftigkeit, dass der vorangegangene Adrenalinstoß keine Wirkung mehr zeigte. Auch die Rippen schienen geprellt zu sein, doch das war im Augenblick sekundär. Er durfte jetzt nicht schlappmachen, er musste einen klaren Kopf bewahren und selbst für Hilfe sorgen.

Mit zitternden Händen, die ihm aber doch gehorchten, zog er die Handschuhe aus und löste den Verschluss vom Helm, um ihn abzunehmen. Dann zog er das Handy aus der Jackentasche und wählte den Notruf 110. Besetzt. Er wartete einen Moment und wiederholte, immer noch besetzt. Im Licht des Displays erkannte er einen drei Zentimeter langen Riss auf dem linken Handrücken, der aber nur schwach blutete. Er wählte die Nummer von zu Hause, das Freizeichen ertönte, aber niemand nahm ab. Seine Frau hatte die Angewohnheit, auf ihr unbekannte Nummern nicht zu reagieren, und dies war das Diensthandy. Sie war eigentlich nicht seine Frau, denn sie lagen beide bereits seit zwei Jahren in Scheidung, aber sie lebten zusammen und waren glücklich. Er besann sich auf die Kollegen von der Spätschicht und rief dort an. Sein Chef war selbst am Apparat und erschrocken, als er im Telegrammstil von dem Unglück unterrichtet wurde, doch er würde seine Frau verständigen.

Als er erneut den Notruf wählen wollte, hörte er Stimmen und sah gegen das Licht der Sterne Menschen auf ihn zukommen. Also hatten sie ihn doch nicht übersehen. Eine Frau sprach ihn an, der Notarzt sei unterwegs. Seine erste Reaktion war ein Ausbruch der Verzweiflung. „Dieses elende Dreckschwein, er hat mich über den Haufen gefahren und ist getürmt!"

Nun, ganz so war es nicht. Während die junge Frau neben ihm kniete und seinen Kopf in ihren Schoß bettete, bis ihm eine Decke untergeschoben wurde, kam der Verursacher auch dazu. „Er sei der Fahrer des Unglückswagens, er könne nicht verstehen, wo der Motorradfahrer so plötzlich hergekommen sei." „Aber er solle sich keine Sorgen machen, er sei gut versichert und alles werde gut."

Er hatte Durst, wohl eine typische Reaktion auf den Schock. Er wusste, dass er nichts mehr würde trinken dürfen, denn die Schmerzen im Fuß fühlten sich an, als sei dieser von einer Granate zerfetzt worden. Da war eine Operation nicht zu vermeiden, das war so sicher wie eine Batterie einen Plus- und einen Minuspol besitzt.

Die Zeit bis zum Eintreffen des Notarztes schien unendlich zu sein. Er hatte kein Zeitgefühl mehr und seine Uhr lag irgendwo auf der Straße, nachdem das Armband gerissen war. Endlich sah er das Blaulicht. „Wo schmerzt es?" – „Mein Bein ist gebrochen und die Schmerzen im Fuß sind nicht auszuhalten." Der Arzt begann routinemäßig und tastete den Oberkörper und den Bauch ab. „Lassen Sie doch meine Brust in Ruhe, da habe ich keine großen Schmerzen, mein Bein ist hin!" Er war wütend, obwohl er wusste, dass der Arzt alles checken musste.

„Sie bekommen gleich etwas gegen die Schmerzen, aber vorher muss ich feststellen, ob Sie vielleicht innere Verletzungen haben." Dann spürte er den unangenehmen Stich auf dem Handrücken in die Vene; die Flexüle wurde fixiert. Er fühlte den ersten Tropfen des Ketamins in die Vene rollen, dann schwanden ihm die Sinne und Nacht umgab ihn…

Trotz des starken Schmerzmittels arbeitete sein Unterbewusstsein noch. Er hatte das Gefühl, als schwebe er waagerecht, mit den Füßen voran, durch einen Tunnel von gleißendem Licht, welches am Ende explodierte und ein Gefühl der Gleichgültigkeit erfasste ihn. So sollte es angeblich sein, wenn man sich in dem Zustand des Übergangs vom Leben zum Tod befindet. Alles war zu Ende.

II

Wolf Bergmann schlug die Augen auf. Gedämpftes Licht. Er fror. Der Mittelfinger seiner linken Hand war in einer Klammer gefangen; das Ende der Verkabelung steckte in einem Gerät mit Monitor. Grüne Linien, die nur ein Mediziner entschlüsseln kann. Im Handrücken steckte die Flexüle; der Schlauch endete an einem Tropf. Eine wasserklare Flüssigkeit rieselte in seinen Körper. Er hatte keine Ahnung, ob es sich um Elektrolyte, Kochsalz oder Glukoselösung handelte und es interessierte ihn auch nicht wirklich. Er blickte nach vorn und erkannte seinen linken Fuß. Er war noch dran. Bergmann fühlte eine gewisse Erleichterung; doch was er außerdem noch sah, war nicht geeignet, überschwänglichen Optimismus an den Tag zu legen. Der Unterschenkel und der Fuß waren von einem Gestell aus Stäben, Muffen und Schrauben umgeben, einem so genannten externen Fixateur.

Alles war klar. Er lag auf einer Intensivstation und es hatte ihn schlimmer erwischt, als er am Abend vorher vermutet hatte. Ja, er hatte sich sogar schon ausgerechnet, sechs bis acht Wochen Gips, dann wäre es Ende März, drei Wochen laufen lernen, Ende April sitzt er wieder auf dem Motorrad. Die Wilma ist sicher zum Teufel, aber da sind ja noch die andere BMW, die

„Jenny" und die Honda „Judith". Zur Clubmeisterschaft sollte er wieder fit sein.

Aus. Alles aus. Was er sah… aber das hatten wir ja schon.

An der gegenüberliegenden Wand hing eine Uhr, es war 03:10 Uhr am Morgen des 21. Januar.

*

Wenn ihm eines klar war, dann das – er würde jetzt eine Menge Zeit haben, um nachzudenken, wie sein bisheriges Leben verlaufen war und wie es vielleicht hätte unter günstigeren Umständen verlaufen können, wenn ihm das Glück nicht immer hinterherlaufen würde. Gestern noch ein Hüne, der einssiebenundachtzig maß und an die hundert Kilo auf die Waage brachte, ein Kerl von einem Mann, den so schnell nichts umwarf, außer bösartigen Viren, wenn ihn irgendein Zeitgenosse im Frühjahr annieste und ihn ein grippaler Infekt für zwei Wochen niederzwang. Und das, nachdem er doch den ganzen Winter Dank der beheizten Griffe selbst bei zwanzig Grad Kälte mit der Maschine unterwegs war, zwar über den verfluchten Winter, den Schnee und die Kälte schimpfte, aber dennoch nicht bereit war, wie „normale" Menschen mit dem Auto zur Arbeit zu fahren. Immerhin stand sein Renault jahrelang vor der Garage und kostete ihn mehr Geld für Steuern und Haftpflicht als fürs Tanken, bis er ihn im vergangenen Sommer für den sprichwörtlichen Appel und ein Ei verkaufte, nur, damit er ihm nicht mehr im Wege stand. Und heute ein Wrack von einem Mann, der noch nicht einmal wusste, wie es um ihn stand und wie es weitergehen würde.

Er war körperlich und geistig zeitig erwachsen geworden und wirkte bereits mit sechzehn Jahren wie ein Mittzwanziger. Ein „Mann der Wildnis", so hatte ihn eine seiner vielen weiblichen Bekanntschaften einmal charakterisiert, und sie hatte in gewissem Maße Recht. Mit einem Survivalmesser, Streichhölzern, einer Axt, Seilen und Nägeln ausgerüstet, ein guter Kletterer und Schwimmer, ein sicherer Schütze und einer, der auch keine Hemmungen hatte, aus dem Fluss zu trinken, wenn er durstig war, auch sein Leben und Eigentum mit dem Bowiemesser in der Hand verteidigte, wenn es nötig war und wie es eines Tages auch tatsächlich geschehen sollte, ein Problemlöser schlechthin, hätte er es auf unbestimmte Zeit in der Wildnis der nördlichen Wälder aushalten können, zumindest im Sommer; aber Ansiedlungen mit mehr als zweihundert Einwohnern waren ihm bereits ein Gräuel.

Von der Natur mit einer gehörigen Portion Männlichkeit und Selbstbewusstsein ausgestattet und athletisch gebaut, war er in seiner Jugend ein guter Sportler gewesen. Nirgends Spitze, aber überall gut. Selbst jetzt fuhr er noch gelegentlich Motocross, auch wenn er die darauffolgenden Tage wie eine Ente durch die Gegend humpelte, weil ihn der Muskelkater plagte. Und das Selbstbewusstsein brauchte er, denn er war kein Mann, den die Frauen schön nennen würden. Seine braunen Augen, die nie ganz geöffnet waren, strahlten Wärme aus, aber durch seine schmalen Lippen wirkte sein Gesichtsausdruck oft mürrisch und verschlossen. Die hohe Stirn zeugte von Intelligenz. Er war in seiner Jugend dunkelhaarig, doch wurde er zeitig grau, wozu wahrscheinlich nicht zuletzt seine letzte Ehe erheblich beigetragen hatte. Und sein Körper wies wohl mehr Narben auf als ein Karpfen Schuppen hat.

So manches Mal hatte er sich selbst einen „selten dämlichen Hund" gescholten, weil er die Chance, mit fünfzehn Jahren die Sportschule zu besuchen und seinen Weg bei den Ruderern zu gehen, nicht genutzt hatte. So vieles wäre anders in seinem Leben verlaufen.

III

Wolf Bergmann versuchte, die Zeit, in der er wach lag, in Erinnerungen zu wühlen, gleich, wie sie ihm in welcher Reihenfolge in den Sinn kamen. Er hatte die Erfahrung gemacht, dass er beim Nachdenken besser einschlafen konnte. Etwas, was ihm in seiner derzeitigen Situation besonders schwerfallen würde, denn er war ein unruhiger Seitenschläfer, der sich nachts –zigmal von links nach rechts und wieder zurück drehte, aber für die nächsten Wochen würde er auf dem Rücken liegen müssen – ein unangenehmer Gedanke.

*

Es gibt Menschen, die werden mit dem sprichwörtlichen goldenen Löffel im Mund geboren. Was immer sie anfangen, bringen sie zu einem guten Ende, das Wort „Misserfolg" kennen sie nicht. Wolf Bergmann gehörte nicht zu dieser Kategorie Erdenbürger. Er nannte es mit einer gehörigen Portion Selbstverspottung „Das Glück läuft mir hinterher. Aber es holt mich nur kurzzeitig ein, danach bin ich wieder schneller und es kriegt mich nicht!" Er empfand sich als das, was man einen Looser nannte, einen Verlierer, der schon als Verlierer geboren war. Er konnte beginnen, was er wollte, am Ende kam es immer anders als gedacht. Er zahlte immer drauf und war am Ende der Dumme, mochte es auch zwischenzeitlich noch so günstig für ihn aussehen. Abgerechnet wurde zum Schluss. Er war kein Pessimist, wenngleich ihm dies oft unterstellt wurde. Aber zwischen einem Pessimisten und einem unverbesserlichen Optimisten gab es noch eine dritte Kategorie, den Realisten, der eine gegebene Lage nüchtern beurteilte. Und nach dem Unfall war es an der Zeit für eine Zwischenbilanz.

Seine Eltern waren einfache Leute; sein Vater arbeitete hart im Bergbau, untertage, während seine Mutter den Haushalt führte. Vater wollte es so. Mutter liebte es, im Mittelpunkt zu stehen, obwohl sie selbst es nie zu etwas gebracht hatte. Es war nicht so, dass sie nie gearbeitet hätte. Sie hatte flinke Finger und strickte mit einer Schnelligkeit und Ausdauer ganze Nächte hindurch; Pullover, Jacken, Mützen und auch für Interessenten aus dem Dorfe. Damit besserte sie ihr Haushaltsgeld auf, riskierte aber regelmäßig eine Sehnenscheidenentzündung.
Das kleine Haus in Birkenburg mit den dicken Lehmwänden und Deckenbalken, die sich seit zweihundert Jahren durchbogen, hatten die Eltern von seinem Urgroßvater übernommen. Sie zogen zu ihm, als die Urgroßmutter starb. Im Norden und Westen von Wald umgeben, vom Schloss den Blick frei auf die

Goldene Aue und das Kyffhäusergebirge, lag das kleine Dorf am Rande eines fast dreihundert Meter hohen Höhenrückens, der die Sandhäuser und die Hartfelder Mulde voneinander trennte. Beidseits des Höhenrückens wurde seit Jahrhunderten Kupferschiefer abgebaut, wovon die zahlreichen Halden Zeugnis ablegten, und in der Hartfelder Mulde lag wie ein blaues Auge lang gestreckt und im Norden von einem Höhenzug umgeben der größte See der Gegend.

Bergmann jun. war das einzige Kind geblieben und der Stolz seiner Eltern. Schon seine Großmutter wünschte sich sehnlich, dass ihr Enkel einmal ein „hohes Tier" werde. Trotz der Schmerzen musste Bergmann innerlich lächeln, wenn er an seine Oma dachte. Als er als Baby wieder einmal endlos schrie, hätte sie ihn am liebsten „an die Wand geklatscht"; dann wäre es sehr früh aus gewesen. Aber auch die Oma liebte den Enkel und so konnte er irgendwann die ersten Erinnerungen bewahren.

Sein Leben war für einen Mann Anfang fünfzig in Friedenszeiten recht turbulent verlaufen. Er war von jeher anders als die anderen Kinder; nicht bösartig oder verschlossen, aber eben anders. Er hasste es, mit dem Strom zu schwimmen, nur, weil es angeordnet wurde. Dies hing ihm sein ganzes Leben lang an und brachte stets negative Beurteilungen, ob in der Schule oder im Beruf. Er scherte sich den Teufel darum und lebte seinen Individualismus weiter. Ob dieser Charaktergrundzug die Ursache dafür war, dass er in der Gemeinschaft immer aneckte oder ob die Ausgrenzung seiner Mitmenschen ihn zum Einzelkämpfer machte, hat er nie herausgefunden. Fest stand für ihn aber bei der gedanklichen Analyse seines Lebens, dass er überdurchschnittlich oft Ärger mit Erziehern oder Vorgesetzten hatte, obwohl er sich nur seiner Haut wehrte und seine Ruhe haben wollte.

Da war zum Beispiel ein großer Chef. Ein Untertan, wie ihn Heinrich Mann in seinem gleichnamigen Roman beschrieb, nach oben buckelnd, nach unten tretend, vorauseilender Gehorsam gegen seinen Vorgesetzten. Nichts war für ihn unmöglich – wenn er es nicht selbst tun musste. Während der Zeit, die

Bergmann mit ihm zu schaffen hatte, wurde er schikaniert, so oft es Gelegenheit dazu gab. Kein Wunder also, dass sich Bergmann um einen neuen Job bemühte.

Dieser Chef war absolut unfähig als Leiter, er verschanzte sich hinter seinen Betriebsvorschriften und pflegte Entscheidungen möglichst aus dem Wege zu gehen. Solange jedenfalls, bis andere für ihn entschieden hatten oder sich die Sache auf andere Weise erledigte. Und einmal getroffene Entscheidungen, ab und zu musste er es tun, pflegten von ihm nicht revidiert zu werden, mochten sie auch noch so falsch sein.

Bergmann charakterisierte ihn mit dem ihm eigenen Sarkasmus einmal so: „solche Offiziere wie er im II. Weltkrieg und der Polenfeldzug hätte nach einer Woche am Rhein geendet".

Irgendjemand sagte einmal, wer der Herde hinterherläuft, frisst Scheiße statt Gras. Wenn er darüber nachdachte, fand er den Vergleich durchaus zutreffend.

Warum hatte er nach seiner Ansicht mehr Pech als andere Menschen? Mehr als die Hälfte seiner Kollegen kamen wie er mit dem Fahrzeug zur Arbeit, aber einzig ihn hatte es nun bereits das dritte Mal innerhalb von zwanzig Jahren durch die Schuld eines anderen erwischt, und dieses Mal gründlich. Und das, obwohl er ein routinierter und sicherer Fahrer war, defensiv und vorausschauend fuhr und ein Reisetempo von achtzig Stundenkilometern mit stoischer Ruhe beibehielt, egal ob auf der Landstraße, Autobahn oder Piste.

*

Mutter war zwar eine Kämpferin, wenn es um das Wohl ihrer Familie ging, hatte aber dennoch eine unmögliche Art an sich, mit Menschen umzugehen. Und sie wurde schnell jähzornig, wenn es nicht nach ihrem Kopfe ging.

Bergmann erinnerte sich an eine Begebenheit aus seiner Zeit im Kindergarten; er musste etwa drei Jahre alt gewesen sein. Die Kindergartengruppe war zur berühmten Rudelsburg, die auf einem neunzig Meter über dem Saaletal aufragenden Kalkfelsen erbaut war, gefahren, und je ein Elternteil begleitete die Kinder auf der Busfahrt. Da der Ausflug an einem schönen Sommertag stattfand, hatten alle ihre Badesachen mitgenommen, denn nach der Besichtigung der Burg wurde noch am nahe gelegenen Bad gehalten.

KleinWolf, der es nicht anders kannte, als mit seinem Schwimmring im tiefen Wasser zu plantschen, konnte die Konsequenzen nicht einschätzen, als er stracks vom Beckenrand in das nur für Schwimmer reservierte Becken sprang. Der Bademeister wurde sofort darauf aufmerksam und sein geübtes Auge fand die dazugehörige Mutti im Handumdrehen. Zur Rede gestellt, reagierte sie mit der ihr eigenen Überheblichkeit und versuchte es erst einmal mit Frechheit, indem sie dem Bademeister eine Einsichtnahme in ihre Personalien verweigerte.

Doch auch dieser war nicht auf den Kopf gefallen und hatte die Nummer ihrer Umkleidekabine registriert, deren Schlüssel sie an einem Gummiring am Handgelenk trug.

Die böse Überraschung kam, als man sich nach dem Baden wieder anziehen wollte und die Kindersachen bis auf die weißen Kniestrümpfe, einem Schlüpfer und einem Unterhemd weg waren. Mutter war geladen und rückte dem Bademeister auf den Pelz, denn nur er konnte die Sachen an sich genommen haben, um ein Druckmittel in die Hand zu bekommen. Der Bademeister verlangte den Personalausweis zu sehen, sonst behielte er die Kindersachen ein. Mutter blieb stur und das Ende vom Lied war, dass der kleine Wolf nur mit Unterwäsche bekleidet nach Hause fahren musste.

Ein andermal kam es zu einer Szene im Hof. Es war im ersten Schuljahr; Wolf hatte mit einem Eimerchen an der Schnur aus dem Feuerlöschteich Dutzende Stichlinge gefangen, die mangels Aquarium ein jämmerliches Dasein in der Badewanne im Hof fristeten. Es war bereits dunkel und die Mutter übte mit Wolf für die Rechenarbeit am kommenden Tage. Der Junge konnte sich aber nicht auf die Aufgaben konzentrieren und war mit seinen Gedanken mehr bei den Fischen als im Heft. Der Mutter riss schließlich der Faden ihrer Geduld, der ohnehin nicht besonders lang war. Wütend über ihren Sohn stürzte sie nach draußen, hob kurzerhand ein Ende der Zinkwanne mit einem Ruck an und beförderte Wasser und Fische bis auf den letzten Schwanz auf das Hofpflaster. Wolf weinte um seine Fische, Vater schnappte sich einen Eimer Wasser, goss diesen in die Wanne und versuchte im Schein der Hoflampe, zu retten, was zu retten war, indem er nach allem griff und einsammelte, was noch zappelte.

Und noch eine Erinnerung kam Wolf Bergmann; ein Ereignis, das stattfand, als er bereits im Übergang zur Pubertät stand. Wieder ging es um Hausaufgaben zur Vorbereitung auf eine wichtige Klassenarbeit. Selbst konnte sie nicht mehr helfen und Wolf hatte Probleme mit der Lösung. Als die Mutter das Heft kontrollierte, wie weit er denn sei und kein nennenswerter Zuwachs auf der Seite stand, rastete sie wieder einmal gründlich aus. Ein Gewitter aus Schlägen, das kein Ende nehmen wollte, hagelte auf Bergmanns Kopf, Nacken und Schultern herab. Ihm blieb fast die Luft weg, aber in ihm erwachte der Trotz. Wenn sie keine Träne fließen sah, würde die Wut über ihre Ohnmacht noch größer. Er würde ihr diese Genugtuung nicht geben, diese Zeiten waren ein für allemal vorbei. Die Mutter schlug wie von Sinnen auf den Sohn ein, bis der Vater schließlich dazwischen ging. Wolf hatte während der ganzen Zeit keinen Laut von sich gegeben, zog den Kopf zwischen die Schultern und zuckte nur, aber Tränen sah die Mutter keine.
Es war das letzte Mal, dass sie ihn geschlagen haben sollte. Fortan gab es nur noch verbale Attacken, aber so etwas, wie den Mund verboten zu bekommen oder die Androhung, ein paar „gefakt" zu kriegen, musste auch der Vater sein Leben lang ertragen.

*

Als kleiner Junge war Wolf Bergmann bei den älteren Jahrgängen beliebt als ein Objekt, das man nach Belieben quälen durfte. Aus einem übel riechenden, aus Abwasser entstandenen Schlammloch, musste er, um den angedrohten Schlägen zu entgehen, eine Kegelkugel, die aus unerklärlichen Gründen in dieses Loch geraten war, herausholen, nur, damit die großen Jungs diese unter Hohngelächter wieder in den Schlamm rollten und den kleinen Wolf zwangen, sie wieder herauszuholen. Sein Hemd war verdreckt, er schwitzte und die Tränen liefen ihm über die Wangen. Doch das Recht der Stärkeren, oder besser das Unrecht der Stärkeren, siegte über den kleinen Jungen. Er wusste nicht mehr, wie es ihm damals gelang, seinen Peinigern zu entfliehen. Vielleicht griff ein Passant ein, der gerade die Straße entlangging. Oder es wurde ihnen einfach nur langweilig.

Wolf nutzte einen Augenblick der Unaufmerksamkeit zur Flucht und rannte nach Hause. Das Herz schlug ihm bis zum Halse, und aus Angst, er könnte stürzen und würde seinen Vorsprung verlieren, wagte er nicht, sich umzudrehen. Er musste einen Anstieg überwinden und stand endlich vor dem Tor zum Hof der Eltern. Er drückte die Klinke, die Tür gab nicht nach. Triumphierend kamen seine Feinde näher. In diesem Augenblick gelang es ihm, die Tür zu öffnen, die nur geklemmt hatte und er fühlte sich in Sicherheit. Dass er wegen des schmutzigen Hemdes, seiner Hose und des ganzen Schmutzes an seinem Körper als Erstes eine Tracht Prügel von der Mutter bekam, war das kleinere Übel. Er nahm es hin.

Solche Art der Behandlung war er gewöhnt, es war sogar der Dank dafür, weil er sich schon als kleiner Junge im Haushalt nützlich machen wollte. Der Vater brachte nämlich regelmäßig in seiner Aktentasche zwei „Fummelklötzchen" mit, Kiefernholzreste, die übrigblieben, wenn die Verbauer den Streb abstützten. Daraus wurde Feuerholz zum Anzünden des Herdfeuers gehackt. Klein-Wolf lernte zeitig, mit dem Beil umzugehen und wollte den Eltern eine Freude machen. So nutzte er gelegentlich die Zeiten, wenn Vater zur Arbeit und Mutter zum Einkaufen in der Stadt oder zum Klatschen im Dorf war, um aus dem ansehnlichen Vorrat von Fummelklötzchen einen Haufen Kleinholz zu fabrizieren.

Regelmäßig wurde er dafür ausgeschimpft und nicht selten setzte es wieder etwas mit dem Teppichklopfer, aber mit derselben Hartnäckigkeit setzte er sein Werk bei der nächsten Gelegenheit fort. Es lag in ihm. Er folgte einem inneren Verlangen.

*

Bergmann fiel in einen leichten Schlaf und erwachte wieder, als die Manschette des periodisch einsetzenden Blutdruckmessgerätes seinen Oberarm zusammenpresste. Außerdem quälte ihn Durst. Er klingelte nach der Nachtschwester. Da auf der Intensivstation jede Schwester lediglich vier Patienten zu betreuen hatte, dauerte es nur einen Moment, bis eine attraktive junge Krankenschwester erschien. Trinken durfte er noch nicht, aber ein Spray für die Rachenhöhle linderte das Durstgefühl. Er müsse noch warten, bis der Oberarzt darüber entschieden habe.

*

Wieder sann Wolf Bergmann über sein Schicksal nach. So viele Ereignisse, die jedes auf seine Weise seinem Leben eine andere Wendung gaben.
Warum kam er gerade daher, als dieser Idiot von Autofahrer so dicht auf den Vordermann auffuhr, so dass er ihn nicht vorher bemerken und ihm ausweichen konnte? Warum musste gerade jetzt dieses unnütze Hochwasser auftreten? Ohne das Tauwetter wäre er um diese Zeit nicht auf der Straße gewesen.
Warum hatte es ihn überhaupt in diese elende Gegend verschlagen? Fragen über Fragen, die alle, so wie es sich jetzt darstellte, eine schlichte Antwort zur Ursache hatten – seinen Lebenslauf.

*

Bergmanns erste Schuljahre verliefen ereignislos. Er gehörte noch zu der Generation, wo an den Dorfschulen zwei Schuljahrgänge in einem Klassenraum unterrichtet wurden. Während die Großen der Lehrerin lauschten, übten die Kleinen Schönschrift oder Rechnen. Mit der Schönschrift war es bei Bergmann jun. nicht weit her. Daran hatte sich bis zum heutigen Tage nichts geändert. Schnell fertig mit den Aufgaben, hörte er nun auch der Lehrerin zu und lernte Sachen, die erst zwei Jahre später für ihn aktuell werden würden, aber interessant schienen. Noch interessanter aber fand er das Leben abseits des Klassenzimmers, wenn er durchs Fenster sah und die Spatzen in der großen Linde neben dem Schulgebäude beobachtete. Mehr als einmal musste er ermahnt werden, aufzupassen, denn die Natur draußen war auch im laufenden Unterricht immer wieder anziehender als das Alphabet und das Einmaleins.

Und die Lehrerin war keine Feine. Für ihre Art und Weise, mit Schülern umzugehen, die gegen die Disziplin verstießen, wäre sie in späteren Jahren im Falle einer Anzeige durch die Eltern wegen Kindesmisshandlung vor den Staatsanwalt gekommen.

Einmal in Jähzorn geraten, war es bei ihr keine Seltenheit, dass sie einen Schüler schmerzhaft an den Ohren zog, er eine Backpfeife, in anderen Gegenden auch Maulschelle oder Ohrfeige genannt, erhielt, oder er einfach nur den Inhalt seines Schulranzens vom Fußboden zusammensuchen musste, nachdem die Lehrerin diesen öffnete und durch das Klassenzimmer warf. Ebenso gern verteilte sie drei Seiten Strafarbeit für geringe Vergehen und verdoppelte diese, wenn sie am nächsten Tage nicht vorgelegt wurden.

Auch Bergmann blieb von solchen Übergriffen ohne Ausnahme nicht verschont. Insbesondere gedachte er an einen Fall im Turnunterricht, als er einer Klassenkameradin mit dem Schuhanzieher aushalf und diesen rasch noch in seinen Turnbeutel stecken wollte, während die Kinder schon angetreten sein sollten. Wolf kam um ein paar Sekunden zu spät vom Turnbeutel in die Reihe, erhielt wegen der Disziplinlosigkeit eine Backpfeife und drei Seiten Schönschrift bis zum nächsten Tage aufgebrummt.

Aus Trotz über diese Ungerechtigkeit, für seine Hilfe bestraft zu werden, erschien er am folgenden Tag natürlich ohne die Strafarbeit zum Unterricht und bekam nun die doppelte Dosis ihrer Medizin von der Lehrerin zu kosten. Niemand hätte es gewagt, gegen die Lehrerin ein Wort zu sagen – Polizist und Lehrer, früher auch noch der Pastor, war die unantastbare Obrigkeit jeder funktionierenden Gesellschaft. Also würde niemand ihm beistehen können oder wollen und aus Furcht davor, im Falle der Weigerung anschließend zwölf Seiten Strafarbeit schreiben zu müssen, setzte er sich am Abend hin und schrieb die sechs Seiten.

*

Wolf war kein Dummkopf und begriff rasch. Er war durchaus kein Streber und fiel nicht durch herausragende Leistungen auf, aber trotzdem zierten am Ende des ersten Halbjahres drei Einsen sein Zeugnis. Und eine Drei, in Schönschrift.
Und mehr noch, trotz seiner Eigenwilligkeit stabilisierten und verbesserten sich seine schulischen Leistungen und schon nach zwei Jahren gehörte er zur Leistungsspitze der Klasse und, wenn man den Worten der Lehrerin Glauben schenken konnte, wäre er in der Lage, alle zu überflügeln, wenn er nicht so flatterhaft wäre.
Und wie immer in solchen Fällen hatte die Mutter nichts Besseres zu tun, als nach der Zeugnisausgabe mit dem Heft in der Hand durch das halbe Dorf zu laufen und jedem der es hören wollte und auch denen, die es nicht interessierte, zum Besten zu geben, was sie doch für einen gescheiten Sohn habe.

Nun, Bergmann jun. ging das alles nichts an. Er lebte sorglos in den Tag hinein, war fleißig in der Schule, erledigte seine Hausaufgaben gewissenhaft und strolchte, wenn es die verbleibende Zeit zuließ, gern durch den Wald und baute dort mit seinen Kameraden eine Hütte, oder er fuhr mit dem Fahrrad zum Nachbarort. Dieser Ortsteil lag in einem Tal, etwa eine Viertelstunde mit dem Rad entfernt. Zu erreichen war Athal nur über eine schlaglochübersäte Straße, eher ein Sommerweg, der durch den westlich des Dorfes angrenzenden Wald führte und im Grunde nur zwei Zustände kannte: entweder eine Pfütze neben der anderen mit dem dazugehörigen Schlamm, oder Staub – je nachdem, ob es längere Zeit geregnet hatte oder die Sonne brannte. Im Tal lag der Dorfteich, umgeben von alten Weiden und unweit davon waren die Anlagen der Hühner und Entenfarm, die seine Großtante mit ihrem Mann bewirtschaftete. Der Teich wurde von einem Bach gespeist und es gehörte zum guten Ton eines echten Jungen, dort im Sommer Dämme zu bauen.

Nach der Fertigstellung war dann genügend Wasser angestaut, um die Staumauer einzureißen und das Wasser mit einem Rauschen in den Teich strömen zu lassen.

Oder zur Erntezeit ging er mit seinem Freund Jürgen und dessen Hund Bobby auf den Stoppelfeldern auf Hamsterjagd.

Und wie war das damals in der 3. Klasse? In der Schulpause heckten Wolf und sein Klassenkamerad Frank an einem freundlichen Septembertag den Plan aus, nach der Schule mit den Fahrrädern einfach einmal zu seiner Oma zu fahren. Die übrigen Mitschüler hielten das für Aufschneiderei, also setzten die beiden den Plan ihnen zum Trotz in die Tat um. Immerhin wohnte die Oma im Nachbarkreis, etwa fünfundzwanzig Kilometer von Birkenburg entfernt. Peter und Wolf radelten drauflos und erreichten nach etwa zwei Stunden das Ziel; die Zeit reichte, um eine Brause zu trinken, dann mussten die zwei schon wieder zurück.
Wenige Kilometer vor dem Heimatdorf passierte dann wieder einmal ein kleines Malheur. Die Straße führte vorbei an einer Burgruine, und da Burgen meist auf Bergen erbaut waren, wies die Straße ein recht starkes Gefälle auf, was den fleißigen Radlern ein beachtliches Tempo bescherte. Immerhin konnten sie einen Traktor überholen, aber am Ortseingang von Bornburg kam eine scharfe Rechtskurve. Frank legte sich ordentlich in die Schräge, aber Wolf war nicht so risikobereit und es trug ihn aus der Kurve über die Bankette in den Straßengraben. Bis dahin ging alles gut, denn zum Glück gab es keinen Gegenverkehr, aber beim Verlassen des Grabens stand eine Hecke im Weg, deren Geäst sich in den Speichen des Vorderrades verfing und zum Blockieren brachte. Wolf landete unsanft auf der Bankette im Straßenkies und das Rücklicht war hin. Da man aber um sechs zu Hause sein wollte, ging es weiter; die paar Schrammen waren zu verschmerzen. Nur zum Unfallhergang musste man sich eine glaubhafte Geschichte ausdenken. Etwa mit einer halben Stunde Zeitverzug kamen die beiden bei Wolf zu Hause an, wo sie bereits von seiner Mutter erwartet wurden. „Wo seid ihr denn wieder herumgejachtert und wie sieht das Fahrrad aus?"

„Ach, wir sind ein bisschen über die Dörfer gefahren und unterwegs hat mich ein Hamster angesprungen und da bin ich hingefallen." – „Ach so, ein Hamster." War wohl nicht glaubwürdig genug; Frank machte sich aus dem Staube; Mutter brauchte nicht lange, um herauszubekommen, wo der Junge wirklich war, und am Ende setzte es wieder eine Naht mit dem Teppichklopfer.

Im nächsten Frühjahr ist er trotzdem wieder ausgebüxt und zur Oma gefahren, aber dieses Mal, ohne Schaden zu nehmen.

Das waren einige der glücklichen Momente seiner Kindheit, an die Bergmann gern dachte. Wie lange lag das zurück? Über vierzig Jahre…

Dann kam der Schulwechsel zur Oberstufe. „Warte mal, wenn Du nach Waldstedt kommst, da geht es anders herum!", sagten die Leute zu den Kindern, die die 5. Klasse vor sich hatten. Doch wie es einst die Lehrerin prophezeite, setzte sich Wolf nach kurzer Zeit an die Klassenspitze. Noch schneller gelang es ihm, sich aus unerklärlichen Gründen neue Feinde zu machen, die sich in der Regel aus den größten Flegeln und Sitzenbleibern höherer Jahrgänge rekrutierten. Schon am zweiten Tag an der neuen Schule gab es die erste Schlägerei, der Wolf nicht entgehen konnte, nachdem er provoziert worden war und einen Schlag ins Gesicht erhielt.
Mutter hatte ihm vor Jahren, als er noch klein war, angedroht, sie würde ihm noch eine Tracht verabreichen, wenn er das nächste Mal „angequäkt" komme, ohne sich gewehrt zu haben.

*

Daran war nicht zuletzt Richard schuld, der Wolf, wie schon so oft, nach dem Kindergarten zusammen mit Frank hinter einem Holundergebüsch aufgelauert und verprügelt hatte. Wolf hatte keine Verstärkung, wurde gedroschen wie Weizenstroh und flüchtete tränenüberströmt nach Hause. Richard war ein Mitläufer, ein Opportunist, der zwei unumstößliche Grundsätze befolgte, nämlich erstens stets auf der Seite der Stärkeren zu stehen und lieber andere zu verprügeln als selbst verprügelt zu werden, und zweitens, sich nie mit jemandem anzulegen, wenn er nicht mit seinen Kumpanen in der Überzahl war. Es wäre Richard nie eingefallen, sich ohne Frank oder den zwei Jahre älteren Hans auf eine Schlägerei mit Wolf einzulassen. Als Tier geboren, wäre er wahrscheinlich ein Aasfresser geworden, der von der Jagdbeute anderer lebte.

Ein einziges Mal, Jahre später, verstieß Richard gegen seinen eigenen Grundsatz. Dies geschah während einer Ferienfahrt, als die Klasse mit ihrem Lehrer einen Waldweg entlangwanderte, der die Jugendherberge, in der sie während dieser Zeit wohnten, mit der berühmten Pfefferkuchenstadt Pulsdorf verband. Es war ein heißer Sommertag, die Kinder in freudiger Erwartung auf das Freibad und übermütig rannten sie mal hierhin und mal dahin. Im Gedränge stürzte Cordula, Wolfs heimliche Jugendliebe, mitten in die Brennnesseln, kein angenehmes Erlebnis. Und Richard, der hinter Wolf ging, tippte diesem irgendwann einfach so auf die Schulter, wie es etwa jemand tut, um ihn auf etwas aufmerksam zu machen. Wolf drehte sich, nichts Böses ahnend um, um festzustellen, was der andere wollte. Im selben Augenblick hatte Richard schon mit dem Handtuch zum Schlag ausgeholt und zog Wolf damit eins übers Gesicht, dass es diesem wie ein Peitschenhieb vorkam. Der brennende Schmerz, der sich über Wolfs Gesicht, besonders die Augen, zog, ließ ihn nicht mehr denken. Er schrie auch nicht, sondern schlug sofort zurück, die Faust traf mit militärischer Genauigkeit Richards Nase, die sogleich zu bluten begann. Kaum einer der Schüler hatte überhaupt mitbekommen, was da soeben abgelaufen war. Sie sahen nur die blutende Nase und den Übeltäter Wolf, der Richard offensichtlich grundlos geschlagen hatte. Eine Erklärung wurde nicht verlangt, die Tatsachen sprachen für sich. Richard war das bemitleidete Opfer, Wolf der Täter und musste bestraft werden – wie, darüber würde der Lehrer noch nachdenken.

*

Dies nahm sich Wolf zu Herzen, und da er kräftig genug war, wehrte er sich auch nach Kräften mit Tritten und Faustschlägen gegen den drei Jahre älteren Taugenichts und steckte nicht nur ein, sondern teilte auch aus.

Ähnliche Begebenheiten früherer Jahre hatten dann regelmäßig das Ergebnis, dass sich die Lehrerin bei der Mutter beklagte, der Junge sei aggressiv geworden.

Eigenartigerweise war in den kommenden Jahren, als Wolf zu einem kräftigen und sportlichen Teenager heranwuchs, bei einer Schlägerei nie eine Pausenaufsicht zugegen, wenn er den Kürzeren zog. Da war ein gewisser Achsner, zwei Schuljahre über ihm, ein von Kopf bis Fuß sommersprossiger brutaler Kerl mit schrägem Blick, und unsympathisch hoch drei, der Bergmann mehr als einmal ohne Grund und ohne, dass Bergmann darauf gefasst war, die Faust gegen das Kinn schlug. Es hatte nie Konsequenzen für den anderen gegeben; Bergmann war kein Anscheißer, sondern regelte solche Sachen selbst oder schluckte. In diesem Fall musste er schlucken, der Kerl war ihm einfach überlegen und würde auch nicht fair kämpfen. Dass Bergmann einem offenen Kampf auswich, war unter den gegebenen Umständen schlicht das Beste, was er tun konnte, auch wenn er sich einen Feigling schimpfen lassen musste. Auch disziplinarisch hätte nichts erreicht werden können, denn Achsners Vater saß in der Kreisleitung der Partei, so war der Sohn immun und hatte Narrenfreiheit, was auch immer er anstellte. Aber besser einmal fünf Minuten feige als hinterher ein blutig geschlagenes Gesicht. Bergmann hasste diesen Achsner sein Leben lang und malte sich zuweilen aus, würde er ihm noch einmal in der Gegenwart begegnen und wiedererkennen, würde die alte Rechnung mit ihm ein für alle Mal mit Zinsen beglichen werden, noch ehe Achsner darüber nachdenken konnte, wie ihm geschah und Bergmann würde sich sofort wieder in die Anonymität zurückziehen. So ein Lump war es nicht wert, seinetwegen eine Anzeige wegen schwerer Körperverletzung auf sich zu ziehen.

Im umgekehrten Falle aber gab es entweder Beschwerden, auch Anschiss genannt, oder die Pausenaufsicht bekam gerade noch mit, wie Wolf ordentlich zulangte, jedoch ohne nach den Gründen zu fragen oder wer angefangen habe. Der Anschiss kam dann meist am nächsten Morgen, wenn Wolf wegen eines erneuten Vergehens gegen die Schuldisziplin zum Direktor bestellt wurde und sich dort eine Strafpredigt anhören musste.

Derartige Ungerechtigkeiten, so zumindest empfand er dies, führten dazu, dass er sich immer weniger dem Kollektiv anpasste, so wie es sich in einer sozialistischen Schule gehörte. Er wurde ein Eigenbrötler und Einzelkämpfer, hatte keinen Sinn für Geselligkeit, aber er verwehrte niemandem seine Hilfe, wenn diese gebraucht wurde. Nicht selten führte dies dazu, dass manch einer ihn seinen Freund nannte, obwohl dieser nichts anderes im Sinn hatte, als ihn auszunutzen, und sei es nur, um bei der nächsten Kurzkontrolle oder die vergessenen Hausaufgaben von ihm abzuschreiben.

*

Wolf Bergmann schlummerte wieder ein, doch sein Schlaf war leicht, wie immer. Er hatte Sinne wie ein wildes Tier, das darauf angewiesen ist, beim ersten ungewöhnlichen Geräusch hellwach zu sein, um sein Leben durch Flucht oder Bereitschaft zum Kampf zu retten.

*

Fast zwanzig Jahre war es her, als er mit seinem Freund Jürgen, einem Kameraden, mit dem er in der GST Motorradrennen im Gelände gefahren war, eine gemeinsame Tour nach Spanien unternahm. Wie weit sie eigentlich wollten, wussten sie beim Start nicht, Ziel war das Mittelmeer; aber hätten sie in Südfrankreich gleich einen geeigneten Zeltplatz gefunden, wären sie sehr wahrscheinlich nicht bis über die spanische Grenze gefahren und hätten dort nicht den ersten besten Campingplatz genommen. Es war ihnen auch egal, der Weg war das Ziel und sie nahmen gern einen längeren Umweg über die Alpen, die Pässe hoch und runter, in Kauf. Wolf hatte damals schon mehrere Motorradreisen hinter sich, nach Bulgarien, Ungarn, Griechenland, Südfrankreich, und fast alle Strecken fuhr er allein.

Damals noch ein kleines Abenteuer, weil er nur auf sich und seine treue MZ gestellt war.

Diese Tour sollte seine Letzte sein, schrieb er damals in sein Reisetagebuch. Sie waren den dritten Tag unterwegs und kamen den Col d´ l Iseran in den französischen Seealpen herunter. Es war schon kurz vor Sonnenuntergang und sah nach Regen aus, weshalb sie in einem kleinen Waldstück abseits der Hauptstraße das Zelt aufschlugen und den Abend am Lagerfeuer verbringen wollten. Am nächsten Morgen wollten sie über den Col du Mont Cenis nach Italien zurück und von dort weiter über den Col du Montgenevre wieder nach Frankreich. Noch während sie beim Aufschlagen des Lagers waren, überraschte sie ein Regenschauer; im Zelt warteten sie, bis der Regen nachließ und sie sich auf die Suche nach Feuerholz begeben konnten. Doch so sehr sie sich auch bemühten, ein Feuer in Gang zu bringen, das Holz war einfach zu nass; daran änderten auch zwei Vergaserfüllungen Benzin nichts. Sobald das Benzin verbrannt war, ging die Flamme aus und das angekohlte Holz schwelte nur noch. Es war sinnlos, sich weiter abzumühen, also krochen sie in die Schlafsäcke, ließen den Zelteingang für frische Luft offen und schliefen ein, denn etwa vierhundertfünfzig Kilometer durchs Gebirge waren anstrengend und die beiden waren rechtschaffen müde.

Mitten in der Nacht wurde Wolf Bergmann von einem auf den anderen Augenblick hellwach, als er ein Rascheln am Zelteingang vernahm. Ohne zu überlegen oder die Augen zu öffnen, packte er mit eisernem Griff zu und erwischte jemanden am Arm, der sich am Zelt zu schaffen machte. Einen Moment lang war der andere verblüfft, doch dann ertönte eine vertraute Stimme: „He, lass los, ich will doch nur das Zelt verschließen, es regnet uns sonst rein!" Jürgen war noch am nächsten Tag von Wolfs Reaktionsschnelligkeit begeistert. So schnell würde sie niemand überrumpeln.

IV

Auf dem Flur wurde es lebhafter, der Alltag auf der Intensivstation begann. Für Wolf Bergmann war dies nichts Neues, er hatte bereits mit siebzehn Jahren nach einem Motorradunfall mit gebrochenem Handgelenk und einem offenen Unterarmbruch eine Woche auf einer Intensivstation gelegen. Aber die Ungewissheit, was mit seinem Bein los war, beunruhigte ihn; die Schwester konnte oder durfte keine Auskunft geben, also musste er die Visite abwarten.

*

Bis dahin würden noch ein paar Stunden vergehen. Bergmann dachte daran zurück, wie er eigentlich Motorradfahrer geworden war. Leidenschaftlicher Motorradfahrer. Er hasste den Begriff „Motorradfreak". Eigentlich ist er damit aufgewachsen. Sein Vater hatte eine RT 125, später eine ES 150 und zum Schluss ein 250-er MZ-Gespann, welches er selbst noch ein paar Wochen fuhr, als er endlich achtzehn Jahre alt geworden war und die Folgen des Unfalls aus seiner Schulzeit überwunden hatte. Aber der treibende Keil war wohl ohne Zweifel sein Patenonkel, der ihm, als Wolf gerade zwölf Jahre war, auf einer dreihunderter Sportawo das Fahren beibrachte.
Wolf Bergmann schloss die Augen und dachte an jenen letzten sonnigen Ferientag im August zurück. Er hatte einen Großteil der Sommerferien im Juli bei den Großeltern in Lündorf verbracht. Eigentlich fühlte er sich dort zu Hause, denn da hatte er Freunde, die ohne Falsch waren. Und der See war nur einen Katzensprung entfernt. Täglich war er am Gemeindesteg baden und schwamm zuweilen zur anderen Seite ans Norduferer, um die Kirsch und Aprikosenplantagen zu plündern. Am nächsten Tag würde wieder die Schule beginnen, die 7. Klasse. Die Eltern waren mit ihm bei den Großeltern gewesen, in deren Haus auch der Onkel mit seiner Familie lebte. In einem unbeobachteten Moment nahm der Onkel den Jungen beiseite und flüsterte ihm zu, er wolle mit ihm jetzt zum Sportplatz fahren. Dort angekommen, es waren ja nur ein paarhundert Meter, erklärte der Onkel die Benutzung der Kupplung und wie geschaltet werde. Wolf war mit seinen zwölf Jahren schon kein kleines Kind mehr, etwa einsvierundsechzig groß und über fünfundfünfzig Kilo schwer, durchaus körperlich in der Lage, die Maschine zu

führen und zu halten. Es bedurfte nicht viel Erklärung; Wolf saß auf der Awo, zog die Kupplung, legte den ersten Gang ein und ließ langsam die Kupplung kommen. Er spürte den Schleifpunkt, gab mehr Gas und die Awo rollte los. Nachdem er ein paar Mal das Hoch und Herunterschalten, Anfahren und Bremsen, das Fahren im Kreis und in einer Acht geübt hatte, befand der Onkel, jetzt sei es an der Zeit, auf der Straße zu fahren. Er stieg als Sozius hinten auf und Wolf fuhr, ohne Unsicherheit zu zeigen, mit der doch relativ schweren Maschine vom Sportplatz nach Lündorf und die Hauptstraße aus Hartfelder Schlacke auf und ab. Gerade fuhr er am Hause der Großeltern vorbei; Opa, Oma und seine Eltern standen vor dem Tor und sahen mit Entsetzen, wie Wolf ohne Helm mit dem Motorrad an ihnen vorbei knatterte und mit einem Grinsen im Gesicht in den vierten Gang schaltete, während Mutter die Arme hochriss und Vater anschrie: „Werner, tu doch was, der Junge stürzt sich tot! Er ist doch erst zwölf!" Was sollte Vater machen? Er konnte nichts tun, als tatenlos hinterher zu sehen. Und, wie Bergmann später erfuhr, fuhr der Opa die Mutter an: „halt die Fresse, dummes Aas!"

Doch der Virus Motorrad war tief in Wolf eingedrungen, nicht erst an diesem Tage, denn schon vor Jahren sah er mit Begeisterung die Motocrossrennen, die unweit von Lündorf im Talkessel von Tornthal stattfanden. Aber es würde noch weitere Jahre dauern, bis er selbst ein Motorrad fahren durfte.

*

Das Licht auf der Wachstation war grell und schmerzte in den Augen. Der Oberarzt kam mit dem Chefarzt der Unfallchirurgie zur Visite. Die Stunde der Wahrheit. Der Chefarzt machte nicht viel Umstände, es handelte sich um einen offenen komplizierten Trümmerbruch mit erheblichem Gewebeverlust 3. Grades am linken Fuß, dazu ein Wellenbruch im Schienbein. Einige Fußwurzelknochen fehlen ganz oder teilweise, die Gefäße und Sehnen seien zerfetzt. Man werde in mehreren Operationen, unterstützt von den Kollegen der Plastischen Chirurgie, zunächst eine Wundversorgung betreiben, Nekrosen entfernen und anschließend versuchen, durch Entnahme eines Stückes Schultermuskel, dem sogenannten musculus latissimus dorsi, diesen als freie Muskellappenplastik zur Defektabdeckung des Fußes zu verpflanzen. Das Ganze sei nicht ohne Risiko, würde etwa acht Wochen in Anspruch nehmen und die Chancen, den Fuß zu erhalten, lägen bei etwa 50 %; aber auch, wenn alle Operationen ohne Komplikationen verlaufen, werde Wolf Bergmann nie wieder richtig laufen können und im schlimmsten Fall müsse der Fuß amputiert werden.

Das war zuviel auf einmal. Tränen standen ihm in den Augen, als er in das Kissen zurücksank. Er würde nie wieder richtig laufen können…

Was hatte der Chefarzt gesagt? Die Chancen stünden fifty-fifty, den Fuß zu retten! Man konnte auch mit einem Handicap fahren, die Technik machte vieles möglich. Er würde sich auf erhebliche Einschränkungen in Bezug auf sein früheres Leben einstellen müssen und er wusste, dass ihm dies nicht leicht werden würde. Aber Wolf Bergmann war ein Kämpfer, der nie aufgab und der auch mit dem Kopf durch die Wand ging, selbst, wenn er sich dabei die Hörner abstieß. Er war noch am Leben und er war nicht gelähmt. Er musste das Beste aus dem machen, was ihm die Medizin ermöglichte. Er durfte keine Chance vergeben!

Bergmann zwang sich, klar zu denken und sah den Chefarzt an. Er bat darum, alles zu tun, was menschlich und medizinisch möglich sei, um das Bein zu erhalten. Er werde jeder Operation zustimmen, ganz gleich wie hoch das Risiko und die Erfolgsaussichten wären oder wie lange es dauern würde. Er wollte wieder fahren.

Ein viel zitierter Spruch kam ihm in den Sinn „Wer kämpft, kann verlieren; wer nicht kämpft, hat schon verloren." Er würde kämpfen.

V

Nach der Visite bekam Bergmann endlich etwas zu trinken, doch es bekam ihm nicht. Die nächtliche Notoperation machte seiner Verdauung noch zu schaffen und schon nach wenigen Minuten wurde ihm übel. Er spürte den Brechreiz und klingelte nach einer Nierenschale, um sich zu übergeben. Danach war die Übelkeit verflogen, aber der Durst blieb. Es würde noch eine Weile dauern, bis der Magen wieder in Ordnung war.

Wolf Bergmann versuchte, an irgendetwas zu denken, um sich abzulenken. Er würde Schmerzen ertragen müssen. Das war für ihn nichts Neues. Schmerzen war er gewohnt. Er war überzeugt, dass ihn Gott, falls es ihn gegen seine Überzeugung doch gab, abgrundtief hassen musste. Gott wollte offensichtlich nicht seinen Tod, dazu hatte er in der Vergangenheit Möglichkeiten genug. Aber er machte sich einen Spaß daraus, Bergmann zu quälen. Warum sonst ließ er ihn leiden, wann immer sich die Gelegenheit dazu bot?

*

Als junger Bursche litt er viele Jahre an einer schmerzhaften Hauterkrankung; der Armbruch hatte nach jeder der vier Operationen drei Tage Wundschmerzen zur Folge und zwei Wochen vor seiner Einberufung zur Armee nahm ihm so ein Idiot von Mopedfahrer, der obendrein ohne Fahrerlaubnis unterwegs war, die Vorfahrt. Dies, beachte ihm eine Platzwunde am linken Unterarm, die genäht werden musste, und eine acht Wochen andauernde Rippenprellung ein. Nicht gerade die angenehmste Art und Weise, die Grundausbildung zu absolvieren. Und erst vor wenigen Monaten sprach Wolf Bergmann mit seiner Teampartnerin über die Möglichkeit, dass ihm, statistisch gesehen, wohl bald wieder ein schwerer Motorradunfall bevorstehen würde.

Der letzte Unfall lag bereits neun Jahre zurück, als ihm ein Transporter auf dem Weg zur Arbeit die Vorfahrt nahm. Bergmann hatte an der Autobahnabfahrt bremsen müssen, weil ein

PKW auf die Hauptstraße wollte, der Fahrer sich aber nicht entscheiden konnte, ob er nach rechts oder links abbiegen soll. So verharrte dieser einige Sekunden mitten auf der Geradeausspur des Kreuzungsbereiches und blockierte den Verkehr, bis er zu dem Entschluss kam, nach rechts abzubiegen. Bergmann beschleunigte wieder und gewahrte im Gegenverkehr einen Linksabbieger, der zur Autobahn wollte und wartete. Doch ohne erkennbaren oder vernünftigen Grund trat der Fahrer des Kleintransporters plötzlich aufs Gaspedal und zog an, als Bergmann nur noch fünfzehn Meter von der Kreuzung entfernt war. Das Unheil war nicht mehr aufzuhalten. Bergmann reagierte zwar im Bruchteil einer Sekunde und drückte die Wilma nach links, in der Hoffnung, am Heck des Transporters vorbei zu kommen, wenn dieser schnell genug beschleunigte. Doch die Rechnung ging nicht auf; statt dem Transporter vorn in die Seite zu fahren, erwischte Bergmann mit zum Glück nur knapp über fünfzig Stundenkilometern dessen Heck und krachte frontal dagegen. Durch die Wucht des Aufpralls wurde er von der BMW geschleudert, spürte, wie er mit der rechten Schulter und dem Oberarm gegen das Blech gedrückt wurde, und hatte noch genügend Schwung, um einen Hechtsprung über das Dach zu machen. Er kam mit den Händen hart auf dem Asphalt auf und zog sich dabei eine Prellung am Handballen zu, rollte ab und – stand. Unbeeindruckt vom Geschehen arbeitete sein Verstand präzise wie eine Maschine. Er spurtete sofort dem Fahrzeug hinterher, weil er annahm, dass der Fahrer sich vom Unfallort entfernen wollte und merkte sich das Kennzeichen. Doch der Fahrer wollte nur die Kreuzung räumen, stoppte und stieg aus, um sofort von Bergmann mit der Frage bombardiert zu werden, wo er denn zum Teufel noch mal Fahrschule gemacht habe.

Bergmann spürte einen Schmerz im linken Schienbein; beim „Absteigen" musste er wohl gegen den Vergaser gestoßen sein und auch der Stiefelschaft hatte den Stoß nur etwas mildern können. Sonst schien alles in Ordnung zu sein, aber Wilma war hin, das sah er auf den ersten Blick, als er zur Maschine lief.

Das Topcase lag abgerissen und zerbrochen auf der Straße, der Heckrahmen stand fünfzehn Zentimeter aus der Flucht, das Vorderrad war an zwei Stellen gebrochen und die sprichwörtliche Acht, über die Hälfte der Speichen infolgedessen herausgerissen und die Standrohre der Telegabel wiesen eine Krümmung wie ein Bumerang auf; vom Kleinkram, wie Kotflügel, Blinker, Spiegel, Lichtmaschinendeckel und Protektoren ganz zu schweigen. Alles sah nach einem Totalschaden aus.

Die Sache kam dennoch zu einem überraschend guten Ende. Der Notarzt bestand darauf, Bergmann trotz dessen Beteuerungen, dass ihm nichts fehle, zum Durchchecken in ein Krankenhaus zu fahren, aus welchem er einige Stunden später entlassen werden konnte, weil keine weiteren Verletzungen festgestellt wurden. Am nächsten Arbeitstag erschien er wieder zum Dienst.

Schlimmer war es der Maschine ergangen. Bergmann sah sich aus den schlechten Erfahrungen eines einige Jahre früher geschehenen ähnlichen Unfalls genötigt, trotz Eindeutigkeit der Schuldfrage einen Rechtsanwalt in Anspruch zu nehmen. Dieser machte seine Arbeit gut und Bergmann verzichtete auf die Option, die Wilma zum Restwert an einen Händler in Ingolstadt zu verschleudern, sondern handelte mit seiner Werkstatt einen Deal aus, der darin bestand, die Maschine zu einem fixen Arbeitslohn von tausend Mark, denn es war Winter und Aufträge rar, wieder zu reparieren. Um die Ersatzteile kümmerte sich Bergmann selbst und holte Vorderrad, Rahmen und Telegabel gebraucht heran, so dass am Ende Schaden und Reparatur mit einer Differenz von zwei Mark gegen gerechnet werden konnten.

Lediglich die gammeligen Speichen des gebrauchten Rades gefielen ihm nicht, weshalb er beabsichtigte, diesen Zustand zu ändern und neue Speichen einzuziehen. Er hatte Zeit; sein kleiner Sohn war krank und er war eine Woche zu Hause, um ihn zu pflegen.

Eine Woche lang stand Bergmann jeden Tag, wenn der Junge schlief, zwei Stunden im Keller an seiner Werkbank und tauschte die alten Speichen aus. Immer eine raus und eine neue rein. Am Ende sollte das Rad rund laufen. Aber wie zum Hohn tat es genau das nicht. Es war nicht das erste Rad, das er einspeichte.

Vor fünfzehn Jahren hatte er aus Spaß eine Prothese von einer TS 250 gekauft, anders konnte man diesen jämmerlichen Rest Motorrad nicht bezeichnen. Und wahrscheinlich waren selbst die hundertzwanzig Mark, die er für den Haufen Schrott gab, noch zuviel. Aber der Rahmen war intakt und einen Kfz.-Brief gab es auch. Der Vorbesitzer hatte den Schrotthaufen unter einem Runddach an der Hochschule geparkt, wo Bergmann als wissenschaftlicher Assistent arbeitete, nachdem er sein Chemiestudium erfolgreich abgeschlossen hatte. Bergmann hatte noch den Motor seiner TS 250/1, neu aufgebaut, bei seinem Onkel liegen; der Zylinder war mit dem dritten Schliff für den passenden Übermaßkolben versehen und der Motor einbaufertig. Deshalb kam ihm der Gedanke, den Motor in diese Ruine von einem Motorrad zu verpflanzen, falls es ihm gelingen würde, jene zu erwerben. Eine kurze Annonce an der Tür zum Internat, in dem er wohnte und wo er auch den Eigner besagter Ruine vermutete, erfüllte seinen Zweck und zwei Tage später war Bergmann stolzer Besitzer eines Motorradwracks, das auf seine Auferstehung wartete. Es bedurfte noch einer eidesstattlichen Erklärung der Witwe des Erstbesitzers, der sich mit der Maschine zu Tode gefahren hatte, dass sie als Erbin berechtigt war, das Motorrad weiter zu verkaufen.

So weit, so gut. Bergmann holte sich ein Rad von einer ES aus der GST-Garage, leider ohne Reifen, steckte eine Achse durch die Schwinge und das Rad und humpelte dann mit dieser Ruine zum Spott der Studenten zur Garage, schiebend natürlich, weil neben dem Hinterrad auch der Motor fehlte.

Die Erstinspektion und Bestandsaufnahme brachten folgendes Ergebnis:

Positiv: Rahmen, Lampe, Kabelbaum, Vorderrad, Kotflügel, Telegabel, Federbeine, Tank, Sitzbank, Seitendeckel, Schwinge und Heckgepäckträger waren noch dran, aber größtenteils in einem so erbarmungswürdigen Zustand, dass es einen Hund jammerte.

Negativ: es fehlten Motor, Hinterrad, Kette, Auspuff, Kettenblatt mit Antrieb, Kettenkasten, Tachoantrieb. Alles war verrostet und vergammelt, der Lack taugte nichts mehr, die Telegabel litt im Chrom unter Rostlöchern und sämtliche Schrauben saßen fest.

Wolf Bergmann nahm die Sache in Angriff; er hatte Spaß an der Arbeit und freute sich jeden Abend, wenn er wieder ein Stück weiter war.

Es dauerte in Summe fünf Monate; in dieser Zeit hatte er die Ruine zerlegt, dabei die meisten Schrauben absägen, ausbohren oder schlicht nur abdrehen müssen, denn nach fest kommt ab (alte chinesische Schrauberweisheit), die verwertbaren Teile entrostet und im Labor nach Feierabend neu lackiert, die Seitengepäckträger neu verchromen lassen und die fehlenden Teile aus, übertrieben gesagt, allen Teilen der Republik, zusammengesucht. Den Auspuff bekam er aus Bad Dornberg von der MZ-Werkstatt, die Felge und die Speichen aus Hallberg vom IFA-Vertrieb, Speichen und Radnabe aus Quentfurt und die Radlager besorgte ihm ein Spezi aus Crimmitschburg. Woher er den Krümmer hatte, daran konnte er sich beim besten Willen nicht mehr erinnern. Den Motor brachte er ja selber mit.

Und somit waren die Gedanken wieder beim Einspeichen angekommen. Bergmann hatte keine Ahnung von den Problemen beim Einspeichen, aber das Glück des Tüchtigen hilft auch zuweilen dem größten Pechvogel; er setzte Speiche um Speiche ein, kontrollierte die Abstände zur Felge und am Ende lag der Höhen und Seitenschlag des Rades bei weniger als zwei Millimetern, also besser, als es die Toleranzmaße des Herstellers vorgaben.

Nachdem nun auch der Motor eingebaut war und den ersten Kolbenschlag aus eigener Kraft hören ließ, hielt es Bergmann nicht länger aus. Noch in der Schlosserkombi mit ölverschmierten Händen und ohne Fahrerlaubnis und Fahrzeugpapiere – es gab ja noch keine, denn die mussten erst neu ausgestellt werden – setzte er den Crosshelm auf und fuhr schnell in die Stadt zur Tankstelle, um die Reifen mit ordentlich Luft vollzupumpen, denn das zu Fuß, heißt per Hand, zu tun, hatte er nun wahrlich keine Lust mehr. Außerdem war es die Premiere, Probefahrt. Ein erhebendes Gefühl. Er hatte es geschafft und aus einer Ruine ein Motorrad gemacht.

Das Luftaufpumpen war keine Leistung, die besondere Beachtung verdient. Aber was ein echter Unglücksrabe ist, der bekommt nicht einmal das ohne Probleme gebacken.

Der Zufall oder weiß der Teufel, wer noch seine Hand im Spiel hatte, wollte es so, dass ausgerechnet zu dem Zeitpunkt, als Bergmann die Tankstelle verlassen wollte, der Verkehr auf der Hauptstraße kein Ende nahm und es ihm nicht gelang, eine Lücke zu erwischen, um zurück zum Stützpunkt zu fahren. Das wäre ja durchaus kein Drama, aber dass nun auf einmal ausgerechnet ein Polizist mit seiner Polizei-MZ neben Bergmann stand und immer öfter argwöhnisch zu ihm herüber äugte, hatte mit Künstlerpech nichts mehr zu tun.

Bergmann spürte, wie der Schweiß unter seinen Achseln ausbrach. Der Polizist musste Sinne wie ein Hund haben, der spürt, dass sein Opfer Angst hat. Noch bevor Bergmann die erhoffte Lücke im Berufsverkehr finden konnte, gab der Polizist ihm ein Zeichen – rechts ran…

Es folgte die übliche Prozedur. „Hauptwachtmeister soundso, bitte ihren Führerschein und die Fahrzeugpapiere!" Wer hat denn schon Papiere bei sich, wenn er nur beabsichtigt, sein Motorrad zusammenzuschrauben? Die Fahrt zur Tankstelle war ja nicht geplant. Und wer kommt auf die Idee, dass auf einer Stecke von hin und zurück gerade mal vier Kilometern auch noch die Polizei auf einen lauert? Der Anschiss lauert überall (wieder eine alte chinesische Spruchweisheit).

Wahrheitsgemäß bekannte sich Bergmann schuldig im Sinne der Anklage, er habe keine Papiere bei sich, weil er die Maschine gerade fertig restauriert habe und nur Luft aufpumpen wolle. Er sei Übungsleiter Motorsport und könne die Fahrerlaubnis und den Kfz.-Brief vorlegen, wenn der Genosse Hauptwachtmeister ihn bis zur Hochschule begleiten wolle. Nun, der Genosse Hauptwachtmeister hatte ein Herz für den Schrauber, er sehe es ja an der Kombi und seinen Händen, dass er die Wahrheit sage; „er solle abhauen, bevor er es sich anders überlege".

Bei der BMW war die Sache mit dem Einspeichen nicht so einfach. Der Hersteller hatte sich nämlich ausgedacht, um Schraubern das Leben schwer zu machen, die Speichen nicht ein- sondern zweimal zu kreuzen. Vom rechten Felgenhorn zur linken Nabenseite. Folglich wurde das Zentrieren zum Martyrium; das Rad lief einfach nicht rund und es wurde immer schlimmer, je öfter Bergmann eine Speiche lockerte und gegenüber fester anzog.

Am Ende lockerte er alle Speichen und zog dann Gewindegang für Gewindegang an, bis nach einer Woche Fluchen und Verwünschungen das Rad einigermaßen rund lief. Der Höhen und Seitenschlag lag um die zwei Millimeter. Geschafft. Bergmann nahm sich vor, nie wieder würde er das Rad einer BMW neu einspeichen.

Bis die Wilma zum zweiten Mal, dieses Mal aber irreparabel, zu Schrott gefahren wurde, durfte sie Bergmann noch auf einigen Reisen durch Südost und Nordeuropa begleiten.

Schon im folgenden Frühjahr trieb ihn sein ewiges Fernweh wieder hinaus. Er liebte es, Anfang Mai zu einer Kurztour aufzubrechen, um ein wenig den Frühling zu genießen und durch Europa zu strolchen. Unter einer Kurztour verstand Bergmann alles, was weniger als 4500 km Fahrstrecke in weniger als zwei Wochen zum Inhalt hatte. In den letzten Jahren war er meistens in den Masuren oder Beskiden unterwegs oder machte schlicht ein paar Tage Urlaub an einem See in Großpolen, den er vor Jahren entdeckte, als er eine Freundin aus der Nähe hatte und diese jedes Wochenende besuchte, bis ihm die Sache sinnlos erschien und er die Beziehung zu dem fünfzehn Jahren jüngeren Mädchen beendete.

Seit dem Zusammenbruch des Ostblocks Anfang der neunziger Jahre waren Rumänien und Bulgarien keine Reiseziele mehr, denn die Regierungen dieser Länder hatten sich zum Ziel gesetzt, westliche Touristen, und zu diesen zählten nun auch die ehemaligen Verbündeten aus der DDR, auszunehmen, wie eine Weihnachtsgans. Um diesen Gedanken in die Tat umzusetzen, dachten sie sich besondere Schikanen aus, die die Exekutive mit aller Konsequenz durchsetzte und die zur Folge hatten, dass die Touristen ausblieben und mit ihnen die dringend benötigten Einnahmen. Zu den genialen Ideen, zu Geld zu kommen, zählten insbesondere zwei. Die eine war, bei der Ausreise aus Rumänien auf die Größe des Fahrzeugtanks, egal ob voll oder leer, Zoll in Höhe von 200 % des Kraftstoffpreises zu erheben. Die andere nicht weniger gemeine Idee bestand darin, pro Tag der Transitdauer eine Visagebühr in Höhe von fünfzig Mark zu kassieren.

Nach zehn Jahren wurden beide Geldquellen aufgegeben. Dies erfuhr Bergmann, als er während der Motocross-WM in Tornthal in einer Pause – er arbeitete an den Renntagen im Team der Streckensicherung – Gelegenheit zu einem Schwatz mit dem Leiter der bulgarischen Fahrer hatte. Er hatte in den achtziger Jahren oft genug den Urlaub mit seiner MZ am Schwarzen Meer verbracht und kannte sich in Rumänien und Bulgarien leidlich aus, besaß dort auch Freunde, die er besuchte, wann immer er im Süden unterwegs war. Das Wissen um die Visafreiheit und der in der kommenden Woche anstehende Kurzurlaub ließen spontan den Entschluss reifen, in der nächsten Woche wieder einmal nach Rumänien zu fahren.

Das Wetter war freundlich und die Aussichten stimmten optimistisch, als Wolf Bergmann Anfang Mai seine Ausrüstung verstaute und sich auf Tour begab. Er wählte nicht den direkten Weg, sondern querte zunächst Polen, um über die Tatra nach der Slowakei weiter zu fahren. Von dort aus führte der Weg südwärts nach Ungarn. Da er es nicht eilig und kein festes Ziel hatte, bummelte er gemächlich durch die Gegend und achtete peinlich darauf, keine Geschwindigkeitsüberschreitungen zu begehen.

Er war bereits seit zwei Tagen unterwegs, hatte in Polen östlich von Breslau gleich neben einem Feldweg im Freien geschlafen und befand sich jetzt im Nordosten von Ungarn auf dem Weg nach Debrecen, als er ein kleines Flüsschen querte, dessen Ufer einen geeigneten Platz für eine Mittagsrast in der Sonne versprach. Das Gelände bis zum Fluss war für ihn kein Problem. Er war zehn Jahre Motorradmehrkampf im schweren Gelände gefahren und ausgebildeter Übungsleiter Motorsport. Wo ein Motorrad ist, ist auch ein Weg; und wo eine Enduro ist, ist ein Weg nicht nötig, war sein Leitmotiv. Er schreckte vor kaum etwas zurück, es sei denn, das Risiko war für einen Alleinreisenden zu groß, und er drehte nur dann um, wenn der Weg keiner mehr war, es auch für die Enduro kein Weiterkommen mehr gab oder die Räder bereits bis an die Achse im Morast steckten. Folglich erreichte er problemlos den Fluss und genoss Sonne und Wasser, bis er nach einigen Stunden wieder startete, um noch ein Stück Weg zu schaffen, bevor er sich vor Einbruch der Dunkelheit ein Nachtlager suchte.

Er war bereits kurz vor der rumänischen Grenze und hielt die Augen offen, damit ihm nichts entgehen sollte. Schon beim zweiten Versuch wurde er fündig, er fand einen Feldweg, der von der Straße wegführte und an einer Wiese endete. Gebüsch deckte ihn gegen Sicht von der Hauptstraße und konnte etwas Holz für ein kleines Lagerfeuer liefern. Der Himmel war klar, so konnte er auch heute auf das Zelt verzichten; zum Schutz vor streunenden Hunden oder Spitzbuben hatte er ein Bowiemesser mit einer dreiundzwanzig Zentimeter langen Klinge am Gürtel. Doch hier war mit derlei Raubzeug noch nicht zu rechnen, diese Gefahr wurde erst in Rumänien brisant, wie er aus früheren Reisen zur Genüge wusste.

Während er einen kleinen Imbiss zur Nacht nahm, knisterte neben ihm das Feuer und verbreitete eine angenehme Atmosphäre. Er liebte diese Abende nach einem langen Fahrtag, es war ein Gefühl von Freiheit, abseits von gesellschaftlichen Zwängen, Verboten und lästigen Nachbarn. In zwei Monaten stand die alljährliche Reise zum nördlichen Polarkreis an; verglichen damit war dieser Kurztrip lächerlich, aber der Süden hat seine eigenen Reize, die sich vom Norden so grundsätzlich unterscheiden, weil die Natur im Sommer dem Norden die hellen Nächte gegeben hat, die er nicht mehr missen wollte. Doch der Mai war zu zeitig für eine Nordtour. Selbst Ende Juni waren im Gebirge nördlich des Polarkreises die Seen an der schwedisch-norwegischen Grenze noch zugefroren und die Birken standen noch einen Meter tief im Schnee, während an den Zweigen die grünen Blätter hingen.

In den Breiten, wo sich Bergmann jetzt befand, würde es nie helle Nächte geben. Allenfalls konnte der Vollmond, so er rechtzeitig aufging, etwas Helligkeit verbreiten. Dafür gab es aber die warme Sonne am Tage, wenn die Großwetterlage mitspielte, und er konnte sich in den Pausen bräunen. Nur mit dem Baden war es nicht weit her. Der kleine Fluss am Mittag war ein Glücksfall gewesen. In Ungarn und Rumänien waren badewürdige Gewässer selten. An die Donau kam man nicht überall heran, weil die Auenwälder in den Überschwemmungsgebieten häufig dicht wie ein Urwald waren. Dazu kamen mannshohe Brennnesseln und boshafte Mücken. Einzig in der Nähe von Brücken oder Ortschaften gab es vereinzelte Sandstrände, die zum Baden geeignet waren. Die Theiß war häufig schlammig mit glitschigen Ufern; die wenigen Badestellen kannten nur Ortskundige. Seen gab es kaum, und die wenigen, die man sah, waren von Wassergräben umgeben, um Fischdieben das Leben schwer zu machen. Die rumänischen Flüsse setzten noch eins drauf. Der Muresul war bestenfalls im Oberlauf zum Baden geeignet, danach war er eine einzige Kloake, der seine schlammigen Fluten nach Westen zur Theiß wälzte. So blieb dem Reisenden nur eine Wäsche an einem der vielen Brunnen, bis er endlich einen klaren Gebirgsbach am Fuße der Karpaten fand.

Bergmann lag im Schlafsack auf dem Rücken und blickte auf die Sterne über ihm. Es versprach, eine ruhige Nacht zu werden. Allmählich brannte das Feuer herunter und die Augen fielen ihm zu. Grillen zirpten, eine Nachtigall sang im Gebüsch, kein Anzeichen einer Gefahr war erkennbar.

Wolf Bergmann erwachte, als die Sonne bereits zehn Grad über dem östlichen Horizont stand. Er fühlte sich erfrischt und packte zusammen. Schon nach wenigen Kilometern sichtete er auf einer Wiese einen Ziehbrunnen und wusch sich.

Bis zur rumänischen Grenze war es nicht mehr weit. Unterwegs begegnete ihm ein Chopperfahrer aus Österreich, der Freunde im Norden von Rumänien besuchen wollte. Ein etwas seltsames Gespann war das Resultat, als beide für den Rest des Tages zusammen weiterfuhren. Es war Bergmanns erster Besuch in Rumänien seit mehr als zehn Jahren. Es hatte sich einiges getan. Wie er im Laufe dieser Tour feststellen konnte, waren die mit

EU-Mitteln finanzierten sanierten Europastraßen in bestem Zustand, während alle anderen schlechter denn je zu befahren waren, denn im Schnitt gab es vier Schlaglöcher auf den Quadratmeter. Dafür aber gab es eine Tankstellendichte wie im Märchen. Musste man vor der Vertreibung der kommunistischen Machthaber zusehen, mit einer Tankfüllung und etwas Reserve im Gepäck von Ungarn bis Bulgarien zu kommen oder für einen Wucherpreis einen Talon erwerben, der allerdings nur an den Tankstellen der großen Städte, wie z.B. Bukarest, Hermannstadt, oder Klausenburg, um nur einige zu nennen, einlösbar war, gab es jetzt so viele Tankstellen, dass man getrost noch fünfzig Kilometer mit Reserve fahren konnte, sofern man nicht gerade irgendwo abseits in den Karpaten unterwegs war.

Vor Hermannstadt zeigte sich das Bergpanorama der Karpaten von seiner schönen Seite. Die Gipfel der mehr als zweitausend Meter hohen Berge leuchteten vom Schnee des letzten Winters und hoben sich markant vom nur leicht bewölkten Himmel ab. Hinter der Stadt trennte sich Bergmann von seinem Begleiter und fuhr allein entlang des Flusses Olt nach Süden weiter. Er hatte ursprünglich vor, den Transfagaraspass anzusteuern, bog aber irrtümlich nach rechts ab, wo er geradeaus hätte fahren müssen. Allerdings erwies sich dies im Nachhinein nicht als Nachteil, denn um diese Jahreszeit war der Pass noch immer voll gesperrt.

Da die Dämmerung nicht mehr lange warten würde, fuhr Wolf Bergmann langsam und hatte immer ein Auge auf die linke Seite des Flusses, ob sich dort nicht eine Wiese für ein geeignetes Nachtlager finden ließ. Erschwerend war der Umstand, dass es kaum befahrbare Brücken über den Olt gab. Er war nun an die dreißig Kilometer am Fluss entlanggefahren, als er endlich beides sah: eine Wiese und ein kurzes Stück weiter flussabwärts eine Brücke.

Ein paar Minuten später befand er sich auf der linken Seite und tuckerte einen Feldweg entlang, um zu rekognoszieren. Nach zwei Kilometern wendete er und fuhr zurück; oberhalb wurde es nicht besser und er fasste eine ebene Fläche in der Nähe des Steilufers ins Auge, die zum Lagern geeignet war. Das Olttal war beidseitig vom Gebirge eingefasst, doch waren es nur die Ausläufer der Karpaten und hier nicht sehr hoch. Knorrige Weiden standen am Steilufer, auf der Wiese wuchsen Apfelbäume.

Während Bergmann sein Zelt aufschlug, näherte sich von der Brücke ein alter Dacia, vollbesetzt mit vier jungen Leuten, soweit er das auf die Entfernung erkennen konnte. Er winkte ihnen zu, sie antworteten in der gleichen Weise, fuhren aber weiter. Er konnte sich des Gedankens nicht erwehren, dass er die Besatzung bald wiedersehen würde, denn sie würde wohl weiter oberhalb seines Lagerplatzes kaum mehr Glück haben als er, falls sie die Absicht hatte, hier zu übernachten.

Er irrte sich nicht, schon ein paar Minuten später hoppelte der Dacia wieder heran und stoppte neben dem Zelt. Es waren zwei Pärchen, die Mädels Mitte zwanzig, die Männer etwas älter. Trotz der Sprachbarrieren gelang es ihnen, eine wenn auch eingeschränkte Unterhaltung zu führen. Besonders sympathisch war eins der Mädchen, das sich intensiver mit ihm unterhielt als die anderen drei. Maria war eine herbe junge Frau mit dicken schwarzen Haaren und einem offenen Blick. Ihr Wesen machte sie auf ihre Art schön. Sie bat, seinen Ausweis sehen zu dürfen. Erst später, als sie miteinander kommunizierten, denn sie blieben in Kontakt, erfuhr er den Grund. Maria hatte das zweite Gesicht. Sie sah manchmal Dinge, die erst geschehen würden. Es kam einfach über sie; es war nicht bewusst gesteuert. Sie hätte nicht als Wahrsagerin arbeiten können, dazu waren diese Blicke in die Zukunft zu selten. Aber sie geschahen zuweilen. Sie sah den Tod ihres Vaters voraus. Er war von einem Baum gestürzt.

Und Wolf Bergmann erfuhr von ihrer Vision, dass sie einem Mann begegnen würde, der in viel Rot gekleidet war, offenbar das Sweatshirt und seine Goretexhose, die er wegen der Kühle des Abends über die Lederhose gezogen hatte, einen kleinen Knaben hätte und auf etwas Schmalem reisen würde, was aber kein Pferd sei; das konnte nur das Motorrad sein. Sie war überzeugt davon, dass er dieser Mann sein musste, als sie ihn von der Straße aus beim Zeltaufbau am Fluss erblickte, worauf sie ihren Freund veranlasste, den Fluss zu überqueren und auf der

Wiese zu halten. Erst gegen Mitternacht legten sie sich schlafen; die Rumänen verbrachten die Nacht im Auto und Bergmann kroch ins Zelt. Sorgen musste er sich nicht. Spitzbuben benahmen sich anders. Bevor sie sich verabschiedeten, baten die Männer noch darum, Bergmann möge mit der Abreise warten, sie wollten noch gemeinsam frühstücken.

VI

Der Wagen mit dem Verbandszeug rollte ins Zimmer. Oberarzt Dr. Gieler, Leiter der Intensivstation, hatte versprochen, den ersten Verbandswechsel selbst vorzunehmen. Wolf Bergmann konnte nicht viel von dem sehen, was gemacht wurde, aber er spürte, dass Dr. Gieler bemüht war, ihm Schmerzen zu ersparen, wo immer es möglich war. Ganz gelang das nicht, doch Bergmann biss die Zähne zusammen und schloss bisweilen die Augen, wenn die Schmerzen heftiger waren, gab aber keinen Laut von sich und ließ alles über sich ergehen. Obwohl er über die Flexüle auch ständig ein Schmerzmittel erhielt, konnte trotzdem nicht der Zustand der absoluten Gefühllosigkeit bewirkt werden. Es war keine Narkose. Er dachte daran, dass es in einem Jahr vorbei sein würde. Immer wenn er Schmerzen hatte, stellte er sich die Zeit danach vor. Das gab ihm die Geduld, es zu ertragen.

Für Montag war der nächste gründliche Verbandswechsel angesetzt, unter Vollnarkose. Dabei würden wieder Nekrosen entfernt werden müssen und eine Kette mit Antiobiotika würde in den Wundbereich eingebaut werden. Bergmann konnte sich nicht vorstellen, wie das aussehen und funktionieren sollte, aber er vertraute dem Chefarzt und seinem Team. Derartige Verletzungen waren selten und bei Erfolg konnten sie dem Ruf des Arztes, ein ausgezeichneter Chirurg zu sein, nur nützen.

Dr. Gieler verabschiedete sich. Bergmann war wieder allein. Es war kein Einzelzimmer, aber im Augenblick war er der einzige Fall und es war ihm lieb, dass er keinen geschwätzigen Mitpatienten neben sich hatte, der ihm vielleicht die Ohren vollquatschen würde.

*

Wo war er zuletzt mit seinen Gedanken? Ach ja, die Wiese am Olt. Die Nacht war frisch, aber der Schlafsack wärmte ihn ausreichend.

Gegen vier Uhr morgens hörte er den Dacia abfahren. Irgendetwas mussten die Rumänen im Schilde führen, warum sonst bestanden sie auf ein gemeinsames Frühstück?

Er schlief wieder ein und erwachte, als es heller Morgen war. Die Vögel zwitscherten schon und ruhig strömte der schlammige Olt nach Süden. Es war Zeit aufzustehen. Der Dacia war noch nicht zurück.

Während er das Zelt, die Matratze und den Schlafsack zusammenlegte und verstaute, kehrten die jungen Leute von ihrem nächtlichen Ausflug zurück. Die Mädchen breiteten ein Tischtuch über Bergmanns Armeezeltplane aus und deckten den Tisch, während die Männer Holz zusammensuchten.

Es war ein Sonntag und die Geschäfte konnten um diese Zeit unmöglich schon geöffnet haben, aber die Mädels zauberten aus ihrem Korb ein opulentes Frühstück und Fleisch; Hähnchenschenkel und Hammelkeule. Woher sie dieses zu der frühen Stunde beschafft hatten, blieb ein Rätsel.

Wie dem auch sein mochte, jedenfalls wurde das Fleisch über dem Lagerfeuer gebraten, dazu gab es gekochte Eier, Brot, Käse und Torte. Und noch einen Schluck Wein vom Vorabend. Es war einer der glücklichen Zusammentreffen von Menschen verschiedener Länder, die sich auf Anhieb verstehen, auch ohne der Sprache des anderen mächtig zu sein. Wer sich verstehen will, findet auch einen Weg.

Erst am frühen Vormittag verabschiedeten sie sich voneinander; Maria versprach, zu schreiben.

Bergmann war wieder allein unterwegs und die Wilma bullerte mit gemütlichen siebzig Sachen entlang des Olt nach Süden. Erst bei Rimnicu Vilcea änderte Bergmann die Richtung, um Kurs auf die Karpaten zu nehmen und im Bogen über Curtea de Arges und Kronstadt wieder nach Hermannstadt zurückzukehren.

An einer Weggabelung vor Campulung stoppte ihn die Polizei. Er war sich keiner Schuld bewusst, denn er hatte das Tempolimit nirgends überschritten. Man nahm seinen Pass und den Führerschein entgegen und warf ihm dann vor, er habe vor etwa fünf Kilometern im Überholverbot überholt, was auf keinen Fall geduldet werden dürfe und mit 200 € Strafe belegt werden müsse.

Bergmann war stinksauer. Es war nicht das erste Mal, dass er im Ausland angehalten und irgendein Vergehen erfunden wurde, nur um die Einkünfte korrupter Polizisten aufzubessern. Und er war sich sicher, dass er im letzten Ort weder zu schnell war, noch rechtswidrig überholt hatte. Also war er nicht bereit, ohne Diskussion zu zahlen. Es zeigte sich, dass die Polizei tatsächlich nur auf Dummenfang aus war. Auf die Frage nach einem Beweisphoto kam keine Antwort; stattdessen zeigte man ihm eingezogene Führerscheine einheimischer Kraftfahrer, um ihn unter Druck zu setzen. Und man versuchte zu feilschen wie auf einem türkischen Basar. Was denn dieses Delikt in Deutschland kosten würde? Bergmann hatte keine Ahnung und meinte, um den Preis nicht zu hoch zu treiben, vielleicht zehn Euro. Dass er hier nicht wegkommen würde, ohne Federn zu lassen, war ihm klar. Er kannte das. Er bestand auf ein Beweisphoto. Es gab natürlich keins, weil es keins geben konnte. Wahrscheinlich saß der Dritte im Bunde irgendwo in der Richtung, aus der Bergmann kam, in seinem Privatwagen hinter einem Busch und beobachtete den Verkehr, um nach eigenem Gutdünken per Funk einen Verkehrssünder anzukündigen. Und zufällig kam da gerade ein Deutscher mit einer großen BMW und viel Gepäck daher – ein dicker Fisch, ein ausgezeichneter Fang, denn wer mit dem Motorrad unterwegs und Deutscher ist, muss Geld haben. So einfach ist das.

Kurz und gut, er erinnerte sich nicht mehr, wie es zu dem plötzlichen Sinneswandel der beiden Gesetzeshüter kam. Vielleicht war das nächste Opfer bereits auf dem Wege zu ihnen und war nicht so hartnäckig. Er wusste es nicht, aber der, der offenbar der Ranghöhere war, meinte plötzlich, man könne sich auch ohne Strafmandat einigen; einmal Kaffee trinken, „zehn Euro für jeden". Machte zwanzig von ursprünglich zweihundert. Er wusste, dass er im Ernstfall sein Recht nicht durchsetzen konnte, nicht hier, in einem Land, das Jahrhunderte von den Osmanen besetzt war und die Korruption von Beamten zur Tagesordnung gehörte. Jeder wollte geschmiert werden. Nur so arbeiteten im Orient eine funktionierende Verwaltung und die Exekutive.

Gegen Zahlung der zwanzig Euro ohne Quittung erhielt Bergmann seine Papiere zurück und machte sich vom Acker, bevor die beiden es sich anders überlegen konnten.

Derartige Ereignisse verbesserten seine Stimmung normalerweise nicht, aber heute war er gut gelaunt. Er hatte freundliche junge Menschen getroffen, einen netten Abend und einen herzlichen Abschied erlebt, da musste man die Verluste einfach wegstecken. Es war eben so und würde sich immer wiederholen. Für die Polizei im Ausland war man als Deutscher Freiwild, das man nach Belieben ausplündern durfte.

Bergmann schlug eine Nebenstraße ein und überquerte einen kleinen Pass auf dem Weg nach Nordosten, verschenkte ein paar Eier an bettelnde Zigeuner und schlug am Abend an der Strecke von Kronstadt nach Hermannstadt sein Zelt neben einem Bach auf.

Er verbrachte eine ruhige Nacht und spürte die Kühle durch die Zeltwände, die am Morgen klatschnass vom Kondenswasser waren. Draußen war es nicht anders, das Gras war nass und die Wilma tropfte vom Morgentau.

Der Tag verlief ohne besondere Ereignisse. Er war bereits auf dem Rückweg und fuhr parallel zum Muresul auf der Europastraße nach Westen, um von Szeged weiter nach Südungarn zu gelangen, weil er noch einen Abstecher zur Burg Siklos am Tenkesberg machen wollte. Er kannte die Burg aus einer ungarischen Abenteuerserie, die in den sechziger Jahren im Fernsehen lief und wollte sie unbedingt einmal sehen.

Er hatte vor, die Nacht in der Nähe von Mohacs an der Donau zu verbringen, aber es war keine Stelle zu finden, wo ein Weg durch den Auenwald zum Ufer führte, so dass Bergmann letztendlich vor Einbruch der Dunkelheit in einen Feldweg einbog, der auf einer Anhöhe endete, wo er das Zelt aufschlagen konnte und auch genügend Holz für ein Lagerfeuer fand.

Am nächsten Morgen nahm er Kurs West in Richtung Pecs und versuchte auf den Nebenstraßen einen Weg nach Siklos zu finden. Irgendwann endete die Straße in einem kleinen Dorf an einem Feldweg. Tags zuvor musste es geregnet haben, denn der Feldweg war kaum befahrbar. Zum Glück hatte Bergmann anlässlich der Wiederbelebung von Wilma den Vorderradkotflügel gegen den vom Modell Paris/Dakar, einen freiliegenden, der am unteren Klemmkopf arretiert war, ausgetauscht und dadurch war Wickelschlamm für ihn kein Thema mehr. Es gab keine Möglichkeit mehr, dass das Rad am Kotflügel blockieren konnte. Also wühlte er sich durch den Schlamm, dass ihm der Schweiß ausbrach, aber die Wilma schob sich vorwärts wie ein Pflug. Wegrutschen konnte er praktisch nicht, solange er nur die tiefste Stelle der Fahrspur beibehielt. Nach einigen Kilometern hatte er es geschafft und den nächsten Ort erreicht. Unter dem Motorblock, an den Zylindern, unter den Kotflügeln, am Auspuff und an den Stiefeln klebte zentimeterdicker Lehm so fest wie Schwalbennester an einer Hauswand, nur die Reifen befreiten sich Dank der Fliehkraft nach und nach von selbst vom anhaftenden Dreck und das Hinterrad warf die Lehmfetzen hinter ihm meterhoch in die Luft.

Am Mittag erreichte er die Burg und konnte sie endlich besichtigen. Die im Film geschilderten Ereignisse entsprachen in der Tat bis auf einige Kleinigkeiten den historischen Ereignissen. Es war den Kuruzen unter der Führung ihres Hauptmanns Ferenc II Rakoczy um das Jahr 1704 gelungen, die Burg von den Österreichern zu erobern und etwa ein Jahr lang gegen die kaiserlichen Truppen zu halten.

Von Siklos aus wollte Bergmann weiter nach Slowenien und nahm zunächst Kurs Nordwest zum Balaton. Trotz Vorsaison waren die Preise auf den Zeltplätzen unverschämt hoch, und sich nur wegen einer warmen Dusche hier für eine Nacht einzunisten, kam ihm nicht in den Sinn. So setzte er seinen Weg südlich vom Balaton nach Westen fort und überquerte westlich vom See den einzigen nennenswerten Zufluss, den Zala. Die

Enduro nahm den Feldweg neben dem Deich und die Sperre mit Leichtigkeit und er suchte sich eine Stelle, um ins Wasser zu steigen. Nicht unbedingt die beste Wasserqualität und obendrein wurde feiner Faulschlamm aufgewirbelt, als er hineinstieg, aber wer seit fünf Tagen unterwegs ist, ohne einmal baden zu können, darf nicht wählerisch sein, wenn er nicht will, dass ihn die Hunde anpinkeln, weil er stinkt wie ein Iltis.

Wolf Bergmann genoss das Gefühl, sich endlich wieder gründlich reinigen zu können und schwamm dann ein Stück weiter flussabwärts, um an frischer Stelle im sauberen Wasser an Land zu steigen. Dies geschah nicht zuletzt deshalb, weil er befürchtete, es könne hier Blutegel geben, die er beim Plantschen auf sich aufmerksam gemacht haben könnte und denen er nicht noch sein Gemächt zu einem Imbiss anzubieten wollte.

Nachdem er wieder aufgesessen war, steuerte er die waldigen Höhenzüge westlich von seiner Badestelle an und nahm einen Waldweg zum Ziel, um hier die Nacht zu verbringen. Der Weg endete an einer Wildschweinsuhle in einer Senke, nicht gerade der ideale Lagerplatz, also wendete er und wühlte sich durch den Schlamm die Auffahrt wieder ein Stück nach oben, wo er eine ebene Fläche fand, die durch vorjähriges Laub gut gepolstert war.

Auf ein Lagerfeuer musste er heute verzichten, er wollte sich keinen Ärger einhandeln.

VII

Wolf Bergmann wurde aus seinen Gedanken gerissen, als das Mittagessen serviert wurde. Als Neuzugang konnte er nicht tags zuvor wählen und musste mit dem vorliebnehmen, was auf den Tisch kam, heißt Menü III, Schonkost für Magenkranke mit offenem Magengeschwür. Er hatte eigentlich keinen Appetit, kein Wunder in seinem Zustand. Doch er musste etwas essen. Eingewickelt in Schläuche, den Unterschenkel hochgelegt und ein Katheter in der Harnröhre, war er nahezu bewegungsunfähig und konnte sich nicht einmal aufrichten, so dass er von der Schwester gefüttert wurde. Der Tee, aus der Schnabeltasse genossen, war dagegen eine echte Erquickung, besonders, da sein Magen auch seinen bestimmungsgemäßen Dienst wieder aufgenommen hatte und die Übelkeit ausblieb, so dass er dieses Mal seinen Durst durch kleine Schlucke löschen konnte.

*

Bergmann dachte nach, wie seine Kurztour damals weiterging. Am nächsten Morgen packte er seine Campingausrüstung wie jeden Tag zusammen. Er hasste diese Arbeit und es graute ihm immer wieder von neuem davor, diesen Berg von Gepäck optimal in die Seitenkoffer, das Topcase und die Gepäckrolle zu quetschen. Doch wie stets war am Ende alles verstaut und er konnte seinen Weg fortsetzen.

Wie war das noch in Slowenien? Dort hatte er bereits wenige Kilometer hinter der Grenze ein Erlebnis der besonderen Art, ohne dieses Mal selbst der Angeschmierte zu sein.
Radfahrer hatte er besonders gefressen, denn sie verkörperten eine Spezies von Verkehrsteilnehmern, die das Gewohnheitsrecht für sich herausnahmen, sich an keine Verkehrsregeln zu halten, rote Ampeln ignorierten oder ohne Vorwarnung einen halben Meter vorm Vorderrad des Motorrades vom Geh oder Radweg sprangen und den Straßenverkehr schnitten, um irgendwo nach links abzubiegen. Oder in den Alpen fuhren sie mit Tempo achtzig und mehr die Pässe herunter und überholten selbst sein Motorrad, denn er ließ es oft rollen, um sich während des Fahrens ohne Gefahr auch einmal einen Blick auf den Zauber der Bergwelt zu gestatten. Wenn die selbsternannten Radrennfahrer, die sich wohl alle für die Nachfolger von Eddy Mercks hielten, dann noch vor unübersichtlichen Kurven auf die Gegenbahn fuhren, um die Kurve zu schneiden oder ein Auto zu überholen, konnte er über so viel Unvernunft nur den Kopf schütteln. Weil sie sich und andere rücksichtslos gefährdeten, hatte er auch kein Mitleid, wenn sie sich denn einmal ordentlich auf die Schnauze legten. Deshalb war es ihm eine Genugtuung, wenn gelegentlich einer von der Bande auf diese Weise wenigstens die himmlische Gerechtigkeit zu spüren be-

kam, weil sich die irdischen Mächte und ihre Gesetze um solche Idioten nicht kümmerten.

Es lag ihm fern, alle über einen Kamm zu scheren. Es ging ihm nicht um die harmlosen Radler, die am Sonntag vielleicht in ihren Schrebergarten oder zum Baden fuhren, sondern eben um jene Individuen, die man schlicht als Fahrradfetischisten anzusehen hatte, weil sie keine andere Meinung gelten ließen und Kraftfahrzeuge verteufelten, obwohl sie selbst, wenn sie denn wieder im Auto saßen, die gleiche Rücksichtslosigkeit an den Tag legten wie mit dem Rad.

Die Straße führte mit einem Gefälle von 18 % abwärts in die Stadt und Bergmann ließ den Motor bremsen, um die zulässige Geschwindigkeit nicht übermäßig zu überschreiten. Ganz anders der Radfahrer, den er etwa fünfzig Meter vor sich beobachtete. Dieser trat wie ein Irrer in die Pedale und hatte nach Bergmanns Schätzung mindestens siebzig Sachen drauf, als von einem Parkplatz ein PKW auf die Hauptstraße auffuhr. Dessen Fahrer hatte das Fahrrad ganz offensichtlich übersehen. Bergmann ahnte schon, dass ein Crash nicht zu vermeiden war und sah, wie der Radler im letzten Moment stoppen wollte, doch das Vorderrad blockierte, und, sicher auch unter Berücksichtigung des starken Gefälles, wirkte die Achse wie ein Drehpunkt. Der Mann drehte einen tollen Salto und krachte samt seinem Rad gegen den Wagen, überschlug sich noch einmal auf dem Asphalt und blieb liegen.

Bergmann ärgerte sich über den Zeitverlust, den er nun in Kauf nehmen musste, denn als Augenzeuge musste er warten, bis die Polizei den Unfall aufgenommen hatte. Der Radfahrer hatte sich einen Unterschenkel gebrochen und blutete aus mehreren Wunden, war aber nicht bewusstlos. Schuld an dem Unfall hatten ohne Zweifel beide, und das sagte er später auch aus.

Es war inzwischen später Vormittag geworden und Bergmann erspähte in einem Dorf einen kleinen See, dessen ihn umgebende Wiese für eine Pause erkoren wurde. Die Wasserqualität war noch jämmerlicher als gestern im Fluss, aber zur Morgenwäsche langte es dennoch, wenn man keine großen Ansprüche stellte.

Wie es danach weiterging, daran erinnerte sich Bergmann nicht mehr. Es musste wohl nichts Aufregendes mehr passiert sein. Jedenfalls blieb er im Rahmen einer Kurztour, es waren wohl knapp unter 4500 km.

Trotz des vielen Ärgers, den Bergmann in seinem Leben hatte, gab es auch glückliche Umstände. Aus der Distanz der Jahre betrachtet, erschien ihm heute der Abgang von der Polytechnischen zur Erweiterten Oberschule als ein Glücksfall mit Wermutstropfen.

Ein Glücksfall, weil er zu einem selbständigen jungen Menschen heranwachsen konnte, ohne unter der Aufsicht seiner Mutter zu stehen, die glaubte, sich in alles einmischen zu müssen, auch wenn es sie nichts anging. Bergmann hasste diese Bevormundung, die sein Vater lebenslang ertragen musste. Er würde nie wie sein Vater werden, das stand fest. Wolf Bergmann hatte das Gefühl, dass ihn irgendein Geheimnis umgeben musste, das weder ihm noch anderen bekannt oder bewusst war. Aber es musste einen Grund geben, warum sich Bergmann in körperlicher und geistiger Hinsicht erheblich von allen seinen Verwandten aus der männlichen Linie unterschied, soweit diese noch lebten oder ihm bekannt waren, und sei es nur aus Erzählungen.

Nach seiner Geburt im Krankenhaus verwechselt worden konnte er nicht sein. Selbst, wenn ihn seine Mutter als Baby nicht wiedererkannt hätte, er hatte ein Erbe von seinem Vater übernommen, welches sein Leben lang unübersehbar blieb; die Narben einer vererbten Hautkrankheit.

Der Wermutstropfen bestand darin, dass ihm mit seinem Aufenthalt an einer strengen Internatsschule, dafür einer der besten, wenn nicht die beste der Republik, im Grunde ein wichtiger Teil seiner Jugend gestohlen wurde. Immerhin wohnte er vier Jahre dort, bis er sein Abiturzeugnis mit einem sehr guten Abschluss am Ende seiner Schulzeit in den Händen hielt.

Aber es war Unterricht bis einschließlich Sonnabend, er kam erst am Nachmittag nach Hause, genoss dann ein ausdauerndes Bad, wobei nebenher das Radio lief und am Abend hatte er keine Energie mehr für die mitgebrachten Hausaufgaben. Die Bücher waren Woche für Woche nichts als unnütz mitgeschleppter Ballast.

Und wenn seine Altersgenossen abends zur Disco gingen, lag er vorm Fernseher, um sich zu erholen. Abgesehen davon hatte er keine Lust, sich bei den Mädchen einen Korb zu holen.

Gewiss, er hatte das Glück, an der Schule ein Mädchen kennenzulernen, seine erste Freundin. Aber sie waren beide jung und unerfahren, sie auch noch nicht für mehr bereit, und nach einem knappen Jahr zerbrach die erste Jugendliebe. Wie bei manchem anderen auch, stellte sich bei ihm in der Reifezeit eine Hautkrankheit ein, die bei ihm aber so stark ausgeprägt war, dass er ewig bleibende, tiefe Narben davontrug. Seine Freundin suchte sich einen Jüngeren, ein Weichei, Sitzpisser und Warmduscher, schlicht gesagt eine Molluske, die er als Mann nicht für voll nehmen würde, so würde ihn Bergmann heute bezeichnen; die Mädchen wandten sich von ihm ab, also blieb er Discotheken meistens fern. Sonntags wurde ausgeschlafen und am Nachmittag musste er schon wieder zum Bus. Später, als er den Mopedschein und noch später den Motorradführerschein und seine schnelle Maschine hatte, war ihm etwas mehr Freizeit vergönnt, aber die Schule hatte Vorrang vor allem anderen.

*

Immerhin konnte er sich rühmen, dass vor ihm bedeutende Männer hier zur Schule gingen. Seit das ehemalige Zisterzienserkloster um das Jahr 1540 von den letzten Mönchen verlassen wurde und danach drei Jahre leer stand, wurden die Gebäude als Fürstenschule genutzt. Namen wie die der Dichter Fichte und Klopstock, des Philosophen Nietzsche, des Chemikers Fritz Hoffmann – Erfinder des synthetischen Kautschuks – oder des letzten Reichskanzlers des Kaiserreiches, Theobald von Bethmann-Hollweg, stehen bis heute im Buch der ehemaligen Schüler.

Das Kloster lag im Saaletal unweit von den Toren von Niumburg, an der Ostseite der Kalkhänge, die sich etwa einhundertzwanzig Meter höher über das Saaletal erhoben. Im Westen näherte sich der Fluss den Kalkterrassen, deren günstige Lage hier seit Jahrhunderten einen Weinanbau ermöglichte. Allerdings vertrat Bergmann, der lieber einen süßen Weißwein aus dem Rhein-Hessen-Gebiet oder eine Pfälzer Spätlese genoss, die Meinung, dass das, was nördlich vom 50. Breitengrad gekeltert wurde, nur Schund sein konnte. Solch saures Zeug, von Weinkennern unzutreffend als „trocken" bezeichnet, obwohl man auch davon eine nasse Hose bekam, wenn das Glas umgestoßen wurde und sich sein Inhalt auf die Beinkleider ergoss, war ihm zuwider.

Die Kalkterrassen entstanden infolge der drei bekanntesten Eiszeiten, der Elster, Saale und Weichselkaltzeit, wenn sich das Land, nachdem der Druck des Inlandeises nach dem Abschmelzen in den Interglazialzeiten verschwand, anhob. Die Saale musste sich dann ihr Bett jedes Mal neu graben. Vor der Eiszeit gab es hier ein flaches Meer, das Zechsteinmeer, das im Verlaufe seiner Existenz mehrfach austrocknete und überflutet wurde. In dessen Resultat entstanden im heutigen Mitteldeutschland die riesigen Salzlager, der Hartfelder Kupferschiefer und die Kalkgebirge aus Schaum oder Plattenkalk, in denen sich auch heute noch versteinerte Schnecken und Muscheln finden ließen. Der Kalk fand seine Verwendung als Baumaterial, entweder in Form von Zement oder direkt als Kalkblöcke, mit denen die großen Kirchen, unter anderem der Niumburger Dom, erbaut wurden.

*

In den ersten Schulwochen strolchte Bergmann mit zwei Klassenkameraden in der Zeit nach Unterrichtsschluss bis zum Beginn der obligatorischen Arbeitsstunde durch die bewaldeten Berghänge oder sie waren selbst Mitte September noch in der Saale baden. Der Altweibersommer zog sich in jenem Jahr weit in den September hinein und die Jungen hatten bereits einmal vergeblich versucht, oberhalb vom Fischhaus an der Fähre eine

Furt zu finden. Sie versuchten, auf das linke Ufer zu gelangen, damit sie den Reifegrad der Weintrauben testen konnten. Das Unternehmen endete kläglich. Nachdem sich die Jungen durch Weißdorn und zwei Meter hohe Brennnesseln gekämpft hatten und schon bis zu den Oberschenkeln im Wasser standen, wurde der Fluss immer tiefer und die Strömung stärker. Jens wollte einen Vorstoß wagen und warf Wolf seine Schuhe zu. Der Wurf geriet zu kurz, Bergmann verpasste die Schuhe um eine Handbreite und beide konnten nur noch hinterhersehen, wie sie davon schwammen.

In der folgenden Woche fingen sie es klüger an und ließen ihre sämtlichen Kleider auf dem Deich am Fischhaus liegen. Von dort aus wanderten sie in der Badehose zwei Kilometer flussaufwärts, krochen durch den Weißdorn und fluchten über die Brennnesseln, die die nackten Körper peinigten. Endlich aber gelangten sie doch ohne Schrammen in den Fluss und tauchten sofort ein, um die Brennnesselbisse zu kühlen. Die Saale war noch nicht ausgekühlt und mit etwa sechzehn Grad Wassertemperatur erträglich. Die Jungen ließen sich abwärts treiben und fanden auch eine Furt, die bis wenige Meter vor das Westufer reichte, dann fiel der Grund schlagartig fast senkrecht auf über drei Meter Tiefe ab. Sie wollten kein Risiko eingehen und nicht in einen Strudel geraten und verzichteten auf den Versuch, ans Ufer zu kommen. So ließen sich die Jungen weiter bis zur Fähre treiben und stiegen dort an Land.

Mitte Oktober endeten diese kleinen Exkursionen; die Gegend war erkundet, auch in der Grotte zur Klopstockquelle und im unweit davon gelegenen Sumpf hatten sie sich herumgetrieben und waren beinahe stecken geblieben. Dann waren die Bedingungen zu ungünstig und die Schule hatte Vorrang.

Zudem gab es noch weitere Verpflichtungen. Sportlehrer Scherf hatte Bergmann zur Teilnahme am wöchentlichen Training verpflichtet, denn er war mit seinen vierzehn Jahren bereits einsvierundachtzig groß und brachte über hundertfünfzig Pfund auf die Waage. Auf die Frage des Lehrers in der ersten Sportstunde, was er denn bisher sportlich gemacht habe, antworte Bergmann kurz mit "nichts".

Das stimmte nicht ganz, denn er hatte auch an der POS am Leichtathletiktraining teilgenommen und wurde zu verschiedenen Wettkämpfen delegiert, jedoch ohne je eine Medaille gewonnen zu haben.

Beim Schulsportfest des letzten Jahres hatte er den 3. Platz belegt. In der achten Klasse waren die Ergebnisse des Dreikampfes so knapp ausfallen, dass die Schüler vor der Siegerehrung Wetten abschlossen, wer oben auf dem Podest stehen würde. Rolf, Vorjahressieger, war der schnellste auf 100 m, mit über einer Sekunde Rückstand folgte Wolf, dann Frank. Frank gelang ein Glückssprung von 5,50 m, dem Rolf nichts entgegenzusetzen hatte und Wolf setzte zwei Sprünge bei 5,10 m auf; den letzten Versuch „vergeigte" er. Er war gut vom Absprung weg und weit gekommen, aber die Landung misslang, er rutschte einen halben Meter im Sand nach vorn und setzte sich hin. Statt der geschätzten 5,30 m blieben nur fünf Meter übrig, das reichte nicht. Daran änderten auch Wolfs 10,20 m, `der weiteste Kugelstoß des Tages´, wie bei der Siegerehrung verkündet wurde, nichts; hierfür wurden zu wenige Punkte vergeben. Am Ende lagen die Drei, begonnen mit 180 Punkten für Frank als Sieger, 177 für Rolf als zweiten und 174 Punkten für den Drittplatzierten Wolf so eng zusammen, dass es keine Schande war, zu unterliegen.

Lehrer Scherf aber nahm das nicht so hin. „Ein Kerl wie ein Schrank, und nichts gemacht? Warte, Du Bäckerbursche, Du kommst jetzt jeden Montag zum Training!"

Und dann gab es noch eine „freiwillige" Pflicht, jährlich dreißig Stunden unbezahlte Arbeit zu leisten, Nationales Aufbauwerk, kurz NAW genannt. Wenn er Glück hatte, konnte er die Holperstraße neben dem Mühlteich noch pflastern, das machte ihm Freude, denn es gab reichlich von einer Arbeit, die wenigstens einen praktischen Nutzen hatte. Die Zufahrt zum ehemaligen Schafstall, der den Schülern, die bereits ein Moped oder Motorrad besaßen, als Garage zur Verfügung gestellt wurde, wurde so ungemein verbessert. Meistens aber harkten die Schüler das Laub zusammen, welches im November in Massen von den alten Linden fiel. Oder sie lagerten die aus der nördlichen und nordöstlichen Klostermauer herausgebrochenen Natursteine auf einen Haufen, um sie bei den folgenden Einsätzen weg zu nehmen und ein paar Meter daneben wieder aufzuschichten.

Das Klostergelände selbst wirkte düster, besonders im Winter, wenn das Sonnenlicht erst spät seinen Weg in das Tal fand, und konnte einem Neuankömmling schon einen Kälteschauer über den Rücken jagen. Rings von der Mauer umgrenzt, beherbergte es jetzt die Internate und Schulgebäude sowie die Klosterkirche und Nebengebäude einerseits und ein Volkseigenes Gut für Milchproduktion andererseits.

Mit Unbehagen dachte Bergmann daran, dass jeden Morgen um vier Uhr das Dieselaggregat der Melkmaschine ansprang und seinem Schlaf ein jähes Ende setzte, denn die Fenster des Internatszimmers, welches er mit drei weiteren Mitschülern bewohnte, lagen genau in diese Richtung und waren sperrangelweit geöffnet. Wenn dann 5:45 Uhr wieder schlagartig Ruhe einsetzte, blieb noch eine Viertelstunde bis zum Aufstehen. Geweckt wurde nicht, dafür musste jeder Schüler selbst Sorge tragen, aber es wurde durch den Schüler vom Dienst, kurz SvD genannt, kontrolliert, ob die Internatsdisziplin auch eingehalten wurde. Der SvD hatte immer eine Woche Dienst, bevor gewechselt wurde und wurde von den Schülern der Abiturstufe ausgeübt, während die unteren Jahrgänge den Wachdienst in den Internaten und der Portalwache vom Schulgebäude versahen. Wehe dem, der zwei Minuten nach sechs noch im Bett lag, er wurde zur Meldung gebracht. Am Ende der 9. Klasse hatte es sich Bergmann einmal erlaubt, mit dem Hausschuh nach dem SvD zu werfen, als dieser bereits eine Minute nach sechs im Zimmer stand. Die Strafe folgte auf dem Fuße, nach dem Unterricht Bestellung zum Heimleiter, zwei Wochen Ausgangssperre.

*

Draußen senkte sich die Dämmerung herab. Der Januarabend kam zeitig und obendrein lag die Wachstation auf der Nordseite des Gebäudes, soviel konnte er feststellen, denn zu keiner Tageszeit war Sonnenlicht durch das Fenster gefallen.

Zum Abendessen konnte sich Bergmann nur zwingen, eine Schnitte zu essen.

Er war müde und konnte doch nicht schlafen. Zu viel ging ihm durch den Kopf. Er verbrachte die Nacht in einem Dämmerzustand, konzentrierte sich auf Episoden aus seinem Leben und konnte doch keinen Gedanken zu Ende bringen, ohne vorher einzuschlummern. Es war ihm lieb, denn dieses Ziel verfolgte er ja damit, beim Nachdenken müde zu werden und in den Schlaf hinein zu gleiten.

Dennoch verlief die Nacht unruhig. Das Schlafen auf dem Rücken war Bergmann nicht gewohnt; wie er es bereits geahnt hatte, kam er damit nicht zurecht. War er dann doch einmal für eine Weile eingeschlafen, dauerte es nicht lange, bis sein Unterkiefer herunterklappte und er durch den geöffneten Mund atmete. Entweder wachte er dann wegen seines leichten Schlafes auf, weil er schnarchte, oder die Kehle wurde ihm trocken und er musste zur Schnabeltasse mit dem Tee greifen, um sie anzufeuchten. Nun war er wieder wach und es verging wiederum eine geraume Zeit, bevor der Schlaf zurückkehrte. Das Spiel begann von vorn. Der Mund wurde trocken und er musste trinken. Es war ein Teufelskreis, der nicht zu durchbrechen war und es würde die nächsten Wochen so weitergehen.

VIII

Noch bevor es hell wurde, die Sonne ging um diese Zeit erst nach acht Uhr morgens auf, begann ein neuer Tag auf der Wachstation mit dem Messen des Fiebers und des Pulses. Letzteres war allerdings auf dem Monitor aufgezeichnet.

Bevor das Frühstück ans Bett gebracht wurde, kam die Schwester der Frühschicht und wusch Bergmann, soweit es möglich war.

Neben der großen Uhr hing der Bildschirm eines Fernsehers. Aber Bergmann hatte keine Kopfhörer, um irgendetwas hören zu können und im Augenblick stand ihm auch nicht der Sinn nach Fernsehen.

Nach dem Frühstück versuchte er, etwas zu schlafen, bis der Oberarzt zur Visite kam. Doch schon kam die nächste Störung. Er lernte ein neues Gesicht kennen. Eine immer gutgelaunte Mittvierzigerin erschien, um die Bestellung des Essens für den nächsten Tag aufzunehmen. Auf Anhieb hatte sie den schwerverletzten Bergmann ins Herz geschlossen und verschaffte ihm kleine Vergünstigungen, indem sie ihm zum Frühstück noch eine Extraportion Milch oder Kakao und ein drittes Brötchen liefern ließ, als sich sein Appetit wieder einstellte.

Danach erfolgte der Verbandswechsel durch seine betreuende Schwester von der Frühschicht.

Am Vormittag bekam Bergmann Besuch von einem Kollegen des Ordnungsamtes, auch ein Motorradfahrer, aber Ron gehörte zur Kategorie der Chopperfahrer, die sich nur bei schönem Wetter auf die Straße wagten. Er hatte von dem Unglück erfahren und erkundigte sich nach seinem Befinden. Bergmann konnte nicht viel dazu sagen, er fühlte sich einfach nur beschissen.

*

Bis zum Mittagessen wühlte Bergmann wieder in den Erinnerungen an seine Schulzeit. Er erinnerte sich, dass viele seiner ehemaligen Lehrer ähnliche Marotten hatten wie seinerzeit die Pauker in der berühmten „Feuerzangenbowle".

Da war zum Beispiel der „Fatzke", mit bürgerlichem Namen Gemmer, Musiklehrer. Er hatte die Angewohnheit, mit seinem Schlüsselbund zu rasseln, wenn er die Treppe zum Kreuzgang herunterkam. Die Schüler kannten das und nahmen dann schon ihre Schultaschen auf, um dem Lehrer in den Klassenraum zu folgen, sobald dieser die Türe aufgeschlossen hatte. Seit Bergmann nicht mehr Klassenbester an der POS war, machte er sich auch weniger Gedanken um die Disziplin. Zwar kamen hier Prügeleien eher selten vor, aber zweimal durfte er trotzdem beim Heimleiter antanzen. Er hatte – seiner Ansicht nach mit Recht – einem Mitschüler eins auf die Zwölf verpasst. Bergmann erhielt an der Bushaltestelle einen hinterhältigen und boshaften Schubs, infolgedessen er die schlüpfrige Böschung hinunterrutschte und auf dem Hosenboden landete. Es folgte eine schlichte Reaktion getreu den Regeln des Alten Testaments: Auge um Auge, Zahn um Zahn. Er stand auf, sprang die Böschung hoch und der Kurze machte Bekanntschaft mit Bergmanns Faust auf dem Auge. Das war primitiv, biblisch, hart, aber gerecht. Der Heimleiter jedoch entwickelte eine andere Ansicht und fand dieses Verhalten für den Schüler einer sozialistischen Schule unwürdig.

Wolf entwickelte sich durchaus nicht zum Klassenkasper, aber hatte doch unbewusst oder bewusst oft zur Erheiterung der Klasse beigetragen, weil er entweder bei einer Schelmerei erwischt wurde oder eine Antwort gab, bei der einfach kein Auge trocken bleiben konnte.

Im Fall „Fatzke" nun bestand der Schabernack darin, dass Bergmann genau zum Klingelzeichen die Treppe hinabflitzte, weil er vor dem Ende der Pause noch einmal zur Toilette musste. Da kam ihm der Gedanke, wie der Fatzke mit seinem Schlüsselbund zu rasseln und freute sich über die Gesichter seiner gefoppten Mitschüler, als diese ihre Taschen in den Händen hielten, während er um die Ecke bog.

Was einmal klappt, klappt beim zweiten Mal bestimmt. Das ist eine fast unumstößliche Gesetzmäßigkeit, die zwar wissenschaftlich nicht beweisbar ist, doch statistisch betrachtet durchaus ihre Daseinsberechtigung hat. Doch auch Statistiken sind eben nur Durchschnittswerte, und an einem der darauf folgenden Tage, als wieder einmal Musik auf dem Stundenplan stand, wiederholte er den Spaß. Mit rasselndem Schlüsselbund in der Hand bog Bergmann um die Ecke in den Kreuzgang ein, die Mitschüler hielten auch wie erwartet die Taschen in den Händen, nur dieses Mal war er der Gefoppte, denn der Fatzke öffnete gerade die Tür, ließ aber kein Wort des Missfallens verlauten, doch Bergmann war sich sicher, dass der Lehrer alles registriert hatte. Wie Recht er hatte, zeigte sich in der kommenden Woche, als er rein zufällig zur mündlichen Leistungskontrolle nach vorn gerufen wurde. Bergmann konnte sich zwar die Liedertexte und die Melodien merken, als Sänger aber wohl kaum Karriere machen, und mit Musiktheorie stand es noch schlimmer. Denn er besaß kein musikalisches Gehör und konnte weder Dur von Moll, noch eine Terz von einer Quinte unterscheiden. Und er war auch nicht in der Lage, Noten zu lesen, geschweige denn, ihnen einen passenden Ton zuzuordnen.

Am Ende trug der Fatzke bei Bergmann eine vier ins Klassenbuch ein. Noch heute hatte Bergmann gelegentlich Horrorträume vom Musikunterricht, wo er jedes Mal Angst vor einer Kontrolle hatte. Außerdem fand er es entwürdigend, wenn sein Name mit denen von Werner und Jens aufgerufen wurde, um die Klasse mit ihrem Gesang zu erheitern. Schon beim Nennen der besagten Namen leuchteten die Gesichter der Mitschüler in freudiger Erwartung auf und am Ende gab es meistens etwas zu lachen. Werner, auch Leo genannt, und noch talentloser als Max Heumeister, bekam keinen Ton richtig heraus. Der Fatzke befahl ihn nach vorn zum „Klafünf", wie er zu sagen pflegte, wenn er geistreich sein wollte, schlug einen Ton an und sagte, sing: „rinnnn". Leo krächzte: „rrrinn". – „Nein, ´rinnnn´". Und Leo wieder: „rrrinn". Das war dem Fatzke zuviel; „Rindsviech, singe!". Wieherndes Gelächter. Und was passierte Bergmann? Bei dem litauischen Volkslied „Zogen eins fünf wilde Schwäne" brachte er zwei Strophen durcheinander und sang irrtümlich: „Standen einst fünf junge Mädchen frisch und grün am Bachesrand". Dort sollten eigentlich fünf junge Birken stehen. Die Klasse bog sich vor Lachen, bevor Bergmann weitersingen konnte.

Oder der Specker, Russischlehrer. Seinen Spitznamen verdankte der Lehrer einem alten speckigen Russenmantel, den er nach dem Kriege von einem Offizier geschenkt bekam und damit sowie einer ebenso speckigen Pelzmütze, im Volksmund auch als „Bärenfotze" bezeichnet, Sommer wie Winter mit seinem Kleinroller zur Schule fuhr. Sein Spleen äußerte sich, indem er nach jedem dritten oder vierten Wort „nich wahr, ja, oder nöch" in den gerade begonnenen Satz einzufügen pflegte, manchmal auch alles zusammen. Da führte man dann Strichlisten und die Parallelklassen verglichen in der Pause, bei wem wohl die meisten Striche registriert wurden. Oder eine Schülerin beherrschte den vorgeschriebenen Lehrstoff nicht, dann strich sich der Specker mit beiden Händen über die letzten, ihm an den Seiten verbliebenen Haare, grinste vergnügt und sprach mit knarrender Stimme: „Na Mädchen, ich würde ja sagen, Du hast überhaupt keinen blassen Dunst!"

Dann gab es noch den Klassenlehrer, Bepo, denn er hieß Bernd Pollmann. Einfacher geht es nicht. Er hatte die Unart, ständig seine Brille ab und aufzusetzen und konnte sich nie entscheiden, ob er seine Schüler nun Siezen oder Duzen sollte. „Ja weißt Du, wissen Sie, wisst Ihr…"
Bergmann erinnerte sich an eine Szene auf dem Flur, es war im letzten Schuljahr. An einer grünen Tafel für Mitteilungen stand eine Information für die Klasse 12b. Mit „gez. Pollmann" abgeschlossen. Bergmann konnte dem Drang nicht widerstehen, dieser Mitteilung noch eine heitere Note zu geben und wischte die Unterzeichnung mit dem Finger aus. Mit dem Rest Kreide am Mittelfinger formulierte der hinter dem „gez." nun statt dem „Pollmann" ein „Bepo". Er war gerade fertig damit und wollte sich aus der Hocke erheben, als er ein paar hinter die Ohren erhielt. Bergmann drehte sich um und wollte dem Störenfried gerade die Meinung sagen, als sein Blick auf den soeben Verhohnepiepelten fiel und es verschlug ihm die Sprache. Zum Glück blieben negative Folgen aus.

Ein anderes Mal gab es wiederum Gelächter in einer Geschichtsstunde. Der Geschichtslehrer, den Bergmann erst Jahrzehnte später hoch verehrte, als sein Geschichtsinteresse für den I. Weltkrieg erwachte, hieß Kotryby mit Namen und wurde von seinen Schülern seit Generationen „Ko" genannt. Er hatte genügend Humor, um sich selbst auch so zu nennen. Er war streng und Geschichte allen Schülern ein Horror, doch auch gerecht und oft ließ er die Klasse entscheiden, welche Note ein geprüfter Schüler erhalten sollte. Natürlich musste die Bewertung auch real sein, verarschen ließ der Ko sich nicht. Dafür hieß es dann, wenn sich jemand nach bestandener Kontrolle mit einer zwei setzen durfte, „bedank´ Dich bei der Klasse!" Eine Eins war beim Ko die absolute Ausnahme.

Bergmann gehörte zur Masse der Schüler, die wie bereits erwähnt, mit der deutschen Geschichte, zumindest während der Schulzeit, so ihre Probleme hatten und war jedes Mal froh, wenn der Unterricht vorbei war, ohne dass er einer Leistungskontrolle unterzogen wurde. Einmal war er unkonzentriert und hatte auf die Frage des Ko nach dem Dienstgrad Pauls von Hindenburg während des Krieges mit „Oberhoffeldmarschall" geantwortet. Der Ko konnte sich ein Grinsen nicht verkneifen und antwortete: „Generalfeldmarschall, Du militärische Null!"

Doch Bergmann verblüffte auch den Ko wenig später, als dieser fragte, welcher Krieg dem deutschen Volke zwei Millionen Tote gekostet habe. Bergmann wusste, dass es im II. Weltkrieg über acht Millionen waren und der deutschfranzösische Krieg von 1870/71 nicht diese Bedeutung haben konnte und antworte spontan, ohne sich zu melden, es wäre der I. Weltkrieg. „Gut, Junge", aber er setzte noch eins drauf, als die Frage nach der Dauer des II. Weltkrieges kam und Bergmann dies mit sechs Jahren bezifferte. Der Ko wollte ihn verwirren und fragte, wie er denn darauf komme. „Na, von ´39 bis ´45, macht sechs Jahre, glauben Sie´s nicht?" Wieder wieherndes Gelächter.

Fast dreißig Jahre später besuchte Bergmann seinen alten Lehrer kurz vor dessen Ableben und überreichte diesem ein von ihm selbst geschriebenes Reisetagebuch seiner Abenteuerfahrt in die Sahara von Marokko, nebst einer Widmung „Für seinen verehrten Lehrer von seinem dankbaren Schüler".

*

Die Schwester kam mit dem Mittagessen. Es war Sonnabend. Sonnabends gab es Suppe, gewürzt mit mehr oder weniger nichts und die Grundbestandteile Fleischeinlage und Suppe im Verhältnis 1:1; ein Würfel Fleisch auf einen Liter Suppe. Fettaugen fehlten entweder ganz oder waren an den Fingern einer Hand abzählbar. Der Koch bewegte sich am Rande eines Straftatbestandes; was da auf den Teller kam, war mit einfachen Worten schlicht „versuchter Totschlag".

Am Nachmittag wurde wieder Besuch angekündigt; Bergmanns Frau kam und brachte den Waschbeutel und einige Bücher zum Lesen mit. Es fiel beiden schwer, über das zu sprechen, was ihnen auf dem Herzen lag. Sie hatte, so sagte sie, am Abend des Unglücks gespürt, dass etwas passieren würde. Es war nur ein unbestimmtes Gefühl, aber deshalb hatte sie sich in der Stunde vor seiner Abfahrt noch einmal an ihn geschmiegt. Sie konnte ihn nicht trösten. Die Floskel „Alles wird gut!" passte nicht hierher, denn es würde nie wieder sein wie früher. Nichts würde mehr so sein und nie wieder würde es so werden können. Zu viel war zertrümmert; auch der modernen Medizin waren Grenzen gesetzt. Aber sie hatte ein gutes Gefühl, dass er das Bein nicht verlieren würde. Ihr Gefühl habe sie noch nie getäuscht. Conny saß schweigend neben seinem Bett und streichelte die verkabelte Hand. Bergmann sickerten Tränen aus den Augen. Er konnte sie nicht zurückhalten. Sein Leben war zerstört und er musste sich an diesen Gedanken gewöhnen. So etwas geht nicht so einfach, wie man einen Lichtschalter umlegt.

Conny sah auf die Uhr, der Parkschein würde in einer Viertelstunde ablaufen. Es gab in der unmittelbaren Nähe der Klinik nur gebührenpflichtige Parkplätze. Auch so eine Erfindung der Kommunen und Kliniken, um zu Geld zu kommen. Sie wollte noch vor der Dunkelheit in der Umgebung nach einem freien Parkplatz suchen, weil sie in den folgenden Wochen nicht in Zeitdruck kommen und die Gebühren sparen wollte.

Sie mussten sich verabschieden; je nach ihrer Arbeitszeit würde Conny versuchen, mindestens jeden zweiten Tag zu ihm zu kommen.

Bergmann übermannte die Müdigkeit und er fiel wieder in einen leichten Schlaf, der aber nicht lange gedauert haben konnte, denn er erwachte wieder von dieser lästigen Manschette zum Messen des Blutdruckes. Er ahnte, dass ihm schlimme Zeiten in der Klinik bevorstanden.

Es war schon wieder Zeit zum Abendessen. Die gleiche Prozedur wie gestern.

Am Abend wurde ein Neuzugang eingeliefert. Der andere Patient bewegte sich nicht und sprach auch nicht. Bergmann war froh darüber. Er wollte sich nicht mit Fremden über ihre Krankheiten oder Unfälle unterhalten, das würde seine Missstimmung nicht verbessern.

*

Bergmanns Gedanken kreisten wieder um die Schule. Seine erste Jugendliebe, Marion, hatte er im November der 9. Klasse kennengelernt, als sie gemeinsam russische Grammatik übten. Sie hatte lange schwarze Haare, hinten zu einem Zopf gebunden, und war aus der 9a. Eigentlich hatten sie sich nur schüchtern angeblinzelt, aber zwei anderen war das nicht entgangen. So wurde Bergmann am Abend ´ein Gruß von Marion` bestellt, und er ließ sie zurück grüßen. Keiner der beiden ahnte, dass man sie verkuppeln wollte. Doch das Wunder geschah und zwei Tage später trafen sich die zwei nach dem Abendessen am Mühlteich zum ersten Rendezvous.

Jeden Abend trafen sie sich nun, erzählten über sich und die Familie, spazierten in der knappen Zeit bis zur abendlichen angeordneten Arbeitsstunde Hand in Hand durch den Klosterpark und eines Abends gaben sie sich den ersten Kuss. Es war ein ungeschickter Kuss, zwar auf die Lippen, doch ohne den Mund zum Zungenschlag zu öffnen. Aber es war sein erster Kuss.

In den großen Pausen war es üblich, dass die Schüler nach dem Imbiss – Bergmann pflegte nur vier Flaschen Milch zu trinken – eine Runde nach der anderen den Kreuzgang entlangwanderten. In der Mitte des Gartens stand seit wer weiß wie lange eine mächtige Kastanie.

Die Pärchen allerdings fanden sich an der Galerie zum Garten; die Jungen lehnten an der Mauer und hielten ihre Mädchen eng umschlungen. Die Lehrer sahen das nicht gern, das war bekannt, aber sie ließen sich ohnehin nur selten sehen und somit nahm niemand Anstoß an den Liebeleien – bis auf Frau Camplon. Damals hieß sie noch Parusch und keiner wusste, welche Funktion sie an der Schule eigentlich ausübte, denn sie war keine Lehrerin. Doch sie musste parteitreu sein, denn es gelang ihr, Bergmanns Heimleiter zum Ende des zweiten Jahres weg zu ekeln und künftig selbst die Leitung des Internates II zu übernehmen. Sie war eine boshafte Furie jenseits der fünfzig, zweimal geschieden, den dritten Ehegatten hatte sie unter die Erde gebracht; für ihn wohl das kleinere Übel. Und sie liebte diejenigen Schüler, die sich bei ihr einkratzten.

.

IX

Die Zeit zum Schlafen war gekommen, das Licht im Zimmer war endlich wieder gedämpft. Wolf Bergmann versuchte, etwas zu schlafen und seine Gedanken fallen zu lassen. Es gelang ihm teilweise. Zuweilen schlief er ein und träumte zusammenhangloses Zeug, woran er sich beim Erwachen meistens nicht mehr erinnern konnte.

Es war bereits nach Mitternacht, als es Aufregung auf dem Flur gab. Bergmann wurde aus dem gerade begonnenen Schlummer gerissen; das Licht im Zimmer blendete und mit wehenden Kitteln stürzten der diensthabende Arzt und eine Ärztin herein, zum Bett seines Nachbarn. Bergmann konnte nicht sicher erkennen, was da vor sich ging, nahm aber an, dass es ernst sein würde, es sah ganz nach dem Versuch einer Reanimierung aus. Nach mehreren Minuten wurde das Bett herausgefahren, die Ärztin antwortete auf Bergmanns fragenden Blick, es gäbe eine „Umverlegung". Ihre Gesichtszüge verrieten ihm genug. Wenn nicht in den Op. – wohin sollte ein schwer verletzter Patient mitten in der Nacht umverlegt werden? Er glaubte genug zu wissen; wahrscheinlich handelte es sich um das, was man in der Klinik mit dem Begriff „Abgang" umschrieb. Exitus.

Bergmann verbrachte die nächste unruhige Nacht. Irgendwann hörte er auf, die Tage zu zählen und sein Erinnerungsvermögen speicherte nur noch markante Ereignisse, nämlich Operationen und Umverlegungen.

Dazwischen gab es den Alltag. Wecken, waschen, Bettenmachen, essen, Visite, Verbandswechsel. Er las, um müde zu werden und nachts schlafen zu können. Es nützte nichts, müde erwartete er einen Morgen nach dem anderen und setzte seine Gedanken an seine Jugend fort.

*

Eines schönen kalten Wintertages hielt Wolf seine Marion in den Armen, als durch die geöffnete Tür vom Kapitelsaal Frau Parusch trat und mit Empörung das junge Paar erblickte, das sich ungeniert vor ihr küsste, inzwischen hatten sie das gelernt; in ihren Augen ein ungehöriges Verhalten. Mit funkelnden Augen stampfte sie auf die beiden zu, stemmte die Fäuste in die Hüften und machte sich durch ein Schnaufen bemerkbar, bevor sie loslegte. „Das ist ja wohl die Höhe. Sind wir hier in einer sozialistischen Schule oder sind wir hier etwa im Puff?!" Das „Puff" betonte sie extra hart und es klang wie ein Knall. Wolf Bergmann versuchte nicht, eine Rechtfertigung zusammenzustottern und blieb stumm, was die Frau Parusch vielleicht als Reue deuten mochte. Den Spaß aber hatten die Schüler, die des Wegs kamen und die Szene life und in Farbe miterleben durften. Niemand lachte hämisch, aber unterdrücktes Kichern oder ein vergnügtes Grinsen über die willkommene Abwechslung fehlte in kaum einem Gesicht.

Da aber Bergmanns schulische Leistungen, wenn auch nicht Spitze, aber doch in einem Durchschnitt besser als zwei lagen, und durch diese Beziehung nicht negativ beeinflusst wurden, gab es keinen Grund zur Klage. Nur der Bepo blieb Bergmann gegenüber reserviert; er hatte seine persönlichen Lieblinge, und die Freundschaft zu Marion war für Bepo ein Grund mehr, Wolf nicht zu verwöhnen.

Nach einem Jahr war die Beziehung zwar zu Ende, aber Bergmann konnte tun, was er wollte; wann immer eine persönliche Bewertung im Unterricht möglich war, wurde er stets gedrückt. In Orthographie, Grammatik oder Ausdruck gab es klare Regeln, ein bis anderthalb Fehler etwa auf hundert Wörter im Aufsatz bedeuteten nun eben einmal sehr gut. Da war nichts zu machen. Aber am Inhalt war immer etwas auszusetzen, diese Bewertung war ja subjektiv. Der Bepo trieb es soweit, Bergmann bei einem Durchschnitt von 1,3 in Deutsch eine zwei ins Zeugnis zu schreiben. Bergmann fand dies ungerecht und stellte seinen Klassenlehrer zur Rede. Doch dieser redete sich damit heraus, dass nicht allein der Durchschnitt zur Bewertung herangezogen würde, sondern auch die Tendenz. Auch das verstand Bergmann nicht, denn die Reihenfolge der Zensuren lautete 1-2-1-1-1-2-1. Er wusste genug. Wahrscheinlich gab es noch ein drittes Bewertungskriterium, die Nase.

Frau Parusch, inzwischen zum vierten Male verehelicht, hieß nun Camplon und übernahm die Stelle der Heimleiterin, als Bergmann die Abiturstufe begann. Sie schien von jeher bemüht, ihren anvertrauten Schülern das Leben schwer zu machen. Es sei denn, es handelte sich um die Art Menschen, die es zu jeder Zeit verstanden, sich einzuschmeicheln, wenn sie sich nur gewisse Vorteile davon versprachen. So suchte sie nach Gründen, Bergmann zu schurigeln, wann immer es nur ging, seit sie ihn mit seiner Freundin im Kreuzgang beim Knutschen „erwischt" hatte.

Nach einigen Wochen nahm sie sich das Klassenbuch vor und studierte eifrig die Noten der Schüler aus der 11b; die Parallelklassen und die Abiturienten wohnten in einem anderen Internat, und die Elfer waren im Internat II die oberste Klasse, die Alten.

Bergmann kam gerade vom Mittagessen, als der alte Hausdrachen im Flur an einem runden Tischchen saß und im Klassenbuch blätterte. Aus gegebenem Anlass suchte sie Bergmanns Namen und verzog erstaunt ihr Gesicht. „Also Wolf", sie sagte ´Wolllf´, „das habe ich ja nicht erwartet; Du steigst in meiner Achtung, da sind ja lauter Einsen!" Bergmann sagte dazu nichts, es war wohl auch nicht die Aufforderung zu einem Gespräch, eher eine Feststellung. Dennoch musste Bergmann feixen, wenn er daran dachte, dass nur ein glücklicher Umstand diesen Sinneswandel bewirkte, weil er zufällig in den ersten zwei Wochen einen sehr guten Start hatte. Nur wenig später hätte das Ganze ein etwas anderes Bild ergeben, nämlich, als die Kurzarbeit in Mathematik zur Beweisführung durch „Vollständige Induktion", die kein normaler Mensch begreifen konnte, zurückgegeben wurde. Bergmann hatte nämlich, wie noch die ganze Klasse auch, bis auf ein paar Ausnahmen, die eine Eins, eine Zwei und eine Drei bekamen, eine Fünf kassiert.

Aber noch etwas änderte sich in diesem Jahr, nämlich als Wolf Bergmann seinen Klassenlehrer um ein persönliches Gespräch bat. Er war ja nun inzwischen in der Abiturstufe und mit dem Zeugnis der 11. Klasse musste die Bewerbung für das Studium erfolgen. Ursprünglich wollte Wolf Geologe werden, doch hatte ihm dies sein Direktor seinerzeit schon vor der Jugendweihe ausgeredet; der Beruf hätte keine Zukunft. Bergmann interessierte sich für die Naturwissenschaften; nicht gerade Physik und Mathematik, aber Chemie und Biologie. Nicht, dass ihm das Wissen in den Schoß fiel, aber sein Sachverstand für die Zusammenhänge der Elemente und Verbindungen war schärfer als in anderen Fächern. Er konnte das Stoffwissen umsetzen, weil er die Zusammenhänge begriff und kombinieren konnte. Ein Chemiestudium lag nahe.

Aber da war noch etwas Anderes. Wolf Bergmann gehörte zu den besten Sportlern der Schule und nahm regelmäßig an Wettkämpfen teil. Er gewann bei der Spartakiade Bronze im Kugelstoßen, wurde Spartakiadesieger im Schießen mit dem Kleinkalibergewehr, holte Medaillen in den Mannschaftswertungen der Schützen und trug im Leichtathletikdreikampf dazu bei, dass seine Schule beim alljährlichen Vergleich mit den anderen Erweiterten Oberschulen des Bezirkes Hallberg stets als Sieger hervorging. Er hatte bereits die ihm gebotene Chance, zur Sportschule nach Potsdam zu wechseln und eine Ruderkarriere zu beginnen, ausgeschlagen und ärgerte sich in späteren Jahren immer wieder darüber.

Es gab noch etwas, wo ein gesunder Körper und ein gesunder Geist gebraucht wurden, die NVA. Wolf Bergmann hatte in den vergangenen Wochen darüber nachgedacht, sich um einen Studienplatz an einer Offiziershochschule zu bewerben. Er war ein großer und kräftiger Bursche, mittlerweile an die einssechsundachtzig groß und siebenundsiebzig Kilo schwer, die richtige Statur für einen künftigen Berufssoldaten.

Diese Überlegung versuchte er seinem Klassenlehrer darzulegen und rannte damit offene Türen ein. Angeblich habe auch der Lehrer darüber nachgedacht, doch sollte nach dessen Ansicht dieser Gedanke in Bergmann selbst ohne Anstoß von außen reifen. Bepo begrüßte Bergmanns Entschluss und würde sich dafür einsetzen, dass Wolf in das Offiziersbewerberkollektiv aufgenommen werde.

Fortan wurden wie durch ein Wunder auch in Deutsch die Noten besser und Bergmann traute seinen Augen kaum, als er seine Beurteilung las. „Er habe sich im Kollektiv zu einer starken Persönlichkeit entwickelt und wirke durch die Einheit von Wort und Tat vorwärtsdrängend."

Bergmanns Traum von einer Karriere als Berufsoffizier platzte jäh, als er in den Winterferien aus purem Übermut und Dummheit mit einem geliehenen Motorrad stürzte und sich die bekannten schweren Verletzungen im rechten Arm und Handgelenk zuzog.

Es war in den Winterferien jenes Jahres. Der Januar brachte Schnee und Frost, es reichte sogar, um einen Sonntag mit den Skiern im Wald unterwegs zu sein, doch im Februar war der Spuk vorbei. Bergmann saß sogar schon an einen schönen Nachmittag im Hof und sonnte sich.

An jenem Unglückstag wurde Wolf von einem ehemaligen Schulfreund aus der POS, eine Klasse unter ihm, besucht. Die beiden wollten das Wetter nutzen, um beim Streifen durch den Wald über „alte Zeiten" zu reden. Ins Gespräch vertieft und immer neue Erinnerungen auffrischend, fanden sie sich plötzlich im Nachbarort im Jugendclub wieder. Da aber Wolf, im Gegensatz zu Gerd, keinen der Jugendlichen kannte, wurde ihm das Zuhören langweilig, er fühlte sich hier überflüssig und verließ den Club.

Auf der Straße hörte er hinter sich den Klang einer hundertfünfziger ES; es war ein Mitschüler, der sich unbefugt mit der Maschine seines großen Bruders auf einer „Probefahrt" befand. Beide hatten zwar den Mopedschein in der Tasche, waren aber derzeit gerade bei der theoretischen Motorradausbildung der Fahrschule. Manfred überließ Wolf bereitwillig das Motorrad, um auch einmal eine Runde zu drehen.

Bergmann fuhr sachte auf dem glatten und schlammigen Pflaster aus Hartfelder Schlacke, die selbst bei Trockenheit mit Vorsicht zu genießen ist, zur Hauptstraße und steuerte zum Ortsausgang, wo er freie Fahrt hatte. Er beschleunigte; im vierten Gang donnerte er die kurze Auffahrt hinter einer Rechtskurve hoch und drehte nun richtig auf. Vor dem Ortseingang von Holdensleben bremste er scharf, wendete und fuhr zurück. Bereits vor der Abfahrt standen fünfundneunzig Sachen auf dem Tacho und ein kleiner Zuschlag war noch drin. In seiner Unerfahrenheit und grenzenlosen Dummheit ließ Wolf Bergmann das Gas stehen und ging die Linkskurve viel zu schnell an. An sich bei angemessenem Tempo nicht gefährlich, wurde sie jetzt Bergmann zum Verhängnis. Er spürte, wie er im Kurvenradius hinausgetragen wurde, aber anstatt leicht anzubremsen, um die Maschine wieder in die Spur zu bringen, reagierte er überhaupt nicht. Als er dann über und durch die Schlaglöcher der Bankette hoppelte und der Lenker zu flattern begann, stand ihm das pure Entsetzen im Gesicht. Ein Pflaumenbaum kam auf ihn zu; als der Lenker sich quer stellte, verlor Bergmann vollends die Kontrolle über die Maschine, und er machte einen Hechtsprung nach vorn. Er drehte einen Salto und schoss einen Fuß weit rechts am Baum vorbei, stützte sich auf den Händen ab und blieb nach dem Abrollen liegen. Er sah noch, wie die führerlose Maschine am Baum links vorbei noch weitere zwanzig Meter weiter rumpelte und sich dann mehrfach überschlug; der Motor starb ab und es war Ruhe.

Bergmann erhob sich mühsam. Das Kreuz tat ihm weh und sein Schädel brummte; er hatte ja keinen Helm getragen, sonst aber schien er keinen Schaden genommen zu haben. Er sah auf seine Uhr, es war 16:05 Uhr, und blickte dann zufällig auf seinen rechten Jackenärmel. Die schwarze Kunstlederjacke, die er sommers wie winters trug, sein persönliches Markenzeichen, war unbeschädigt geblieben, nur ein schmutziger Stock ragte aus dem Ärmel. Bergmann war froh, dass dieser nicht die Jacke mit einem Loch verunstaltet hatte, fasste das Ende des Stockes und wollte ihn herausziehen. Der Stock bewegte sich nicht. Als Bergmann zum zweiten Mal, und dieses Mal etwas genauer, hinsah, wurde ihm schlecht. Sein Unterarmknochen, die Elle, war aus der Gelenkpfanne gesprungen und hatte die Haut durchstoßen. Er hatte seinen eigenen Knochen in der Hand…

Die Hand hing lose in unnatürlicher Stellung herunter, es musste also noch mehr gebrochen sein. Die offene Wunde blutete kaum, nur ein dünner Faden Blut sickerte zum kleinen Finger der rechten Hand. Schmerzen hatte er nicht. Er stand unter Schock.

Wie er auf den Gedanken kam, in diesem Zustand noch zur Maschine zu laufen, diese mit nur einer Hand aufzurichten und auf dem Ständer aufzubocken, damit alles seine Ordnung habe, blieb ihm bis heute ein Rätsel. Er musste es wohl für eine gute Idee gehalten haben.

Am Ortseingang sah er ein paar Männer, Wolf winkte ihnen mit der linken Hand zu, sie mögen herkommen. Er versuchte, ihnen etwas zu zurufen, doch alles was aus seinem Munde kam, war ein unverständliches Lallen.

Den Männern war der Unfall wohl nicht entgangen, sie waren schon auf dem Wege zu ihm, während sich Bergmann im Straßengraben in eine stabile Seitenlage brachte.

Später wurde ihm berichtet, einem der Männer wurde übel und er musste sich abwenden, als er den offenen Bruch sah. Er war wohl derjenige, der zurücklief und Polizei und Krankenwagen bestellte.

Bis zum Eintreffen der Polizei dauerte es. Von Sandhausen brauchte ein schneller Wagen sicher um die zwanzig Minuten. Manfred war inzwischen auch ungeduldig geworden und ahnte Schlimmes, als Bergmann ausblieb. Er hatte die richtige Vermutung sah die Bescherung. Das würde ihnen gewaltigen Ärger einbringen.

Dann hörte Bergmann das Martinshorn, die Polizei rückte an, gefolgt vom Krankenwagen. Als erstes kam die Frage nach Ausweis und Fahrerlaubnis. Bergmann wies mit der Hand auf seine linke Brusttasche. Der Verkehrspolizist entnahm der Brieftasche die Papiere. Den Personalausweis bekam er nach Protokollaufnahme zurück; die Fahrerlaubnis wurde gleich einbehalten. Nur Minuten später lag er im Krankenwagen und wurde ins Kreiskrankenhaus nach Sandhausen gefahren. Er kam ohne Zeitverzug ins Behandlungszimmer der Unfallchirurgie, musste auf einem Schemel Platz nehmen und man wollte mit einer Schere den Jackenärmel aufschneiden. Das mit anzusehen brachte Bergmann nicht über sich, kurzerhand fasste er mit der Linken den Ärmel und zog ihn über den Knochen und das gebrochene Gelenk.

Danach spülte man die Wunde mit Salzwasser aus, um sie von Sand und Straßenschmutz zu reinigen und legte einen Verband an, er bekam ein Bett und wurde hinaus auf den Gang geschoben.

Während Bergmann auf dem Gang der Notaufnahme auf das wartete, was kommen würde, erschienen die Eltern. Es war schon dunkel. Der Vater warf ihm einen sorgenvollen Blick zu; seine Handbewegung war unzweideutig: aus.

Vor der Operation wurde Wolf Bergmann noch unterrichtet, was man mit ihm vorhabe. Der Chefarzt wollte in erster Entscheidung wegen des offenen komplizierten Bruches gleich amputieren, doch damit war der Vater nicht einverstanden und verweigerte die Unterschrift. Erst sollten alle anderen Möglichkeiten, die Hand zu retten, ausgeschöpft werden. Das hieß, unter Vollnarkose einen Nagel in die Speiche treiben und fixieren, Wundversorgung und Gipsverband.

Er erinnerte sich nicht mehr an die Einzelheiten des chronologischen Ablaufes, denn er musste wohl irgendwann eingeschlafen sein. Was sich aber deutlich in seinem Gedächtnis einprägte, war der Verlauf der Operation. Er konnte sich das nicht einbilden, denn so präzise Erinnerungen an die Op. kann man sich nicht ausdenken, wenn man von Medizin keine Ahnung hat.

Das Narkosemittel musste zu knapp bemessen gewesen sein, er war nicht völlig gefühl- und bewusstlos, so wie es eigentlich sein sollte. Es schien wie ein Traum zu sein. Der Op.-Saal war grell erleuchtet, das fühlte er durch die Augenlider, sein linker Arm war am Op.-Tisch festgeschnallt, sein Kopf lag nach links und jemand schabte an seinem Knochen herum. So empfand er in der unzureichenden Narkose das Nageln. Es war nicht wirklich so schmerzhaft, um schreien zu müssen, das wäre wohl auch nicht möglich gewesen, aber er fühlte eben etwas. Und als alles vorbei war, spürte er auch jeden Stich, mit dem der Schnitt an der Speiche und die Wunde, wo die Elle durch die Haut gesaust war, genäht wurden.

Er erwachte gegen drei Uhr morgens auf der Intensivstation, hatte Durst und starke Schmerzen. Der rechte Arm lag in einer Gipshalbschale und hing an einem medizinischen Galgen; aus einem Fenster im Gips trat ein Schlauch heraus und leitete das Wundwasser ab. Trinken durfte Bergmann nichts. Ob er etwas gegen die Schmerzen bekommen hatte, wusste er nicht.

Drei volle Tage bekam Bergmann vor Schmerzen kaum ein Auge zu. Am schlimmsten waren die Verbandswechsel. Beim ersten Mal musste er wieder auf dem Schemel sitzen und mit der linken Hand den Arm halten, indes die Ärzte versuchten, die Fehlstellung des Gelenks zu korrigieren. Die Elle lag wie ein Überbein auf dem Gelenk und sollte durch Drehen des gebrochenen Handgelenkes mit dem sogenannten Ulnakopf in die Gelenkpfanne gedrückt werden. Das ganze ohne Narkose. Bis dahin hatte sich Bergmann tapfer gehalten, aber bei den Schmerzen, die er jetzt erleiden musste, brüllte er wie am Spieß, so dass man von dem unsinnigen Vorhaben abließ und den ohnmächtig gewordenen in sein Zimmer zurückfuhr.
Das nächste Mal klappte er ab und fiel fast vom Hocker, als der Wundschlauch gezogen wurde. Schon das Abschneiden des Fadens, mit dem der Schlauch am Arm fixiert war, zwickte nicht schlecht. Man zog hin und her und fand schließlich den zweiten Faden, aber als dann der Schlauch fünfzehn Zentimeter aus dem Arm gezogen wurde und die Brühe auf die Zellstoffunterlage tropfte, wurde es ihm schwarz vor den Augen. Er kippte und konnte gerade noch aufgefangen werden, bevor er auf den Fliesen lag.

Eine Woche verbrachte Bergmann auf der Intensivstation, dann kam er für eine weitere Woche auf Station, danach wurde er nach Hause entlassen. Zwei Wochen lang musste er noch der Schule fernbleiben.
Die Fahrerlaubnis war ihm bis Mitte Mai entzogen worden und er erhielt einen Verweis.

Zu Hause hatte sich das Gerücht verbreitet, Bergmann habe bei einem schweren Motorradunfall die Hand verloren und die Leber sei auch gequetscht worden; er werde wohl nicht wieder aus dem Krankenhause kommen…

Er wusste, von wem das Gerücht stammte. Es gab eben Menschen, die wider besseres Wissen immer wieder Hiobsbotschaften erfinden mussten, damit es im Dorf etwas zu tratschen gab.

Der Bruch verheilte nicht. Jede Woche versäumte Wolf Bergmann ein oder zwei Unterrichtstage, weil er zur Zwischenkontrolle nach Sandhausen musste.

Seine Leistungen, besonders in Mathematik und Physik, verschlechterten sich zusehends. Dennoch schrieb er alle Arbeiten mit, mit der linken Hand. Mancher Lehrer gab ihm etwas mehr Zeit, andere machten keine Ausnahme.

Auch die Theorie zur Motorradprüfung wurde ihm trotz eingezogener Fahrerlaubnis nicht verwehrt. Allerdings hegte Bergmann den Verdacht, dass man ihn dabei hatte durchfallen lassen wollen, denn er erhielt einen Prüfungsbogen für die Klasse V, LKW. Verkehrsrecht und Vorfahrt waren ja kein Problem, aber bei den LKW-spezifischen Technikfragen kam Bergmann ins Schwitzen und merkte erst jetzt, dass er einen falschen Bogen bekommen hatte. Er machte den Fahrlehrer darauf aufmerksam, doch der meinte nur, er solle erst einmal weitermachen, man werde ja sehen, wie das Ergebnis sei. Mit sieben Fehlern – in der Technik – wurde die Theorie bestanden. Fahren blieb aus tatsächlichen Gründen vorerst ein Ding der Unmöglichkeit, ebenso wie er den vor den Ferien begonnenen Lehrgang zur Ausbildung als Rettungsschwimmer nicht weiterführen konnte.

Ende Mai wurde ihm endlich der Gips abgenommen. Die Fehlstellung des Gelenkes war geblieben und machte weitere Operationen erforderlich. Der Arm ließ sich in den ersten Tagen noch nicht strecken, die Sehnen mussten erst wieder gedehnt werden, und er hatte nur noch Muskeln wie ein Sperling.

Es stellte sich heraus, dass die Kallusbildung ausgeblieben war und die Hand praktisch nur von dem Nagel gehalten wurde.

Er hatte allen Mut verloren und sich an den Gedanken gewöhnt, vielleicht nie wieder Motorrad fahren zu können.

Vier Wochen nach der Entfernung des Gipses war er baden und fragte einen Freund, ob er einmal auf dessen Mokick, einer Simson S 50, probieren dürfe, ob er das Mokick halten und das steife Gelenk zum Gasgeben zu gebrauchen war. Es war ein kleines Wunder, trotz der „Bajonettstellung" mit 15° Abweichung von der Idealstellung der Hand konnte er anfahren, einen Gang höher schalten und den Gasdrehgriff dank des Reißgases betätigen. Ein Wink des Himmels.

Zu dieser Zeit war auch die Anmeldezeit für seinen eigenen S 50 abgelaufen, er bekam die Nachricht, dass das Fahrzeug zur Abholung bereit war.

Mit dem neuen Mokick fuhr Bergmann bis zur nächsten Operation während der Ferien kleine Touren und lebte wieder auf. Es war praktisch die Geburtsstunde seines Fernwehs; jeden Tag wurde der Aktionsradius größer, er erkundete Harz und Thüringer Wald auf eigene Faust und konnte auch die praktische Motorradprüfung erfolgreich abschließen.

Dies war ein Kapitel für sich. Unabhängig von dem Lehrgang, der durch einen GST-Fahrlehrer an der Schule erfolgte, hatte Bergmann eine herkömmliche Anmeldung in seinem Heimatkreis, und jetzt, zufällig zum Beginn der Sommerferien, begann ein neuer Lehrgang. Der neue Fahrlehrer hatte kein Problem damit, Bergmann nicht theoretisch ausbilden zu müssen und setzte ihn sofort auf die Fahrschulmaschine, zufällig dasselbe Modell wie das Unglücksmotorrad. Aber was war das für ein Gerät! Der Rahmen schien verzogen zu sein, denn das Hinterrad spurte nicht richtig, der Lenker flatterte, weil die Steuerkopflager ausgeschlagen und der obere Klemmkopf anscheinend locker waren und somit wurde das Fahren oberhalb von 60 km/h zum Erlebnis. Vorsorglich ordnete der Fahrlehrer deshalb an, dass nur maximal im dritten Gang zu fahren und keinesfalls die Handbremse zu benutzen sei.

Am Ende der zwei Fahrstunden war der Fahrlehrer überzeugt, dass Wolf die Prüfung bestehen werde, die bereits für den nächsten Nachmittag angesetzt war, gerade rechtzeitig, denn einen Tag später begann eine Flugreise mit den Eltern zum Schwarzen Meer.

Die Prüfung selbst verzögerte sich jedoch. Wolf musste den Nachweis der theoretischen Prüfung besorgen, und der lag in einem Schubfach des Fahrlehrers in Niumburg. Also musste gehandelt werden. Bergmann hatte drei Stunden Zeit, um von Sandhausen die knapp sechzig Kilometer nach Niumburg fahren, den Fahrlehrer im Betrieb aufzusuchen, dabei zu hoffen, dass dieser noch nicht im Urlaub ist, die sogenannte VK 30 in Empfang zu nehmen und zurück zu fahren, um unverzüglich zur Prüfung zu erscheinen.

Es lag nicht an Bergmann, der glücklich zurückgekehrt noch eine weitere halbe Stunde warten musste, bis er die Prüfungsfahrt antreten durfte. Der Fahrschüler vor ihm hatte nämlich die gutgemeinte Anordnung des Fahrlehrers missachtet und auf glattem Pflaster der Marke Hartfelder Schlacke die Handbremse gezogen, was dem Fahrlehrer einen abgebrochenen Spiegel, Blinker und eine verbogene Fußraste am Motorrad und dem Schüler eine vermasselte Prüfung bescherte. Und Bergmann musste warten, bis eine neue Raste und ein Spiegel beschafft und angeschraubt worden waren.

Am Ende der Prüfungsfahrt hielt man gleich auf dem VPKA, die Fahrerlaubnis wurde auf Klasse I erweitert, mit dem Zusatzstempel „beschränkt auf 150 cm³ bis zum…"

Nunmehr im Besitz einer gültigen Motorradfahrerlaubnis, gestattete der Fahrlehrer, dass Bergmann auf dem Rückweg zur Fahrschule das Leibchen mit dem großen blauen „L" ablegen durfte.

Nur war Wolf Bergmann nicht dazu zu bewegen, sich nach der Flugreise ein kleines Motorrad zu kaufen, das er mit seinen siebzehn Jahren fahren durfte. Der S 50 war ihm vorerst schnell genug, er brachte es auf der Geraden nach Tacho auf fast siebzig Sachen und blieb selbst an Steigungen bis 5 % nichts schuldig, so dass Bergmann lieber noch das halbe Jahr bis zu seinem

18. Geburtstag warten wollte, um sich dann seinen Traum von einer TS 250/1 zu erfüllen, der damals modernsten Maschine. Außerdem waren die Sommertage gezählt, er hatte noch mehrere Operationen und den Winter vor sich, wo er ohnehin nicht würde fahren können.

Im Spätsommer bekam dann Bergmann die Überweisung zur Fachklinik. Dort fragte man ironisch, ob denn nur erste Hilfe geleistet worden sei. Heißt, das, was der Chefarzt vom Kreiskrankenhaus geleistet hatte, war chemisch reiner Pfusch. Die Überweisung hätte sofort erfolgen müssen, dann wäre die Versteifung des Gelenkes noch weitgehend aufzuhalten gewesen.

Wenige Wochen später, zu Beginn der 12. Klasse, zum Zeitpunkt der Bewerbung, blieb ihm dann nur die Option, an der Technischen Hochschule Mendenburg ein Chemiestudium zu beginnen. Sein Gelenk war bereits teilweise versteift und die Hand mit einer Fehlstellung belastet, so dass er die körperlichen Voraussetzungen für eine Offizierslaufbahn nicht mehr erfüllen konnte.
Wieder war eines der unvorhersehbaren Ereignisse eingetreten, die Bergmanns Leben eine andere Richtung gaben und ihn zu dem machten, was er heute war.

X

Das Wochenende war vorüber. In der Nacht durfte Wolf Bergmann das letzte Mal etwas trinken. Die nächste Op. stand bevor und er musste nüchtern bleiben.
Am Vormittag erhielt er eine Beruhigungspille, die den „Leckmich-Effekt" einleiten sollte, eine halbe Stunde später wurde er in den Op. gefahren und in Narkose versetzt.
Am Nachmittag erwachte Bergmann wieder auf der Wachstation. Er fühlte sich zu schwach, um schon zu lesen und schlief wieder ein. Am Abend durfte er trinken und etwas essen. Dazu gab es die obligatorische Schmerztablette, im Medizinbecher serviert und in wenig Wasser aufgelöst, physikalisch eher eine Suspension, keine Lösung. Sie schmeckte entsetzlich bitter,

Pfui Deibel igitt nochmal. Bergmann schüttelte sich jedes Mal danach, soweit dies möglich war, ohne sich durch unbedachte Bewegungen selbst Schmerzen zuzufügen.

Man wollte vermeiden, dass sich Bergmann in den kommenden Wochen den Rücken wundliegen würde und hatte ihn auf eine aufblasbare Matratze gebettet, angeblich der Mercedes unter den Matratzen. Mit einer automatischen Steuerung versehen, wurde diese Matratze in gleichmäßigen Abständen aufgepumpt, verhielt eine Zeitlang in diesem Zustand und die Luft entwich wieder, bis er fast auf dem Rost vom Bett lag. Dann begann der Zyklus von vorn.

Das schnarrende Geräusch der Pumpe, das Heben und Senken seines Körpers auf dieser Matratze und das Liegen wie in einer Kuhle bewirkten bei Bergmann das Gegenteil. Konnte er schon unter den normalen Umständen kaum schlafen, brachte ihn diese Nervensäge zur Verzweiflung.

*

Da er doch nicht einschlafen konnte, spann er seine Gedanken weiter. Er versuchte sich zu erinnern, wo er zuletzt war.

Mitte September lag er in der Uniklinik von Hallberg; in einer dreistündigen Operation wurde der Nagel entfernt, Knochenge-webe aus dem linken Beckenkamm zur Anregung der Kallus-bildung verpflanzt und der Bruch mit einer Silberplatte, gehal-ten von sechs Schrauben, fixiert.

Vor seiner Narkose äußerte Bergmann die Sorge, ob er denn auch richtig eingeschläfert werden würde, denn in Sandhausen war die Anästhesie etwas missglückt. Der Anästhesist versi-cherte ihm, er werde dieses Mal nichts spüren, man werde ihn schon „tot" kriegen. Die Kanüle für das Barbiturat wurde auf Bergmanns linkem Handrücken in die dickste Vene gestochen. Es gibt angenehmere Stellen, um einen zu pieken, fand er. Noch lag er, auf die Ellenbogen gestützt und schwatzte mit dem Arzt. Dann hieß es, hinlegen, das Barbiturat wurde gespritzt. Berg-mann fühlte buchstäblich den ersten Tropfen in seine Vene rollen und ihm schwindelte sofort; er konnte nur noch sagen: „Hui, das Zeug wirkt aber rasch!", dann lag er um.

Nach dreieinhalb Wochen Klinikaufenthalt und sechs Wochen im Gips war der Bruch verheilt.

Ende November wurde dann in einer weiteren Operation das Ulnaköpfchen abgeraspelt, in die Gelenkpfanne eingepasst, mit Bändern aus dem linken Oberschenkel gefesselt und mit zwei Kirschnerdrähten fixiert. Es folgten weitere zwei Wochen Klinikaufenthalt und insgesamt acht Wochen Gips. Am Ende der siebten Woche wurden die Drähte in einer ambulanten Operation entfernt, für einen stationären Aufenthalt war keine Zeit mehr, denn es begannen die ersten Abiturprüfungen.

Schon die Zeit zwischen den Operationen wurde Stress pur, Bergmann hatte viel nachzuholen. Jens, der in Hallberg wohnte, hatte ihm jede Woche die Schwarzpausen seiner Mitschülerinnen, die für ihn mitschrieben, in die Klinik gebracht. Dort erläuterte er ihm besonderen Stoff auch, dennoch war der Ausfall beachtlich und Bergmann musste wegen der fehlenden Zensuren jeden Tag in jedem Fach auf eine mündliche Kontrolle vorbereitet sein. Wolf Bergmann entwickelte einen enormen Leistungswillen, holte den verlorenen Stoff auf und kam so auch im laufenden Unterricht mit.

Die Russischprüfung in der letzten Schulwoche vor den Winterferien konnte Bergmann bereits wieder mit der rechten Hand schreiben.

XI
In den Ferien feierte Wolf Bergmann seinen lang ersehnten 18. Geburtstag. Ein neuer Lebensabschnitt begann; jetzt war er auch formal erwachsen, volljährig mit allen Rechten und Pflichten. Körperlich hatte dieser Prozess schon weitgehend zur Jugendweihe geendet, denn an Größe kamen nur noch wenige Zentimeter dazu; natürlich war er von Statur kräftiger geworden und das würde sich auch in den nächsten Jahren als Mann fortsetzen.

Das wichtigste für ihn aber war, dass er nun ohne gesetzliche Einschränkung Motorrad fahren durfte.

Zwei Wochen musste er sich dennoch gedulden, denn das Gelenk musste noch durch Physiotherapie trainiert werden, außerdem war das Wetter noch nicht geeignet, aber am letzten Februarwochenende kam die Premiere, mit Vaters Gespann zu Onkels Geburtstag zu fahren.

Die Hinfahrt nach Lündorf konnte Bergmann fast jeden Optimismus nehmen. Es war nicht leicht, von Null auf Hundert mit einem vollbeladenen Gespann zurecht zu kommen, Mutter im Seitenwagen, Vater als Sozius, alles in allem etwa vierhundertfünfzig Kilo, die zu beherrschen waren.

Kaum, dass er im ersten Gang beschleunigte, zog die Fuhre nach rechts zum Bordstein, weil die Maschine aufgrund der Trägheit des Seitenwagens um diesen herumfahren wollte, und er musste gegenlenken. Beim Hochschalten passierte das genaue Gegenteil, als Bergmann beim Auskuppeln das Gas wegnahm, wollte der Seitenwagen um das Motorrad herum und das Gespann zog zur Straßenmitte, um nach dem Gas geben wieder nach rechts zu ziehen. Es soll Leute geben, die lernen es nie, mit einem Gespann umzugehen, und wenn sie noch so gute Solofahrer sind.

Nun, die ersten fünfundzwanzig Kilometer wagte es Bergmann nicht, in die vier zu schalten und schlich mit fünfzig Sachen durch die Gegend, darauf achtend, dass die anfängliche Schlangenlinie nicht mehr so krass ausfiel.

Auf der Rückreise kam er schon besser zurecht, traute sich auch den vierten Gang zu und war am Ende recht zufrieden.

Der Schulalltag hatte ihn wieder und es gab Aufregung im Internat. Drei Schüler aus der Elften hatten eine Annonce in die Zeitung setzen lassen und suchten Mädchen. Es kamen so viele Zuschriften, dass die Jungs gar nicht alle beantworten konnten und nur die besten für sich aussiebten. Die Folge war, dass die restlichen rund dreihundert Briefe von den anderen Heimbewohnern auf passende Briefpartnerinnen geprüft wurden. Auch Bergmann beteiligte sich daran, man hatte ja nichts zu verlieren, der Briefwechsel versprach etwas Abwechslung, man freute sich Tag für Tag auf die Post und vielleicht war ja die eine oder andere dabei, die man einmal kennen lernen konnte, wer wusste das schon.

Als er am kommenden Sonnabend vom Vater vom Bahnhof abgeholt wurde, verfrachtete er diesen in den Seitenwagen und fuhr selbst, als ob er sein Leben lang nichts Anderes getan hätte. Zu mehr lud das Wetter nicht ein und am Sonntag musste Bergmann wieder mit dem Bus zur Schule fahren. Der März blieb lausig kalt und immer wieder kam es zu Schneeschauern, kein Mopedwetter.

Wie erwartet, kamen von den elf Mädchen, mit denen Wolf sich schrieb, täglich zwei bis vier Briefe und manche Schüler des Internates II verbrachten mehr Zeit mit dem Beantworten der Post als mit den Hausaufgaben.

Nachdem sich die sprichwörtliche Spreu vom Weizen getrennt hatte, blieben nur noch vier Mädchen übrig, mit denen Wolf Bergmann einen regen Briefwechsel unterhielt, und seine Favoritin war ein Mädchen ganz aus der Nähe seines Heimatdorfes; sechzehn Jahre alt und attraktiv, erschien ihm Carmen durchaus geneigt, ihn bald kennen zu lernen. Sie hatte noch drei Geschwister und lebte bei ihren Großeltern, deren kleines Haus am Dorfrand von Waldborn sie später einmal übernehmen sollte.

Am Gründonnerstag, auf der Heimfahrt ins Osterwochenende, stieg Wolf Bergmann unterwegs aus dem Zug und nahm den Weg zu Carmen unter die Füße. Es war ein herzliches Treffen, die Großeltern schickten die jungen Leute spontan zum Bäcker, um Kuchen zu holen, wobei diese Gelegenheit fanden, ungestört zu reden, und einige Stunden später, als er zum nächsten Zug nach Sandhausen musste, begleitete sie ihn zum Bahnhof. Er hatte, wie man so schön sagte, Feuer gefangen. Carmen war lebenslustig, nicht unbedingt schlank, aber ihr hübsches Gesicht war von vollen brünetten Haaren umrahmt, die ihr in einem Pony über die Stirn fielen.

Bergmann hatte versprochen, sie am nächsten Tag wieder zu besuchen und erbat sich vom Vater am Karfreitag das Gespann.

Es war immer noch kein Frühling geworden und die Aussichten prognostizierten Schneeschauer zu Ostern, doch mit dem Gespann bestand da keine Gefahr. Ein Gespann ist das sicherste Fahrzeug, wenn man damit umgehen kann. Und Bergmann zeigte Carmen, was er auf den vergangenen achtzig Kilometern gelernt hatte. Er wollte seine neue Freundin natürlich den Eltern vorstellen, entführte deshalb Carmen mit Einverständnis ihrer Großeltern und setzte sie in den Seitenwagen.

Er fühlte sich inzwischen mit der Seitenwagenmaschine verwachsen und driftete um die Linkskurven, dass das Hinterrad hart davor war, den Bodenkontakt zu verlieren.

Und bevor es dunkel wurde, brachte er das Mädchen sicher nach Hause. Er freute sich auf das Wiedersehen am nächsten Tage.

Carmen hatte die Erlaubnis erhalten, bei Wolf zu übernachten. Wenn man bedachte, dass sich die zwei gerade einmal zwei Tage kannten, die Briefzeit zählte nicht, sollte man sich eigentlich darüber wundern. Wolf wunderte sich nicht, er nahm an, dass die Großeltern nicht von gestern seien und hatte im Augenblick auch keine unehrenhaften Absichten, falls man das so sagen durfte.

Im Schneetreiben waren sie Hand in Hand spazieren und er zeigte ihr vom Schlossberg aus den Kyffhäuser und die Halden der Kupferschächte. Dabei erzählte er ihr, wie er als kleiner Junge täglich den Weg von zu Hause über den Schlossberg zum Kindergarten gelaufen war.

Es kam oft vor, dass der kleine Wolf Bergmann unpünktlich erschien. Dafür gab es verschiedene Gründe. Heutzutage wurden ja die Kinder mit dem Auto zum Kindergarten oder zur Schule gefahren, manche selbst noch in der Abiturstufe. Bergmann hatte selbst so einen Kollegen, der sein kleines Kind im Alter von neunzehn Jahren nicht allein lassen konnte. Er selbst nahm es mit der Zeit und dem Weg nicht so genau, bummelte hier und da, setzte sich in ein Gebüsch von Heckenrosen und aß seine Frühstücksbrote, so dass er häufig zu spät im Kindergarten erschien. Mal hatte er nur noch Kirschen in der Brottasche, mal gar nichts und einmal erschien er so spät, dass ihn die Erzieherinnen aus Ärger über die erneute Verspätung gleich wieder nach Hause schickten.

Den Vogel aber schoss er ab, als er, wie auch die anderen Jungen, zur Zeit der Rübenernte auf dem Weg zum Kindergarten in die Schnitzelmiete hopste. Es war ja weich und Zuckerrübenschnitzel dufteten angenehm. Was man von Rübenblattsilage nicht sagen konnte; die Sachen stanken säuerlich nach Rübenblatt, es war ein Wunder, dass sich die Erzieherinnen nicht entschlossen, alle Übeltäter nach Hause zu schicken.

Carmen musste herzlich darüber lachen, denn so etwas hatte sie selbst nicht erlebt, sie war ja ein wohlerzogenes Großstadtkind, zumindest, bis sie beschloss, bei den Großeltern zu bleiben. Wolf Bergmann hatte nicht die leiseste Ahnung, mit wem er sich da eingelassen hatte...

*

Es war wieder Zeit für die Visite. Wolf Bergmann erfuhr, dass man planmäßig Nekrosen entfernt und wie angekündigt eine Kette mit Antibiotika eingesetzt hatte. Die Fußwurzel- und Mittelfußknochen waren weitgehend durch ein System von Schrauben und Drähten stabilisiert und zur Wundversorgung sei eine neue Methode in Anwendung gekommen, ein sogenannter Vak-Verband. Mit verständlichen Worten ausgedrückt handelte es sich dabei um eine Art Schwamm, etwa so groß wie ein Küchenschwamm, der in die offene Wunde gedrückt und von einer Kunsthaut luftdicht verschlossen wurde. Darin befand sich ein Wundschlauch, der mit einer Vakuumpumpe verbunden war, die immer dann, wenn der Unterdruck einen genau eingestellten Grenzwert überschritt, zu arbeiten begann und das Wundwasser in einen Redon absaugte. Zum lästigen Geräusch der Matratzenpumpe kam nun auch noch die Vakuumpumpe dazu.

Ansonsten sei Bergmanns Zustand, in Bezug auf die Schwere seiner Verletzungen, äußerst zufriedenstellend und man hatte es auch geschafft, den Ausbruch des Wundfiebers zu unterdrücken, denn seine Temperatur lag meist nur wenig über normal und schlug nur ein einziges Mal auf knapp 38 °C aus.

Der nächste Verbandswechsel unter Narkose war für den folgenden Tag angesetzt. Heute Abend würde er wieder das letzte Essen und Trinken bekommen.

*

Carmen sollte in der Stube auf der Couch schlafen. Die Eltern waren schon im Bett. Wolf schlich leise aus seiner Kammer und die Treppe hinunter zu Carmen.

Er hatte ihren Blick beim Gutenachtkuss richtig verstanden, sie wartete auf ihn. Alles, was er sich gewünscht und nicht zu hoffen gewagt hatte, wurde Wirklichkeit.

Es war nicht seine erste Nacht mit einem Mädchen; auch mit Marion hatte er vor Jahren an einem Augustabend die Nacht zusammen verbracht, aber nicht mehr.

Als er am nächsten Morgen erwachte, war er kein Jüngling mehr, sondern ein Mann.

Wolf Bergmann dachte an jene Wochen zurück, die darauf folgten. Er war zu naiv, um zu erkennen und glaubte an sie, weil er glauben wollte. Die Woche über gingen beide zur Schule, aber während er wohlbehütet im Internat lebte, führte Carmen nicht so ein keusches Leben; das erfuhr Bergmann aber erst später. Am nächsten Wochenende holte er sie ab und genoss das Glück der ersten Liebe. Von seiner Seite war es das auch.

Mitte April kauften die Eltern von Wolfs Sparbuch auf seine Bitte sein erstes eigenes Motorrad, die TS 250/1. Er selbst hatte ja die Woche über keine Möglichkeit dazu.

Er wartete sehnsüchtig auf den Sonnabend, um auf seiner Maschine zu fahren. Vater hatte seinen Wunsch erfüllt und ihn mit seiner ES die letzte Woche zur Schule fahren lassen. Sie schraubten den Seitenwagen ab, bei der MZ das Werk von einer halben Stunde, und so konnte der junge Mann stolz mit der 250-er zur Schule fahren. Doch was war eine alte ES gegen die modernste Maschine?

Die TS hatte 19 PS und war in der Luxusausführung erstmalig in der Geschichte von MZ mit einem serienmäßigen Fünfganggetriebe und mechanisch angetriebenem Drehzahlmesser ausgerüstet. Den roten Tank zierten verchromte Blenden und auch der Getriebeblock war poliert.

Doch die erste Freude war getrübt; im Werk hatte man es mit der Einstellung der Zündung nicht so genau genommen und es dauerte jedes Mal endlos lange, bis der Motor den ersten Kolbenschlag von sich gab und aus eigener Kraft weiterlief. Der erste Ausflug führte zur Oma, dann zu Carmen und am Sonntag stand eine kleine Frühlingsrunde zu einem Naherholungsgebiet auf dem Programm, bevor Wolf am Nachmittag zurück ins Internat musste. Kann es etwas Schöneres geben, als Frühlingswetter, eine schnelle Maschine und das geliebte Mädchen auf dem Rücksitz?

In der kommenden Woche fanden die schriftlichen Abiturprüfungen statt und an den freien Tagen dazwischen fuhr er mit Leo, der, nun auch gerade volljährig geworden, die TS seines älteren Bruders nutzte, durch die Gegend. Das Starten nervte allmählich. Nach jedem Halt sprang der noch warme Motor schlechter an und oft half auch das Reinigen der Zündkerze, die ständig nass und ölverschmiert war, nicht mehr. Dann musste im zweiten Gang angeschoben werden, bis der Motor ansprang und mit einem gekonnten Sprung aus dem Lauf heraus landete Wolf Bergmann auf der Sitzbank. In Niumburg stand er minutenlang an der Einmündung einer Kreuzung und kam nicht vom Fleck, weil der Motor kein Gas annahm. Auspuffqualm umhüllte ihn in einer so riesigen Wolke, dass es schon fast peinlich war; er spielte am Gas, um die Drehzahl hochzuschrauben, doch unter viertausend Umdrehungen ging der Motor sofort in die Knie, sobald er Leistung abgeben musste. Endlich zeigte der Drehzahlmesser die nötigen viertausend Touren an, die Straße war frei. Wolf gab die Kupplung frei und mitten auf der Kreuzung bockte der Motor erneut, um im nächsten Augenblick plötzlich Gas anzunehmen. Das Vorderrad hatte Verlangen nach Höhenluft und stieg, und auf dem Hinterrad jagte Bergmann über die Kreuzung.

Das Elend war aber noch zu einer weiteren Steigerung fähig. Am Sonnabend nach der letzten Prüfung war die TS nur noch durch Anschieben in Gang zu bringen. Bergmann überkam ein Unbehagen; er hatte das Gefühl, er dürfe die Maschine bis zu Carmen auf keinen Fall ausgehen lassen, sonst würde er stehen bleiben. Also blieb ihm nur, sämtliche Tempolimits zu ignorieren, in der Hoffnung, dass es keine Kontrollen geben möge, und behielt eine Geschwindigkeit von achtzig Stundenkilometern auch in den Ortschaften bei. Mit Müh und Not erreichte er Waldborn, der Motor erstarb und gab keinen Mucks mehr von sich.

Später, als Bergmann seine Erfahrungen gesammelt, Reisen bis ans Schwarze Meer unternommen hatte, ausgebildeter Übungsleiter Motorsport war und auch wusste, wie man den Unterbrecher und den Zündzeitpunkt korrekt einstellte, kam ihm seine damalige Hilflosigkeit lächerlich vor. Doch da gab es ja nun auch noch die Herstellergarantie und nur eine Vertragswerkstatt durfte den Fehler beheben, sonst war die Garantie hin.

Reinhold, ein Schulfreund der Mutter, war der rettende Engel; der beste Schlosser in der MZ-Werkstatt von Werner Quartzdorff in Eisenleben, wenn er nüchtern war und zur Arbeit erschien, was bei Reinhold keineswegs eine Selbstverständlichkeit war. Also Reinhold wurde verständigt und kam mit seinem alten Skoda die fünf Kilometer nach Waldborn. Dort schraubte er die Kerze aus und den Lichtmaschinendeckel ab und stellte Pi mal Daumen die Zündung provisorisch ein. Der Zündzeitpunkt lag so zeitig vor dem oberen Totpunkt, dass es an ein Wunder grenzte, dass es der Motor überhaupt so lange geschafft hatte, einen Kolbenschlag von sich zu geben.
Wolf sollte eine Probefahrt machen, damit Reinhold sich das Kerzenbild besehen und den Zündpunkt gegebenenfalls nachstellen konnte; die Feinarbeit wollte er dann zu Hause machen und als 500 km-Durchsicht samt Ölwechsel ins Garantieheft eintragen.
Schon beim ersten Kick sprang die TS an und hatte einen ganz anderen Klang, eben so, wie eine 250-er klingen sollte. Wolf saß auf und fuhr wie zuletzt gewohnt mit beherztem Gas an. Die Maschine zog so hart durch, dass das Hinterrad auf dem Pflaster

durchdrehte. Zum ersten Mal spürte Wolf die Kraft der neunzehn PS, wobei „PS" in diesem Fall bisher nur mit dem Begriff „Ponystärken" bezeichnet werden konnten.

Es war der letzte Sonnabend im April. Wolf nutzte den Tag und polierte die Maschine auf Hochglanz; sie war ja noch mit dem Wachs versiegelt und daran hatte sich im Verlauf der ersten fünfhundert Kilometer eine Menge Staub festgesetzt.

Und es war die letzte gemeinsame Nacht mit Carmen. Am Sonntag stiegen sie auf die TS und fuhren in den Harz zu den Tropfsteinhöhlen. Leider hatte die TS während der Einfahrzeit die Unart, einen Verbrauch von acht Litern auf hundert Kilometer an den Tag zu legen, weil der Vergaser so fett eingestellt war. Das hatte zur Folge, dass die Reichweite mit nur wenig über zweihundert Kilometern äußerst dürftig war und häufiges Tanken bedeutete. Es wäre ja kein Problem gewesen, wäre die Tankstellendichte und die Öffnungszeiten wie heute. Zu jener Zeit aber waren sonntags geöffnete Tankstellen rar und dies traf auf den Harz, obwohl Ausflugsgegend zu nahezu jeder Jahreszeit, in besonderem Maße zu.

Es war also wichtig, bevor die Höhle besucht werden konnte, in der nahe gelegenen Stadt zu tanken, um wieder bis nach Hause zu kommen. Auf der Suche nach einer Tankstelle passierte es, dass Bergmann ein Einfahrtverbotsschild für Fahrzeuge aller Art übersah und sich auf einmal in einer Fußgängerzone wiederfand. So etwas kann schon einmal vorkommen, nur leider stand ein Polizist in der Nähe und pfiff Bergmann heran. Wolf ahnte nichts Gutes. Erst erfolgte die Kontrolle der Papiere, dann kam die ironische Frage, ob man denn in Sandhausen andere Verkehrsregeln habe als in Bergrode? Genüsslich schwenkte der Polizist den Berechtigungsschein, auch Stempelkarte genannt, hin und her, ließ Bergmann zappeln und sagte dann, „der ist so schön sauber. Ich lasse ihn sauber, aber um ein Verwarngeld in Höhe von drei Mark kommen Sie nicht herum." Bevor Bergmann weiterfuhr, erklärte er ihm aber wenigstens noch den Weg zur Tankstelle.

Carmen und Wolf besuchten die Tropfsteinhöhle und nahmen noch Kurs zum Blauen Auge, einem nur in den Sommermonaten Wasser führenden kleinen See, der kristallklar war, vom Karstwasser gespeist wurde und dadurch die azurblaue Farbe erhielt.

Auf dem Rückweg kamen sie in ein Regengebiet. Zu allem Überfluss übersah Wolf an einer Kreuzung auch noch ein Stoppschild, gut getarnt hinter einem Busch, und im nächsten Augenblick hatte er den nächsten Ärger am Halse, weil der Dorfpolizist genau auf solche Ahnungslosen wartete und ihn rechts ranfahren ließ. Dieses Mal kam Bergmann nicht so billig davon. Er zahlte fünf Mark Strafe und erhielt einen Stempel, der den Berechtigungsschein für die folgenden vier Monate verunstalten würde, sein erster. Er hätte heulen können.

Sie mussten weiter, denn der Regen hatte zugenommen und es dämmerte bereits; bei dem Wetter würde es in zehn Minuten dunkel wie Bärenarsch sein.

Es gibt Tage, da geht alles schief, und wen es erst einmal erwischt hat, der kommt so schnell nicht aus der Pechsträhne heraus. Auch diese war noch nicht vorbei. Es kam noch dicker. Der Regen entwickelte sich zum Wolkenbruch mit Gewitter und Bergmann entschloss sich, das schlimmste in der Wartehalle einer Bushaltestelle abzuwarten, doch der Regen ließ einfach nicht nach. Also setzten sie die Fahrt fort, Wolf in Halbschuhen und einer dünnen Kombi aus Knautschlack und Carmen in ihren Jeans und einer kurzen Lederjacke. Im letzten Ort vor Sandhausen kam auch noch das berühmte glatte Pflaster aus Hartfelder Schlacke, der Alptraum jedes Zweiradfahrers, vor allem bei Nässe. Wolf schlich mit dreißig Sachen durch den Ort, um kein Risiko einzugehen und wäre höchstwahrscheinlich auch heil bis zum Beginn des Asphaltes am Ortsausgang von Walldorf gekommen, hätte Carmen nur stillgesessen. Aber sie tat es nicht und wollte sich nur anders auf der Sitzbank positionieren, doch diese unbedachte Bewegung reichte, um die TS schlingern zu lassen. Auf dem spiegelglatten Pflaster gab es kein Halten mehr. Das Hinterrad rutschte nach rechts weg. Hätte Carmen wenigstens den linken Fuß von der Raste genommen und sich abgestützt, wäre es Wolf unter Umständen noch gelungen, schlimmeres zu verhüten. Aber Carmen blieb sitzen wie ein Mehlsack und die Maschine war nicht mehr zu halten bevor die Fußraste auf dem Pflaster schrammte und nach hinten gebogen wurde. Sonst war alles heil geblieben, auch Blinker und Spiegel hatten keinen Straßenkontakt, aber Carmen stürzte auf ihr linkes Knie. Sie konnte nicht allein aufstehen. Alles hatte sich heute gegen Wolf Bergmann verschworen.

Die Hausbewohner hatten den Sturz vom Fenster aus beobachtet. Es waren alte Leute, die sich mehr für das interessierten, was auf der Hauptstraße passierte, als das, was im Fernsehen kam. Sie halfen Carmen und holten die zwei durchnässten Unglücksraben ins Haus.

Carmens Knie schmerzte und schwoll an, weiterfahren war unmöglich. Später zeigte es sich, dass am Meniskus operiert werden musste. Es gab bereits eine Verletzung, der Sturz beschleunigte das Ganze nur, war aber nicht der Auslöser.

Am Ende blieb nur, ein Taxi zu rufen und die Maschine am nächsten Tag abzuholen. Wolf wurde vom Vater nach Walldorf gefahren und brachte die Maschine nach Hause. Die Fußraste wurde vom Gummi befreit, bekam ein dreiviertelzölliges Rohr übergestülpt und war im Handumdrehen wieder geradegebogen.

Bergmann dachte daran, was damals weiter geschah. Carmen hatte ihn belogen, das war die erste Erkenntnis, zu der er kam. Sie war nicht sechzehn. Er hätte viel eher darauf kommen müssen. Mit sechzehn hatte man zur gleichen Zeit wie die Abiturienten die Abschlussprüfungen der 10. Klasse. Carmen sprach nie über ihre Prüfungsarbeiten. Denn es gab keine, sie war erst fünfzehn und in der 9. Klasse. Der Staatsanwalt hatte die Hand noch über dem Mädchen und es hätte böse Folgen für Bergmann haben können, hätten ihn die Großeltern wegen sexueller Beziehungen zu einer Minderjährigen angezeigt.

Nun einmal misstrauisch geworden, forschte Bergmann weiter. Sein Cousin war in Waldborn verheiratet, er musste Carmen kennen, so groß war das Nest nicht. Er befragte ihn gerade heraus. Die Wahrheit war, dass Carmen im Dorf den Ruf eines leichten Mädchens hatte, dass sich mit Vorliebe reifen, verhei-

rateten Männern an den Hals warf und sich für ihre Liebes-
dienste mit Uhren, Schmuck oder einem teuren Photoapparat
bezahlen ließ. Gerade am letzten Wochenende war sie am Freitag noch auf einem Polterabend gewesen.

Bergmann war enttäuscht. Er hätte Carmen ihre Vergangenheit
nicht einmal vorgeworfen und ihr verziehen, wenn sie ehrlich
gewesen wäre und zu ihm gestanden hätte. Aber sie hatte ihn
hintergangen, obwohl sie ein Paar waren, zumindest glaubte
Wolf dies.

Es war aus. Es gab keinen Abschiedsbrief, aber eine Aussprache, an deren Einzelheiten er sich nicht mehr erinnerte. Er
wusste nur noch, dass sie den Photoapparat in die Mülltonne
warf; es war ein symbolischer Akt der Reue, aber Bergmann
glaubte ihr nicht mehr, er hatte jedes Vertrauen in das Mädchen
verloren.

Wolf stieg auf sein Motorrad und fuhr wieder allein.

XII

Wieder war ein Tag vergangen und morgen kam er erneut unter
das Messer. Das ständige Schnarren der Pumpen nervte ihn.
Wie sollte dabei jemand schlafen können?

Wolf Bergmann schlief dennoch ein. Der Körper verlangte sein
Recht, und wenn es nur ein kurzzeitiger Tiefschlaf war.

Er lag quer auf der Straße, auf dem Rücken. Er konnte sich
nicht bewegen und musste dennoch weg, und zwar so schnell
wie möglich, denn ein LKW näherte sich ihm. Der Fahrer
schien ihn nicht gesehen zu haben. Das Ungetüm kam immer
näher. Wolf Bergmann wollte schreien, doch auch die Stimme
versagte ihm. Es konnte nichts tun als auf das Ende zu warten.
Der LKW verminderte seine Geschwindigkeit noch immer
nicht. Bergmann riss vor Entsetzen die Augen auf, als sein
Brustkorb von den Rädern des Dreißigtonners zerquetscht wurde. Es war auf einmal gleichgültig. Er war platt gewalzt, aber er
spürte dennoch keinen Schmerz und seine Sinne funktionierten
noch. War das das Ende seines Lebens? Wie zum Teufel war er
auf die Straße gekommen? Das letzte, woran er sich erinnerte,

war doch, schon schwer verletzt auf der Intensivstation zu liegen.

Reichte das immer noch nicht? Bergmann konzentrierte sich darauf, dass irgendetwas nicht stimmen konnte und erwachte aus einem Alptraum.

Natürlich, es war nur ein Alptraum, doch es schien alles so real gewesen zu sein. Wolf Bergmann atmete schwer und sammelte sich. Er war nicht tot.

Sein Puls raste noch. Bergmann musste zur nächsten Visite daran denken, zu fragen, ob das Ketamin, das er vom Notarzt gegen die Schmerzen bekam und ihn einschläferte, vielleicht die Nebenwirkung hatte, davon Halluzinationen zu bekommen.

Wolf Bergmann konnte erneut nicht einschlafen. Mit offenen Augen lag er auf dieser sich ewig bewegenden Matratze, nun schon die sechste Nacht auf dem Rücken, zählte man die Zeit nach der Notoperation in der Unglücksnacht dazu.

Die vielen Gedanken an die Vergangenheit brachten ihn völlig durcheinander. Er musste sich zwingen, System in seine Erinnerungen zu bringen. Er wollte sich nicht seine Biographie durch den Kopf gehen lassen, aber er musste sich eingestehen, dass es besser war, das hinter ihm liegende Leben chronologisch aufzuarbeiten. Er würde dabei das Wichtige Revue passieren lassen, Unwichtiges weglassen und eine gedankliche Bestandsaufnahme dessen machen, was er positiv oder negativ empfand.

Viel Zeit bis zum Verbandswechsel und der nächsten Operation blieb nicht mehr, doch war die Zeit, die er in der Klinik verbleiben musste, mehr als reichlich vorhanden.

*

Er dachte wieder an die Zeit nach der Trennung von Carmen. Nur noch zwei Schulwochen standen auf dem Plan, dann war der unwiderruflich letzte Schultag. Es war ein freundlicher Tag zu Beginn der zweiten Maihälfte. Die Schulleitung hatte verkünden lassen, es gäbe ein Verbot, dass die Abiturienten sich wie Kinder benehmen und mit Zöpfen und Schulranzen zum

Unterricht erschienen. Als Gegenleistung war nach der vierten Stunde Schluss und der letzte Schultag sollte außerhalb der Klassenräume würdig begangen werden dürfen.

Die 12b hielt sich an das Verbot und wanderte am Vormittag mit ihrem Klassenlehrer Bepo, der sie die vergangenen vier Jahre begleitet hatte, zum Galgenberg, wo sie beim Grillen von Würsten Abschied feierten. Es war keine Sensation, eher ein Dahinschleichen der Zeit, an die man zurückdachte. Sie war so schnell vergangen.

Von hier aus konnte der Blick ein letztes Mal ungehindert über grüne Wiesen, die gelb vom blühenden Löwenzahn leuchteten, und weiter über die Kleine Saale zu den Weinbergen der Kalkterrassen am linken Saaleufer schweifen.

In wenigen Monaten würde Wolf Bergmann dieses romantische Tal eintauschen müssen gegen die neue Heimat, ebenfalls im Saaletal gelegen, aber ein Stück weiter unterhalb. Die Saale würde bald extrem verschmutzt sein, weil die Industrie und die Städte ihre Abwässer nur ungenügend geklärt in den Fluss einleiteten und ihm keine Chance mehr gaben, sich selbst zu reinigen.

Am Morgen hatten die Schüler die Ergebnisse der schriftlichen Prüfungen erfahren. Wie erwartet, hatte Wolf Bergmann in Chemie mit sehr gut abgeschlossen, auch in Mathematik. Immerhin wurden in den letzten Wochen vor den schriftlichen Prüfungen die Aufgaben der früheren Jahrgänge zur Vorbereitung genutzt, manches wiederholte sich irgendwie und in Chemie zum Beispiel gab es zwei Themen, die immer dabei waren, Massenwirkungsgesetz und Elektrochemie. Man musste zwar auf alles vorbereitet sein, da es aber Pflicht und Wahlaufgaben gab, konnte einem dies etwas Spielraum verschaffen.

Auch in Deutsch hatte er im Stillen auf eine Eins gehofft, aber nicht geschafft. Wahrscheinlich hatte er seine Gedanken nicht tiefgründig genug dargelegt. Oder es fehlte der Bezug zur Partei und zum Sozialismus. Darauf wurde erheblicher Wert gelegt, obwohl Bergmann sich nicht vorstellen konnte, dass der Autor des Dramas, worüber er zu schreiben gewählt hatte, genau das beabsichtigen wollte. Da die Aufsätze von zwei weiteren Lehrern bewertet wurden, war Schiebung weitgehend ausgeschlossen. Aber auch mit der Zwei in Deutsch konnte Bergmann den mündlichen Prüfungen ohne Sorge entgegensehen. Wenn er nicht voll danebenlag und zwei Prüfungen versaute, stand das Prädikat seines Abiturs schon fest, nämlich sehr gut. Nach oben war unmöglich, und nur zwei Dreien als Endnote in den mündlich geprüften Fächern konnten aus dem „sehr gut" noch ein „gut" machen. Und eins stand fest, keine Prüfungskommission ließ einen Schüler absichtlich durchfallen oder versuchte, ihn herein zu legen. Solch ein Fall war nicht bekannt.

Am Montag würden die Schüler erfahren, in welchen Fächern sie mündlich geprüft werden sollten, danach begannen die Konsultationen.

Am Nachmittag trennte sich die Klasse, sie würden sich erst zur Zeugnisausgabe und zum Abiball in dieser Runde wiedersehen. Wolf stieg auf sein Motorrad und fuhr zu den Eltern. Morgen heiratete seine Cousine, heute Abend war Polterabend. Er hätte Carmen gern dabeigehabt, aber das war vorbei.

*

Wieder erwachte Wolf Bergmann aus seiner Narkose, dieses Mal etwas zu früh. Er wurde gerade aus dem Op. geschoben und hatte noch den Schlauch zur Beatmung in der Luftröhre, als er bereits erwachte. Kurzerhand wurde der Schlauch herausgezogen, denn der Patient konnte wieder selbständig atmen, doch eine neue Dosis Narkosemittel erhielt Bergmann nicht und musste sich mit dem Kratzen in seiner Luftröhre abfinden.

Von der Narkose wie immer erschöpft, schlief er bis zum Abend durch. Morgen würde ihn Conny besuchen und zum Stand der Dinge unterrichten.

Nach dem Abendessen las er, um müde zu werden, doch das grelle Licht störte ihn und er schaltete auf die Notbeleuchtung um. Bergmann hasste künstliches Licht und künstliche Dunkelheit. Es machte ihm nichts aus, im Sommer vor Sonnenuntergang schlafen zu gehen, weil sein Tag zeitig begann und er wenigstens sieben bis acht Stunden Nachtruhe einplante. Er musste deshalb keine Jalousien herunterlassen. Im Gegenzug konnte er künstliches Licht am frühen Morgen nicht ertragen; deshalb zündete er im Bad immer eine Kerze an. Das gedämpfte Licht reichte ihm zum Frühsport und zur Morgendusche voll aus.

Somit blieb ihm nichts übrig, als den kurzen Schlaf zu erwarten, der sich gelegentlich einstellte, während er sein Leben gedanklich durchwühlte.

*

Die Prüfungszeit ging für Wolf Bergmann schneller vorüber als seinerzeit in der 10. Klasse. Er wurde mündlich nur in zwei Fächern geprüft, deren Termine bereits auf die erste Prüfungswoche fielen. Schon am ersten Tage konnte er in Staatsbürgerkunde mit einer Eins nach Hause gehen und zwei Tage später wiederholte er dieses Ergebnis in Mathematik.
Geschafft! Auf dem Weg vom Schulgebäude zum Internat stieß Wolf Bergmann die rechte Faust triumphierend in die Luft. Alle Anspannung fiel von ihm ab. Er war der erste, der fertig war. Ausgleichende Gerechtigkeit, fand er, denn vor zwei Jahren war er der letzte in jenem heißen Juni. Während seine Mitschüler bereits zu Hause oder im Freibad in der Sonne lagen, musste er damals noch für Mathematik und Astronomie büffeln.
Wolf Bergmann nahm schon so viel wie möglich von seinen Sachen aus dem Internat mit, als er das Motorrad zur Heimfahrt belud. Den Rest würden die Eltern in gut drei Wochen ins Auto laden, wenn nach der Zeugnisausgabe in der Aula der offizielle Teil vorüber war und nur noch der Abiball gefeiert wurde.

Nur noch einmal würde er als Schüler die Treppen im Schulgebäude hochsteigen und den Wandspruch lesen, der ihn vier Jahre lang begleitet hatte: „Es gibt keine Landstraße für die Wissenschaft. Und nur diejenigen haben Aussicht, ihre hellen Gipfel zu erreichen, die die Ermüdung beim Erklimmen ihrer steilen Pfade nicht scheuen. Karl Marx".

Es war der 1. Juni. Fast zwei Wochen hatte er jetzt Zeit für sich. Er nutzte das Badewetter und war täglich bei den Großeltern am See.

Eines Nachmittags, als er vom Baden kam, musste er auf dem Sommerweg einen Draht aufgelesen haben, der den Hinterreifen durchstach und den Schlauch erreichte, als er gerade auf die Hauptstraße aufgefahren war. Die Luft verließ schlagartig den Schlauch und die TS schlingerte hin und her. Bei Tempo achtzig eine kritische Situation. Bergmann behielt die Ruhe, bremste nicht, sondern ließ die Maschine mit gezogener Kupplung langsam auseiern, nur darum besorgt, nicht zu Boden zu gehen.

Es gelang ihm, die TS unter Kontrolle zu behalten. Als er den Reifen von der Felge gehebelt hatte, sah er die Bescherung, der Schlauch war gewandert und wies einen zwanzig Zentimeter langen Riss auf, der unmöglich geflickt werden konnte.

Einen anhaltenden Motorradfahrer beschrieb er den Weg zum Onkel Egbert, der nur zwei oder drei Kilometer weit entfernt wohnte und bat ihm, diesem zu sagen, er möchte doch zum Chausseehaus kommen und einen 16"-Schlauch mitbringen, weil der defekte nicht reparabel war.

Es dauerte auch keine zehn Minuten, bis Bergmann das Heulen des frisierten Motors von Egberts Moped, Marke „Spatz", vernahm, noch bevor irgendetwas zu sehen war. Der Spatzmotor war schon vor Jahren von Egbert mit einer enormen Leistungssteigerung versehen worden, indem der Zylinder einen dritten Überströmkanal erhalten hatte. Die damit ermöglichten Drehzahlen bewirkten einen infernalischen Sound, der von weitem an eine Sirene erinnerte; über ein Fünfganggetriebe wurde diese Leistung auf die Straße gebracht und erlaubte nunmehr Geschwindigkeiten von knapp hundert, statt der ursprünglichen werksmäßigen fünfzig Stundenkilometern.

Als sechzehnjähriger hatte Bergmann dieses Gefährt selbst einmal probiert, damals noch mit Vierganggetriebe. Immerhin brachte es der Spatz damit auf der Geraden auf fünfundachtzig Sachen. An einer leichten Steigung musste aber in die Drei zurückgeschaltet werden. Mit Tempo achtzig wurde er von einem Trabant überholt, doch hinter der Bergkuppe machte sich

Wolf hinter dem Lenker ganz flach, drückte den Schalthebel in die Vier und überholte mit Vollgas und etwa fünfundneunzig Sachen den Trabi. Erst jetzt merkte dessen Fahrer auf, wahrscheinlich, weil die urigen Klänge des Minimotors das Gedröhn seines Zweizylinders übertönten und er es nicht fassen konnte, von einem so alten „Hobel" versägt zu werden.

Von Fahrkultur konnte allerdings keine Rede sein. Serienmäßig mit einer Simplexbremse und Halbschwinge am Vorderrad ausgerüstet, die für derartige Geschwindigkeiten nicht ausgelegt waren, war das Fahren unter Vollgas fast schon lebensgefährlich. Obendrein musste man immer zwei Finger an der Kupplung haben, weil man sich nie sicher sein konnte, ob die Kurbelwelle und die Lager diese Drehzahlen lange durchhielten und stets mit einem Kolbenfresser gerechnet werden musste.

Der Schlauch wurde an Ort und Stelle gewechselt und Wolf kam, zwar mit vom Montieren schmutzigen und zerschundenen Händen, aber unversehrt zurück.

Die letzten beiden Wochen vor dem Abiball mussten die Schüler in einem der Volkseigenen Betriebe arbeiten. Wolf hatte Glück und wurde im Zeunawerk im Getränkeverkauf eingesetzt. Durst leiden musste er also nicht. Sein Chef, ein gutmütiger Kerl, der schon die Tage bis zur Rente zählte, nahm es mit der Arbeitszeit auch nicht so genau; nach der Bedienung an der Theke der Kantine öffnete er den kleinen Getränkeladen nur noch einmal für eine halbe Stunde, erledigte die Abrechnung der Tageseinnahmen und schloss die Türe von außen zu, um rechtzeitig zum Bahnhof zu kommen.

Dieser Umstand kam auch Wolf zugute, denn dadurch war auch er schon am frühen Nachmittag zurück in Waldborn und konnte mit der Maschine zum See fahren. Er verbrachte die letzten beiden Wochen, während er arbeiten musste, nicht im Internat, dazu gab es keine Verpflichtung, sondern konnte bei seinem Cousin und dessen Familie schlafen, die damals nur fünf Minuten zu Fuß vom Bahnhof Waldborn entfernt wohnte, und der Zeunazug hielt hier.

Drei Tage vor dem Abiball erreichte Wolf eine besorgniserregende Nachricht der Mutter; Vater hatte einen schweren Arbeitsunfall, weil die Bohrspindel das Arbeitshemd erfasst und zusammengedreht habe, wobei Vaters Oberarmmuskel zerquetscht und ein Ohr halb abgerissen wurde. Er sei bereits operiert und liege im Bergbaukrankenhaus in Eisenleben. Baden fiel aus, Wolf besuchte den Vater im Krankenhaus.

Vater würde nun nicht bei der Zeugnisausgabe und dem Abiball zugegen sein können. Bergmann war traurig darüber, andererseits aber froh, dass sein Vater den Unfall überlebt hatte, sonst wären Abiball und Trauerfeier auf ein und denselben Tag gefallen.

Den Abiball konnte er zwar feiern, musste aber mit einem Freund der Familie als Vaterersatz vorliebnehmen.

Nach der Eröffnung, als die Abiturienten paarweise, immer ein Junge und ein Mädchen, in den Festsaal schritten und der Eröffnungstanz vorüber war, begann der gemütliche Teil. Wolf und sein Klassenkamerad Bert, mit dem er das letzte Jahr das Zimmer geteilt hatte, waren sich einig; sie warfen sich einen Blick zu. Die Aktion war abgesprochen. Zum Entsetzen der Eltern griffen beide zur Krawatte und entledigten sich kurzerhand von diesem ebenso unnützen wie lästigen Kleidungsstück.

Wolf Bergmann hasste Krawatten und Festanzüge von jeher, seit ihn seine Mutter bereits als Kind in derartige Kleidungsstücke gesteckt hatte.

Während des Abends fassten die Jungen den Entschluss, am kommenden Wochenende mit ihren Motorrädern nach Prag zu fahren. Auch Wolf war von dieser Idee begeistert. Doch obgleich volljährig, war er dennoch nicht selbständig und in nicht unerheblichem Maße noch von den Eltern abhängig. Diese untersagten ihm strikt die Teilnahme an dem Unternehmen; nicht zuletzt solle er daran denken, dass er eine kaputte Hand habe, immerhin blieb ein Restschaden. Wolf Bergmann war mit dieser Art von Bevormundung absolut nicht einverstanden, doch da halfen kein Lamentieren und kein Diskutieren, er musste sich beugen, weil er, wie es wieder einmal hieß, immer noch seine Füße unter ihren Tisch steckte.

XIII

Am Vormittag des folgenden Tages kam Conny zu Besuch und brachte Neuigkeiten mit. Formulare zum Unfallhergang waren auszufüllen, um die Anerkennung als Dienstunfall zu erwirken. Auf Anraten seines Versicherungsvertreters hatte Conny auch eine Rechtsanwältin mit der Wahrnehmung seiner Interessen beauftragt. Das Gutachten zum Zeit und Restwert der Wilma lag schon vor. Die Bilder von der zerstörten Maschine ließen Bergmann erschaudern. Wäre es ihm wie der BMW ergangen, läge er jetzt nicht einmal hier. Conny berichtete auch, dass der Dodge des Unfallverursachers auch einen wirtschaftlichen Totalschaden erlitten habe. Beim Zusammenprall, immerhin handelte es sich dabei um Kräfte, die aus einer resultierenden Geschwindigkeit von rund zweihundert Stundenkilometern freigesetzt wurden, hatte die Wilma irgendwie noch eine Bremsleitung des Dodge abgerissen. Infolgedessen raste dieser ungebremst mit seinen zwei Tonnen Masse durch den Windschutzstreifen abseits der Straße und wurde demoliert.

Sie musste zur Arbeit und verabschiedete sich. Bergmann las seinen „Konsalik" weiter; einer seiner liebsten Schriftsteller, der viele Romane schrieb, deren Handlungen in Russland spielten.

Morgen war Freitag, die vierte Op. war avisiert; am Sonnabend sollte er, wenn keine Komplikationen auftraten, von der Intensivstation auf die Unfallchirurgie verlegt werden.

*

Wie Bergmann später erfuhr, denn der Kontakt der Mitschüler untereinander riss ab und erst nach drei Jahren gab es ein erstes Klassentreffen, wurde der zum Abiball ausgeheckte Plan einer Fahrt nach Prag vom Rest der Beteiligten in die Tat umgesetzt. Er konnte sich des Gedankens nicht erwehren, dass nicht zuletzt dieses Verbot der Teilnahme an der Kurzreise ein weiterer Auslöser seines Drangs war, die Welt auf dem Motorrad zu erkunden.

Die Sommerferien nach dem Abi fielen bezüglich der freien Tage relativ kurz aus. Üblicherweise wurden Abiturienten in Kinderferienlagern als Betreuer eingesetzt und auch Wolf Bergmann hatte sich dafür beworben. Doch er erhielt Post von der TH Mendenburg, seine Bewerbung für ein Chemiestudium war ja, wie er seit einigen Wochen wusste, angenommen und er möge sich am 31. August einschreiben. Gleichzeitig enthielt der Briefumschlag ein Schreiben, worin er zur Teilnahme am internationalen Studentenlager gebeten wurde. Es werde im Blauhemd an volkswirtschaftlich wichtigen Objekten gearbeitet.

Es galt, abzuwägen; da aber Bergmann die nächsten fünf Jahre an der TH verbringen würde, erschien ihm der Einsatz im Studentensommer wichtiger als im Ferienlager und er sagte dort ab. Mitte Juli wurde nun die TH vorzeitig zu seinem neuen Zuhause. Ohne Ahnung, was ihn erwarten würde, setzte er sich mit leichtem Gepäck Mitte Juli in den Zug und fuhr nach Mendenburg, wo er sich erst einmal zur TH durchfragen musste.

Er wurde einer Brigade zugeteilt, die sich zu neunzig Prozent aus künftigen Studenten seines Studienjahres und seiner Sektion zusammensetzte. Den Rest bildeten die höheren Matrikeln und Leiterin war eine künftige Diplomandin.

Die ersten Tage wurde noch nicht gearbeitet. Die Neuankömmlinge sollten sich ein wenig kennen lernen und nebenbei gab es Veranstaltungen in den Hörsälen, wo sie auch mit der Geschichte der TH vertraut gemacht wurden.

Sie sollten sich auch schon jetzt als Studenten fühlen, im nullten Studienjahr.

Das erste, womit sie außerhalb des Protokolls konfrontiert wurden, war das Studentenleben. Fast jeden Abend saß die Brigade irgendwo zusammen, in einem Internatszimmer oder dem Studentenkeller und soff, was das Zeug hielt. Bergmann machte sich nichts aus Alkohol, insbesondere Bier war ihm zuwider, dieses gallebittere Zeug. Doch er konnte und wollte sich nicht ausschließen und kam häufig erst gegen zwei oder drei Uhr morgens ins Bett. Natürlich lernte er auch Mädchen kennen, aber zu einer festen Beziehung reichte es nicht. Es blieb beim Knutschen im Park oder einer finsteren Ecke einer Disco.

Vier Wochen würde die Brigade nun in Zeuna, Schkonau und dem Geiseltal arbeiten, schachtete Kabelgräben aus oder musste Sand und Abraum schippen. Der Alkohol und der Dreck in Verbindung mit dem Schweiß bekam Bergmanns Haut gar nicht gut. Seine Krankheit, die in den letzten Monaten etwas eingedämmt war, wurde schlimmer denn je.

Am Ende der ersten Woche wurden die „besten Brigadisten" ausgezeichnet. Wie sich dabei und in den folgenden Wochen herausstellte, kam es hierbei nicht darauf an, besonders fleißig zu sein. Vielmehr war es erstens erforderlich, Kandidat oder Mitglied der Partei zu sein und zweitens, immer dann, wenn der Lagerleiter und der Hochschulgruppenleitungs-Sekretär die Baustelle besuchten, auf den Schippenstiel gestützt, kluge Reden zu halten. Systemtreue, auch als Loyalität bezeichnet, zahlte sich stets aus; daran hatte sich seit der Römerzeit nichts geändert. Mitläufer und Opportunisten waren die Stütze jedes Staates, egal ob in einer Diktatur oder einer sogenannten Demokratie. Wolf und seine Kameraden konnten sich abschuften wie chinesische Kulis, sie wurden immer bei den Auszeichnungen übergangen.

War es da ein Wunder, wenn am Sonnabend in Schkonau im Clubhaus der Chemiearbeiter beim „Ball der Arbeiterjugend" der ganze Ärger über diese himmelschreiende Ungerechtigkeit auf der Welt im Suff erstickt wurde? Es gab Freibier und die Brigadisten langten tüchtig zu. Zu dem Ärger über die Belobigungen solcher Schleimscheißer wie Hans Bartel kam noch ein Brief, den er vor zwei Tagen erhielt und indem ihm von der Freundin seiner letzten Freundin mitgeteilt wurde, dass Schluss sei und Claudia ihn nicht mehr würde wiedersehen wollen. Er ersäufte seinen Ärger über die erneute Enttäuschung in einem Glas nach dem anderen.

Es wurde zu ein paar neckischen Spielchen aufgerufen, für die Teilnehmer gesucht wurden. Wolfs Alkoholspiegel war schon beträchtlich gestiegen, als er sich freiwillig meldete. Zu fünft standen sie nun auf der Bühne und warteten auf das, was von ihnen verlangt werde.

Man spannte niemanden auf die Folter; die Kandidaten erhielten eine Flasche Radeberger Pilsner in die Hand gedrückt und auf Drei hieß es „Ex". Wolf setzte an und zog mit riesigen Schlucken das bittere Zeug in sich herein. Noch bevor der zweite knapp die Hälfte durch seine Kehle gejagt hatte, war Wolfs Flasche leer und er wurde als der „Größte Säufer der TH aller Zeiten" geehrt, noch bevor er überhaupt immatrikuliert war.

Natürlich war er voll, als die Straßenbahn ihre Sonderfahrt zurück nach Mendenburg aufnahm und er musste sich das Genossene des Abends noch einmal während der Nacht gründlich durch den Kopf gehen lassen.

Am Sonntagmorgen, sein inneres Gleichgewicht war noch lange nicht wiederhergestellt, quälte er sich mit verkorkstem Magen zum Bahnhof und fuhr nach Hause, um sein Motorrad zu holen. Es gab eine Unterstellmöglichkeit, wenngleich nicht diebstahlsicher, aber doch zumindest von einer Seite durch ein Runddach vor Regen geschützt.

Ausgenüchtert kehrte Bergmann am Abend zur TH zurück und fühlte sich besser bei dem Gedanken, seine Maschine in der Nähe zu wissen und unabhängig von der Deutschen Reichsbahn zu sein. DR, von Dr. Worch mit „Dein Risiko" übersetzt. Bergmann hasste Schienenfahrzeuge, besonders die Eisenbahn, dieses überholte Relikt aus dem letzten Jahrhundert. Sie waren unpünktlich, man war abhängig und es war hinausgeworfenes Geld, das besser zum Tanken verwendet werden konnte. Die Bahn war lediglich ein notwendiges Übel, um im Winter zur Schule zu kommen, wenn man nicht mehr Motorrad fahren konnte, sollte die Maschine nicht im Frühjahr von der Lauge des Winterdienstes zerfressen und vergammelt sein. Außerdem war es nicht zumutbar, bei Frost zu fahren, denn Heizungen und wettergerechte Kleidung gab es nicht, von der Gefahr bei Straßenglätte ganz zu schweigen.

Die Liebe und Begeisterung für seine Maschine brachte ihm schon nach wenigen Tagen einen Spitznamen ein – „Easyrider", obwohl die TS nichts mit einer hässlichen Harley-Davidson gemein hatte.

Nach den vier Wochen Arbeit im Studentenlager wurden Hans Bartel und sein künftiger Parteigenosse Jürgen Meißner, die abwechselnd als „Bester Brigadist" ausgezeichnet wurden, noch mit einer Prämie belohnt und als „Jungaktivisten" geehrt. Die wussten, wie man Karriere macht.

Bergmann blieben noch zwei Wochen Rest seiner Ferien. Er fuhr mit seinem Motorrad durch die Gegend und hatte wieder einmal das Pech, zur falschen Zeit am falschen Ort zu sein. Nur zwei Kilometer hinter Birkenburg war es, die Straße in katastrophalem Zustand, nämlich ein Schlagloch neben dem anderen, als ihm ein Trabant entgegenkam. Dessen Fahrer versuchte auch, den Schlaglöchern nach Kräften auszuweichen und entfernte sich dabei so weit von seiner Fahrbahnhälfte, dass er Wolf Bergmann mit seiner TS glatt frontal auf die Hörner genommen hätte, wäre dieser nicht in seiner Not mit gezogenen Bremsen ausgewichen. Doch das Tempo, zum Slalom um die Löcher gerade noch ausreichend reduziert, war beim Ausweichen auf die Bankette schon zu hoch. Er nahm noch ein extratiefes Schlagloch mit, die Felgen knallten brutal gegen die Kante, die Telegabel war schon tief eingetaucht und konnte nichts mehr abfedern, es gab einen doppelten hellen Klang, als das Aluminium der Felgenränder einen Gong erhielt, und dann ging es die Böschung neben der Straße hinab, so dass Bergmann nichts mehr tun konnte, um das Unglück aufzuhalten. Die TS sauste durch meterhohes Unkraut, weil die Böschung nicht gemäht war, und Sekunden später hing Bergmann im Maschendrahtzaun einer Obstplantage. Er blieb unverletzt, war aber unfähig, allein auf die Beine zu kommen, denn die TS hatte ihn eingeklemmt und lag mit den Rädern nach oben auf der Böschung; der Sprit ergoss sich aus dem Tankdeckel auf Bergmanns Jacke.
Er hatte noch Glück, denn die Gattin des Trabifahrers bemerkte, dass der Motorradfahrer plötzlich verschwunden war und bewegte ihren Mann zur Umkehr. Vereint gelang es, die Maschine

anzuheben, Wolf konnte hervorkriechen und zu dritt schoben sie das Motorrad wieder auf die Straße.

Das letzte Schlagloch hatte ganze Arbeit geleistet. Beide Felgen verunzierte eine ordentliche Beule. Ein Versicherungsfall für den Unfallgegner. Wieder war Bergmann einen Tag ohne Motorrad; er konnte sich noch glücklich schätzen, dass seine Knochen heil geblieben waren und Horst Quartzdorff in seiner Vertragswerkstatt Räder vorrätig hatte; in der DDR keineswegs eine Selbstverständlichkeit.

Doch Bergmanns Leiden für diesen Sommer waren noch immer nicht vorbei. Die Woche darauf fuhr er mit Egbert und Sepp nach Brünn zur Straßen-WM der Motorräder, in Egberts Trabi. Selbst zu fahren, war ihm verboten worden.

Die Rennbesucher mussten auf einem abgeernteten Weizenschlag ihre Zelte aufschlagen und hatten weder Toiletten noch einen Wasserhahn zum Waschen zur Verfügung. Wer sich erleichtern musste, verschwand im angrenzenden Wald, bei Dunkelheit aus tatsächlichen Gründen eine riskante Angelegenheit, während Waschen durch stramme Haltung ersetzt wurde. Einmal kamen die drei wenigstens zu einem Bad in dem einige Kilometer entfernten See.

Zum Essen zimmerten sie sich aus Bäumen, die sie im Wald mit der Axt gefällt und deren Stämme sie gespalten hatten, unter Verwendung der reichlich mitgebrachten Nägel einen komfortablen Tisch, eine Bank und Wolf einen Hocker.

Schon nach der ersten Nacht stellte Bergmann mit Entsetzen fest, dass seine Luftmatratze den Geist aufgegeben hatte und die Luft keine Stunde hielt, bevor er auf dem harten Untergrund lag. Not macht bekanntlich erfinderisch und Wolf Bergmann begab sich am nächsten Tag, nachdem die Trainingsläufe beendet waren, mit einem Beutel in den Wald und sammelte Moos, um seine Unterlage zu polstern. Egbert war davon nicht begeistert, das ganze Moos auf dem Boden seines Zeltes zu haben, doch irgendwie musste Wolf ja schlafen können.

Das war schon wieder ein Problem für sich, weil Sepp schnarchte wie Bär. Egbert und Wolf bekamen kein Auge zu. Wenn Egbert versuchte, Sepp zum Drehen zu bewegen indem er ihn anstieß und auf sein Schnarchen aufmerksam machte, folgte Sepp schlaftrunken der Aufforderung, grunzte, „geht klar", drehte sich zur Seite und schnarchte weiter. Aber es kam noch schlimmer. Beim Moossammeln hatte Bergmann wahllos in die weichsten Stellen gegriffen, wobei ihm entgangen sein musste, dass er ein Ameisennest mit ins Zelt schleppte. Diese Biester krabbelten nun auch noch überall herum und piesackten die Zeltbewohner.

Um der Plage zu entgehen, blieb am nächsten Tag nur die Konsequenz, alles auszuräumen, das Moos zu entsorgen, das Zelt auszufegen, neues Moos zu sammeln und dieses Mal peinlichst darauf zu achten, keine „Haustiere" mit zu bringen.

Und es ereigneten sich noch mehr drollige Erlebnisse. Ein Jeder versuchte, zur allgemeinen Erheiterung beizutragen und irgendetwas zum Besten zu geben. Dabei nahm man es mit der Wahrheit nicht so genau. Bergmann flunkerte und ließ seinen Vater eine neunhunderter BMW fahren. Jedem hätte eigentlich klar sein sollen, dass dies so offensichtlich geschwindelt war, weil doch kaum jemand dazu eine reale Möglichkeit hatte, obgleich es natürlich auch Ausnahmen gab. Aber man glaubte ihm, ohne die Aussage in Zweifel zu ziehen.

Als Wolf aber irgendwann verlauten ließ, er werde in der nächsten Woche sein Studium beginnen, lachte man sich eins und glaubte davon kein Wort.

XIV
Die üblichen Formalitäten waren erledigt. Vor jeder Op. wurde Bergmann auf die Risiken hingewiesen und mit seiner Unterschrift erklärte er sich mit allen notwenigen Eingriffen einverstanden, auch für eine gegebenenfalls erforderliche Bluttransfusion.

Die letzte Phase seiner Verdauung funktionierte jedoch nach nunmehr acht Tagen auf Station immer noch nicht. Wolf Bergmann bekam einen Cocktail und innerhalb einer halben Stunde rumorte es dermaßen in seinem Inneren, dass er nach der Schüssel verlangen musste, wollte er sich nicht auf dem Op.-

Tisch entleeren. Das Personal war zufrieden, der Natur auf die Sprünge geholfen zu haben, denn was hineingeht, muss auch wieder herauskommen. So einfach ist das.

Im Op. wurde Wolf Bergmann inzwischen wie ein alter Bekannter begrüßt. Jeder Unfallchirurg und jeder Narkosearzt kannte ihn.

Er fragte sich, wie lange sein Körper diese ständigen Narkosen noch schadlos überstehen würde. Immerhin hatte er schon einen Horrortraum hinter sich, der wohl eine Folge des Narkosemittels war.

Die „Leck-mich-Pille" zeigte kaum noch Wirkung. Er hatte sich offensichtlich schon daran gewöhnt. Geduldig ließ er die Prozedur der Umlagerung vom Bett auf den Tisch über sich ergehen. Aktiv konnte er noch nicht mit mitwirken.

In der Vorbereitung bekam Wolf Bergmann wieder die Maske auf das Gesicht gedrückt und während das Lachgas in seine Lungen strömte, ließ man ihn zählen; „eins – zwei – drei – vier – fünf – sechs – sieeeben – aacht …", weg war er.

Am Nachmittag besuchte ihn der leitende Oberarzt. Man habe bei Bergmanns großem Zeh die zerfetzte Streckersehne an das Ende der Beugesehne genäht, damit sich dieser nicht zu einer Kralle krümme und zusätzlich einen Draht durch die Zehenknochen gestoßen, der solange darin bleiben solle, bis die Einsteifung abgeschlossen sei. Auch wurde der Fixateur neu positioniert, um Platz für die freie Muskellappenplastik zu schaffen.

Wolf Bergmann sprach das Thema Matratze an; er würde gern wieder auf einer ganz normalen Matratze liegen, weil die „Luxusausführung" ihn zur Verzweiflung bringe und man solle sie lieber jemandem geben, dem sie gut tue. Oberarzt Gieler versprach, den Austausch in die Wege zu leiten.

Bergmann las, bis er sich nicht mehr auf den Text konzentrieren konnte und legte das Buch zur Seite. Es würde ohnehin bald Abendessen geben.

*

Wolf Bergmann begab sich in Gedanken wieder in die Vergangenheit. Die ersten Tage als Student verliefen ruhig. Das war in jedem Studienjahr so. Zur Anreise erfolgte die Einschreibung und man hatte sich bei allen Organisationen anzumelden; FDJ, DSF, GST. Zu seiner Freude erfuhr Wolf, dass die GST auch zwei Sektionen Motorsport hatte. Er würde mit Sicherheit darauf zurückkommen.

Danach bezog er sein Internatszimmer, welches er mit zwei weiteren Kommilitonen teilte. Erhard lag auf seinem Bett, begrüßte ihn nur kurz und schlief weiter. Andreas kam erst eine Stunde später.

Da Wolf Bergmann bereits vier Jahre Internatsleben hinter sich hatte, war es für ihn keine Umstellung. Oder vielleicht doch, nämlich dahingehend, dass es außer einem Kontrolldienst am Eingang, der täglich wechselte, keinerlei interne Kontrollen, wie z.B. Stubenordnung, leere Papierkörbe oder Einhaltung der Nachtruhe, gab. Bergmann genoss die neu gewonnene Narrenfreiheit. Es war eben ein Unterschied, ob man Schüler war oder ein volljähriger erwachsener Student, zumal die Jungen in der Regel bereits ihre Armeezeit hinter sich hatten. Bergmann war wegen des Unfalls zunächst als zeitlich dienstuntauglich für die Dauer der Studienzeit ausgemustert worden.

Am nächsten Tage begann die sogenannte „Rote Woche", man hatte zu verschiedenen Vorlesungen zu erscheinen, deren Sinn es war, die Studenten mit marxistisch-leninistischen Parolen voll zu pumpen. Man konnte zuhören, musste es aber nicht, Anwesenheit zählte.

Schon war der Sonnabend heran und die feierliche Immatrikulation war der Akt, der das Studienjahr CH, Jahrgang 78, zu vollwertigen Studenten machte. Hundertachtzig waren sie in jenem September, vier Jahre später, als Diplomanden, würden sich noch hundertdreißig Kommilitonen für die letzten zwei Semester einschreiben, der Rest blieb auf der Strecke; dennoch ein guter Schnitt.

Auch bis November würde sich der Stress noch in Grenzen halten, die ersten Vorlesungen in Aufbau und Eigenschaften der Stoffe, physikalischer Messtechnik, Physik, Mathematik und

Marxismus-Leninismus brachten aber doch einen Vorge-schmack mit, und bevor der Ernteeinsatz im Oktober begann, gab es schon die ersten Abgänge. Kein Wunder; aus heutiger Sicht verstand Bergmann beim besten Willen nicht, wie man Studenten des ersten Semesters gleich zu Beginn mit der Theo-rie der Heisenbergschen Unschärferelation konfrontieren muss-te, die selbst Quantenphysiker kaum verstanden. In Worte ge-fasst, verstand man ja den Grundsatz, aber die quantenphysika-lischen Formeln? – Beim besten Willen nicht.

Den Ernteeinsatz verbrachte Bergmann leider nicht mit seinen Kommilitonen auf den Apfelplantagen und mit fröhlichen Abenden nach Arbeitsende. Er wollte und musste die drei Wo-chen nutzen, um ohne Studienausfall einen mehrwöchigen Kli-nikaufenthalt zur Heilung seines Hautleidens auf sich zu neh-men. Doch auch diese Zeit reichte nicht aus; die Rosskur zog sich über fast zweieinhalb Monate hin und Bergmann wurden Salben aufgetragen, die die Haut reizten, bis sie sich schälte. Übertrieben gesagt, wurde ihm täglich das Fell abgezogen. Das zwanzigprozentige Beta-Naphtol brannte mörderisch und er hätte während der jeweils zwei Stunden Einwirkzeit schreien können.
Ergänzend wurde er mit weiblichen Hormonen behandelt. Eine Tablette des Östrogens pro Tag wirkte sich katastrophal aus; den ganzen Tag hatte er rund um die Uhr Hochspannung in der Leistengegend. Es war fast schon peinlich.
Eine Woche darauf wurde die Dosis verdoppelt und bewirkte nebenbei das ganze Gegenteil; er hätte den schärfsten Pornofilm sehen können, ohne dass sich etwas in seiner Hose bewegte. Bergmann wusste genug von Hormontherapien und setzte das Präparat ohne Rücksprache mit dem Stationsarzt in eigener Regie ab. Schließlich wusste man nie im Voraus, wann man einsatzbereit sein musste.

Der Oktober dieses Jahres war goldig im wahrsten Sinne des Wortes. Drei Wochen lang lagen die Tagestemperaturen weit über 20 °C, die Nächte blieben mild und das bunte Laub auf den Gehwegen raschelte, wenn Bergmann von der Station zu einer abseits gelegenen Niederlassung der Klinik zur Kosmetik laufen musste. Er genoss die Wege und hatte es nicht eilig. Natürlich bedauerte er, der so freiheitsliebend war, seine derzeitige „Gefangenschaft" in der Klinik und er vermisste seine Maschine. Aber die Befreiung von den unerträglichen Schmerzen war nicht aufschiebbar.

Ende November wurde er endlich entlassen. Ganz geheilt war er nicht, aber so schlimm wie vorher wurde es nie wieder. Dafür hatte er sieben Wochen Vorlesungen, Seminare und Praktikum versäumt. Zwar schrieben die Mädchen seiner Seminargruppe für ihn mit, aber das konnte die Erläuterungen im Seminar nicht ersetzen. Doch kam ihm zugute, dass für die Unteroffiziere, die erst im November nach der Entlassung von der NVA ihr Studium begannen, Nachholeseminare eingerichtet wurden, damit sie den Anschluss schafften. Wolf nahm an diesen Seminaren teil, aber er hatte ja noch weitere vier Wochen mehr Ausfall zu beklagen und es fiel ihm schwer, im Stoff mitzukommen.

Besonders in Mathematik hätte er verzweifeln können. Er kam da überhaupt nicht mehr mit und kapitulierte. Nur hatte das Studienjahr das Glück, dass sie ein äußerst kulanter und einsichtiger Dozent durch alle sieben Semester führte. Dr. Matthäus war eine Seele von Mensch, der gleich in der ersten Vorlesung verkündete, wegen Mathematik werde kein Chemiker „geext". Man konnte praktisch so dämlich sein, wie man wollte und alle Klausuren mit einer Fünf absolvieren, dann wurde man eben zu Dr. Matthäus zum Testat bestellt und am Ende bekam man seine Vier. Und er hielt Wort.

Die Zeit, die er benötigte, um alle drei Tafeln während der Vorlesungen wieder abzuwischen, nachdem sie vollgeschrieben waren, würzte er, indem er regelmäßig einen Witz erzählte. Das Abwischen der Tafel übernahm er stets selbst, brachte eigens dafür seinen Lappen mit, der nach dem siebten Semester mehr Löcher als Gewebe hatte, weshalb er als Abschiedsgeschenk einen neuen vom Studienjahr bekam. Und er hatte System. Den Lappen in der Hand, begann er von links oben nach rechts oben, senkte die Hand in die nächste Zeile und weiter ging es von rechts nach links, runter und rüber, bis alles wieder frei war.

Und in jedem neuen Studienjahr sprach er den frisch verheirateten Studenten, den Damen seinen Glückwunsch, und den Herren seine aufrichtige Anteilnahme, aus.

Bei Klausuren waren alle Hilfsmittel erlaubt, außer dem Blatt des Nachbarn, weshalb stets im Großen Hörsaal geschrieben wurde. Zwischen den Reihen blieb immer eine frei und zwei freie Plätze trennten die Studenten innerhalb der Reihen voneinander. Doch was nützten Nachschlagewerke und die Mitschriften der Vorlesungen und Seminare, wenn man, wie Bergmann, für Mathematik kein Verständnis hatte und obendrein nie die Hausaufgaben erledigte? Das höchste, was er an Vorbereitung für die Seminare auf die Reihe brachte, war, unmittelbar vor Beginn die Aufgabenstellung von einem Mitkommilitonen abzuschreiben. Außerdem leitete das Seminar eine attraktive Jungassistentin, mit der sich Bergmann andere Sachen als partielle Differentialrechnung vorstellen konnte.

Aber auch hier bewies Dr. Matthäus, dass er zu seinem Wort stand. Wolf Bergmann wurde zum Maßstab für das Studienjahr. So jedenfalls empfand er das und gab es stets zum Besten, wenn er sich an seine Studienzeit erinnerte. Dr. Matthäus hatte wegen des hohen Schwierigkeitsgrades seiner Klausuren den Bewertungsmaßstab äußerst human angesetzt und es reichten bei ihm 33 % der möglichen Punktzahl für eine Vier, wobei er Punkte und Pünktchen vergab, wo immer es möglich war, und sei es nur für den Ansatz. Mit einfachen Worten sah die nackte Wahrheit so aus: Wolf Bergmann hatte, mit zwei Ausnahmen – im vierten Semester, als seine Freundin vorher mit ihm übte, und in der Abschlussklausur des siebten Semesters, in der er möglicherweise eine Eins oder Zwei schrieb, dies aber nie erfuhr, weil er keine Zeit hatte oder zu faul war, am Aushang die Prüfungsergebnisse zu lesen – stets einen halben Punkt mehr, als für eine Fünf erforderlich war. Nie, mit den oben beschriebenen Ausnahmen, hatte er auch nur einmal eine Aufgabe richtig bis zum Schluss lösen können. Wer noch dämlicher war als Wolf Bergmann bekam eine Fünf und wurde zum Testat bestellt.

Zur Ausbildung der Chemiker gehörte in jedem Semester an je zwei Wochentagen ein fachspezifisches Praktikum im Labor. Ein erfolgreich absolviertes Praktikum war die Grundvoraussetzung für die Zulassung zur jeweiligen Zwischen oder Hauptprüfung.

Als Wolf Bergmann aus der Klinik zurückkehrte, war die quantitative Analyse mittels der guten alten Nasschemie vom ollen Justus von Liebig angesagt. Dazu gehörten die Volumetrie und die Gravimetrie, letztere sehr zeitintensiv. Fehlerhafte Analysen mussten so oft wiederholt werden, bis das Ergebnis im vorgeschrieben Fehlertoleranzbereich lag. Die Kommilitonen unterstützten Wolf nach Kräften, und sei es nur, dass er beim Titrieren auf bereits eingestellte Lösungen zurückgreifen konnte; aber in der Gravimetrie half nur sorgfältiges Arbeiten. Drei Proben wurden aus einem Maßkolben entnommen, die Eisen oder Chromationen ausgefällt und mit der Feinfritte oder dem Filter vom Filtrat getrennt, getrocknet oder oxidiert und der Filter verascht, und anschließend ausgewogen. Lagen mindestens zwei Probewerte nah beieinander, wurde die dritte verworfen und man konnte nur noch hoffen.

Jeden zweiten Sonnabend stand Bergmann zum Nachholepraktikum im Labor und am Ende des zweiten Semesters hatte er alle Analysen zur Zufriedenheit abarbeiten können.

*

Wolf Bergmann lag wach; die Folgen der Operation blieben nicht aus. Trotz des starken Schmerzmittels konnte er nicht schlafen. Dabei war das Schmerzlevel bei weitem nicht mit denen des Bruches im Handgelenk vor über dreißig Jahren vergleichbar. Seine Gedanken kehrten zum Studium zurück.

*

Es gab Tage im Labor, da klappte rein gar nichts, da hätte er, niedergeschlagen und missmutig, am liebsten alles hinschmeißen können. Doch dann als Hilfsarbeiter mit Abitur? Gewiss, auch das kam vor. Aber freiwillig durfte er nicht gehen. Jeder, die Spitzenstudenten mit einem Leistungsdurchschnitt von 1,0 einmal ausgenommen, erlebte Rückschläge. Man musste da einfach durch, wie es Generationen vor ihnen taten. Und dann gab es wieder Tage, da gelang alles auf Anhieb.

Der Winter kam spät in diesem Jahr; erst kurz vor Silvester brachte ein Temperatursturz von +15 auf 18 °C Schnee ohne Ende. Der Verkehr brach zusammen, im Norden gab es Katastrophenalarm, die Studenten wurden nach Neujahr nach Hause geschickt, weil es keine Kohlen zur Wärmeversorgung gab. Alles musste erst organisiert werden.

Dabei wurde noch Anfang Dezember eine tolle Karikatur im Organ der FDJ zur Woche der Winterbereitschaft abgebildet: eine Brigade mit Schneeschieber in der Hand neben einem Haufen Sand, hinter ihnen stand Väterchen Frost; und unter dem Werk stand: „Du kannst ruhig kommen!". Und dann kam er! Darüber wurde lange gelacht.

Bergmann blieb wochenlang an der TH. Wozu sollte er nach Hause fahren? Die Fahrt wäre stressig, Verspätungen der Reichsbahn an der Tagesordnung und zu Hause gab es meistens schon nach kurzer Zeit Krach mit den Eltern. Warum, wer weiß? Über jede Kleinigkeit regten sie sich auf, besonders über seine Liebe zum Motorrad und seinen Freiheitsdrang.

Außerdem musste er im Labor nacharbeiten und sonnabends konnte man ins Kino gehen. Das Internatsleben war angenehm. Kummer bereitete ihm nur der Umstand, dass er kein Mädchen hatte. Die Liebeleien vom Studentensommer hatte er nicht wieder aufleben lassen, da auch von den Mädchen kein Zeichen der Bereitschaft zu einer Beziehung ausging.

Er schrieb auf eine Zeitungsannonce und lernte – mochte es nun Zufall sein oder nicht – eine gleichaltrige Studentin der Sektion Verfahrenstechnik kennen. Sie war alles andere als attraktiv, so schlank, dass es fast schon dürr war, total unerfahren und schüchtern. Er fühlte sich im Grunde genommen wie auf den Hund gekommen und dachte bei sich, besser ein Notimbiss als gar nichts, bis sich etwas Besseres findet.

Im Grunde war es vertane Zeit, die sie miteinander verbrachten, was selten genug vorkam, und in der Öffentlichkeit ließ sich Bergmann mit Anita gleich gar nicht sehen. In den Semesterferien trafen sie sich an der TH und wurden intim. Es war ihm unangenehm, er ahnte, dass es ihr erstes Mal war, wer wollte schon mit dieser Vogelscheuche ins Bett, und entsprechend ungeschickt stellte sie sich auch an, so dass es Bergmann verging, sich weiter mit ihr zu befassen und sie in stillschweigendem Einvernehmen wieder jeder seinen eigenen Weg gingen.

Im Februar, der Winter hatte sich festgebissen, seit Wochen herrschte auch am Tage strenger Frost, doch es gab keine neuen Schneefälle mehr, war Studienjahresball angesagt. Wolf Bergmann hatte gut in seiner Seminargruppe Fuß gefasst und war wegen seiner lockeren Art, die man heute vielleicht „cool" nennen würde, nicht unbeliebt. Er hatte sogar einen neuen Spitznamen bekommen, unter dem ihn im Laufe der Jahre mehr Leute kennen sollten, als unter seinem richtigen Namen.
„Nicky" war das Resultat einer Synthese von Lindenbergs Ricky Maserati und seiner Silberplatte im Arm. Aus Ricky mit dem Bleifuß machte die Seminargruppe Nicky mit der Bleipfote, sein Spitzname war geboren und er nahm ihn gern an.
Der Ball fand in der Stadt in der Schülergaststätte statt, aber an Nickys Tisch rannte die Bedienung ein um das andere Mal vorbei, ohne eine Bestellung aufzunehmen, bis die drei Kumpel Bernd, Günter und Nicky Bergmann schließlich die Geduld verloren und lieber in den Ratskeller gingen. Dort verbrachten die drei bei Bier und Schnaps einen lustigen Abend und kehrten gegen Mitternacht, kurz vor Ultimo, in die Schülergaststätte zurück.
Dort hatte sich irgendjemand erinnert, dass Nicky am nächsten Tag Geburtstag habe und man doch hineinfeiern könne. Es war 23:50 Uhr, und Nicky hielt auf einmal eine geöffnete Flasche Weißwein in den Händen, die ihm aus der Masse um ihn herum zugeschoben wurde. Man stand im Kreis um ihn und skandierte „auf ex, auf ex…". Nicky hatte schon im Ratskeller genug genossen, um seine Sinne und seinen Verstand zu trüben. Er hatte

nicht mehr genug Willen, sich gegen die Aufforderung seiner Kommilitonen aufzulehnen, setzte die Flasche an und trank sie tatsächlich in einem Zuge aus. Natürlich war er nun erst richtig voll, als die Pulle leer war. Die Wirkung stellte sich bereits innerhalb der nächsten Viertelstunde ein, vermutlich aber noch primär von den Schnäpsen, die vorher verlötet worden waren. Wolf Bergmann vertrug nicht viel und Schnaps pur verabscheute er bis auf den heutigen Tag. Das äußerste, was er an Bestialität in Bezug auf reine Getränke zu sich nahm, waren Liköre mit nicht mehr als 22 % Alkohol, etwa Eierlikör.

Er konnte sich kaum mehr senkrecht halten und zu allem Überfluss waren die Sohlen seiner Schuhe so glatt, dass es ihm unmöglich gewesen wäre, zu Fuß allein zurück zum Internat zu gelangen. Gut, wenn man Kumpels hatte, auf die man sich verlassen konnte. Sie nahmen ihn in die Mitte und torkelten die halbe Wegstunde zur TH zurück, wobei sie regelmäßig darauf achten mussten, nicht alle drei im Schnee zu landen, wenn Nicky wieder einmal ausgerutscht war und sie den schweren Kerl festhalten mussten.

Glücklich im Internatszimmer angekommen, fiel Nicky auf sein Bett und bekam vorsorglich einen Eimer davorgestellt, denn in regelmäßigen Abständen meldete sich sein Magen und rebellierte gegen die vorangegangene Vergewaltigung.

Kurz vor acht Uhr morgens erwachte Bergmann; in seinem Innern war heute aber auch überhaupt nichts in Ordnung. Auch seine Mitbewohner rührten sich noch nicht. Allesamt hatten sie die Physikvorlesung verschlafen und jetzt wurde es schon Zeit, wenigstens auf die Beine zu kommen, um pünktlich im Labor zu erscheinen.

Das Aufstehen fiel ihm schwer, er taumelte zum Waschraum und kam nicht einmal dazu, seine Morgenwäsche in einem Gang abzuschließen, weil er schon wieder kotzen musste.

Der Tag fing ja gut an.

Das Frühstück fiel aus tatsächlichen Gründen auch aus. Schon bei dem Gedanken daran wurde ihm übel und er verließ fluchtartig das Zimmer.

Wenigstens im Labor gab es heute keinen Stress. Auf dem Lehrplan standen an diesem Tage weder quantitative, noch qualitative Analysen, sondern präparatives Arbeiten, die Synthese von Bernsteinsäurediethylester; in der ersten Stufe ein Kinderspiel, weil man nichts weiter zu tun hatte, als den Rundkolben mit Bernsteinsäure, der zehnfachen Menge Ethanol und einem Schluck konzentrierter Schwefelsäure fünf Stunden unter Rückfluss kochen zu lassen. Die Regulierung der Temperatur des Wasserbades war neben dem gelegentlichen Nachfüllen des durch Verdunstung verlustig gehenden Badwassers das Einzige, was erforderlich war und da hatte Nickys Kommilitone Henning ein Auge drauf, während es sich das kranke Geburtstagskind auf einem Flechtkorb, angefüllt mit Schläuchen aller Art für den Laborbedarf, bequem gemacht hatte.

Ab und zu wurde diese letztere Tätigkeit unterbrochen, um etwas Gallensaft durch das Ausgussbecken zu spülen; mehr kam nicht mehr. Der Magen war leer und nun wurde schon der Inhalt des Zwölffingerdarms ausgewürgt. Ein Schluck Wasser aus dem Becherglas hinterher tat ihm gut, aber er wurde dabei von seinem Assistenten beobachtet, der ihn doch sogleich daran erinnern musste, dass es im Labor verboten sei, Speisen und Getränke zu sich zu nehmen. Wolf Bergmann erklärte darauf nur, dass er nicht eigentlich getrunken habe, sondern sich nur etwas frisch machte, weil er krank sei und die Übelkeit vertreiben wollte.

Der Dr. Winter meinte darauf nur, dann solle er doch besser ins Internat gehen und sich hinlegen. Dieser Aufforderung leistete Bergmann auch unmittelbar nach Ablauf der Kochzeit seines Präparates Folge; er nahm den Kühler vom Kolben, verschloss diesen mit einem Schliffstopfen, spülte den Kühler aus, packte zusammen und verließ das Labor.

Im Internat riss Bergmann das Fenster weit auf, zog Laborkittel und Schuhe aus und fiel auf das Bett, um sofort tief zu schlafen. Gegen fünf erwachte er wieder. Sein Rausch war endgültig verflogen, die Übelkeit gewichen, aber der Magen war noch nicht in der Stimmung, etwas anzunehmen.

Er schlief noch bis um sieben weiter, dann füllte sich das Zimmer mit den Geburtstagsgästen. Nicky hatte die ganze Seminargruppe eingeladen und am Tage vorher drei Kästen Bier und einen Kasten Cola vom Getränkeshop herangeschleppt. Selbst konnte er heute aber keinen Alkohol riechen, nicht einmal ein Glas Eierlikör. Die zwei Flaschen wurden trotzdem leer, die große Karin bekam am Ende glänzende Augen und folgte Nickys Beispiel vom Vortage.

Dieser Abend wurde lustiger als der vorherige und zu fortgeschrittener Zeit flitzten noch drei Kommilitonen zum Russenmagazin, um Nachschub zu holen. Erst nach Mitternacht trennte man sich mit dem Versprechen, morgen früh das Russischseminar geschlossen ausfallen zu lassen.

So geschah es denn auch, allerdings nicht im chemischen Reinheitsgrad „p.A.", sprich pro Analysi, sondern nur „technisch" rein, weil nämlich die Sabsi am Abend vorher fehlte und ahnungslos als einzige zum Seminar erschien, das aber wegen der zu geringen Beteiligung trotzdem ausfiel. Frau Deutschmann bemerkte beim nächsten Seminar zwei Wochen später nur, sie hoffe, dass so etwas nicht all zu oft vorkommen möge, nachdem sie wahrheitsgemäß über die Ursache aufgeklärt wurde. Damit war der Fall für sie erledigt.

Das Frühjahr kam spät. Erst zum Äquinoktium, dem astronomischen Frühlingsanfang, setzte endlich Tauwetter ein.

Am letzten Freitag in den Semesterferien schob Nicky seine TS aus der Garage. Was er sah, entsetzte ihn. Auf der letzten Fahrt im November zur Apotheke war es zwar noch mild und eisfrei, aber der Winterdienst war damals besonders eifrig bei der Sache und versprühte die Magnesiumchloridlauge als Auftaumittel selbst bei zehn Grad Wärme. Die Lauge reagierte infolge von Hydrolyse sauer und fraß sich in Chrom und Aluminium fest. Drei Tage saß Bergmann mit Elsterglanz auf einer Fußbank vor der Maschine und putzte alles, was einmal geglänzt hatte. Besonders viel Arbeit bereiteten ihm die Speichen, obwohl das zu jener Zeit auch noch überschaubar war, weil Trommelbremsen die Verzögerung übernahmen und keine Bremsscheibe oder ein offenes Kettenblatt die innen liegenden Enden der Speichen verdeckten.

Nach dieser Sisyphosarbeit gab es den ersten Ausflug zum Starten des Motors, nur bis zum Dorf hinaus und wieder zurück. Die erste Fahrt zur TH musste noch bis zum Ende der ersten Aprildekade warten, und selbst zu dieser Zeit war es noch kein richtiger Frühling.

Im Frühjahr wurden die Teilnehmer der internationalen Studentenbrigaden für die Partnerhochschulen im Ausland bekannt gegeben. Da Wolf im vergangenen Jahr im Inland arbeitete, hatte er sich damit die Eintrittskarte für das Ausland verdient. Er bewarb sich für die Brigade Sofia in Bulgarien und wurde angenommen.

Das Frühjahrssemester verging wie im Fluge. Die Tage waren angefüllt vom Lehrplan. Von Selbststudium hielt Bergmann nichts. Dazu war er zu bequem, und wenn er sich doch einmal dazu aufraffte und Lenin oder Marx zur Hand nahm, wobei er auf seinem Bett lag, dauerte es in der Norm keine drei Seiten, bis er eingeschlafen war.

*

Das Abendessen war vorbei. Karge Krankenhauskost. Selbst die Quarkspeise zum Nachtisch schmeckte nach Krankenhaus. Wenigstens war das Brot frisch und der Tee genießbar.

Es war Bergmanns letzte Nacht auf der ITS, morgen sollte er zur Unfallchirurgie verlegt werden.

*

Mitte April sprach Nicky bei Oberinstrukteur Henry im GST-Büro vor. Er hielt die Zeit für gekommen, wegen des Trainings für Motorsport anzufragen. Henry war begeistert und fragte, „Bist Du in der Lage, am nächsten Sonntag den ersten Wettkampf zu fahren?" – „Ja, mit etwas Training vorweg. Was für

eine Maschine denn?" – „ES 150." Das ging nun arg fix. Bergmann folgte Henry zum atombombensicheren Bunker der Zivilverteidigung und empfing Knobelbecher und eine Kampfgruppenuniform. GST-Uniformen hatte Henrys Frau nicht in der passenden Größe am Lager. Schon die Stiefel waren eine Katastrophe. Die Größe passte zwar, was als positiv zu werten war, aber das Leder hatte wohl seit dem Rückzug der Wehrmacht aus Russland kein Fett mehr gesehen, so hart waren die Botten. Was sollte es, man musste bescheiden sein, und seine guten Offiziersstiefel, die sich Bergmann vor einem Jahr im Sportwarengeschäft von Eisenleben gekauft hatte, das einzige Paar übrigens, das vorhanden war und auf Anhieb passte, im Gelände anzuziehen und zu ruinieren, kam Bergmann nicht in den Sinn.
„Setz Dich in den nächsten Tagen mit Gerhard oder Frank in Verbindung." – „Wo finde ich denn die?" – „Gerhard ist Sektion WiWi." Er gab Bergmann die Zimmernummer. Gerhard und Frank waren so eine Art ehrenamtliche Übungsleiter ohne Qualifikation, die schon am nächsten Nachmittag mit den Kameraden zum Training ins nahe gelegene ehemalige Braunkohlenrevier fahren wollten.

Nach den Vorlesungen rückte Nicky am nächsten Tage dann in Uniform zur Garage an. Sie waren zu viert. Frank, Chemiestudent im zweiten Jahr, mit drei „F" im Familiennamen, „eins vor dem ei, zwei hinter dem ei, bitte", erklärte er grinsend, „wie der Pfeiffer in der Feuerzangenbowle"; Dieter, in Franks Studienjahr und Gerhard, „WiWi" in zweiten, wie Nicky bereits bekannt war. WiWi, die einzige Fachrichtung, die betonen musste, dass sie Wirtschafts-W i s s e n s c h a f t l e r seien; alle anderen waren schlicht Mathematiker, Physiker oder Chemiker.
Gerhard also führte die kleine Gruppe auf ihren uralten ES 150 an. Die Blinker, bei der ES am Lenkerende befestigt, waren vorsorglich demontiert worden, da sie ohnehin beim ersten Sturz brechen würden. Die Spiegel wurden erst nach Ankunft im Gelände, einer Kippe oder Erhebung, so ganz klar war das nicht, weil sie bereits so dicht von Wald bestanden war, dass es einen natürlichen Ursprung geben konnte, abgeschraubt und unter einer Baumwurzel versteckt. Das Trainingsgelände war

ein kleiner Talkessel mit steilen Auf- und Abfahrten, je nach Richtung, die man in bereits eingefahrenen Spuren nutzte. Gerhard erklärte, im ersten Gang käme man jeden Berg hoch, zeigte eine Lehrvorführung und los ging es. Im Loch konnte man auch den zweiten nutzen, doch für die drei war der Weg bis zur nächsten Auffahrt zu kurz. Am Ende des Trainings bestimmte Gerhard, dass er zusammen mit Frank und Wolf am Sonntag zur Kreismeisterschaft Motorradmehrkampf antreten würden. Dieter war zu ängstlich und wirkte unsicher.

Am Sonntag rückte die Mannschaft an. Die Wettkampfstrecke befand sich nicht oben auf der Kippe, sondern unten am Tagebaurestloch neben dem See. Es begann mit einer Einführungsrunde, um die Strecke und eventuelle Tücken kennen zu lernen. Der Rundkurs bemaß sich auf etwa zwei Kilometer und musste zehnmal durchfahren werden. Als Sonderprüfungen standen die Startprüfung – 60 m Sprint zur Maschine, Antreten und ab durch die Mitte, deren Zeit in Sekunden mit zehn multipliziert auf die Gesamtfahrzeit aufgeschlagen wurde – Handgranatenweitwurf und Luftgewehrschießen an, wie beim Biathlon mit Strafrunden geahndet, wenn die Würfe zu kurz geraten waren oder nichts getroffen wurde. Gerhard schärfte Wolf ein, nichts anbrennen zu lassen; es war der letzte Lauf des Wettkampfjahres, gewinnen konnten sie nichts mehr, es kam nur noch darauf an, als Mannschaft geschlossen in die Wertung zu kommen und keinen Ausfall zu riskieren. Gestartet wurde im zwei Minuten-Takt, immer zwei Wettkämpfer.

Mit der Startprüfung hatte Wolf keine Probleme, die Maschine kam auf den ersten Kick. Aber mit den alten ES waren sie gegen die neuen TS der anderen Mannschaften schon im Nachteil und verraten und verkauft.

Trotzdem hielt Wolf sich nicht schlecht. Zwar kassierte er jede Menge Strafrunden, die in voller Länge absolviert werden mussten, wurde mindestens zweimal von Gerhard überrundet, aber er legte sich nur einmal an einer mäßig steilen Auffahrt, die durch Tiefsand in der eins oder zwei mit Vollgas gehoppelt werden musste, sonst blieb man hängen, in den Sand, und versuchte es dann noch einmal.

Von den neuen TS der Konkurrenz fielen allein drei aus, durch Sturz oder Technikprobleme.

Am Ende langte es für den vierten Platz in der Mannschaftswertung, mehr war noch nicht drin. Die Knochen waren ordentlich durchgeschüttelt worden und die nächsten drei oder vier Tage hatte Nicky bärischen Muskelkater, aber es war sein Einstieg in den Motorsport.

Im Laufe der nächsten Jahre fuhr er aktiv und verbesserte seinen Fahrstil; allerdings überschätzte er sich oft und stürzte so manches Mal, aber schon im kommenden Frühjahr konnte die Mannschaft mit der Goldmedaille des Mannschaftskreismeisters nach Hause fahren.

Mitte Mai gingen die Vorlesungen des Frühjahrssemesters dem Ende entgegen. Die Badesaison hatte begonnen und die Studenten tummelten sich im Freibad von Schkonau oder am nahe gelegenen Kanal, der vor dem Krieg begonnen, aber nie fertig gestellt wurde.

Drei Maschinen konnten sechs Mann befördern. Es war ein toller Anblick auf dem Parkplatz des Bades, als die Jungs am Abend zurückfahren wollten. Die TS von Joachim war grün in Standardausführung, ohne Drehzahlmesser, polierten Getriebeblock und verchromte Tankblenden. Nickys Maschine die rote Luxusausführung mit Flachlenker; Jans blaue in Superluxus mit Magura-Sportlenker und 24 PS-Zylinder, die für Tempo hundertfünfzig gut war. Daneben stand verschämt ein kleines Mokick, Typ S 50.

Am nächsten Tag im Thermodynamikseminar gab es unterdessen Ärger. Dr. Pank hatte die Kurzkontrollen zurückgegeben und unter Nickys Arbeit stand bei der Punktzahl „0 = Null". Das hieß, Testat. Es traf nicht nur ihn; Thermodynamik war etwas für Theoretiker, ein normaler Mensch begriff nur die Hälfte von dem, was ihm vorgelesen wurde. Aber zwischen verstehen und anwenden war noch ein weiterer Qualitätsunterschied.

Das erste Testat endete mit einem ebensolchen Reinfall und Nicky musste ein zweites Mal anrücken. Und wieder wurde es ein Reinfall. Nicky nutzte die Chance, um sich seine Unklarheiten von seinem Assistenten erklären zu lassen. Langsam begriff er diese übelsten partiellen Differenziationen.
Trotzdem war ein neuer Termin erforderlich. Als er zum dritten Testat erschien, hatte der Dr. Pank keine Zeit.
Als er sich mit Demmi, einem weiteren Testatkandidaten, einen neuen Termin holen wollte, behielt sie der Assistent gleich beide da. Demmi hatte danach noch ein viertes Mal die Ehre, während Nicky eine Drei verzeichnen konnte und endlich seine Ruhe hatte.

Wenige Tage später war die ganze Badegesellschaft, noch um einen vollbeladenen Wartburg – es gab auch reiche Studenten – verstärkt, am Abend noch am Kanal zum Baden. Auf der Rückfahrt gab es beinahe einen Unfall. Jan mit seiner schnellen Maschine überholte einen Bus und Nicky zog hinterher, als hinter einer Kurve ein Moskvich erschien. Es war für Nicky unmöglich, den Überholvorgang mit Sozius hinten drauf abschließen zu können. Im Bruchteil einer Sekunde schätzte er ein, dass es verdammt eng werden würde, wenn nebeneinander ein Auto, ein Motorrad und ein Bus die Straße benutzen würden. Nicky stieg voll in die Bremsen, das Hinterrad blockierte und rutschte unter lautem Quietschen des Reifens ein Stück nach rechts, der Ollo hintendrauf überlegte unterdessen sicherheitshalber schon, ob er im Ernstfall nach rechts oder links abspringen sollte und die Insassen des Wartburgs schilderten den Fall aus ihrer Sicht später so, „Grenzpunkt Null" soll dagegen ein Scheißdreck gewesen sein. Nicky konnte sich dazu kein Urteil erlauben, denn erstens hatte er besagten Film nie gesehen und zweitens seine eigene Aktion auch nicht. Aber seine Entscheidung war richtig; die Vollbremsung verschaffte ihm den nötigen Abstand, um hinter dem Bus wieder auf die rechte Fahrbahnhälfte zu gelangen und der Moskvich konnte unbeeindruckt von dem Ganzen seine Fahrt fortsetzen.

*

Es gelang Wolf Bergmann, hin und wieder die Augen zu schließen und in einen leichten Schlaf hinüber zu dämmern.

Lange bevor die Frühschicht ihren Dienst begann, lag er bereits wieder wach. Er fühlte sich zerschlagen, das war er wohl auch, und es war nicht absehbar, wie lange das so weitergehen sollte.

XV

Das Frühstück war vorüber, das Geschirr abgeräumt und Bergmann wartete lesend auf die Umverlegung. Es war Sonnabend, da erfolgte nur eine kurze Visite durch den diensthabenden Arzt der Wachstation.

Am Vormittag erfolgte endlich die umständliche Prozedur, in ein anderes Bett umzusteigen. Kein einfaches Unterfangen mit der Verkabelung, den Schläuchen und dem Vak-Verband unter dem Fixateur. Wolf Bergmann umklammerte den über ihm am Bett angebrachten Galgen und zog sich mit einem Klimmzug nach oben und setzte über. Endlich wieder eine normale Matratze! Dann verließ er die Wachstation und bekam ein Zimmer auf der Nordseite der Unfall- und Plastischen Chirurgie.

Hier würde er warten, bis in etwa einer Woche die große Operation erfolgen sollte, von deren Erfolg alles abhing. Er hatte jetzt Zugang zu Telephon und Fernseher, man musste sich nur mit den Mitpatienten auf das Programm einigen.

Bergmann las bis zum Abend und wurde nur durch den gelegentlichen Klingelton des Telephons unterbrochen. Ständig bekam er Anrufe von Kollegen, Bekannten und Verwandten. Wichtig waren dabei eigentlich nur das Personalamt und seine Anwältin.

Die wichtigste Neuerung, die ihm zuteilwurde, war, dass der Katheter ihm aus der Harnröhre gezogen wurde; es gibt angenehmere Behandlungsmethoden für das gewisse Etwas. Doch er empfand es als Erleichterung, endlich wieder normal pinkeln zu können; allerdings brannte es beim ersten Mal nicht schlecht.

Zum abendlichen Durchgang bekam er eine Thrombosespritze verpasst und ließ sich auch den Rücken zur Vorbeugung gegen das Wundliegen mit einem kühlenden alkoholischen Gel einreiben.

Auffällig war, dass er offenbar der einzige Patient war, der wünschte, sich die Zähne putzen zu dürfen. Jedenfalls schienen die Schwestern der Spätschicht recht erstaunt darüber zu sein.

*

Der abendliche Alltag kehrte ein und Wolf Bergmanns Erinnerungen gingen zurück zu seiner Studienzeit.

Am letzten Tag vor den mündlichen Zwischenprüfungen lud Kommilitone Henning zum Polterabend ein. Seine Braut Jana stammte aus Bergmanns engerer Heimat und so lag es nahe, der Einladung zu folgen und den kommenden Abend etwas Abwechslung und Spaß zu haben.

Sie kamen zu dritt mit den Motorrädern nach Bennsleben; Demmi als Sozius bei Nicky und Erhard musste sich vor dem Start zwei neue Flachbatterien besorgen und eine davon anklemmen, denn die Lichtmaschine seiner TS war zum Teufel und er hatte keinen Ladestrom, so dass er die Energie für den Zündfunken aus der Flachbatterie bezog; die Motorradbatterie war längst entladen. Immerhin reichte der Saft für etwa hundert Kilometer, vorausgesetzt, er fuhr nur bei Tage und somit ohne Licht, benutzte die Blinker nicht und bremste nur vorn, damit auch das Stopplicht keinen Strom fraß.

Glücklich kamen sie auch an und fanden die Sportlergaststätte. Nicky wollte nicht über Nacht bleiben und trank deshalb keinen Alkohol.

Gegen elf Uhr nachts trennte man sich. Henning hatte auf dem Rasen ein Zelt aufgeschlagen, damit seine Kumpels ein Nachtlager hatten. Nicky hatte seinen Helm schon über dem Spiegel hängen und schob nur noch den Kopf zum Zelt hinein, um sich von Dolli, einer Kommilitonin von Hennings Braut, mit einem Kuss zu verabschieden. Er wollte sich gerade wieder zurückziehen, als Dolli ihn fragte, ob er sie etwa hier allein lassen wollte? Nun, wenn man schon so gefragt wurde, war es wohl besser, den Helm hängen zu lassen wo er war und ins Zelt zu kriechen.

Er musste es nicht bereuen; Dolli wusste genau, was sie wollte, und das war im Augenblick er. Schon während sie sich küssten, zog Dolli Nicky das Hemd aus den Jeans und öffnete seinen Gürtel, um sich sofort mit Onkel Otto zu befassen. Nicky ließ nichts anbrennen und nutzte die Gunst der Stunde, die ihm total unerwartet ein erotisches Abenteuer bescherte.

Noch während sie sich liebten, steckte Demmi seinen Kopf durchs Zelt und fragte: „Seid Ihr fertig? – He, seid Ihr nun endlich fertig?" – „Mensch hau ab", konnte Nicky nur antworten, sonst wäre ihm alles versaut worden. Demmi zog sich schmollend zurück und unternahm eine Viertelstunde später einen zweiten Versuch. Die Luft war rein.

Nicky hatte nun auch kein Verlangen mehr, nach Hause zu fahren, denn Liebe macht schläfrig und er zog Dolli an sich heran, um sie in der kühlen Mainacht zu wärmen. Demmi war nun auch ins Zelt gekrochen und lag links, Dolli in der Mitte und Nicky rechts. Sie hielten sich umschlungen und streichelten ihre Hände, bis Nicky auf einmal stutzte und nachdachte. Wie konnte es sein, dass sie ihn umarmt hielt und gleichzeitig seine Hände streichelte? Irgendetwas stimmte nicht. Die Lösung lag auf der Hand – nicht Dorotea war es, die Nicky streichelte, sondern Demmi. Nicky hatte stillgehalten und die Zärtlichkeit genossen und Demmi war zufrieden, dass Dolli ihn gewähren ließ. So dachten beide. Nicky fühlte nach der Hand, es stimmte, diese war zu groß für die eines Mädchens. Er entzog Demmi seine Hand und klatschte mit ihr auf die des Lustmolches neben Dolli. Erst beim zweiten Schlag begriff auch Demmi, dass er seinen Kumpel Nicky liebkost hatte…

Verärgert drehte sich Demmi um und versuchte zu schlafen.

Das war jedoch noch nicht die letzte Störung in dieser Nacht. Mit der Ruhe war es schon wieder vorbei, als Erhard mit Mops kam, einer Freundin von Dolli. Die beiden maunzten wie rollige Katzen, waren aber beide viel zu betrunken, um noch etwas mit sich anfangen zu können und schliefen endlich ein.

Inzwischen war Demmi wieder aufgewacht und Dolli schon wieder geil wie Nachbars Lumpi. Die beiden wurden sich schnell einig, verließen zusammen das Zelt und kehrten den Rest der Nacht nicht mehr zurück. Wie Demmi am Montag verlauten ließ, sind beide zusammen mitten in der Nacht zurück zur TH getrampt, nachdem sie sich im Straßengraben, Demmis Pudelmütze als Unterlage, geliebt hatten und sich Dolli dabei von den Brennnesseln den Po zerstechen ließ.

Erhard und Mops schliefen, Nicky versuchte das auch, aber Mops schnarchte und im Dorf bellten an allen Enden die Hunde, so dass Nicky einfach kein Auge zu bekam. Als die Hunde dann endlich Ruhe gaben, dämmerte der Morgen und die Vögel fingen an zu zwitschern.

Man konnte nichts weiter tun, als zu versuchen, trotzdem noch eine Mütze Schlaf zu bekommen, bis Henning erschien, um zu wecken. Das jedoch war nicht nötig; schon beim Rascheln des vorjährigen Laubes auf dem Gras rieb sich Nicky total übernächtigt die Augen und schälte sich aus der Wolldecke nach draußen.

Sie frühstückten noch zusammen, wunderten sich, dass zwei fehlten und während Henning der Hochzeit mit seiner Jana entgegenfieberte, saß Nicky auf seiner TS und fuhr die letzten zwanzig Kilometer zu den Eltern, um erst einmal den verlorenen Nachtschlaf nachzuholen.

XVI

Die nächsten Wochen waren frei, die Studenten hatten Zeit, sich auf die Prüfungen vorzubereiten. Als erstes stand am kommenden Freitag Marxismus-Leninismus auf dem Programm. Da konnte man nicht viel lernen, wichtig waren schlagkräftige Parolen und Nicky verließ mit gutem Ergebnis die Prüfung.

Am Abend wollte er zur Disco nach Sandhausen. Karten gab es nicht mehr, aber mit einem Glas Bier ließ sich der Mann am Einlass bestechen, so kam Nicky ins Getümmel und seine Augen suchten, ob sich nicht eine willige Tanzpartnerin finden ließ. Leicht war es nicht, doch schließlich kreuzten sich seine Blicke mit denen von einem achtzehnjährigen zierlichen Mädel. Bevor jemand anders ihm zuvorkam, holte Nicky sie zum Tanzen und sie kamen sich näher. Sie hieß Galja und lernte Köchin, erfuhr er in der Unterhaltung.

In der Nacht saß sie bei ihm auf dem Soziusplatz und er brachte sie nach Hause. Vor der Tür verabredeten sie sich für den nächsten Tag.

Wie versprochen, holte Bergmann sie am späten Nachmittag ab; sie wollten zu einem nahegelegenen Badeteich und anschließend nach Waldborn zum Tanz.

Es zeigte sich, dass Galja ein unruhiger Geist war. Sie waren noch keine Stunde auf dem Tanzsaal, da gefiel es ihr nicht mehr und sie verließen das Getümmel. Wolf machte den Vorschlag, zum See zu fahren und dort den langen Juniabend zu verbringen. Doch auch hier kam keine Freude auf, denn der Uferbereich des Wassers war unangenehm geschottert, so dass die Gefahr bestand, sich die Fußsohlen zu ruinieren. Außerdem kam es in solchen Bereichen häufig vor, dass Glas ins Wasser geworfen wurde, und von zerschnittenen Füßen hatte Wolf Bergmann als Kind genug Erlebnisse und war nicht darauf erpicht, ein weiteres hinzuzufügen. Obendrein wimmelte es von boshaften Mücken, die jetzt zu Hunderten aus dem Schilf ausschwärmten und sich auf das Paar stürzten. Es half nichts, sie mussten die Flucht ergreifen, denn die Biester konnten gar nicht so schnell gekillt werden, wie Verstärkung anrückte. Galja war im Gesicht und an den Händen völlig zerstochen und bei Wolf juckte es auch schon unangenehm am Puls der Unterarme, einer von Mücken besonders beliebten Stelle für einen Imbiss.

Mit der TS umrundeten sie den ganzen See in der Hoffnung auf eine mückenfreie Zone, doch erfolglos, so dass sie am Ende zu Wolf nach Hause fuhren. Die Eltern waren ausgegangen, sturmfreie Bude in der Stube, die Wolf Bergmann während seines gelegentlichen Aufenthaltes, was meist nur alle drei bis vier Wochen vorkam, zum Schlafen nutzte. Seine Kammer im Obergeschoss war seit zwei Monaten durch seine ehemalige Schulleiterin belegt, einer attraktiven dreiunddreißigjährigen Frau, die wegen ihres untreuen Gatten in Scheidung lag und nicht zu bewegen war, weiter in ihrem gemeinsamen Haus zu bleiben.

Im Handumdrehen fanden sich Galja und Wolf unter der Bettdecke wieder und Wolfs Männlichkeit war schon auf das äußerste strapaziert, doch aus dem Schäferstündchen wurde nichts. Zuerst mussten Maßnahmen zur Verhütung in Angriff genommen werden und dann fiel Galja ein, dass sie angeblich von ihrem Gynäkologen dazu angehalten worden war, einen Tag „vorher" keinen Sex zu haben. Das war zuviel an diesem Tag. Der ganze Abend war versaut. Wolf war sich darüber im Klaren, dass Galja schlicht keine Lust hatte und eine Ausrede nach der anderen erfand. Es reichte ihm und er schlug vor, sie nach Hause zu bringen und sie am nächsten Sonntag abzuholen, wenn die Chemieprüfung bestanden war und er mit zwei Kumpels aus Lündorf zum Motocross fahren wollte.

*

Wolf Bergmann nahm sein Buch zur Hand und las wieder. Er liebte Konsaliks Stil und besonders alles, was in der Weite der sibirischen Taiga spielte, berührte ihn ungemein.
Es war sein Traum, mit dem Motorrad einmal bis zum Baikalsee zu fahren, doch dieser Traum würde nie in Erfüllung gehen. Gewiss gab es einmal eine Zeit, wo die Chancen nicht schlecht gestanden hatten, denn er hatte vor einigen Jahren die – hoffentlich – letzte große Dummheit seines Lebens gemacht und Irina, eine russische Frau aus Sibirien, geheiratet. Er hatte aus Liebe zu ihr alle Hebel in Bewegung gesetzt, rannte den zuständigen Stellen im Kreis und im Ministerium die Türen ein, beschaffte internationale Geburts- und Abstammungsurkunden für sich, Übersetzungen davon, und ließ alles mit Apostille versehen, nur um mit ihr zusammen leben zu können. Es hatte viel Zeit und nicht wenig Geld gekostet, und seine Nerven waren aufs Äußerste strapaziert, aber im Winter vor sechs Jahren standen sie in der großen Stadt Omsk am Irtysch im Hochzeitspalast vor der Standesbeamtin. Die Warnungen von Familie, Freunden und Kollegen nahm er zwar ernst, entschied sich aber dennoch für die Frau, die er liebte.

Doch die Zweifler behielten Recht. Kaum, dass sie hier war, tyrannisierte sie ihn rund um die Uhr. Kein Satz, der nicht mit „ich will, ich muss, ich brauch, gib mir, kauf mir, Nadja hat, Nadja hat gesagt…" begann. Einmal hatte er sich während ihrer Ehe schon von ihr getrennt und nahm sie nach einem dreiviertel Jahr wieder zu sich, weil er sie zurückhaben wollte und glaubte, dass sie sich geändert habe. Zumindest schien es ihrem Verhalten nach so zu sein. Sie hätte Theaterschauspielerin werden sollen, das Talent, ein anderer Mensch sein zu können, hatte sie. Doch nachdem sie das Bleiberecht erwirkt hatte, wurde sie boshafter denn je. Bergmann sagte ihr schließlich ins Gesicht: „Du bist so bösartig; und wenn Du so aussehen würdest, wie es Deinem Charakter entspricht, dann wäre die Hexe Babajaga, verglichen mit Dir, ein Model." Ira zog darauf die Augen zu schmalen Schlitzen zusammen, das tat sie immer, wenn sie ihrer Bosheit Ausdruck gab. „Pascholl v shopo!", sagte sie nur. Bergmann wusste Bescheid.

Wolf Bergmann konnte nicht mehr schlafen, weil sie ihn ständig nervte, ihr dies oder jenes zu kaufen. Dazu, selbst einem ordentlichen Erwerb nachzugehen und zum gemeinsamen Haushalt beizutragen, hatte sie keine Lust, obwohl sie angeblich drei Abschlüsse mitbrachte. Sie hatte drei Abschlüsse und saß dann doch nur als Verkäuferin in ihrem Buchladen in Omsk. Kam ein Kunde mit einem Buch zur Kasse, kassierte sie ihn ab, kaufte er nichts, interessierte es sie auch nicht; sie fragte auch nicht, wie sie dem Kunden helfen könne. Offenbar war sie auch in den früheren Arbeitsstellen zu nichts zu gebrauchen.
Ihren Verdienst im Minijob, sie arbeitete halbtags in Mattburg und putzte in einem italienischen Bistro, steckte sie ihrer Tochter zu, die mit dem Sohn einer Spätaussiedlerfamilie aus Kasachstan verheiratet war, oder sie kaufte unnützen Kitsch.
Am Ende blieb Wolf Bergmann nichts übrig, als die Reißleine zu ziehen und die Trennung einzuleiten, um sich von ihr scheiden zu lassen. Es war ihm gleichgültig, wieviel Unterhalt er ihr zahlen musste, wenn er sie nur los war. Diese Kröte würde er auch noch schlucken. Die letzten Wochen hatte sie ihn so pro-

voziert, dass er kurz vorm Durchdrehen war. Dabei hatte sie einen Grundsatz: keine Zeugen und keine Beweise.

Nur sein eiserner Wille, sich nicht die Hände schmutzig zu machen und wegen ihr noch ins Loch zu gehen, hielten ihn davon ab, ihr die Tracht Prügel zu verabreichen, die sie verdiente und was sie auch beabsichtigte, um ihn in der Öffentlichkeit als aggressiv, sich selbst aber als die arme, hilflose Frau hinzustellen. Solche Prügel hätte sie von einem russischen Ehemann wahrscheinlich auch erhalten, der so etwas im Übrigen als sein gutes Recht ansah.

Die Möglichkeit, über Tscheljabinsk, östlich vom Ural, wo sie geboren war, nach Omsk zu fahren, ein paar Tage bei den Schwiegereltern zu bleiben und dann bis zum Baikal zu gelangen, war damit vergeben. Und in seinem jetzigen Zustand war es noch offen, wie er künftig überhaupt noch fahren können würde.

*

Die erste Juniwoche war sonnig und warm, Nicky lag am Kanal in der Sonne und bereitete sich intensiv auf die Chemieprüfung vor. Am Dienstag vor der Prüfung hatte er den Lehrstoff so gut im Kopf, dass ihn Prof. Kempitz die V. bis VII. Hauptgruppe des Periodensystems der Elemente von vorn bis hinten durchfragen konnte.

Zuversichtlich erschien er am Mittwochvormittag zur Prüfung. Es war üblich, dass die Studenten aus einem Stapel Karteikarten eine davon ziehen mussten. Die drei Aufgaben, eine Redoxgleichung, eine Stöchiometrieaufgabe und ein Element aus dem PSE, waren im Allgemeinen auch der Einstieg zum weiteren Prüfungsverlauf. Der Gott Zufall meinte es einmal mehr mit Wolf Bergmann nicht so gut und ließ ihm eine Karte zukommen, die sich mit der IV. Hauptgruppe, insbesondere dem Kohlenstoff befasste. Und schon bei der ersten Frage nach den Isomeriearten der C-Verbindungen, musste er passen und er kam über die Skelettisomerie nicht hinaus. Der Professor blieb auch hartnäckig beim Kohlenstoff, statt sich seinem Lieblingselement Schwefel zuzuwenden, nicht umsonst trug er bei den Studenten den Beinamen Schwefelkempitz, und am Ende verließ Wolf Bergmann enttäuscht das Büro des Professors und wartete im Vorzimmer auf das Erscheinen seines Assistenten, der sich mit dem Prüfer zum Ergebnis abstimmte.

Die Tür ging auf und Dr. Winters Blick forderte Bergmann auf, auf seine Hand zu sehen; der Daumen und zwei Finger waren ausgestreckt, eine Drei. Für die Mühe nicht der gerechte Lohn. Es war eben Pech, oder wie es seit je hieß, Prüfung ist Glückssache, aber es war ja auch nur eine Zwischenprüfung.

In der nächsten Woche war dann die Abschlussprüfung Physik angesagt, schon am Dienstag. Es blieben noch fünf Tage zur Vorbereitung. Genauer gesagt nur drei, denn am Sonnabend würde er zum Burschentanz in Birkenburg sein und am Sonntag mit Galja zum Motocross fahren.

Es kam wieder einmal alles ganz anders. Die Woche lief wie geplant ab und Nicky dachte mit Grausen an die Physikprüfung. Vielleicht kam es nicht ganz so schlimm. Er musste an den alten Studentenwitz denken: „Wie sieht es denn in ihrem Kopf aus?" – „Wie in einer Wüste!" – „Aber ein paar Oasen wird es doch wohl geben?" – „Ja, aber ob diese Kamele die auch finden werden?". Es war einfach zu viel Stoff, man konnte sich nicht alles einpauken. Obwohl, Prof. Behrens sollte angeblich vor Jahren einen Studenten, der durchgefallen war, durchs offene Fenster zurückbeordert haben, „He, kommen Sie doch nochmal zurück, Sie bekommen eine Vier, hier ist einer noch dämlicher als Sie!"

Ob es nun stimmte oder nicht, das Wochenende rückte heran und Bergmann wusste von vornherein, dass er den Physikhefter während dieser Zeit nicht öffnen würde; er hatte ihn nur zu seiner eigenen Beruhigung mitgenommen.

Am Sonnabend kam unverhofft Wolfs alter Klassenkamerad Frank zu Besuch und stellte seine Neuerwerbung vor, eine gebrauchte Zweifünfer, schwarz umlackiert und mit Maguralenker. Probefahrt gefällig? Wolf kam mit dem Lenker nicht zurecht; der Gasgriff war nicht richtig arretiert, weil statt des Pilzes am Lenkerende ein Sektkorken steckte, ohne festgeschraubt zu sein. Kaum, dass er Gas gab und die Maschine anzog, hatte er den Gasgriff fast lose in der Hand, weil der Korken auf diese Kraft nicht gefasst war und die Flucht ergriff. Bevor ein Unglück geschah, stellte er Frank den Hobel lieber wieder vor die Füße.

Zum Burschentanz mitzukommen, nein, dazu hatte Frank keine Lust. Er wollte lieber nach Eisenleben ins Wiesenhaus zur Disco. Mal davon abgesehen, dass zur Disco sicher auch etwas Besseres als Blasmusik von der Tschechenkapelle zu hören war, erschien auch die Aussicht auf eine neue Bekanntschaft verlockend und die beiden machten sich auf den Weg. Unterwegs kam es aber zu keiner Wettfahrt, das hatten sie nicht nötig.

Der Saal war gut gefüllt und schmucke Mädels gab es zu Hauf. Es kam darauf an, die ledigen herauszufiltern, am besten zwei Freundinnen. Wolfs Aufmerksamkeit wurde auch schon nach kurzer Zeit auf ein Mädchen gelenkt, das mit seiner Freundin tanzte und sein Lächeln beantwortete.

Jetzt war Frank gefragt. Er sollte die Freundin übernehmen, „Du musst sie ja nicht gleich heiraten!", meinte Wolf, während er das große und schlanke Mädchen mit dem kessen Blick zum Tanzen holen wollte. Doch mit Frank war nichts anzufangen. Vorhin noch der treibende Keil, um zur Disco zu fahren, zog er jetzt den Schwanz ein und entgegnete, „wenn ich sie nicht heiraten will, warum soll ich dann mit ihr tanzen?" Es war zum Verzweifeln. Wolf blickte sich um und sah einen Bengel in seinem Alter, der auch den Blick auf die Mädchen gerichtet hatte. Er schien die Rettung zu sein; ohne Umschweife fragte Wolf den anderen direkt, ob er mit der Schwarzhaarigen tanzen würde, weil Wolf es auf die Rothaarige abgesehen hatte. Und Wolf hatte Glück; der andere war sofort bereit; beide gingen auf die Mädchen zu, lächelten sie an, vollführten mit dem Zeigefinger eine Drehung, was so viel wie „ich möchte mit Dir tanzen" bedeuten sollte, und einen Augenblick später waren die beiden schon beim Tanzen und flirteten. „For ever in Blue Jeans" von Neil Diamond lieferte die Musik dazu. Wann immer Bergmann diesen Titel in späteren Jahren hörte, erinnerte er sich an den Moment, als er sie kennenlernte.

Sie hieß Uta, war achtzehn Jahre, machte eine Berufsausbildung mit Abitur und wohnte in Eisenleben. Die beiden waren sich schnell einig und den Rest des Abends verbrachten sie zusammen beim Tanzen oder sie gingen in der lauen Juninacht ein Stück spazieren, um dem Lärm zu entgehen.

Gegen Mitternacht brachte er sie nach Hause. Lange stand sie neben dem Motorrad, während Wolf, auf der Maschine sitzend, seinen rechten Arm um ihre Taille und seinen Kopf an ihre Brust gelegt hatte. Als sie sich endlich verabschiedeten, war es schon zwei Uhr durch.

Glücklich fuhr Wolf durch die Nacht nach Hause und schlich leise, um die Eltern nicht zu wecken, in die Stube.

Die Nacht war kurz, halb vier begannen die Spatzen im Ahornbaum neben dem Fenster zu tschilpen. Wolf war todmüde, konnte aber vor Aufregung nicht richtig schlafen. Uta hatte es ihm angetan, daran gab es gar keinen Zweifel. Aber da musste noch die Sache mit Galja bereinigt werden, mit der er in zwei Stunden verabredet war. Er wollte mit offenen Karten spielen und musste ihr irgendwie beibringen, dass er keinen Sinn in einer Weiterführung ihrer Beziehung, die ja noch keine war, sah.

Es war ihm nicht wohl zumute, als er um sechs an Galjas Tür klingelte. Sie erschien zu seinem Erstaunen nicht fertig angezogen. Die Erklärung folgte prompt; sie sei am Freitag durch die Prüfung gerasselt und die Eltern hatten ihr deshalb verboten, weiter mit ihm zu gehen. Wolf fiel ein Stein vom Herzen, seine Beichte hatte sich von selbst erübrigt, er äußerte Verständnis und verabschiedete sich frohen Mutes.

Eine halbe Stunde später traf er sich mit Ralf und Ronald in Lündorf, um gemeinsam zur Rennstrecke zu fahren. Wie er es sich dachte, kam er nicht dazu, auch nur einmal in einer Pause in den Physikhefter zu sehen.

Für Motocross begeisterte er sich, seit er das erste Mal mit Vater und Egbert zu einem Rennen mitgenommen wurde. Damals fuhr Paul Friedrichs noch, der erste Fahrer, der dreimal hintereinander die WM in der Klasse bis 500 ccm gewann und der bislang einzige deutsche Weltmeister war. Wolf Bergmann lernte Paul Jahre später persönlich noch kennen, und wann immer Paul zu Gast im Talkessel war, als Wolf in der Streckensicherung arbeitete, fand er die Zeit für ein kurzes Gespräch mit ihm. Für Wolf Bergmann eine der schönsten Erinnerungen.

Doch seit der DTSB auf Betreiben der SED im Jahre 1972 entschieden hatte, dass die DDR-Sportler nur noch an olympischen Disziplinen teilnehmen durften - eine Ausnahme waren die Europameisterschaften und die alljährlichen Six Days im Motorradgeländesport, später Enduro genannt - war im Motocross nicht mehr viel los. Eine kleine WM der Warschauer Vertragsstaaten, die sich „Pokal für Frieden und Freundschaft der sozialistischen Länder" nannte, war alles, was noch geboten wurde. Und es war den DDR-Crossern untersagt, Technik aus dem „Nichtsozialistischen Wirtschaftsgebiet" zu fahren. Die Tschechen und Ungarn hatten damit keine Sorgen. Sie fuhren fortan auch Yamaha oder Suzuki und nahmen weiterhin an der WM teil; ja selbst die Sowjetunion stellte in den siebziger Jahren drei Weltmeister.

Nach den Rennen sprangen die drei noch in das nahe gelegene Tonloch, um sich den Staub von den Körpern zu spülen, denn im Talkessel war es fast immer knochentrocken. Das änderte sich ab den achtziger Jahren, wo es mehr Schlamm als Staubschlachten gab.

Wolf dachte daran, auf dem Rückweg Uta noch zu überraschen, und er hatte Glück, sie war gerade nach Hause gekommen und es blieb noch Zeit für einen Spaziergang, bevor Wolf zurück zur Hochschule fuhr.

*

Das Abendessen und der abendliche Durchgang waren lange vorbei; Wolf Bergmann versuchte zu schlafen, aber er saß, bildlich gesprochen, förmlich im Bett. Er war hundemüde und fand einfach keinen Schlaf. In seiner Not klingelte er nach dem Nachtdienst, der Pfleger erschien und Wolf bat um ein Schlafmittel. Wenige Minuten später erhielt er eine Tablette und während er auf die Wirkung wartete, war er in Gedanken wieder in jenem Juni vor zweiunddreißig Jahren.

*

Bergmann hatte Uta versprochen, gleich nach der Prüfung zu ihr zu fahren. Um keine Zeit zu verlieren, machte er keine Umstände und fuhr gleich mit dem Motorrad zur Prüfung; lediglich mit Jeans und Hemd bekleidet. Die Jacke hing an der Garderobe im Sekretariat vom Professor, der Helm lag auf dem Fußboden, Lederhose und Stiefel hatte er zu Hause gelassen. Das war gegen seine Gewohnheit, denn er fühlte sich wohl als „schwarzer Ritter", wie ihn seine Cousine gern nannte.

Dass die Physikprüfung kein umwerfendes Resultat bringen würde, war Bergmann von Anfang an klar. Es ging nur darum, mit einem akzeptablen Ergebnis zu bestehen, denn dies war die erste Note, die im Diplomzeugnis stehen würde.

Er erinnerte sich an keine, aber auch nicht die geringste Einzelheit mehr, doch er verließ die Prüfung mit einer Drei und war damit recht zufrieden; es hätte schlimmer kommen können. Immerhin hatte er, wie siebzehn andere Kommilitonen seiner Seminargruppe, die Zwischenklausur im Winter mit einer Fünf beendet. Der Rest der Gruppe hatte eine Eins – Manfred, Beststudent und Karl-Marx-Stipendiat - eine Zwei und zwei Dreien.

Mit dem Studienbuch in der Jacke schwang er sich auf die Maschine. Die Prüfungen waren abgeschlossen. In der nächsten Woche begann das vierwöchige Kompaktpraktikum Thermodynamik. Er hasste Fächer, die mit „–ik" endeten; sie waren der chemisch reine Horror. Besonders grauste es ihm bei dem Gedanken, dass zu jedem Thema mit einem Testat zu rechnen war. Und, als ob das noch nicht genug Elend war, war sein Teampartner auch noch der Hans Bartel, der nichts Besseres zu tun hatte, als ständig um die Assistenten herum zu scharwänzeln und zu fragen, wann denn nun endlich das Testat sei. Die gleiche Masche wie damals im Physikpraktikum, als er mit ihm zusammenarbeiten musste. Ein unangenehmer Kerl.

Doch für heute war Ruhe; er konnte dem Abend mit Uta entgegensehen und sich auf das Wiedersehen freuen.

Unterwegs zog sich der Himmel von Westen her zu. Es ging so schnell, dass Bergmann nicht mehr darauf hoffen konnte, noch trocken bis Eisenleben zu kommen. So war es auch, auf der Höhe vom See erwischte ihn ein Gewitter mit Wolkenbruch. Kirschkerngroße Tropfen prallten gegen die Motorradjacke, so dass er sie durch das Kunstleder auf den Oberarmen spürte, und die Jeans waren im Handumdrehen zum Auswringen nass. Um sie wenigstens vor dem Straßenschmutz zu schützen, hielt Bergmann an und krempelte die Hosenbeine bis unter die Knie hoch. Nur zwickten die harten Tropfen nun noch direkt in die Schienbeine. Die Federbeine hatte er auf die härtere Stufe umgestellt, so sollte die Maschine bei Nässe besser liegen.

Im Vertrauen darauf fuhr Bergmann in Eisenleben auf dem Pflaster die erlaubten sechzig Stundenkilometer, bis er zu Uta abbiegen musste. Das Bremsen fiel etwas zu beherzt aus und das Hinterrad brach auf dem glatten Pflaster aus. Bergmann versuchte, die Fuhre wieder unter Kontrolle zu bekommen, doch alles, was er erreichen konnte, war, nicht selbst zu Boden zu gehen. Er hielt den Lenker mit aller Kraft fest, als sich die TS um 90° nach rechts drehte und fast zum Stehen kam. Er stützte sich mit dem linken Fuß ab, konnte aber nicht mehr verhindern, dass die Fußraste verbogen und der Krümmer gegen seine rechte Wade gedrückt wurde. Dampf und Qualm von verbrannter Haut stiegen auf und mit dem Wahrnehmen des üblen Geruches von versengten Federn fühlte er zeitgleich einen brennenden Schmerz. Die Maschine war zum Stillstand gekommen und lag mit einer 45°-Neigung auf der Raste aufgestützt. Bergmann stand mit gespreizten Beinen über der Sitzbank und versuchte, das Motorrad aus dieser Position aufzurichten. Es erwies sich als unmöglich, der heiße Krümmer nahm noch einmal Kontakt mit der frischen Verbrennungswunde und Bergmann hätte am liebsten aufgeschrien. Doch dazu war keine Zeit; er stieg ab und richtete die Maschine auf. Den nachfolgenden Verkehr interessierte sein Malheur nicht; alle fuhren an ihm vorbei und niemand hielt und fragte, ob er Hilfe brauchte. Und manch einer verbarg sein schadenfrohes Grinsen nicht.

Der Motor lief noch; Wolf Bergmann hatte den Kupplungshebel noch nicht losgelassen, er schaltete nach unten durch bis er den ersten Gang fühlte, weiter ging es dann nicht mehr, und fuhr die letzten fünfhundert Meter den Anstieg zu dem Mietshaus hoch, in dem Uta mit ihrer Mutter wohnte.

Uta sah ihn vom Fenster aus kommen und eilte ihm entgegen, der nass wie eine gebadete Katze mit schmerzverzerrtem Gesicht hielt. In wenigen Worten erzählte Wolf Uta auf ihren fragenden Blick von seinem Pech und überlegte, womit man die Fußraste wieder richten könne. Ein passendes Rohr war im Keller nicht zu finden, am Ende musste man sich mit dem Kehrblech zufriedengeben. Uta hielt die aufgebockte Maschine fest und Wolf drückte mit dem rechten Bein mit voller Kraft dagegen, während er sich am Seitengepäckträger und dem Kickstarter festhielt. Am Ende war wieder alles heil, nur die Wade musste noch versorgt werden. Der Hautfetzen, fünf Zentimeter im Durchmesser, klebte am Krümmer und war nicht wegzuwischen. Erst ein paar Tage später gelang es Bergmann auf Rat seines Onkels, die eingebrannte Haut mit Schmirgelpaste zu entfernen.

Uta wickelte einen Verband um die Wade. Das Brennen würde so schnell nicht nachlassen, soviel stand fest. Es war eine Verbrennung III. Grades.

Am Abend fuhren sie ins Kino, danach brachte Wolf Uta nach Hause und fuhr zu den Eltern. Da Uta die Woche über in der Berufsschule war, konnten sie sich in den nächsten Tagen bis zum Wochenende nur am späten Nachmittag treffen und fuhren meist in die Natur, zum Wald, der nur fünf Kilometer weiter südlich von Eisenleben lag.

Es waren Tage voller Glück für Wolf, er war in Uta total verschossen. Kein Wunder bei der Figur, mit ihren schönen, braunen Augen und den weichen Haaren. Er konnte sich vorstellen, mit ihr zusammen zu bleiben.

*

Die Schlaftablette taugte nichts, musste Wolf Bergmann feststellen, nachdem fast eine Stunde vergangen war. Statt schlafen zu können, war er wie aufgezogen. Bergmann sah aus dem kleinen Fenster neben seinem Bett. Finstere Nacht, nur der Lichtschein des einige Kilometer entfernten Nachbardorfs war schwach erkennbar.

Am Tage hatte er mehrfach den Rettungshubschrauber Christoph 34, der hier stationiert war, aufsteigen und zur Landung ansetzen sehen; der Landeplatz selbst blieb seinem Blick verborgen. Jeder Einsatz bedeutete, dass es wieder irgendwo in der Nähe einen schweren Unfall gegeben haben musste; meistens kamen die Verursacher glimpflich davon und die Unschuldigen, wie Wolf Bergmann, waren am Ende die wirklich Leidtragenden.

Er schloss die Augen und eine Träne der Verzweiflung quetschte sich durch den Lidspalt. Bergmann wischte sie mit der Hand ab, trank noch ein Glas Wasser und gab sich wieder seinen Erinnerungen hin; vielleicht brachte ihm das angestrengte Denken eine Stunde Schlaf.

*

Am Sonnabend waren sie am Gemeindesteg des Sees und Wolf hatte für eine Stunde das Tretboot ausgeliehen. Die Sonne meinte es gut und in der Seemitte nutzte Bergmann die Gelegenheit zu einem Bad, weil das Wasser hier sauberer war als in Ufernähe.

Der Seegrund war fast überall schlammig, nur am Ostende des Sees gab es feinen Sand als natürlichen Grund, während der Nordstrand extra für die Camper vom Zeltplatz und die Tagesbadegäste mit Kies aufgeschüttet worden war. Allerdings reichte diese Kiesschicht einem erwachsenen Manne kaum bis zur Brust, dann musste er schwimmen, wenn er nicht die alten im Zersetzungsprozess befindlichen Schilfwurzeln aufwirbeln wollte.

Bergmann hatte zwei gute Gründe, hier ins Wasser zu springen. Zum einen hatte er seine Badehose vergessen und wollte nicht seine Turnhose nass machen, und am Steg konnte er unmöglich nackt ins Wasser springen; zum anderen bereitete ihm seine Verbrennung immer noch Probleme. Zwar bildete sich an der Luft eine dünne Kruste aus dem Wundwasser, aber bei der ersten Bewegung oder wenn sie verbunden war, begann die Wunde sofort wieder zu nässen und er wollte eine Infektion vermeiden. Es war schon jetzt absehbar, dass er eine bleibende Narbe davontragen würde. Doch auf eine mehr oder weniger kam es bei ihm nicht mehr an.

Nachdem er das Tretboot wieder am Anlegeplatz festgebunden hatte, fuhren sie noch mit der Maschine in die Berge zur Nordseite des Sees, um frische Kirschen zu essen. Der Feldweg war steil, aber die Zweifünfer nahm auch mit Sozia mühelos die Steigung zur Plantage, die offenbar schon seit Jahren von niemandem mehr bewirtschaftet wurde, denn die Bäume wurden nicht gepflegt. Uta pflückte die unteren Äste ab und Wolf kletterte lieber in die Höhe und stopfte sich bis zum Platzen voll.

Uta wollte heute über Nacht bei ihm bleiben; sie mussten deshalb noch in Eisenleben halten und etwas Gepäck für sie mitnehmen.
Ihr Lächeln verzauberte ihn immer wieder und wenn er ihre weichen Lippen auf den seinen spürte, durchrieselte ihn ein Wonneschauer. Er wünschte, dass diese Nacht nie enden würde oder wenigstens unendlich viele folgen würden.

*

Wolf Bergmann wurde schwermütig zumute, wenn er an Uta zurückdachte. Aus seiner damaligen Sicht hätte sie vielleicht die Frau sein können, die er immer gesucht hatte. Ja, er wäre für sie vielleicht sogar bereit gewesen, das Motorradfahren aufzugeben. Aus heutiger Sicht war das für ihn ein absurder Gedanke.

*

Die Woche war wieder gefüllt vom Kompaktpraktikum Thermodynamik und Wolf Bergmann hoffte auf Post. Zwei Briefe schrieb Uta ihm. Allerdings war der zweite nicht die Antwort auf seinen ersten, weil sich die Briefe stets kreuzten, und dann war das nächste Wochenende da.

Es war kurz ausgefallen, weil Uta am Sonntag für die Schützen der Berufsschule zum Wettkampf fuhr. Wolf begleitete sie zwar, konnte aber nicht am Schießstand auf sie warten und am Ende ärgerte er sich über die vertrödelte Zeit. Wäre er wenigstens mit dem Motorrad dem W 50 der GST hinterhergefahren, hätte er sich wieder vom Acker machen können. So aber musste er warten, bis alles wieder auf den harten Bänken der Ladefläche saß.

Das erste Studienjahr war geschafft. Am kommenden Sonnabend, dem Beginn der Semesterferien, hatte sich Wolf mit Ronald und Ralf verabredet; sie wollten zum Motorradrennen am Sachsenring. Da dies schon länger geplant war, wollte er auch Uta zuliebe nicht absagen. Ihr war es recht, weil sie sich auch wieder einmal mit ihrer Freundin treffen konnte.

Am Freitagabend waren beide noch in Sandhausen im Freilichtkino, die alljährlichen Sommerfilmtage hatten begonnen. Vor neun Uhr abends begann der Film aber nicht, weil es noch zu hell war. Gegen elf konnten sie zurückfahren; Uta blieb bei ihrer Mutter und Wolf schlief gleich bei den Großeltern, wo er sich erst einmal noch von seiner Oma ausschimpfen lassen musste, wo er denn nachts um zwölf erst herkomme.

Im Grunde hatte sie Recht, denn die Nacht war verdammt kurz. Um vier musste er bereits aufstehen, halb fünf wollten die drei starten.

In der ersten Fahrtstunde ging alles nach Plan; sie erreichten ohne Probleme die Autobahn und kamen nun richtig gut voran, aber es setzte Regen ein. Mit dem Spaß war es vorbei. Eine Stunde standen sie dann unter einer Autobahnbrücke, hofften, dass sie deshalb keinen Ärger mit der Polizei bekämen und der

Regen endlich nachlassen möge. Die Polizei blieb aus, aber der Regen dachte nicht daran, aufzuhören.

Um sich aufzuwärmen, blieben sie eine weitere Stunde bei einem Kaffee in einer Raststätte. Doch die Ledersachen hatten sich voll Wasser gesogen wie ein Schwamm und bei jedem Schritt quietschten die Stiefel, die auch randvoll waren. Dabei war er von den dreien noch am besten dran, denn die beiden anderen fuhren in Jeans und Turnschuhen.

Als sie endlich die Rennstrecke erreichten, waren die ersten beiden Läufe schon absolviert. Sie kamen gerade noch rechtzeitig, um die letzten Runden der Ausweisfahrer in der Achtelliterklasse zu sehen.

Eigentlich hätten sie besser getan, an der Jugendkurve zu bleiben, aber während die Viertelliter-Einzylinder-Klasse auf der Strecke war, beschlossen sie, zum „Heiteren Blick" zu wandern, dem schnellsten Streckenabschnitt.

Unterwegs hatte Wolf Bergmann ein Erlebnis, wie es wohl nur einmal im Leben vorkommt. Während sie im Gänsemarsch, Wolf voran, den Waldpfad entlang trabten, kamen ihnen zwei andere Rennbesucher entgegen. Der vordere blickte Wolf total überrascht an und auch Wolf war erstaunt, brachte aber weder einen Ton heraus, noch blieb er stehen, sondern lief weiter. Auch Ronald und Ralf waren völlig verblüfft. Was war geschehen? Es waren sich zwei junge Männer begegnet, gleich von Statur und Größe, die gleichen Lederhosen, Jacken und Stiefel. Und im Gesicht ähnelten sie sich wie Zwillingsbrüder! Er war für einen kurzen Moment seinem Doppelgänger begegnet, beide aber hatten den Augenblick ungenutzt verstreichen lassen, ohne sich miteinander bekannt zu machen. Eine Chance, die nie wiederkommen würde.

Die Ähnlichkeit war so verblüffend, dass Ralf später meinte, wüsste er nicht genau, dass Wolf vor ihnen gegangen war, hätte er geglaubt, ihm entgegen zu kommen.

Vom Rennen der Lizenzfahrer der Viertelliter-Zweizylinder-Klasse sahen sie nur gelegentlich einen Fahrer durch die Bäume hindurch; erst in den letzten Runden hatten sie freie Sicht. Außerdem fehlte der Favorit Janos Drapal aus Ungarn, weil die ungarische Mannschaft komplett auf den Start verzichtete hatte. Tags zuvor hatte sich ein Fahrer des Teams beim Training schwer verletzt und verstarb auf dem Weg ins Krankenhaus. So war das Rennwochenende ein einziger Reinfall.

Der einzige Trost, der ihnen blieb, war, dass am Nachmittag die Sonne kurzzeitig schien und der Fahrtwind die durchnässten Sachen trocknete.

Das kommende Wochenende war für Uta und Wolf das vorläufig letzte gemeinsame. So dachte er damals jedenfalls. Zu diesem Zeitpunkt ahnte er noch nicht, dass es das letzte gemeinsame Wochenende für immer war. Nach einer intensiven Liebesnacht mussten sie sich schon am Sonntagvormittag trennen, weil Uta als Mitglied des Singeclubs die nächsten vier Wochen in einem Lager im Harz verbringen würde. Bevor sie zurückkam, würde Wolf schon im internationalen Studentenlager sein. Am Ende der letzten Juliwoche besuchte Wolf seine Uta noch für ein paar Stunden im Lager. Sie gingen im Wald spazieren und Wolf versprach Uta, die Postkarten sammelte, ihr jeden Tag eine Ansichtskarte aus Bulgarien zu schreiben. Über die Zukunft sprachen sie nicht. Die Trennung würde sieben Wochen dauern; erst am 10. September sollte die Brigade zurück sein. Eine lange Zeit, wenn man verliebt war.

*

Wolf Bergmann erwachte aus einem kurzen Schlaf, weil er durstig war. Das alte Lied; der Mund stand offen, die Kehle wurde trocken. Im Traum trank er frisches Wasser, doch der Durst blieb. Er nahm größere Schlucke und drehte den Wasserhahn weit auf, der Durst blieb. Er schluckte solange, bis der Traum vorbei war.

Er griff zur Flasche, goss das Glas voll und trank es aus. Wieder fiel es ihm schwer, einzuschlafen.

XVII

Anfang August belud Wolf den rechten Seitengepäckträger seines Motorrades mit dem großen Luftkoffer, der alles enthielt, was er an Arbeits und Freizeitsachen in den nächsten fünf Wochen brauchen würde. Damit fuhr er zum nächsten Bahnhof, der immerhin auf halber Strecke nach Waldstedt lag. Zu weit, um einen dreißig Kilo schweren Koffer zu schleppen, wenn es eine bequemere Lösung gab. Er gab den Koffer am Schalter ab, eine Gepäckaufbewahrung gab es auf diesem kleinen Dorfbahnhof schon seit fast fünfzehn Jahren nicht mehr, ebensowenig wie das geschlossene Bahnhofsrestaurant der MITROPA.

Am frühen Nachmittag verabschiedete sich Bergmann von den Eltern und seinem Motorrad und trabte die zwei Kilometer durch den Wald zum Bahnhof.

Es war eine Unsitte an der TH, dass die Studentenbrigaden nach Burgas oder Sofia die lange Reise mit dem Zug machen mussten, während diejenigen, die im Rahmen des Austauschpraktikums einen mehr oder weniger organisierten Urlaub verbrachten und nicht arbeiten mussten, auch noch mit dem Privileg einer Flugreise, von der Hochschule finanziert, verwöhnt wurden.

So musste Bergmann zunächst nach Hallberg und dort nach Leitzsch umsteigen, wo sich die Brigade zu treffen hatte. Der Trakia-Express nach Sofia hatte planmäßige Abfahrtszeit um 0:03 Uhr, Zeit genug. In solchen Fällen, wenn man es nicht eilig hat, war auch die Reichsbahn einmal nahezu pünktlich, und so musste Bergmann in Leitzsch noch drei Stunden warten.

Alle Brigademitglieder waren erschienen – ein absolutes Muss – denn niemand reiste mit eigenen Papieren. Rüdiger, der als großer Natschalnik eingesetzt war, führte ein Sammelvisum für die Brigade als wichtigstes Dokument mit sich. Darin waren die Namen und was sonst noch dazugehörte, nebst Personalausweisnummern der Teilnehmer enthalten.

Da die Fahrt über Prag, Budapest und Bukarest zwei Tage dauerte, ehe Sofia erreicht wurde, reiste man in den Liegewagen den Umständen entsprechend relativ bequem. Dachte man.

Der Zug setzte sich auch pünktlich in Bewegung und die Brigademitglieder richteten sich zum Schlafen ein.

Der erste Zwischenfall für die Brigade ereignete sich schon am frühen Morgen, als die Grenzkontrolle das Abteil betrat. Niemandem war es aufgefallen, dass eine Ausweisnummer nicht mit der auf dem Sammelvisum übereinstimmte. Der Kumpel aus Nickys Studienjahr, ein etwas großmäuliger Berliner, wurde ziemlich unsanft aufgefordert, sein Gepäck zu nehmen und den Grenzern zu folgen. Zuerst hielt er es für einen Scherz, aber als die Uniformierten ihn mit „Komm´se, komm´se mit, aber een bisschen Dalli!" zum Aussteigen bewegten, wurde er bescheiden und bettelte. Aber da half kein Jammern, die deutsche Gründlichkeit setzte den mit einem ungültigen Eintrag im Sammelvisum Reisenden kurzerhand vor die Tür, man strich den Namen mit dem entsprechenden Vermerk von der Liste und der Zug fuhr ohne ihn weiter in die CSSR.
Noch herrschte Hochsommer und bereits ab Mitte der Tschechoslowakei wurde die Hitze im Abteil trotz der geöffneten Fenster unerträglich. Die mitgenommenen Getränke würden nicht lange reichen, das war absehbar. Von der Toilette oder dem winzigen Waschraum Wasser zum Trinken zu holen, war undenkbar, weil absolut eklig.
Die Brigademitglieder lagen in drei Etagen übereinander und ließen die Landschaft an sich vorüberziehen. Viele sahen an der ungarischen Grenze zum ersten Mal die Donau und in der Nacht erreichte der Express die rumänische Grenze.
Wieder gab es Aufregung, weil nun auch der Rumäne vom Zoll eine Unrichtigkeit feststellte, die allen anderen Kontrollen entgangen war. Bisher hatte das Zauberwort „Gruppa" die Kontrollen auf ein Durchzählen reduzieren können und schon knallte der Kontrollstempel auf das Papier. Die Anzahl der Köpfe im Abteil stimmte mit der Zahl auf dem Sammelvisum, abzüglich eines Verlustes, überein, aber einer der Zöllner entdeckte, dass ein Geburtsdatum nicht stimmte. Doch im Gegenteil zu seinem deutschen Kollegen machte der Rumäne keine Umstände, nahm den Kugelschreiber zur Hand, änderte das Datum, versah dies mit seiner Unterschrift und der Stempel saß auf dem Dokument.

Am nächsten Morgen querte der Zug ein Stück der Karpaten und die Brigade konnte sich nicht satt sehen. Leider konnte sich auch niemand mehr satt trinken, denn alle Vorräte waren aufgebraucht.

Am Nachmittag erreichte der Express den Bahnhof von Bukarest, fuhr aber nicht ein und wartete zwei Stunden lang außerhalb. Als dann endlich der Zug hielt und die Türen geöffnet werden konnten, brach ein Kleinkrieg aus. Die vor Durst ausgedörrten Passagiere hatten auf dem Bahnsteig einen Brunnen gesichtet, wie es in den südlichen Ländern auf Straßen und Plätzen üblich war, damit jedermann trinken könne, wenn er das Bedürfnis hierzu verspüre. Die Massen drängten ins Freie und stürzten zum Brunnen, weil jeder als erster Wasser fassen wollte. Es gab ein Gedrängel und Geschubse, man stieß und kratzte den Nachbarn beiseite. Einem Vietnamesen gelang es als erstem, seine Flasche zu füllen. Wolf Bergmann konnte auch schlucken, aber er glaubte sich nicht erinnern zu können, dass jemals einer einen Liter so schnell aussaufen konnte, wie dieser kleine Kerl, als er ihn trinken sah.

Am Ende erwies sich die ganze Hektik als unnötig, aber wer konnte denn das vorher wissen? Ein Jeder rechnete ja damit, dass es gleich weitergehen würde und wollte etwas von dem köstlichen Nass abhaben.

Es stellte sich heraus, dass man noch auf einen Zug aus Moskau warten musste, der angehängt werden solle. Bis Mitternacht saß man nun fest, der ganze Zeitplan geriet durcheinander. Planmäßig sollten sie am Abend Sofia erreichen, dort eine Nacht schlafen und am nächsten Morgen die Reise mit dem Diana-Express nach Jambol fortsetzen. Durch den Aufenthalt kamen die Reisenden jedoch erst am Morgen in Sofia an und der Zug war ohne sie abgefahren, was wiederum ein Warten bis zum Mittag, wenn der nächste fahren würde, zur Folge hatte.

Man machte aus der Not eine Tugend, ließ das Gepäck zurück und nutzte die Zeit, um sich ein wenig von Sofia anzusehen, wenigstens in unmittelbarer Nähe des Bahnhofes. Dabei machte man in einem Bistro die Bekanntschaft mit dem angeblich bei Kindern und Frauen beliebtesten Getränk der Bulgaren, Boza.

Es sah von weitem aus wie mit wenig Kakao angerührte und schaumig geschlagene Buttermilch, nicht unappetitlich. Zumindest, wenn man die verzückten Gesichter der Bulgarinnen richtig deutete. Nicky, wie auch der Rest der Brigade, der sich hier aufhielt, kaufte und kostete davon. Sein Gesicht sprach eine andere Sprache. Es schmeckte abscheulich, undefinierbar, irgendwie nach etwas angegorenem, pfui Deibel noch eins. Er quälte sich das Zeug rein und nahm sich dabei vor, nie wieder würde er Boza trinken.

Am Mittag setzte die Gruppe die Reise im Diana-Express fort und erwischte in Jambol noch den letzten Zug nach Elhovo, ihrem Zielort. Dass sie sich nun in Bulgarien befanden, war unverkennbar. Hier war die Zeit irgendwie stehen geblieben. Überall sah man auf Straßen und Feldwegen noch Pferdewagen und Eselskarren. An den Apfelbäumen neben der Bahnlinie waren Kühe angekettet und grasten, bis sie zum Melken nach Hause getrieben wurden.

Die Sonne war bereits untergangen und die Dämmerung hatte eingesetzt, als unterwegs etwas Glühendes durch das offene Fenster ins Abteil flog. Man hatte es nur kurz aufleuchten sehen und niemand konnte erkennen, worum es sich eigentlich handelte, bis Gerald, künftiger Diplomand und der Kommissar der Brigade, mit einem Satz vom Sitz sprang, jaulte und einen Veitstanz aufführte, wobei er sein Hemd aus der Hose riss und der glühende Stummel einer Zigarette zu Boden fiel. Gerald hatte den Stummel ins Genick bekommen und dort war dieser dann den Rücken hinunter gewandert und hatte ihm mehrfach mit der Glut die Haut versengt.

Nach drei Tagen Fahrt und einer Stunde Fußmarsch mit Gepäck vom Bahnhof zum Lager erreichte die Brigade um Mitternacht das Ziel.

Dort setzten gerade die ersten Discotakte nach einer Pause ein, denn die anderen Brigaden hatten ihren Zeitplan einhalten können und feierten beim Tanzen ihre glückliche Ankunft.

Die Mendenburger mussten als erstes duschen und den Schweiß von drei Tagen herunterspülen.

Am nächsten Tage wurde noch nicht gearbeitet, man machte sich mit den Studenten der anderen Partnerhochschulen bekannt. Neben dem Gastgeber Sofia waren noch Tschechen aus Prag, Russen aus Moskau und Leningrad und Usbeken aus Andischan hier. Mit den Usbeken verstand sich Nicky auf Anhieb. Nicht zuletzt wahrscheinlich deshalb, weil er ihnen als Kontaktmann zu Romy und Elke, den beiden Blondies, geeignet erschien. Die Usbeken waren hinter den Blondinen her wie der sprichwörtliche Teufel hinter der armen Seele.

Die nächsten vier Wochen wurden die schönsten in seiner ganzen Studentenzeit, fand Bergmann später. Die herzliche Gastfreundschaft, die sie von der Bevölkerung des kleinen Städtchens erfuhren, war noch nicht verdorben, weil hierher keine Touristen kamen. Die Studenten freundeten sich untereinander an und Nicky hatte nach wenigen Tagen eine Freundin vom Chemieinstitut Sofia. Vanja war eine dunkelhaarige Schöne mit fast schwarzen Augen und sie verbrachten jeden Abend gemeinsam bei einem Spaziergang bis zum Gutenachtkuss. Mehr war nicht erlaubt.

Zwei Tage später erschien auch der an der tschechischen Grenze aus dem Zug expedierte Berliner, der in einem Schnellverfahren ein Einzelvisum erhielt und hinterher gereist kam.

Die Studenten wurden in der örtlichen Kolchose als Erntehelfer eingesetzt. Die Mädels schnitten Gemüsezwiebeln oder pflückten Tomaten und die Jungen luden im kleinen Dorf Dobric Strohballen auf und bauten mit den Bauern Strohdiemen.
Die bulgarische Sonne brannte auf die bei der Arbeit halbnackten Körper und brutzelte jeden bis zur Sättigung braun.
Man arbeitete in zwei Schichten, entweder von früh um acht bis um zwei oder von eins bis sechs. So genau nahm man es aber damit nicht, es kam oft vor, dass mal länger oder kürzer gearbeitet wurde, je nachdem, wie die Bauern dazu Lust hatten. In den Pausen hielten die Bauern die Jungen oft dazu an, ihre Esel zur Tränke zu reiten, was nicht selten Grund zur allgemeinen Erheiterung gab.

Da war die Geschichte mit dem Kommissar, der schon am ersten Abend im Lager auf dem Esel eines Anwohners reiten wollte, als dieser gerade vom Felde nach Hause ritt. Man kam ins Gespräch und bald saß Gerald auf des braven Esels Rücken. Doch ohne Sattel und im Reiten unerfahren, dauerte es keine zehn Schritte, bis der hohe Kommissar schwankte und vom Esel fiel, ausgerechnet zwischen die Disteln.

An einem dieser Ritte zur Tränke nahm auch der Kommissar teil, man half ihm beim Aufsteigen und kaum, dass er saß, trabte das Eselchen an. Gerald jedoch hatte unterdessen nichts dazugelernt und fiel wie zum Hohn wieder in ein paar Disteln. Dies sollte, ginge es nach seinem Willen, das letzte Mal gewesen sein, dass sich der Kommissar auf einen Esel setzen würde. Einmal noch brachte man ihn dennoch dazu, für ein Erinnerungsphoto; zwei Mann hielten den Esel am Zügel, zwei flankierten ihn, damit der Kommissar nicht herunterfalle, und oben saß ängstlich der Reiter.

Die Zeremonie des Duschens nach der Arbeit gab eines Tages auch Anlass zur Erheiterung. Das Lager befand sich auf dem höchsten Punkt der Stadt, soweit reichte der Wasserdruck jedoch nicht. Das bedeutete, dass in den oberen Etagen, gerechnet ab Erdgeschoss, sämtliche Leitungen trocken blieben. Man konnte sich nicht einmal waschen. Die Jungs brachten nach der Arbeit von der Wasserstelle täglich einen fünf Liter fassenden Kanister voll Trinkwasser mit und teilten sich diesen zu viert zum Waschen des Gesichtes, Zähneputzen und Rasieren. Was übrig blieb, wurde getrunken. Kein Tropfen ging verloren.

Zum Befüllen des Wassertanks, dessen Inhalt, der Schwerkraft folgend, das Duschen im Keller ermöglichte, kam täglich ein Tankwagen gefahren.

Da es nur einen Duschraum gab, bekamen die Mädchen den Vortritt. Aber dabei nutzten sie diese Vergünstigung über alle Maßen aus. Sie wurden ewig nicht fertig und die Jungen mussten manchmal eine dreiviertel Stunde über die geplante Zeit hinaus warten, ehe sie an der Reihe waren.

Das sah man sich drei Tage lang mit an, dann reichte es. Gute Worte waren zur Überzeugung unangebracht und Nicky hatte einmal mehr einen seiner pfiffigen Einfälle, für die er schon in der Schule bekannt war, wahrscheinlich ein Erbe von seinem Urgroßvater, der ein echter Schelm war. Er schlug nämlich vor, er werde jetzt einfach hineingehen, denn die Türe war ja nicht verschlossen. Und er malte den Kameraden bildhaft aus, was ablaufen würde. Nach seiner Meinung würde erst einmal solange nichts passieren, bis das erste Mädchen die Anwesenheit eines männlichen Wesens bemerken würde. Alsdann erwartete er einen Alarmschrei durch Kreischen oder Quieken, worauf die anderen erst sie und danach ihn ansehen würden. Es müsste nun ein Aufschrei des Chores der Jungfrauen folgen, die ihre Arme heben und sich einen Augenblick später darauf besinnen würden, dass sie doch etwas zu verstecken hätten und folglich die Arme über die Brüste und die Hände vor das Dreieck halten würden. Erst danach war mit Abwehrmaßnahmen zu rechnen, die sich in fliegenden Stücken von Seife und Waschlappen ausdrücken müssten.

Gedacht, gesagt, getan. Nicky öffnete die Türe und konnte zunächst gar nichts erkennen, weil die holden Schönen so heiß duschten, dass der Dampf so dicht wie in einer Waschküche stand. Doch dann nahm alles genau den Verlauf, den Nicky angekündigt hatte; ein Schrei, ein Geschrei, das Verstecken der Blöße und das Abwehrfeuer; das letzte Stück Seife bekam er ins Kreuz, bevor er die Türe schließen konnte.

Natürlich nahm ihm dies niemand richtig übel und die Mädels lachten schon wieder, als sie den Raum verließen; fortan jedoch mussten die Jungen nicht mehr als ein paar Minuten warten, bis sie sich reinigen durften.

Die Arbeit auf den Feldern machte Nicky Spaß. Er ließ seine Muskeln spielen, wenn er die Strohballen mit der Forke aufspießte und dem Bauern auf das Transportband warf. Die Bauern waren ein gemütlicher Menschenschlag. Jeden Tag brachten sie selbstgebrannten Slivovic mit und ließen die Flaschen mit der warmen Plürre, die an die sechzig Umdrehungen hatte, unter den Studenten kreisen. Gegen elf suchten sie sich ein schattiges Plätzchen zur Mittagspause und gegen zwei beendeten sie diese. Danach entschieden sie, es lohne nicht, jetzt noch etwas anzufangen, spannten ihre Zugtiere vor die Eselskarren und machten sich im wahrsten Sinne des Wortes vom Acker. Die Jungs konnten dort nicht allein bleiben und schlossen sich an, außerdem war ihre reguläre Arbeitszeit vorüber. Bis Dobric mussten es an die vier Kilometer gewesen sein, und die Bauern forderten die Jungen auf, auf den Karren mitzufahren. Die kleinen Esel taten Nicky leid; was die alles wegziehen mussten, und dann noch einen Berg hoch mit vier Mann Überlast. Der Bauer winkte nur ab, sollte heißen, keine Sorge, der schafft das schon. In der Tat, der kleine Esel stemmte seine Hufe wacker in den Lehm vom Feldweg und zog die Fuhre hoch.

Bis der Bus kam, der sie abholen sollte, war noch eine Stunde Zeit. Einmal kam einem der Jungen der Gedanke, solange in die Kneipe zu gehen und dort etwas zu essen und zu trinken, denn die Salznudeln vom Frühstück, auch so eine bulgarische Spezialität, waren für einen mitteleuropäischen Magen ungenießbar. So blieben sie zuweilen hungrig, weil die Salznudeln nach dem zweiten Bissen irgendwo in einem Gebüsch landeten, wo sich wahrscheinlich in der Nacht Vögel und Mäuse den Magen verderben würden.

Eine Wurst, vergleichbar mit unserem Leberkäse sowie Brot und Brause der Geschmacksrichtung „igitt" hoben die Stimmung, aber kein Aas hatte daran gedacht, dass sie allesamt kein Geld dabei hatten. Was zu Hause einigen Ärger verursacht und vielleicht noch die Polizei herbeigerufen hätte, wurde hier ganz einfach geregelt. Dann sollten die Jungs doch morgen bezahlen, wenn sie wieder ins Dorf zur Arbeit kämen. Ein Mann, ein Wort; die Absprache galt und am nächsten Tage ward die Schuld beglichen.

Ein besonders durchschlagendes Erlebnis gab es eines schönen Sonntags. Die Studenten arbeiteten in einer Sechstagewoche und hatten nur einen Tag frei. An einem dieser Sonntage, es muss am Ende der dritten Woche gewesen sein, lud die Kolchose alle Brigaden zu einem Ausflug in zwei Busse und fuhr mit ihnen nach Süden bis kurz vor das Sperrgebiet zu Griechenland. An einem kleinen Flüsschen wurde gehalten, das Ziel war erreicht. Der Platz war von Pappeln bestanden und Tische waren mit Brot, Wein, Wasser, Mastika und Mentovka gedeckt. Die Studenten mussten nur noch Holz suchen, um die vorbereiteten Lagerfeuer in Gang setzen zu können, damit sich jede Brigade einen der von der Kolchose spendierten Hammel am Spieß braten könne.

Bald duftete es an jedem Feuer nach Braten. Auch wenn Hammel nicht jedermanns Geschmack trifft, besonders Nicky mied nach diesem Tage Hammelfleisch für den Rest seines bisherigen Lebens, so langte man doch tüchtig zu. Und es war ja immerhin gut möglich, dass Hammel am Naturspieß überm Feuer gebraten trotz fehlender Gewürze anders schmeckte als in einer Küche zubereitet.

Kurz und gut, am Abend waren die Feuer verloschen, die Hammel restlos aufgefressen, die Flaschen leer und die Studenten voll, zumindest einige von ihnen.

Das Beste kam aber in der Nacht, denn wer Hammel nicht gewohnt ist, dessen Magen verträgt ihn nicht besonders und es stellte sich im Lager eine Scheißerei bisher nie gekannten Ausmaßes ein. Auf den Fluren hörten die Türen nicht auf zu klappen und man stand Schlange vor den Donnerlöchern; jener südländischen Toiletten, die keine Schüssel mit Brille zierten, sondern einen schlichten Trichter im Boden mit zwei symbolisch gekennzeichneten Fußabdrücken, um die exakte Stellung zu markieren, wie man sich hinzuhocken habe.

Am Morgen nach dieser unruhigen Nacht rumorten die Innereien immer noch und Nicky sah nach dem Frühstück nur noch zwei Alternativen: entweder er rennt noch einmal nach oben zum Donnerloch die Abfahrt des Busses zur Arbeit zu verpassen, wäre dabei das kleinere Übel – oder er stieg ein und riskierte dabei, buchstäblich in die Hose zu scheißen, sollte der Fahrer nicht bereit sein, einen Notstopp einzulegen.

Er entschied sich für die erste Alternative und nahm gleich drei Stufen mit jedem Schritt, um möglichst schnell die dritte Etage zu erreichen, riss die Tür auf und war gerettet.

Den Bus erreichte er trotzdem noch und konnte der Fahrt bis zum Feld gelassen entgegensehen. An diesem Tage waren alle im Zwiebeleinsatz, um den Mädchen zu helfen. Unterwegs hielt der Bus wie immer zum Wasserfassen an einem Brunnen, dann ging der Weg vorbei an einem riesigen Maisfeld zum Zwiebel-acker, wo er endlich hielt. Nicky hatte seine Leidensgenossen in Ruhe beobachten können und sah vielen an, dass sie kurz vorm Platzen waren, denn kleine Schweißperlen standen ihnen auf der Stirn.

Die Massen stürzten hinaus und alle drei Meter flüchtete jemand ins Maisfeld. Ob es daraufhin von diesem Feld eine Rekord oder eine Missernte gab, ist nie bekannt geworden.

Die vier Arbeitswochen vergingen viel zu schnell; der Spätsommer blieb heiß, nur einmal gab es ein Unwetter mit Gewitter und Starkregen, so dass am Tag darauf kein Fahrzeug mehr zu den Feldern durchkam und an diesem Tage nicht gearbeitet werden konnte. Nicky schrieb seiner Uta jeden Tag wie versprochen eine Karte, erhielt aber selbst nie Post von ihr. Es verwunderte ihn auch nicht, da sie ja keine Ahnung hatte, wie seine Anschrift war, er hatte ihr keine mitgeteilt.

Zu Tausenden zogen in diesen Tagen Störche am Himmel entlang und kündeten vom nahenden Herbst.

In der letzten Nacht wurden die Schläfer geweckt; die Bulgaren hatten irgendeinem Bäuerlein den Esel aus dem Stall oder von der Weide geholt und kamen mit dem Grautier die Treppen bis zur oberen Etage hoch, um sich zünftig zu verabschieden. Ein Schluck aus der Pulle, eine persönliche Verabschiedung, denn man würde sich nie wieder begegnen, dann polterten die Bulgaren mit dem braven Eselchen ins nächste Zimmer.

Der Tag der Abreise war gekommen, die Studenten erhielten ihren Lohn ausgezahlt. Für eine Sechstagewoche mit fünf bis sechs Stunden pro Tag mal vier Wochen bekam jeder etwas mehr als sechzig Leva ausbezahlt, umgerechnet etwa zweihundert Mark der DDR oder zwölf D-Mark, schwarz unter der Hand. Unter Berücksichtigung der Kaufkraft des Lev, die etwa den Gegenwert von einer Mark hatte, mehr als jämmerlich. Dafür aber hatte man vier Wochen Sonne und Spaß und würde das verdiente Geld während der anschließenden Rundreise, die einen viertägigen Aufenthalt am Schwarzen Meer und einem

Besuch von Plovdiv und Sofia vorsah, verprassen. Zusätzlich hatten sie noch das Geld zur Verfügung, dass sie zu Beginn ihres Aufenthaltes erhielten, um bis zur Lohnzahlung über die Runden zu kommen. Die bulgarischen Studenten, die nach Mendenburg ins Lager fuhren, hatten es für sie hinterlegt; die Bulgaren bekamen im Gegenzug zweihundert Mark von den Deutschen.

Die Tage der Erholung begannen im nur rund hundert Kilometer entfernten Burgas. Das Gepäck wurde für vier Tage am Bahnhof eingelagert und die Brigade fuhr unter Leitung ihrer Dolmetscherin Daniela in einem Taxikonvoi zum Motel Istrandsha. Dort, fünfzehn Kilometer südlich von Burgas, sollte für die kommenden Tage ihr Domizil sein.
Nachdem die Zimmer bezogen waren, gab es kein Halten mehr, alle wollten so schnell wie möglich zum Meer. Dieser letzte Augusttag war recht herbstlich, schon gestern auf dem Felde musste man die langen Arbeitshosen und ein Shirt überziehen, weil es bewölkt und unangenehm kühl war, bedachte man, dass sie sich alle an die Hitze der letzten Wochen gewöhnt hatten.

Der Strand sollte eine halbe Stunde vom Motel entfernt sein, wenn man den richtigen Weg durch den Wald fand. Offenbar fanden sie diesen aber nicht, denn es dauerte doppelt so lange wie angedacht; doch dann sahen sie vom Steilufer auf das Schwarze Meer, das heute wegen der Wolken grau aussah. Sie mussten noch die Treppe zum Strand hinuntersteigen und dann begann ein Wettlauf, denn jeder wollte der erste sein, der ins Meer sprang. Nach dem Austoben gab es noch eine Ruhephase am Strand, es war schon später Nachmittag geworden und die Brigade machte sich auf den Rückweg, der nun wirklich nur eine halbe Stunde in Anspruch nahm.

Am nächsten Morgen war eins der berühmten Seebäder der bulgarischen Schwarzmeerküste angesagt, Slantchev Brjag, zu Deutsch „Sonnenstrand". Die Sonne meinte es heute wieder gut und man genoss die Ferien. Nur leider war in Strandnähe eine

Qualleninvasion in einem Ausmaß zu beklagen, dass man glaubte, durch Gelee zu schwimmen, einfach widerlich.

Auch ein wenig Action war angesagt, als ein junger Bengel von der anderen Seite der innerdeutschen Grenze um Hilfe bat. Er habe vom Tretboot aus seine Sonnenbrille verloren, ein teures Modell für über neunzig D-Mark. Ob die Jungs mit ihm danach tauchen würden? Natürlich waren sie alle bereit für den Tauchgang, kletterten auf das Boot und sprangen mit einem steilen Hechter hinein. Keinem gelang es, bis zum Grund hinunter zu kommen. Wolf Bergmann atmete, wie er es vor Jahren von seinem Sportlehrer gelernt hatte, eine Minute lang intensiv ein und aus, um die Lunge und das Blut mit Sauerstoff anzureichern und sprang als Letzter ebenfalls kopfüber hinein. Ab etwa vier Meter Tiefe bekam er mit dem Wasserdruck auf die Trommelfelle Probleme; die Schluckbewegungen reichten nicht aus, um den Druckausgleich herbei zu führen. Die richtige Technik, wenn das nichts half, erlernte er erst mehr als zwanzig Jahre später während eines Tauchkurses im Atlantik. Hier kämpfte er gegen den stechenden Schmerz in seinen Ohren an. Er konnte den Grund schon sehen, doch von der Brille keine Spur, obwohl sie auf dem hellen Sande erkennbar sein müsste. Wahrscheinlich war das Tretboot bereits zu weit von der Stelle abgetrieben, wo die Brille ins Wasser fiel und die Sichtweite betrug nicht mehr als drei bis vier Meter. Wolf Bergmann mobilisierte seine Reserven, um wenigstens den Grund zu erreichen, griff in sieben bis acht Metern Tiefe in den Sand und stieß sich mit den Füßen ab, um schnell wieder aufzutauchen. In diesem Moment stach es ihm in den Ohren, als hätte im jemand ein Messer hineingestoßen. Mit zügigen Bewegungen der Arme und Beine strebte er zur Oberfläche und blies die Luft aus den Lungen, um frischen Atem zu schöpfen. Den Sand ließ er zum Beweis, dass er den Grund auch erreicht hatte, aus der geöffneten Hand rinnen. Die Sonnenbrille aber blieb verschwunden, der Stuttgarter musste sich mit dem Verlust abfinden.

Die Trommelfelle schmerzten Bergmann noch lange; nie wieder tauchte er ohne Druckausgleich so tief wie an jenem Septembertag.

Am späten Nachmittag brachen die Brigadisten noch zu dem auf einer Halbinsel erbauten romantischen kleinen Fischerdorf Nessebar auf, das wegen seiner Altstadt mit der Ruine einer byzantinischen Pantokratorkirche berühmt war und auch schon als Kulisse für Filme gedient hatte.

Inzwischen war es Abend geworden und wegen der südlichen Breite und der fortgeschrittenen Jahreszeit wurde es zeitig dunkel, daran änderte auch die Sommerzeit, die in Bulgarien damals schon galt, nichts mehr. Man musste den Busbahnhof aufsuchen, die Touristen standen Schlange und es gelang Wolf Bergmann mit noch der Hälfte der Brigade nicht mehr, den ersten Bus zu entern; dieser war so überfüllt, dass kein Ei mehr hätte zu Boden fallen können. Zu allem Ärger brach auch noch ein Gewitter mit einem Wolkenbruch los. Niemand hatte auf den Himmel geachtet, als die Dunkelheit einsetzte. Es gab keine Alternative, die restliche Brigade musste auf den nächsten Bus warten und im Regen aushalten, denn der begleitende Sturm jagte die Regentropfen bis unter das Dach der Wartehalle. Durchnässt erwischten sie den letzten Bus, der an diesem Tage nach Burgas fuhr und mussten wieder per Taxi bis zum Motel fahren.

Am folgenden Tage machte sich Wolf zusammen mit seinem Kameraden Frank per Anhalter auf den Weg nach Sozopol, einem ehemaligen Fischerdorf mit ähnlichem Charme wie Nessebar, und einem märchenhaften weißen Strand, kristallklarem Wasser und Sichtweiten um die acht Meter oder mehr.

Die ständigen hohen Wellen, die auch bei Windstille immer an den Strand rollten, verlockten zum Wellenhechten und hatten unmittelbar am Ufer eine so tiefe Rinne gegraben, dass Bergmann mit Anlauf einen Köpper ins tiefe Wasser wagen konnte, ohne in Gefahr zu geraten, sich das Kreuz zu brechen. Er stand bereits nach dem Auftauchen bis zur Brust im Wasser. Nie zuvor hatte er in so klarem Wasser gebadet. Gesellschaft bekamen die zwei auch noch, Nelly und Mira, zwei Studentinnen der Brigade Sofia, hatten sich auch hierher gefunden.

Bevor zum Abend wieder eine Stadtbesichtigung auf dem Programm stand, tauchte Wolf Bergmann noch in der Nähe der

Felsen vor dem Städtchen. Die Sicht war so phantastisch, dass er selbst in acht Metern Tiefe noch jeden Stein auf dem Grund erkennen konnte und bedauerte, keine Taucherbrille dabei zu haben. Würde er jemals wieder hierherkommen, würde er ausgiebig schnorcheln, so viel stand fest.

Ein Bus brachte die zwei zurück, morgen war der letzte Tag am Meer.

Die Brigade fuhr schon am Morgen nach Burgas und verbrachte die Zeit am Stadtstrand in der Nähe des Hafens, weshalb auch die Wasserqualität entsprechend zu wünschen übrigließ. Dennoch gab es noch Spaß in Sonne und Wellen und die Zeit reichte auch noch aus, um nach ein paar Souvenirs zu tauchen. Überall fand man auf den Untiefen Gehäuse der aus dem indischen Ozean eingeschleppten Rapanaschnecken, die sich im Schwarzen Meer massenhaft vermehrten und zu einer Bedrohung der Miesmuschelbänke wurden.

Am Abend nahm man Abschied vom Meer und fuhr mit dem Nachtzug nach Plovdiv, wo Daniela ihre Schützlinge kurzerhand mit zu ihren Eltern nahm und vorerst dort einquartierte, bis man die Internatszimmer beziehen konnte.

Nach zwei Tagen in Plovdiv ging es zum letzten Aufenthalt nach Sofia. Dort hatte schon, zumindest im Vitoshagebirge, der Herbst Einzug gehalten. Man fuhr vom Internat mit dem Bus bis zur Haltestelle der Seilbahn und dann hoch bis etwa auf tausendachthundert Meter Höhe zu einem Hotel, strolchte eine Stunde frierend durch Sprühregen und Nebel, hatte eine Fernsicht von Nullkommanichts, genoss in der Hotelbar noch eine Schweppes und fuhr zurück; am nächsten Morgen würde sie der Express zurück nach Leitzsch bringen.

Wolf freute sich auf das Wiedersehen mit Uta und fieberte der Abreise entgegen. Fünf wunderbare Wochen lagen hinter ihm; so manches Mal äußerte er sich, wenn die Sprache darauf kam, so: könne er diese Wochen noch einmal erleben, würde er gern seinen ganzen Jahresurlaub opfern.

Es war Sonnabendmorgen, der Zug hatte sich in Bewegung gesetzt. Weil es im Westen keine Brücke über die Donau gab, musste erst ein vielleicht dreihundert Kilometer langer Umweg nach Russe, dem Grenzübergang zum rumänischen Giurgiu, in Kauf genommen werden. Bergmann erinnerte sich daran, wie sein Opa von Giurgiu erzählte. Im Kriege hatte dieser, der in der Wehrmacht bei den Pionieren diente, mit seinem Bataillon aus Donaukähnen eine Brücke geschlagen, die sogar zweigleisig mit Güterzügen befahren werden konnte.
In späteren Jahren fuhr Wolf Bergmann mit seinen Motorrädern über die Straßenbrücke der Donau, die dort etwa eineinhalb Kilometer Breite maß.

Unterwegs lag er auf seiner Liege und sah aus dem geöffneten Fenster. Kurz vor der ungarischslowakischen Grenze wollte Wolf Bergmann noch einmal zur Toilette, bevor diese im grenznahen Bereich verschlossen wurde. Auf dem Gang grinste ihn jeder, der ihm begegnete, an, ohne dass er sich darauf einen Reim machen konnte. Als er vom WC in der Waschkabine verschwand, Raum wäre zuviel gesagt, sprang ihm der Grund des Grinsens förmlich ins Gesicht. Der Zug wirbelte nämlich durch seinen Sog solch eine Menge Staub auf, dass nur ein geringer Teil davon, der im Gesicht und dem Berg von Haaren von Wolf Bergmann kleben blieb, genügte, um ihn in einen Waldschrat zu verwandeln. Die Haare standen wild ab und fühlten sich wie Glasfasern an, so dass er fürchtete, seinen Kamm zu zerbrechen, als er wieder etwas Frisur herstellen wollte, um durch die Kontrolle zu kommen. Was aber mit seinem Gesicht geschehen war, darüber musste er jetzt selber lachen; der Staub saß so dick, dass er im Gesicht schwarz war, als wäre er durch einen Schornstein gekrochen, nur das weiße der Augen leuchtete noch. Doch wie waschen? Der Hahn spuckte kein Wasser mehr aus. Bergmann besann sich, dass er rein zufällig noch ein paar Erfrischungstücher in der Hosentasche hatte, die mussten reichen. Nachdem das erste Tuch verbraucht und schwarz war, war das dickste vom Gesicht auch weg, aber der Rest entsprechend verschmiert und sein Anblick war immer noch sehr negerhaft. Nach dem dritten Tuch war er wieder zu erkennen und kam unbeanstandet durch die Grenzkontrolle.

Am Montag früh, es war wie geplant der 10. September, morgens zehn Minuten vor sechs, polterte Nicky durch die Tür in sein Internatszimmer in Mendenburg und riss mit dem Ruf „Bulgarien grüßt den Rest der Welt!" seine Mitbewohner Ollo und Andreas aus dem Schlaf, die damit gar nicht einverstanden waren, einen unverständlichen Fluch knurrten, er solle Ruhe geben oder so ähnlich, sich auf die andere Seite warfen und weitergrunzten.
Die Zeit bis zur Einschreibung für das zweite Studienjahr nutzte er zu einer ausgiebigen Dusche und beurlaubte sich dann selbst für die ersten drei Tage der „roten Woche", denn er musste erst noch mit dem Koffer nach Hause und frische Wäsche holen; außerdem hatte er Sehnsucht nach Uta und seinem Motorrad.

Das Wiedersehen fiel ganz anders aus, als er es sich vorgestellt hatte. Am Nachmittag war Uta noch nicht zu Hause. Etwas eigenartig, wo sie doch wusste, dass er heute vom Studentensommer zurückkehren würde. Wolf fuhr noch auf einen Sprung zu den Großeltern und versuchte es am Abend ein zweites Mal. Dieses Mal öffnete Uta selbst. Doch anstatt ihm glücklich, dass er wieder da sei, um den Hals zu fallen, hörte Wolf nur ein kühles „komm erst Mal herein!". Sie musste eigentlich nichts mehr sagen, er wusste genug. Die Erklärung ließ auch nicht auf sich warten. Uta war in den vergangenen Wochen zu der Erkenntnis gekommen, dass sie und Wolf wohl doch nicht so zusammenpassen würden; vielleicht hatte sie auch einen anderen kennengelernt und wollte ihm die Wahrheit ersparen, er wusste es nicht.
Wolf Bergmann musste den Kloß, der ihm im Halse saß, herunterwürgen, ehe er ein Wort hervorbrachte. Er bedauerte im Nachhinein, dass er in Bulgarien nicht versucht hatte, Romy zu gewinnen, die eine sanfte zwanzigjährige aus der Sektion Wirtschaftswissenschaften war und die ihn mochte.

Und noch etwas zerbrach an diesem Abend in Wolf Bergmann, der Glaube an das ganz große Glück; sie hatte ihn zum Narren gehalten und er war zu dämlich, auch nur den geringsten Ansatz davon zu bemerken. Nun war ihm auch der Grund für ihre Zurückhaltung in den letzten Tagen ihres Zusammenseins klar.

Sie hatte das Bündel mit den Motorradsachen – seine alte Knautschlackkombi – und den Helm bereits in der Hand, damit er nicht noch einmal zu ihr kommen musste.

Wolf nahm die Sachen und ging ohne Abschied, er war wie vor den Kopf geschlagen, überhaupt nicht richtig da.

Als er in der frischen Abendluft neben dem Motorrad stand, kam er wieder zu sich. Er hatte seine geliebte Maschine noch, von der sich zu trennen er im Sommer bereit gewesen wäre. Damit war jetzt Schluss. An diesem 10. September nahm sich Wolf Bergmann vor, nie wieder würde er daran denken, wegen einer Frau auf das Motorradfahren zu verzichten. Er bat nicht mehr, er bot. Nämlich sich selbst: „nimm mich, wie ich bin, oder lass es". Diesem Grundsatz blieb Wolf Bergmann, genannt Nicky, treu.

Er schob den Riemen vom Helm unter den linken Ellenbogen und die Kombi unter seine Jacke, kickte den Motor an, saß auf und fuhr davon, ohne sich noch einmal umzudrehen, ob sie vielleicht hinter ihm her sehen würde.

Er war unglücklich, hatte aber durchaus nicht vor, sich ihretwegen den Schädel einzufahren. Doch wäre in dieser Nacht etwas passiert, es wäre ihm im Augenblick egal gewesen. Er zog entgegen seiner sonstigen Gewohnheit die Gänge vor dem Schalten bis in die höchsten Drehzahlen und ließ das Gas in den Kurven stehen. Mehrmals war es verdammt knapp gewesen, doch die Straße war trocken, die Sicht klar und ein routinierter Fahrer wie er ließ sich so schnell nicht aus der Ruhe bringen. Allmählich begann er wieder klar zu denken und nahm das Gas zurück. Es gab noch andere Mädchen.

Das Kapitel „Uta" war abgeschlossen und blieb nur noch Erinnerung.

XVIII

Für Wolf Bergmann begann ein neuer Tag in der Klinik. Die Erinnerungen an jenen Sommer hatten ihn irgendwann doch so ermüdet, dass es ein paar Schlafphasen gegeben haben musste. Immerhin musste er vorhin geweckt werden.

Es war ein unruhiger Tag. Ein Beckenbruch wurde eingeliefert; der Mann war unter die Straßenbahn geraten und hatte wie durch ein Wunder nicht nur überlebt, sondern auch alle Gliedmaßen behalten und kaum, dass er wieder munter war, quatschte er den Mitpatienten die Ohren voll, obwohl alle ihre Ruhe haben wollten.

Bergmann las wieder. Er wusste, dass es sinnlos war, zu glauben, er könne davon so müde werden, dass er heute Nacht durchschlafen konnte.

Am Nachmittag kam Conny. Die gegnerische Versicherung besaß die Frechheit, das Wertgutachten der BMW anzuzweifeln und wollte die Maschine einem Gegengutachten unterziehen. Wolf Bergmann würde dazu seine Anwältin und die Werkstatt konsultieren müssen.

Und sie brachte einen Brief vom Amtsgericht mit, der Scheidungstermin war auf den 28. Februar angesetzt worden. Es würde zeitlich knapp werden. Man musste sehen, was sich machen ließ. Immerhin gab es Unternehmen, die einen Liegendtransport übernehmen konnten, nur fragte sich, was der Chefarzt dazu sagen würde.

*

Am Mittwochnachmittag reiste Wolf Bergmann wieder an; er war jetzt im zweiten Studienjahr. Die Maschine parkte er, wie viele andere auch, nicht auf dem großen Parkplatz, sondern stellte sie direkt vor dem Internatseingang ab. Dort konnte der Kontrolldienst ein Auge darauf werfen, falls sich Diebe daran zu schaffen machten. Heimleitung und Polizei sahen das nicht gern, weshalb auch ein Schild die Einfahrt für Kraftfahrzeuge aller Art verbot, aber wer schiebt, fährt nicht, und ohne Beweis, indem man inflagranti erwischt wurde, gab es keine Bestrafung. Den Rest der Woche langweilte sich das Studienjahr in den Vorlesungen, und am Freitag beschloss Wolf Bergmann, zum Wiesenmarkt nach Eisenleben zu fahren, um auf andere Gedanken zu kommen.

Auf dem größten Volksfest dieser Gegend gab es von Freitag bis Montag allerhand Rummel und vielleicht traf man ehemalige Spielkameraden oder Jugendfreunde; und wenn er unverschämtes Glück hatte, lernte er auch jemanden kennen. Aber wie es so ist, als Paar oder in einer Gruppe trifft man mit an Sicherheit grenzender Wahrscheinlichkeit auch interessante Leute, ist man aber allein unterwegs, scheint es, als ob niemand einen wahrnimmt. Es war schon spät, die Buden würden bald schließen und Bergmann war gerade dabei, nach der letzten Runde über den Markt den Weg zum Parkplatz einzuschlagen, als er von einer jungen Frau angesprochen wurde, die ihn fragte, „ey Ede, kannst Du mich nach Hause fahren?" Im ersten Moment verblüfft über diese Frage von einer Fremden, konterte er mit der Gegenfrage, „wieso sollte ich das denn tun, ich kenne Dich doch gar nicht?" Er hatte zwar etwas Ähnliches beabsichtigt, als er sich entschloss, über den Markt zu bummeln, aber diese Frau behagte ihm nicht. Es lag nicht nur daran, dass sie eine halbleere Weinflasche in der Hand hielt und offenbar ziemlich betrunken war. Die „Chemie" stimmte nicht. Er war schon im Begriff, weiter zu gehen, als sie ihn am Ärmel festhielt und ihm sagte, „Du kannst auch bei mir übernachten."
Nun, das war etwas Anderes. Nach dem Ärger am Montag und monatelanger Abstinenz war ein „Notimbiss" vielleicht gar nicht so verkehrt. Er sagte zu und sie hängte sich bei ihm ein. Ob es damals schon eine Helmpflicht für den Sozius gab, wusste er nicht mehr, es war auch nicht sein Problem, sondern ihres, und im Dunkeln waren ja bekanntlich ohnehin alle Katzen grau.

Sie wohnte in Hartfeld, es war also kein nennenswerter Umweg und er brachte sie sicher nach Hause. Es war ein altes Mehrfamilienmietshaus, sie bewohnte den oberen Stock. Schon auf der

Treppe wurde es Bergmann unheimlich; der Putz bröckelte von den Wänden und in den Ecken gaben sich die Kanker ein Stelldichein, alles war von Spinnweben verhangen.

Die Tür zu ihrem Zimmer war unverschlossen, denn ein Schloss nebst Klinke gab es nicht. Damit die Tür nicht offenstehen möge, war sie mit einem Stück Holz verkeilt; von innen oder, wie soeben, von außen, je nachdem ob man hinein oder herauswollte. Doch damit war das Ende der Fahnenstange noch lange nicht erreicht. Das einzige Fenster im Raum teilte das gleiche Schicksal wie die Tür, einen Fußboden gab es nicht wirklich, denn der Estrich war nur mit Spanplatten ausgelegt, auf denen millimeterhoch der Staub lag. In der gegenüberliegenden Ecke rechter Hand stand ein Ofen neben einem sauber bezogenen Bett, auf der anderen Seite lagen ein paar alte Bettmatratzen als Unterlage zusammengeschoben auf dem Boden. Überall lagen leere Flaschen und Zigarettenkippen umher. An den Wänden hingen Plakate von Kinowerbung. Einen Fernseher und Gardinen gab es nicht, für Licht sorgte eine Kerze, die auf einer Weinflasche klebte, an der das Stearin von Generationen von Kerzen heruntergetropft war.

Bergmann musste sich erst einmal hinsetzen, das war ein Zacken zuviel für ihn. Die Frau, nach ihrem Namen hatte er sie bislang noch gar nicht gefragt, zog sich bis auf BH und Slip aus, schlüpfte unter ihre Bettdecke und forderte ihn auf, sich zu ihr zu legen. Während er sich bis auf die Turnhose auszog, bemerkte sie seine ungewöhnliche Sommerbräune und fragte, wo er im Urlaub war: „Gar nicht, ich habe vier Wochen in Bulgarien gearbeitet"; er fand, dies sei Erklärung genug, sie brauchte nicht zu wissen, dass er studierte. Der Unterschied war in der Tat signifikant, sie blass wie frischer Quark und er bronzefarbig gebräunt. Eine gute Figur hatte sie ja, aber der Rest? Voll Assi, fand er. Zu einem Kuss oder sonstigen Intimitäten kam es gar nicht erst. Sie schloss die Augen und fiel anscheinend sogleich in Schlaf.

Wolf Bergmann dachte nach. Die Situation, in die er sich da wieder hineinmanövriert hatte, war nicht in seinem Sinne und gefiel ihm gar nicht. Er musste abwägen, was zu tun war. Er konnte hier schlafen und warten, bis beide erwachten. Ob es dann noch zum Sex kommen würde, war fraglich, zudem er sich nicht sicher war, ob das eine gute Entscheidung wäre; wie leicht konnte er sich hier einen „Kavaliersschnupfen" einfangen. Dazu kam noch die Möglichkeit, gesetzt den Fall, er wäre irgendwann mit einem Mädchen spazieren und sie träfen sich zufällig. Erkannte sie ihn wieder und würde ihn vielleicht anquatschen? Das wäre oberpeinlich.

Sein Entschluss war gefasst. Er würde warten, bis sie fest schlief, sich dann aus dem Bett in seine Sachen begeben und vom Acker machen. In ihrem jetzigen Zustand, da war er sich sicher, würde sie ihn nie und nimmer wiedererkennen.

Auch später ist Wolf Bergmann nie wieder vor einer Frau ausgerissen, aber dieses Mal sah er beim besten Willen keine Alternative, um einer unangenehmen Situation zu entgehen.

Der Gedanke wurde nach einer halben Stunde in die Tat umgesetzt. Zur Sicherheit streichelte er sie vorsichtig und bemerkte keine Regung bei ihr; er konnte jetzt sicher sein, dass sie in den nächsten Stunden wohl nicht erwachen würde und setzte seinen Plan fort. Raus aus dem Bett und in die Lederkombi, den Helm gegriffen und zur Türe hinaus. Das Verkeilen von innen war natürlich unmöglich, also ließ er die Tür einen Spalt so weit offen, dass er den Keil einschieben, sie ihn aber mühelos würde entfernen können, sobald sie aus dem Zimmer wollte.

Leise begab er sich er die knarrenden Treppenstufen hinunter und horchte alle drei Schritte, ob alles ruhig blieb. Endlich war er zur Haustüre hinaus, die zum Glück nicht verschlossen war, und schlich sich wie ein nächtlicher Dieb zu seinem Motorrad. Er trieb es sogar so weit, dass er die Maschine bis zur nächsten Einmündung schob und erst dann startete, um sie nicht durch das Motorgeräusch zu wecken, obwohl ihr das wahrscheinlich völlig egal war. Sie war zu Hause, schlief ihren Rausch aus und würde sich morgen früh oder mittag wohl nur wundern, wie sie überhaupt ins Bett gekommen sei.

Inzwischen war es nachts um zwölf, kurz vor halb eins war er zu Hause, schob das Motorrad in die Garage und stieg leise ins Obergeschoss zu seiner Kammer, die wieder frei war. Niemand würde erfahren, was er in dieser Nacht wieder für einen Reinfall erlebt hatte. Und das war gut so; er stellte sich das Gelächter und den Spott vor, den er ernten würde, wenn einer von den Kumpels davon etwas erfuhr.

In diesem Herbst entwickelte sich Nicky zu einem Discogänger an der TH. Montags im „Wärmetauscher", dienstags im „Wecker" oder in der „Alchimistenfalle" und am Donnerstag in „Reaktor", war er bald Stammgast. Nur mit der Erfolgsquote war er nicht zufrieden. Wenn er an Hatto oder Demmi dachte, die jeden Abend eine andere Braut aufrissen, obwohl sie zuhause eine Ehefrau sitzen hatten, kam es ihm vor, als spiele er in einer anderen Liga. Es kam ihm nicht in den Sinn, nur nach einer Gelegenheitsbekanntschaft zu suchen, das lag ihm fern, er wollte schon etwas Festes, aber wenn er das nicht fand, würde er auch anderweitig nicht „nein" sagen und sozusagen „essen, was auf den Tisch kommt".

In der zweiten Woche lernte er im Reaktor Jutta kennen, Diplomandin WiWi, zwei Jahre älter als er, ein Mädchen mit toller Figur und dicken schwarzen Haaren. Vielleicht hätte sich mehr entwickeln können, aber Jutta spürte irgendwie, dass Bergmann noch zu sehr an der verlorenen Uta kaute und ließ nicht zu, dass sie miteinander intim wurden, so dass sich beide nach zwei Wochen wieder trennten, bevor sie ein Paar wurden.

Den Ausschlag für sie gab wahrscheinlich und letzten Endes der Besuch einer Kunstausstellung in Hallberg. Sie hatte ihn überredet, mit dem Motorrad einen Ausflug zu machen und die Ausstellung als krönenden Abschluss mitzunehmen. Allerdings hatte sie sich dazu gerade den „Richtigen" auserwählt.

Wolf Bergmann war durchaus kein Kunstbanause, aber er war auch keiner von den Spinnern, die jeden Mist unter einem besonderen Gesichtspunkt betrachteten und mit Gleichgesinnten versuchten, herauszubekommen, was denn der Künstler für eine Botschaft in sein Werk gelegt haben mochte. Bergmann liebte die Discomusik der siebziger Jahre, aber er konnte sich auch für eine gut inszenierte Operette begeistern – die „Fledermaus" war sein unangefochtenes Lieblingsstück und träumte, wenn er mit geschlossenen Augen Ravels „Bolero" hörte, er reite auf einem Esel durch die andalusische Bergwelt.

Was er aber hier geboten bekam, war der letzte Hohn. Gewiss gab es auch Aquarelle, die Anspruch auf die Bezeichnung Kunstwerk erheben konnten, doch diese waren die absolute Ausnahme. Skulpturen von Menschen, deren Proportionen nicht stimmten, weil auf einem massigen Körper mit Oberschenkeln wie Baumstämme ein viel zu kleiner Kopf auf einem langen Halse saß, der besser zu einem Kranich als zu einer Frau passte. Oder die Gemälde eines gewissen Professors Manfred Muxner, Nationalpreisträger; meistens handelte es sich um irgendwelche fetten Weiber in einem Bad oder einem Umkleideraum des Volkseigenen Betriebes, in dem sie vielleicht arbeiten sollten. Was der „Kenner" als „Kunst" bezeichnete, empfand Bergmann mit seinem gesunden Menschenverstand als unästhetisch oder einfach nur als Schund.

Jutta wurde schon verdrießlich, weil sich Bergmann seine Kommentare nicht verkneifen konnte, aber er wäre sich wie ein elender Heuchler vorgekommen, hätte er hier einen vermeintlichen Genuss vorgetäuscht. Immerhin war er ehrlich, denn nach seiner Ansicht war das, was man allgemein als „gutes Benehmen" bezeichnete, obwohl man sich weder in der Atmosphäre noch unter den Anwesenden wohlfühlte, mit dem deutschen Wort „Heuchelei" treffender beschrieben.

Ihm fiel der Kaffeewitz ein, den er in abgewandelter Form zum Besten gab, um die Situation etwas zu entspannen, womit er aber nur in einen weiteren Fettnapf trat. „Was ist der Unterschied zwischen Jacobs-Kaffee und einem Gemälde von Muxner?" Antwort: Jacobs-Kaffee ist die Krönung, aber Muxner ist der Gipfel!" Oder wie es Professor Ertel privat gern auszudrücken pflegte, „lieber vom Schicksal gezeichnet, als von Muxner gemalt!".

Das reichte. Jutta meinte, es sei wohl besser, wenn sie jetzt zurückfahren würden, sie würde sich die Ausstellung lieber irgendwann später noch einmal allein ansehen.

Solche Rückschläge entmutigten ihn durchaus nicht mehr. Anfang Oktober traf er im „Wärmetauscher" Kerstin, Diplomandin der Chemie und verheiratet. Sie kamen sich näher und verbrachten manchen Abend gemeinsam, bis sie nach einer Woche im Bett landeten. Kerstin wusste, wo es langgeht und sagte zu Wolf, „Spatz, ich weiß ja nicht, was Du kannst, aber ich will Dir eine gute Lehrerin sein!"

Kerstin war in der Tat eine Sünde wert und sie zeigte ihm, dass sie eine ausgezeichnete Liebhaberin war.

Die nächtlichen Ausschweifungen blieben unterdessen nicht ohne Auswirkungen. Zum einen waren da die Vorlesungen. Wenn man seit Wochen kaum vier bis fünf Stunden Schlaf bekam, nahm der Körper sich irgendwann sein Recht.

Es begann in der Regel damit, dass Bergmann ermüdete und sich kaum noch auf den Dozenten konzentrieren konnte; dann wurden die Buchstaben seiner Mitschriften immer kleiner, bis die Spitze seines Füllers nur noch einen Punkt malte, der immer größer wurde, bis ihm die rechte Hand nach unten rutschte und die Feder auf dem Blatt Papier einen langen Strich nach unten zeichnete.

Den Vogel aber schoss er eines Tages ab, als Prof. Rabe in der Vorlesung über chemische Gleichgewichte eine kurze Pause einlegte, um eine nähere Erläuterung zu geben. Bergmann, wegen seiner Größe gern schräg auf der Bank sitzend, war vor Übermüdung wieder einmal eingeschlafen und schreckte hoch, als er von rechts und links einen Ellenbogenknuff in den Rippen spürte. Günter zischte nur, „Mensch Easy, das fällt doch auf!". Bergmann war ganz benommen und bekam nur mit, dass ihn der Prof. Rabe aufmerksam betrachtete; von unten drehten sich die Köpfe zu ihm hoch, die in den oberen Reihen machten lange Hälse, um sich auch ja nichts entgehen zu lassen, und der ganze Hörsaal lachte und feixte sich eins. Der Professor hätte das Ganze nicht einmal bemerkt, wenn Bergmann nur eingeschlafen wäre, aber als er plötzlich so laut schnarchte, dass es nicht überhört werden konnte, suchte der Professor den unaufmerksamen Störenfried und den Rest übernahmen seine Banknachbarn.

Der nächste Ärger widerfuhr Bergmann einige Wochen später in seinem Zimmer, als er nachts mit Kerstin aus der Disco kam und sie sich nach dem Duschen ins Bett legten.

Die beiden waren hochgradig erregt und eigentlich hätte sie nichts mehr stoppen können, aber dann, nachts halb zwei, erhoben sich die Mitbewohner aus ihren Betten, schalteten Radio und Licht an und begannen, als wäre es früh um sechs, in einer Pfanne über der Kochplatte Rühreier zu braten. Wolf Bergmann war am Kochen, das war Absicht, sie wollten dem Paar den Spaß verderben, und das war ihnen gründlich gelungen. Jedenfalls musste sich Wolf Bergmann nun von niemandem mehr erklären lassen, was denn ein ´Koitus interruptus` sei.

Es war absehbar, dass die Kumpels gespannt waren, wie lange Bergmann das Spiel mitmachen würde. Wollte man noch eine Mütze voll Schlaf bekommen, musste bald etwas passieren. Während sich Andreas und der Ollo lautstark unterhielten, als säßen sie in der Kneipe beim Bier, und dabei die Rühreier spachtelten, fühlte sich Bergmann wie ein überhitzter Dampfkessel, dessen roter Bereich bei hundert atü begann, und Bergmann war auf hundertfünfzig! Als die beiden Störenfriede sich weitere Eier in die Pfanne hauen wollten, platzte Bergmann der Kragen. Er sprang nackig wie war aus dem Bett, zog in seinem Ärger die Stecker vom Radio und der Kochplatte aus der Steckdose und fauchte die zwei wütend an, ob es jetzt nicht reiche? Sie hätten doch ihren Spaß gehabt und ihnen die Nummer versaut. Der Ollo grinste zufrieden und meinte, dann sei man sich ja einig. Sprach´s, machte das Licht aus und es kehrte wieder Ruhe ein.

Ja, und dann gab es noch einen Assistenten, den Dipl.- Chem. Schlemm, der auf Kerstin scharf war. Jedes Wochenende, wenn er nach Hause fuhr, nahm er sie in seinem uralten Kugelporsche, einem Trabant 600, der gewiss schon seine zwanzig Jahre auf dem Buckel hatte, mit. Dabei erhoffte er sich gewisse Gegenleistungen, die sich auf die Höhe seine Leistengegend bezogen, aber nie gewährt wurden.

Zu der Zeit, als Kerstin mit Wolf ein Verhältnis hatte, konnte der Schlemm in seiner Eifersucht noch nichts in Bezug auf Rache unternehmen, aber im vierten und fünften Semester war er im Synthesepraktikum im selben Labor wie Wolf Bergmann, und er machte ihm das Leben schwer, wo immer er konnte.

Lagen auf dem Chemikalientisch die Ätznatronplättchen nur so herum, weil irgendein Tollpatsch beim Befüllen seiner Flasche etwas daneben krümeln ließ, störte es den Schlemm nicht. Kam aber Bergmann und ließ zwei Krümel danebenfallen, schon stand der Schlemm hinter ihm und schnauzte ihn an.

Einmal, so erinnerte Bergmann sich, wollte er Natriumreste nicht wie vorgeschrieben in Methanol zersetzen, sondern fand es amüsanter, die Reste im Ausgussbecken mit etwas Wasser zu berieseln. Wenn Wasser auf Natrium trifft, dann gibt es Musik! Die Reaktion erfolgt so heftig, dass sich durch die exotherme Reaktion eine Hitze entwickelt, die zur spontanen Selbstentzündung des Wasserstoffs führt, was sich in einem heftigen Knall äußert. Weshalb das Gemisch von Wasserstoff und Sauerstoff auch treffend Knallgas genannt wird. Bergmann vergewisserte sich, dass die Luft rein und der Schlemm nicht im Labor war, als er den Wasserhahn aufdrehte. Als es knallte, stand der Schlemm wie ein Gespenst hinter ihm; weiß der Teufel, wo der Schuft gelauert und ihn beobachtet hatte, denn an einen Zufall glaubte Bergmann nicht.

Das Ergebnis, Bergmann möchte sich doch bei seinem Assistenten, dem Plautsi, wie er genannt wurde, melden und sich den Auftrag zur Herstellung eines Strafpräparates geben lassen.

Das nächste Strafpräparat kassierte Bergmann, als er eine Synthese zu laufen hatte, bei der Reste von hochcancerogenem Dimethylamin entwichen und eigentlich unter dem Abzug gearbeitet werden müsste. Doch alle Abzüge waren besetzt, weil es nicht genug davon gab, also verlegte Bergmann eine Pipeline zum Fenster und jagte das Teufelszeug direkt ins Freie. „Jaja, ich habe schon verstanden, ich melde mich bei meinem Assistenten!"

Als Bergmann einen Rundkolben über dem Luftbad eines Asbestdrahtnetzes zur Destillation erhitzte, kam der Schlemm prompt wieder angeschissen und forschte, ob das denn zulässig sei. Bergmann zeigte dem Schlemm die Tabelle, worauf stand, dass seine Erhitzung nicht verboten sei und sah sich die nächsten Tage vor. Diese Niederlage wurmte den Schlemm; er war ein hinterhältiger Kerl und würde nur darauf warten, dass Bergmann einmal mehr gegen irgendeine Vorschrift im Labor verstieß.

Für die Synthese einer Grignardverbindung, wozu absolut wasserfreier Diethylether erforderlich war, musste dieser mit Natrium getrocknet werden. Die nicht unerheblichen Reste aus einem Gemisch von Natrium, oxid und peroxid hätten wiederum in Methanol vernichtet werden müssen, doch solche Vorgehensweise erschien Bergmann ein Frevel. Also packte er die Flasche kurzerhand in seine Umhängetasche und begab sich nach Laborschluss damit zur Geisel, dem Flüsschen, das unweit des Chemietraktes durch seine schilfbestandene Sumpfniederung floss. Er spähte, ob die Luft auch wirklich rein war, entdeckte weit und breit keinen Menschen, öffnete den Schraubverschluss der Flasche, warf diese in den Fluss und ging in Deckung. Die Wirkung blieb nicht aus. Kaum, dass etwas Wasser in die Flasche gelangt war, ging die Post auch schon ab. Das Natrium und seine Oxide reagierten aufs heftigste, das Knallgas entzündete sich, es gab einen mächtigen Plautz, als die Flasche explodierte; die weiteren Reste reagierten mit dem Flusswasser, das Wasser brannte und eine graue Wolke, zehn Meter lang und fünf Meter breit, schwebte ostwärts über das Schilf. Bergmann grinste, mit sich sehr zufrieden, ein gelungener Chemikerstreich.

Kurz vor Weihnachten erklärte Kerstin, dass sie das Verhältnis zu Bergmann beenden werde. Die Kommilitoninnen zerrissen sich schon die Mäuler und erinnerten sie daran, dass sie verheiratet sei. Es brauchte sich nur ein "guter Freund" zuhause verplaudern, dann hätte sie den Salat.
Bergmann grämte sich deswegen nicht. Es war eben an der Zeit, weiter zu suchen.

*

Wie jeden Abend konnte Wolf Bergmann trotz der Müdigkeit nicht einschlafen. Er kam einfach nicht damit zurecht, immer nur auf dem Rücken liegen zu müssen. Der Fixateur und die vielen Schläuche erlaubten nur eine geringe Bewegungsfreiheit, indem er seinen Oberkörper kurzzeitig etwas verdrehte.

Vorsorglich fragte er den Nachtdienst nach einem stärkeren Schlafmittel und erhielt eine Spritze, nach der er gewiss gut werde schlafen können.

Bergmann fragte sich inzwischen ernsthaft, was für lausige Schlafmittel hier verabreicht wurden. Die Spritze zeigte zwar Wirkung, aber was für eine? Bei weitem nicht die, die damit beabsichtigt war. Statt sanft einzuschlummern, kam sich Bergmann wie unter Drogen gesetzt vor, ein Aufputschmittel für die Nachtdisco. Er richtete sich auf und saß ein paar Minuten im Bett, wobei er sich am Galgen über ihm festhielt.

Es war nichts zu machen, ihm blieb wieder nur, sich an lustige oder ernste Ereignisse aus seinem Leben zu erinnern, und die Studienjahre waren davon angefüllt.

*

Zum Ende des dritten Semesters war wieder eine Zwischenprüfung in Chemie angesagt, die Bergmann dank fleißiger Vorbereitung gut bestand.

Die Wintersemesterferien waren in diesem Jahr bis auf eine verbleibende Woche ab Mitte März sehr beschränkt, weil die zweiten Studienjahre aller Sektionen für etwas über einen Monat von der Bildfläche verschwanden. Die Reservisten wurden ins Armeelager eingezogen. Die Reserveoffiziersanwärter erhielten dort ihre Kurzausbildung und würden am 7. Oktober zum Leutnant der Reserve ernannt werden. Die ungedienten bzw. zur Zeit dienstuntauglichen männlichen Studenten und die Mädchen verbrachten die Zeit im Lager für Zivilverteidigung. Und die ausländischen Kommilitonen flogen nach Hause, sofern sie es sich leisten oder erlauben konnten.

Der Einzug ins ZV-Lager fiel auf Bergmanns Geburtstag. In weiser Voraussicht hatte er sich vom Vater vier Liter Schachtschnaps und vom Opa vier ausgetrunkene Schnapsflaschen geben lassen. Wegen der Etiketten.

Es herrschte die allgemeine Auffassung, dass Schachtschnaps, weil der Liter nur eine Mark sechzig kostete, billiger Fusel sei, weshalb er von manchen Zeitgenossen auch abwertend und völlig zu Unrecht als „Kumpeltod" bezeichnet wurde. Das stimmte nicht, er wurde als Anreiz für die schwere Arbeit im Bergbau lediglich unter Vorlage eines Bezugsscheines, der sogenannten Schnapsmarke, steuerfrei verkauft. Versteuert hieß er mit denselben 32 Vol.-% Alkohol von derselben Brennerei „Klarer" und kostete elf Mark die Flasche, aber nur mit 0,7 l Inhalt.

Um den Schachtschnaps in ein hochwertiges alkoholisches Getränk zu verwandeln, bedurfte es keiner großen Zauberkunst. Umgefüllt in Opas ausgesoffene Flaschen, hieß er dann Zahnaer Korn, Eiskorn oder Nordhäuser Doppelkorn, und mit ein paar Kristallen Zitronensäure aus dem Labor veredelt, wurde daraus Korn sauer. Nur die letzte Flasche blieb das Original.

Nicky hatte die Mädchen seiner Seminargruppe und die Jungs seiner Stube für den Abend zu einem Umtrunk eingeladen. Man war ja hier nicht bei der Armee.

Es war nur natürlich, dass hier nicht die Stimmung aufkommen konnte, die es im Internat gegeben hätte, trotzdem kam hier und da eine lustige Begebenheit an den Tag und der Schnaps, der unter falschem Namen in die Gläser floss, wurde gern getrunken und entfaltete in eingeschränktem Maße seine Wirkung. Niemanden fiel auf, dass beim Öffnen der Flaschen das knackende Geräusch ausblieb, wenn der Schraubverschluss brechen musste. Allerdings, als die Zeit zum Schlafen gekommen war, um zehn war Zapfenstreich, war nur noch die Originalflasche übriggeblieben. „Pack´ den Kumpeltod wieder ein, den trinken wir später einmal!" Mit diesen Worten ging man in die Nachtruhe und Wolf Bergmann hätte sich nie träumen lassen, zu seinem zwanzigsten Geburtstag um zehn im Bett zu liegen.

Die Wochen im ZV-Lager waren angefüllt mit Lehrstoff für den Verteidigungsfall, erster Hilfe, sonstigem unnützen Zeug und unter anderem auch zum Verhalten nach einer Atombombenexplosion. Die offizielle Variante wurde nachträglich mit dem Hinweis versehen, ´hinsehen, so etwas sieht man nur einmal im Leben`.

Wolf Bergmann hatte noch einen Nebenjob. Es wurde ein Student gesucht, der nicht nur zwei linke Hände mit je fünf Daumen hatte und der die Aufgaben eines Lagerhandwerkers übernehmen sollte. Dazu stand ihm eine kleine Werkstatt zur Verfügung, in der er fast jede freie Minute verbrachte. Täglich fielen kleine Reparaturen an; mal sollten Zweitschlüssel für die Zimmer der Führungskader gefeilt, mal ein Fußabtreter zusammengeflickt werden, zerbrochene Fensterscheiben wurden ausgetauscht, und was sonst noch alles, wusste Bergmann nicht mehr. Auf jeden Fall blieb auch noch genug Zeit, um nebenbei kleine Dinge zu basteln, die dann auf dem Solibasar zur Versteigerung kamen. Aus einem wurmstichigen, vor vielen Jahren gedrechselten Bein eines Klaviers, das auf unerklärlichen Wegen seine letzte Reise ins Lager gemacht hatte, stellte er zum Beispiel einen Kerzenständer und einen Kelch her. Diese beiden Produkte seiner Kreativität verzierte er mit Mustern, die er mit dem Lötkolben einbrannte, und versah sie mit Klarlack.

Zum Bergfest feierte man wieder ein wenig und lud sich dazu ein paar Mädels anderer Hochschulen ein und tauschte mit ihnen Küsse aus, aber dabei blieb es dann aus tatsächlichen Gründen auch.
Sonnabends wurde auch eine Lagerdisco organisiert und die Studenten erhielten die Erlaubnis, Zivilkleidung zu tragen.
An einem dieser Abende lernte Wolf Bergmann ein Mädchen von der Uni Hallberg kennen, die ihm schon wiederholt durch ihre äußerliche Ähnlichkeit mit seiner verflossenen Uta aufgefallen war. Er brauchte nicht lange zu bitten, bis sie mit ihm tanzte. Sie hieß Kathleen und war auch Chemikerin. Ein neues Kapitel in Wolf Bergmanns Leben begann, denn als die Zeit im Lager vorüber war, beschlossen sie, zusammen zu bleiben.

Zuvor aber hatte Bergmann noch ein lustiges Erlebnis von der Art, „so etwas kann auch nur mir passieren". In diesem Fall traf es aber nicht ihn allein, sondern noch den Physiker Gunter und den VT-isten Lothar mit.

Die drei hatten einen Auftrag erhalten und sollten sich beim Diensthabenden des Lagers, kurz DdL, im Zimmer 8 melden. Die Lagerordnung schrieb vor, dass man sich zum Eintritt in das Zimmer eines Vorgesetzten durch Klopfzeichen bemerkbar zu machen und nach dem Öffnen der Türe die Mütze abzunehmen und Meldung zu erstatten hatte. Bergmann fand auf dem Gang eine Tür mit der Aufschrift 08 und dem Zusatz „Nur für Führungskräfte". Das waren sie zwar nicht, aber über einen Befehl diskutierte man nicht, den führte man aus. Er klopfte, doch niemand reagierte. Die drei sahen sich an, es hieß ja, sie sollten sofort kommen und würden erwartet. Also klopfte Bergmann etwas beherzter an die Tür, wartete nicht erst auf das „herein", sondern öffnete sie und die drei betraten, die Pelzmützen in der Hand, den Raum.

Kein Wunder, dass niemand drinnen auf das Klopfen reagierte. Es gab einen kleinen Unterschied; Zimmer 8 war eben Zimmer 8 und nicht Zimmer 08; sie standen im Offiziersscheißhaus…

*

Wieder war eine Nacht vorüber und irgendwann war Bergmann eingeschlafen, um zu erwachen, als er Durst verspürte. Es war jede Nacht das gleiche.

Nach der Visite rief er bei Rainer an. Rainer war gleichzeitig Motorradhändler und sein eigener Mechaniker, Enduro und Rallyefahrer, der mehrfach die Schott-Rallye in Tunesien gewonnen hatte. Neben seinem Laden, den er unter dem Namen Moto-Star in Mattburg führte und Vertragshändler für Husaberg und Husqvarna war, arbeitete er auch in seiner dazugehörigen Werkstatt selber und reparierte von Aprilia bis Zündapp alles, was Motorrad hieß. Wenn Rainer kapitulieren musste, kriegte es auch kein anderer hin. Zum Glück für Bergmann konnte ihm immer geholfen werden. Wolf schraubte zwar auch und machte alles selber, was er konnte, aber einem Chemiker und Verwaltungsbeamten waren natürliche Grenzen gesetzt, die mit der Ausrüstung einer kompletten Werkstatt begannen und der fehlenden Ausbildung zu einem Mechatroniker aufhörten. Außerdem muss ein Händler von seinen Kunden auch leben können.

Rainer hatte die traurige Ruine von Wolfs BMW in der Werkstatt stehen und da die Maschine nicht mehr reparaturwürdig war, war Rainer bereit, sie zum vom Gutachter geschätzten Restwert in Höhe von 200 € zu übernehmen. Der Vertrag hierzu musste kurzfristig abgeschlossen und die Maschine, getrennt nach verwertbaren Teilen und Schrott, zerlegt sein, um ein Gegengutachten der gegnerischen Versicherung zur Feststellung des Zeitwertes vor dem Unfall aus tatsächlichen Gründen unmöglich zu machen. Bergmann war als unschuldiges Unfallopfer nicht dazu bereit, sich von der Versicherung auch noch über den Nuckel ziehen zu lassen. Bei den Kosten, die für den monatelangen Krankenhausaufenthalt und die Operationen, die ebenfalls anstehende mehrmonatige Anschlussheilbehandlung, jährlichen Nachkontrollen, Schmerzensgeld, Entschädigung für Sachschäden und den lebenslangen Folgekosten für orthopädisches Maßschuhwerk, Schmerzmittel und Wiederholungskuren in sechsstelliger Höhe anfielen, hielt es Bergmann für unverschämt von der Versicherung, um tausend Euro mehr oder weniger zu feilschen wie auf einem türkischen Basar.

Rainer versprach, sofort zu handeln, und Wolf Bergmann ließ der Versicherung mitteilen, das Motorrad sei bereits verkauft und zerlegt, ein Kaufvertrag liege vor und eine Besichtigung nunmehr schlicht nicht mehr möglich.

Es war gut, dass es noch Menschen gab, auf die man sich auch in der Not verlassen konnte.

Bis zum Mittagessen, das trotz Nachwürzen mit Pfeffer und Salz immer irgendwie fade schmeckte, nahm Bergmann wieder ein Buch zur Hand. Damit konnte er dem Quasselkopf am anderen Ende des Zimmers auch dokumentieren, dass er nicht schwatzen wollte.

Am Nachmittag bekam Bergmann unverhofften Besuch; ein Kollege vom Gewässerunterhaltungsverband, selbst Motorradfahrer, übermittelte Grüße und blieb eine halbe Stunde.

Für die kommende Nacht verzichtete Wolf Bergmann auf die Inanspruchnahme irgendeines Schlafmittels. Er war schon mit Schmerzmitteln, Blutverdünner und Antibiotika vollgepumpt, da mussten nutzlose Schlafmittel nicht auch noch seinen Körper belasten.
Er würde wie jede Nacht in einem Stück seines Lebens wühlen, um zwischendurch zum Schlaf zu finden.

XIX
Nach der Zeit im ZV-Lager blieb für Wolf Bergmann noch eine Woche Erholung bei den Eltern, bis das neue Semester begann.
Die zweite Märzhälfte begann trocken, aber kühl, und der Frühling ließ sich Zeit. Am Sonntag wollte er schon zeitig zur TH fahren, und Mitte der nächsten Woche stand ein Besuch bei Kathleen in Hallberg an. Die TS war schon zu neuem Leben erweckt worden und wartete nach gelungener Frühjahrsprobefahrt nach dem Putzen auf ihren ersten Einsatz in der neuen Saison.
Als Bergmann am Sonnabend erwachte und einen Blick aus dem Fenster seiner Kammer warf, glaubte er, nicht richtig zu sehen. Er schloss die Augen und öffnete sie erneut, aber draußen blieb es weiß. In der Nacht hatte Schneefall eingesetzt und noch immer fielen dicke weiße Flocken; auf den Wegen lagen mindestens sieben Zentimeter Neuschnee. Und das zwei Tage nach dem kalendarischen Frühlingsanfang, es war nicht zu fassen.
Die ganze Arbeit, die Maschine auf Hochglanz zu bringen, um bei Kathleen Eindruck zu machen, war umsonst. Bis morgen war der Mist nicht weggetaut, soviel war sicher.
Er konnte es nicht ändern, wenigstens kam kein Frost dazu und der Winterdienst hatte die Straßen zumindest vom Schnee geräumt, nur das Schmelzwasser spritzte die Stiefel nass und das Motorrad sah vielleicht aus, als er an der TH ankam!

Er schnappte sich einen Eimer mit warmem Wasser und wusch den Dreck ab, so gut es ging, damit die Maschine nicht vergammeln sollte.

An den kommenden Tagen setzte endlich ein mildes Frühlingslüftchen ein und dem Winter ein vorläufiges Ende, so dass Wolf am Mittwochnachmittag seine Kathleen in die Arme schließen konnte. Für einen Ausflug zum Fluss hatte er extra einen Helm mitgebracht, doch für die kurze Strecke brauchte man das Motorrad nicht. Sie spazierten am Fluss entlang und Kathleen schmiegte sich an ihn.
Am Freitag würde er sie an die TH holen, wo sie ihr erstes gemeinsames Wochenende verbringen wollten.

Wie versprochen, kam Wolf Bergmann am Freitag zum Internat der Uni gefahren und Kathleen stieg zum ersten Mal auf die TS. Er fuhr vorsichtig, um ihr keine Angst zu machen und glücklich erreichten sie die TH.
Am Abend fuhren sie ins Kino und nach ihrer ersten gemeinsamen Nacht erwachte Kathleen als Frau.

Bergmann dachte an die Zeit mit ihr zurück. Drei Jahre waren sie zusammen. Wie oft sind sie in dieser Zeit, zumindest im Sommer, mit der Maschine die über dreihundert Kilometer lange Strecke bis zu ihren Eltern gefahren?
Er erinnerte sich an das erste Mal, es war zu Pfingsten, und sie verbrachten die freien Tage auf dem Wochenendgrundstück ihrer Eltern im Gartenhaus an der Alten Oder. Bergmann angelte und spürte irgendwann, als er nach dem Gerät sah, einen heftigen Widerstand. Er musste einen ganz großen Brocken am Haken haben, vielleicht einen Zander oder einen Karpfen. Nur – der Fisch kämpfte nicht, eigenartig. Vorsichtig rollte Bergmann die Angelschur auf. Er hatte in Vorfreude auf den dicken Fang ein Geschrei gemacht und alles sah zu, was er denn herausholen würde. Endlich wurde unter den letzten Seerosen etwas Dunkles sichtbar, Bergmann zog weiter und hob den „Fang" in die Höhe. Es war eine Szene wie im Film, kein Fisch hing am Haken, sondern ein uralter Knobelbecher, ein Lederstiefel, der viel-

leicht noch von der Wehrmacht stammte, denn das Innere war mit Muscheln bewachsen. Der Haken hatte sich in einem Nahtloch verfangen. Bergmann kippte den Stiefel aus; jetzt hätte nur noch gefehlt, dass ein Fisch mit herausgekommen wäre.

Kathleen sorgte sich um ihn, wenn er in der GST seine Rennen fuhr; nicht selten kam er danach angehumpelt, weil er es wieder übertrieben hatte und hart zu Boden gegangen war.

Im Juni hatte ihn im Synthesepraktikum das Pech mal wieder beim Wickel, als sich der Schliffstopfen nicht vom Rundkolben, in dem die vierte Stufe seines Präparates auf die letzte Destillation wartete, lösen wollte. Bergmann drehte mit aller Kraft am Stopfen und hielt mit der linken den Kolben fest umklammert. Endlich gab etwas nach – das Glas. Bergmann zerdrückte den Kolben mit dem kostbaren Präparat in seiner linken Hand, zwei Splitter stachen ihn in die Handfläche, wo sie stecken blieben und das Präparat ergoss sich auf den Labortisch. Wolf Bergmann entfuhr ein lauter Schrei vor Schreck und Schmerz, so dass alle auf ihn aufmerksam wurden. Geistesgegenwärtig zog Bergmann die Splitter aus der Hand und das Blut floss in Strömen aus der offenen Wunde.

Er wurde notversorgt und dann von Bernd zur Schwesternstation gebracht, eine Viertelstunde zu Fuß. In diesem Fall dauerte es die doppelte Zeit. Kaum war Bergmann an der Luft, wurde es ihm schon schwindlig und schwarz vor den Augen. Mit letzter Kraft, einen Fuß vor den anderen setzend und torkelnd, er sah schon nichts mehr, schaffte er es noch bis zur Grünfläche, dort sackte er zusammen und lag im Grase. Nach ein paar Minuten der Bewusstlosigkeit kam er wieder zu sich. Frank stand vor ihm und hielt seine Beine hoch, damit das Blut in den Kopf zurückfließen konnte.

Auf seinen Kumpel gestützt, erreichten sie das Gebäude zur medizinischen Versorgung; Bergmann wurde mit dem Krankentransport zum Krankenhaus gefahren, dort wurde die Wunde geröntgt und genäht, nachdem sicher war, dass kein weiteres Glas im Fleisch steckte. Dann entließ man ihn und er musste zusehen, wie er zurückkam. Blieb nur zu Fuß.

Das Präparat wurde gerettet. Die Kommilitonen fegten die Flüssigkeit zusammen, so gut es ging, füllten sie in ein Fläschchen und am nächsten Labortag konnte er destillieren, die Ausbeute in eine Ampulle füllen und diese zu schmelzen, so dass das Präparat luftdicht verpackt war.

Beim Baden am Wochenende, nach dem Motocrossrennen in Tornthal, musste er die Hand mit dem Verband hoch über Wasser halten, damit die Wunde nicht aufweichte. Aber das war kein Problem mehr, zwei Tage später schnitt er den Faden mit der Nagelschere selbst durch und zog ihn heraus.

Das Frühjahrssemester endete wieder in mündlichen Zwischenprüfungen und einem Kompaktpraktikum. Da Wolf Bergmann im Juli wieder ins Studentenlager fuhr, mussten alle Prüfungen vorgezogen und das Praktikum gestrafft werden. Auf diese Weise wurden die Semesterferien verlängert, denn die Reise nach Burgas zur Partnerhochschule begann schon Mitte Juli und der offizielle Ferienbeginn war erst zwei Wochen später.

Die Brigade musste wie im vergangenen Jahr mit dem Zug nach Bulgarien fahren. Dieses Mal waren sie direkt in den Internaten der Partnerhochschule untergebracht.
Die Mädels wurden in der Pfirsichernte eingesetzt, die Jungen arbeiten in der Nähe der Kupfermine im Steinbruch und hoben zunächst die Gruben für die Fundamente eines Umspannwerkes aus, dann wurden die Fundamente in Beton gegossen.
Es war harte Arbeit, aber man war immer an der Sonne. Besser als die beiden ersten Tage, als Bergmann in einem Metallbetrieb zum Biegen von Armierungen für Stahlbeton arbeiten musste.
Leider aber war die Arbeitszeit bis nachmittags halb vier angesetzt, so dass es kaum vor fünf Uhr zum Strand gehen konnte. Dabei wurde während der Schicht soviel Zeit mit Warten auf den Beton vertrödelt. Die Ungarn protestierten dagegen und sprachen sich für eine bessere Arbeitsorganisation aus, damit man eine Stunde früher Schichtende hatte. Von der Lagerleitung hieß es nur, das sei nicht möglich.

Die Ungarn spaßten nicht und streikten, indem sie am nächsten Morgen nicht zur Arbeit erschienen. Daraufhin wurde ihnen von der Lagerleitung ein Ultimatum gesetzt; entweder sie erscheinen am nächsten Tag zur Arbeit oder sie können nach Hause fahren. Die Ungarn ließen sich nicht erpressen, packten ihre Sachen und reisten ab.

Nun bekam man es seitens der Leitung mit der Angst zu tun, dass die Tschechen und die Deutschen dem Beispiel folgen könnten und siehe da, man konnte sich dazu durchringen, den Arbeitsablauf zu verbessern und fortan war halb drei Feierabend.

Es gab wegen der Bummelei mit dem Bus keine Chance, vor vier am Stadtstrand zu sein, so blieben zum ausgiebigen Baden nur die Wochenenden. Aber was war das an diesen Tagen für ein Getümmel am Strand? War man nicht vor zehn Uhr am Meer, gab es keine zwei zusammenhängenden freien Quadratmeter. Manchmal lag man so dicht am Wasser, dass die Wellen auf das Strandtuch rollten. Erst nach dem Mittag lichtete es sich, wenn sich die ersten Badegäste den Pelz verbrannt hatten.

Nach vier Wochen in Burgas begann die übliche Rundreise. Die Hälfte der Brigade schloss sich dem regulären Programm an, die andere Hälfte blieb auf eigene Faust an der TH und versuchte Nacht für Nacht, irgendwo unter zu kommen. Dafür hatte man eine Extrawoche Urlaub am Schwarzen Meer.

Zu Beginn der letzten Augustdekade kehrte Bergmann braungebrannt zurück und wurde von Kathleen schon erwartet. Sie wollten die letzten Ferientage gemeinsam bei Kathleens Verwandten an der Ostsee verbringen. Mit dem Motorrad fuhren sie zunächst zu Kathleens Eltern und zwei Tage später zur Ostsee, wo sie dann täglich die vierzig Kilometer zur Insel Poel fuhren und am FKK-Strand bis Anfang September den Spätsommer und die junge Liebe genossen. In ihrer Hitze bedachten sie leider nicht, dass die Ostsee zum Grenzgebiet gehörte, als sie sich an einem etwas kühleren Tag, sich allein wähnend, in ihrer Sandburg liebten, während oben auf der Steilküste die Posten mit den Ferngläsern patrouillierten und sicher ihre Freude an der willkommenen Abwechslung hatten.

Für das nächste Jahr, nahmen sie sich vor, wollten sie Wolf Bergmanns Traum in die Tat umsetzen und dafür sparen, in den Semesterferien mit dem Motorrad ans Schwarze Meer fahren zu können.

Um diesem Ziel näher zu kommen, lebten sie bescheiden von ihrem Stipendium und Wolf Bergmann legte regelmäßig alle drei bis vier Wochen am Freitagabend eine Nachtschicht im Schkonauwerk ein, wofür er für zwölf Stunden plus Nachtzuschlag immerhin fünfundfünfzig Mark erhielt.

Vor Weihnachten feierten Kathleen und Wolf, einem allgemeinen Trend folgend, still und heimlich ihre Verlobung. Die Ringe hatte Wolf schon lange liegen, sie waren eigentlich für Uta gedacht, doch der Hase war in eine andere Richtung gehoppelt.
Zum Ende des Herbstsemesters waren die Hauptprüfungen in Chemie angesetzt. Bergmann lernte intensiv und Kathleen unterstützte ihn in Spektrometrie und Thermodynamik. Manchmal steht auch das Glück auf der Seite des Tüchtigen und Wolf Bergmann schloss die mündliche Prüfung mit „sehr gut" ab, was ihm am Ende ein „Gut" für das Grundstudium einbrachte und seinem künftigen Berufsleben eine wichtige Wendung gab.

XX
Wolf Bergmann sah auf die Uhr auf seinem Nachttisch. Es war drei Uhr nachts. Seine Armbanduhr, Marke Glashütte, die er dreiunddreißig Jahre in Ehren gehalten hatte, hatte den Unfall nicht überlebt. Mit abgebrochenen Zeigern, zersplittertem Uhrglas und der „20" auf der Datumsanzeige blieb sie ein stummer Zeuge seines letzten Unglücks. Wer von je her vom Glück verfolgt war, ohne dass es ihn dauerhaft einholen konnte, musste irgendwann so eins auf die Mütze bekommen, dass er sich davon nicht wieder erholen konnte.

Er trank etwas Wasser und fiel erneut in die Welt der Erinnerung zurück.

*

Das Fachstudium begann, die Seminargruppen wurden neu zusammengesetzt. Ende Februar feierte das Studienjahr sein „Bergfest"; Hochschullehrer lasen Festvorlesungen und zu lachen gab es auch etwas. Hatto schritt mit einer hübschen jungen Frau die Internatstreppe herunter und Henry brüllte von weitem, so dass es alle hören konnten: „He Hatto was hast Du denn heute wieder für eine Biene aufgerissen?" Die Biene war Hattos Ehefrau.

Hatto und Nicky fuhren im Anschluss an das Bergfest über die Semesterferien ins Austauschpraktikum nach Moskau. Zusammen mit sechs Studentinnen, die gerade das erste Semester hinter sich hatten, waren sie „die Alten".

Anfang März herrschte in Moskau noch strenger Winter, am Anfang 6, zur Abreise nach Weißrussland waren es 27 Grad Kälte. Der Wind pfiff durch jede Ritze des Waggons und man klapperte sich trotz der Heizung und der Wolldecken in den Liegewagen eins.

In Novopolozk an der Düna war es kaum besser. Zwar lagen die Tagestemperaturen nicht unter 15 Grad, aber das Zimmer brachte es nur auf +8. Der einzige warme Ort des Hauses war im Keller unter der Dusche.

Man besichtigte das petrolchemische Kombinat und schickte die Mendenburger am nächsten Tage ins Sportzentrum, wo man Basketball spielte und anschließend im Hallenbad plantschen konnte.

Da die Sprungtürme frei waren, nutzte Bergmann die einmalige Gelegenheit und stieg nach dem 1 m- und 3 m-Brett nun auf den 5 m-Turm. Bis zum Dreier kam der Komsomolhäuptling auch noch mit, aber den Fünfer verließ er lieber wieder über die Leiter. Bergmann sprang kopfüber vom Turm und die ersten Badegäste wurden in Erwartung auf mehr aufmerksam.

Nun stieg Bergmann zum ersten Mal in seinem Leben auf den 7,5 m-Turm. Erst mal ohne Köpper runter, zum Testen. Dann, als er auf dem Zehner stand, waren alle Augen auf ihn gerichtet. Und er sprang; wedelte mit den Armen, um die Richtung zu korrigieren, und tauchte ein. Die Beine wurden ihm wie eine Schere auseinandergerissen und er drehte sich, so dass er mit den Füßen nach oben und dem Kopf nach unten sich erst drehen musste, um aufzutauchen.

Zweimal noch wagte er nun auch einen Köpper vom siebeneinhalb-Meter-Turm, aber das reichte ihm auch. Vom Zehner sprang er auch noch zweimal, aber nicht kopfüber; den Hals oder das Kreuz wollte er sich nicht brechen.

Am nächsten Tag war Wintersport angesagt, Skilaufen durch den Wald. Bergmann hatte als Kind gelernt, im Wald die Abfahrten zwischen den Bäumen hinunter zu jagen und suchte nach einem passenden Hang. Aber hier war Flachland, zumindest in der Nähe des Sportzentrums gab es nicht einmal einen Hügel. Dafür war plötzlich die organoleptische Belastung der Luft markant; etwas Braunes und Zähflüssiges drückte durch den Schnee nach oben – Erdöl.

Nach vielleicht einer Viertelstunde Langlauf durch den Wald überquerte er einen zugefrorenen See; die Einheimischen hatten Löcher ins Eis gebohrt und angelten kleine Barsche. In seiner Spur hatte sich eine Schar Kinder, etwa zehn bis zwölfjährige, an seine Fersen geheftet und folgte ihm. Der vorderste redete auf ihn ein, bis Bergmann schließlich auf Russisch antwortete, er möchte bitte langsamer sprechen, denn er verstehe nur wenig russisch. Immerhin sah er mit seinem dicken Rollkragenpullover, Dreitagebart und der Pelzmütze wie ein echter Russe aus und konnte dem Knirps seinen Irrtum verzeihen. Als der dann aber sinngemäß erwiderte, das sei schon in Ordnung, er verstünde ja auch nur wenig polnisch, musste Bergmann lachen, weil er für einen Polen gehalten wurde.

So erging es ihm häufig; er wurde früher schon für einen Tschechen, Bulgaren, Italiener, ein paar Tage darauf in Leningrad für einen Russen und jetzt für einen Polen gehalten. Nur auf Deutsch kamen die wenigsten sofort.

Die letzten Tage des Austauschpraktikums verbrachte die Gruppe in Leningrad. Hier war der Hochwinter vorüber, die Temperaturen schwankten in der Nähe des Gefrierpunktes auf und ab, doch die Nähe zum Finnischen Meerbusen brachte eine nasskalte Luft mit sich.

Wolf Bergmann hatte sich bei den Betreuern für einen Tag abgemeldet und wollte Leningrad individuell erkunden. In die Eremitage musste er nicht unbedingt, sein Bedarf an Gemälden war in der Moskauer Tretjakow-Galerie hinreichend gedeckt worden. Er gab aber gern zu, dass es dort wunderschöne Gemälde zu bestaunen gab. Insbesondere erinnerte er sich an das Motiv des Konfekts „Mischka", „Morgen im Föhrenwald" von Iwan Schischkin. Kleine Bärenkinder kletterten im Wald auf einem umgestürzten Baumstamm herum. Das Bild bestach durch seine Nähe zur Wirklichkeit. Für Wolf Bergmann bestand Kunst darin, ein Abbild der Realität zu sein, so dass es fast ein Photo sein könnte, wie zum Beispiel Dürers Großes Rasenstück. Für Gekrakel und Geschmiere oder unproportionale Maße von Gliedmaßen hatte er nichts übrig, in seinen Augen war das Schund.

Am Tage zuvor hatte sich Wolf mit Andrej, seinem Zimmernachbarn von der TH, telephonisch verabredet. Andrej wohnte in Leningrad, war ein Studienjahr unter ihm und verbrachte die Semesterferien zu Hause. Einen besseren Stadtführer hätte Wolf sich nicht wünschen können, denn heute ging es nicht nach den Vorstellungen der Reiseleitung, sondern nach den Interessen des Gastes. Wolf Bergmann wollte unbedingt den berühmten Panzerkreuzer „Aurora" sehen, der 1917 mit seinen Schüssen den Sturm auf das Winterpalais und damit die Oktoberrevolution einleitete, in deren Folge zunächst die provisorische Regierung zum Teufel gejagt wurde. Des Weiteren war die Isaac-Kathedrale mit dem Pendel interessant, wodurch die Drehung der Erde nachgewiesen werden konnte. Nicht zuletzt hatte man vom Dach der Kathedrale einen phantastischen Ausblick auf die Stadt, die von unzähligen Armen der Newa durchflossen wurde. Von der PeterPaulsFestung aus besuchten sie noch einen Markt, wo man Matrjoschkas kaufen konnte und zum Abschluss war noch das Zoologische Museum im Programm.

Es gab nicht nur maßstabsgetreue Modelle von Haien sondern auch präparierte Rentiere neben dem Arktischen Wolf, Canis lupus arcticus. Bergmann war von der tatsächlichen Größe dieses Wolfes und seinen mächtigen Fängen beeindruckt, ein schönes Tier. Und es gab sogar ein Mammut, das im sibirischen Jakutien im Permafrostboden gefunden wurde. Es war außerordentlich gut erhalten, nur Teile des Rüssels hatten Raubtiere gefressen.

Als Wolf an einem der Arme der Newa stand, sprach ihn ein Russe an und bat um Auskunft, ob er ihm den Weg zum Zoologischen Museum erklären könne. Einer dieser Zufälle, die zum Schmunzeln verleiteten. Der Russe hatte, wie bereits beschrieben, Bergmann für einen Landsmann gehalten, aber das Beste war ja dann wohl, dass der Ausländer auch noch die gewünschte Antwort geben konnte, weil man sich gerade am gegenüberliegenden Ufer befand und das Gebäude sehen konnte.

Das Austauschpraktikum endete mit einem Besuch in Petershof, der Sommerresidenz der Zarenfamilie, um diese Jahreszeit aber trotz der vielen vergoldeten Springbrunnen und Skulpturen trostlos.

Tags darauf begann die Heimreise, dem Frühling entgegen, der genau an der polnischen Grenze begann, als die Waggons von der russischen Breitspur auf die europäischen Schienen umgesetzt wurden und es einen längeren Aufenthalt gab. Die Gruppe konnte bei strahlender Sonne und 17 °C etwas Frühlingsluft genießen.

Ganz anders war das Wetter zur Ankunft in Berlin. Trocken zwar, aber spätwinterlich kalt. Nicht anders war es in Mendenburg.

Wolf Bergmann schleppte mühsam seinen Koffer vom Bahnhof zum Internat und holte seine Maschine aus der GST-Garage. Seit er als Übungsleiter Motorsport arbeitete, hatte er auch die Schlüsselgewalt und so konnte die TS warm überwintern. Der letzte Winter hatte sich mit Frost und Schnee auch in Grenzen gehalten, so dass es keine eigentliche Winterpause gab.

Er belud den rechten Seitengepäckträger mit dem Koffer und brachte die Fuhre zu den Eltern. Am Montag begannen wieder die Vorlesungen und Seminare.

Wolf Bergmann war schon am Freitag wieder im Internat, er wollte das Wochenende zum Training nutzen, weil am kommenden Sonntag der 1. Lauf zur Kreismeisterschaft im Motorradmehrkampf stattfinden würde und Bergmann hatte sich zum Ziel gesetzt, in diesem Jahr Kreismeister zu werden.

Das Training war chaotisch. Es war einfach noch zu nass und der Schlamm auf der Strecke machte ihm zu schaffen. Er quälte sich eine Stunde ab und fuhr lieber zurück, bevor er sich noch in den Dreck legte.

Das Rennen wurde ein Reinfall. Wolf hatte einen guten Start, die ES sprang sofort an und seine Startzeit war eine sehr gute Hausnummer. Er hatte auch das sichere Gefühl, schnell unterwegs zu sein und kassierte auch nur eine Strafrunde, doch in der sechsten oder siebten Runde, kein Mensch zählt beim Fahren mit, ging er die hoppelige Sandauffahrt zu scharf an, verriss beim Aufsprung an einer Kante den Lenker und legte sich so hart auf die Nase, dass ein Ausfall nicht mehr zu vermeiden war. Lenker und Fußraste waren extrem verbogen, und als er die Raste richten wollte, brach das schon mehrfach verbogene Teil ab. Da an der rechten Fußraste der Seilzug für die Hinterradbremse arretiert und kein Ersatzteil vorhanden war, war an dieser Stelle Schluss und der Traum vom Kreismeister schon nach dem ersten Lauf ausgeträumt.

Nun blieb nur noch die Hoffnung auf die anderen beiden Läufe und eine geschlossene Mannschaftswertung.

Im April und Mai lief es besser, wenngleich sich Wolf Bergmann auch im zweiten Lauf gleich ausgangs der ersten Runde bei Tempo siebzig, nachdem er in einer Spur den Lenker verriss, im Grase wiederfand. Immerhin gab er nicht auf, sondern fuhr was das Zeug hielt, und am Ende des dritten Laufes stand die Mannschaft der TH zumindest mit der Bronzemedaille um den Hals zur Siegerehrung vorn.

Im dritten Lauf hatte Wolf Bergmann die schnellste Fahrzeit vorlegen können, nur leider war er dieses Mal beim Start nicht weggekommen. Das Luder wollte nicht anspringen und erst nach einer Minute durfte angeschoben werden. Da die Startzeit, mit dem Faktor zehn multipliziert, auf die Fahrzeit aufgeschlagen wurde, kamen statt der üblichen etwa dreieinhalb Minuten nun über zehn Minuten dazu; ein Rückstand, der zu den vorderen Plätzen nicht mehr aufzuholen war.

Der Kreisvorstand allerdings betrachtete primär die Fahrleistungen und im Juni sollte die Mannschaft der TH zur Bezirksspartakiade starten. Bis dahin waren noch ein paar Wochen Zeit.

Vorher gab es nicht wenig Ärger mit seinem eigenen Motorrad. Ausgerechnet drei Wochen vor Pfingsten machte das Getriebe Probleme. Bergmann schaltete gleich vom ersten in den dritten Gang, den zweiten gab es nicht mehr. Damit fing es an. Kurze Zeit später sprang ständig der fünfte Gang raus, eine Reparatur war unumgänglich.

Der real vegetierende Sozialismus, von den Agitatoren und Propagandisten als Zukunft der Menschheit über den Kapitalismus hoch gepriesen, war zumindest nicht in der Lage, seine Bevölkerung mit nötigen Ersatzteilen zu versorgen. So dauerte es schon einmal drei Wochen, ehe Bergmann einen Termin für die Werkstatt bekam. Weitere drei Wochen wartete er, bis die Ersatzteile geliefert wurden und nach sechs Wochen war die TS mit einem neuen Getriebe samt Kurbelwelle versehen. Bei bestem Pfingstwetter mit dem Zug zu Kathleens Eltern fahren zu müssen, war das Schlimmste, was ihm in letzter Zeit widerfahren war.

Doch seine Leiden waren noch nicht vorbei. Kaum hatte er die Maschine wieder, hatte er eine Reifenpanne, Sonntagabend auf dem Weg nach Hallberg. Das Hinterrad begann zu tanzen, ein untrügliches Indiz, dass dem Reifen die Puste ausging. Es blieb nur die Nothilfe, Wolf Bergmann baute das Rad aus, hebelte den Reifen von der Felge und flickte den Schlauch, während Kathleen auf der Palme war. Konnte er etwas dafür, dass ein rostiger Nagel auf der Straße lag? „Ich komme nicht mit nach Bulgarien, dauernd ist das Ding kaputt!" – „Was willst Du denn? Wenn es nur das ist, solche Pannen wünsche ich mir!"

Er hatte keine Ahnung, dass irgendein höheres Wesen diese unbedacht ausgesprochenen Worte gehört haben musste. Monate später würde er sich daran erinnern…

Das Reifenprofil war weitgehend abgefahren, deshalb fuhr Bergmann zwei Tage, nachdem er den Schlauch geflickt hatte, nach Hause und wollte den neuen Reifen, der schon bereitlag, gleich aufziehen. Er kam nicht bis zum Ziel. Schon dreißig Kilometer vor Birkenburg löste sich der Flicken. Er verzichtete auf doppelte Arbeit, stoppte einen Motorradfahrer, der in seine Richtung fuhr und gelangte trampend nach Hause. Der Vater packte den Reifen ins Auto und zurück ging es zum Motorrad, das Bergmann kurzerhand neben der Straße stehen lassen musste. Wolf wechselte den Reifen und konnte nun der großen Reise gelassen entgegenfiebern.

Die Woche vor dem Rennen erhielt die TH leihweise eine TS für den Einsatz und die Mannschaft besah sich die Wettkampfstrecke westlich von Hallberg, die es, verglichen mit dem kleinen Rundkurs am Tagebaurestloch, in sich hatte. Eine Rundenlänge von fünfzehn Kilometern, gewürzt mit Steilauf und abfahrten vom Feinsten. Allein eine Abfahrt im Steinbruch führte den ersten halben Meter fast senkrecht, danach mit geschätzten 60 % Gefälle, in die Tiefe und vor der Talsohle mussten noch zwei Kalkblöcke umschifft werden. Alles in allem keine leichte Aufgabe.

Leider hatte man es unterlassen, die Zündung an der TS korrekt einstellen zu lassen, und das rächte sich im Wettkampf. Schon während der Einführungsrunde gab es Probleme. Der Motor entfaltete nicht die volle Leistung, die Kerze zog bei Überhitzung einen Glühfaden und lange Auffahrten mussten mit zusätzlicher Muskelkraft bezwungen werden. Es wurde als Staffel gefahren; der erste Fahrer hatte im Massenstart die Startprüfung auf sich zu nehmen und noch das Schießen mit der KK-MPi; der zweite übernahm das Handgranatenwerfen und der dritte das zweite Schießen, so er noch zum Start antreten konnte.

Wolf Bergmann als schnellster Fahrer und bester Sprinter übernahm den Start. Von den fünfzehn Mannschaften kam er Sekunden vor den anderen zur Maschine, aber das Aas sprang einfach nicht an. Als der Motor endlich brummte, war das Fahrerfeld bereits auf und davon.

Er jagte hinterher und im Schießen musste er zweimal nachladen, am Ende blieben vier Strafrunden, die zu absolvieren waren, keine rosigen Aussichten, denn die Auffahrt zur Strafrunde war steil und hatte kaum Platz für einen ordentlichen Anlauf, um den Schwung nutzen zu können. Auf den langen Geraden, die auf Feldwegen durch die Landschaft führte und die einzelnen Sektionen verband, konnte er bis Tempo neunzig gehen. Dazwischen lagen immer wieder Auf und Abfahrten unterschiedlichsten Schwierigkeitsgrades. Nicht jedem gelang es, die schlüpfrige Abfahrt über Grasbüschel zur Brücke über den Bach, aus drei Bahnschwellen bestehend, ohne Sturz zu meistern. Ein Fahrer verfehlte mit zu viel Schwung die Überfahrt und ging baden. Der Bach war an dieser Stelle ausgekolkt und über einen Meter tief. Alles, was noch vom Motorrad über Wasser zu sehen war, war der Lenker und ein Rest vom Tank, und unter Wasser konnte man noch kurzzeitig den rechten vorderen Blinker arbeiten sehen.

Bergmann hatte dieses Problem nicht. Mit blockiertem Hinterrad rutschte er den Hang hinab und ließ die Handbremse nur ergänzend zu. Um lenken zu können, musste das Vorderrad rollen. Er erwischte die mittlere der Bahnschwellen und gab beherzt Gas, um nicht balancieren zu müssen. Wer sich hier abstützen wollte, trat ins Leere und ging ebenfalls baden.

Mehr als drei Viertel der Strecke hatte er geschafft und musste nun den Scharfrichter, die Strafrunden, in Angriff nehmen. Schon in der ersten Runde musste er drei Meter vor dem höchsten Punkt am Plateau abspringen und schieben. Der Schweiß brach ihm aus allen Poren aus, aber er schaffte es. Die zweite Runde wurde noch ärger, zweitweise kniete er schon am Hang und musste neue Kraft schöpfen, aber auch dieses Mal schaffte er es bis nach oben. Die dritte Strafrunde war das Ende. Schon an der Anfahrt stotterte der Motor und entwickelte keine Kraft mehr. Kaum die Hälfte der Anfahrt lag hinter Bergmann, als er schon schieben musste. Er war total erschöpft und konnte die Maschine kaum noch halten, geschweige denn, nach oben drücken. Der Motor überhitzte und ein Glühfaden zwischen den Elektroden ließ den Zündfunken absterben. Bergmann legte die Maschine an den Hang, schraubte die Kerze aus dem Zylinderkopf und entfernte den Popel. Antreten konnte er die TS in dieser Lage nicht, drehte sie mühsam um und rollte hinunter, um noch einmal Anlauf zu nehmen. Doch der Motor verreckte erneut auf halber Höhe; Wolf Bergmann war am Ende seiner Kräfte, er konnte nicht mehr und musste eineinhalb Strafrunden plus zwei Kilometer vor dem Ziel aufgeben.

*

Wolf Bergmann lag den größten Teil der Nacht wach. Wenn nötig, musste er eben versuchen, am Tage zu schlafen, wenn er zu müde wurde. Es änderte am Ende nichts daran, dass er nachts kein Auge zu bekam.

*

Das sechste Semester lag in den letzten Zügen. In seinem Hauptfach Anorganische und anorganischtechnische Chemie hatte Wolf Bergmann die zweitbeste Klausur der Seminargruppe geschrieben.
Aufgrund seiner zwar eher mittelmäßigen, in seinem Hauptfach aber guten Leistungen, trug sein Seminarleiter eines Tages die Frage an ihn heran, ob er sich vorstellen könnte, nach dem Diplom als wissenschaftlicher Assistent im Wissenschaftsbereich zu bleiben. Damit verbunden wären die Betreuung einer Seminargruppe des ersten Studienjahres und eine Forschungsaufgabe, die mit der Promotion A beendet werden sollte.
Darüber musste Bergmann nachdenken, keine leichte Aufgabe, falls er es überhaupt schaffen würde, die Dissertation bis zum Ende zu bringen. Das Risiko war hoch, aber er hatte ja nichts zu

verlieren, denn der Hochschulabschluss war das Diplom, nicht der Doktortitel. Zudem war die Aussicht auf einen Arbeitsplatz im bekannten Umfeld und seinem eigenen Labor bei weitem reizvoller, als in einer der stinkenden und völlig überalterten Chemiebuden, etwa im Schkonauwerk, seine Brötchen zu verdienen. Und nicht zuletzt war der Verdienst an der TH für einen Absolventen um einiges besser als in einem VEB.

Vor den Semesterferien hatten die Studenten des dritten Studienjahres wieder drei Wochen wissenschaftlich-produktive Arbeit zu leisten; im Allgemeinen ging es um Hilfsarbeiten für die Assistenten. Bergmann hatte Glück, er hatte nichts anderes zu tun, als für den DC Gleditz verschiedene Gläser als Grundlage für Emails herzustellen, deren Farbe von den Oxiden der eingesetzten Nebengruppenelemente abhing. So zauberte z.B. Cobalt das berühmte dunkle Blau, Nickel und Eisen Brauntöne und Titan eine gelbe Färbung. Die Ausgangsmischungen aus Quarzsand und den Carbonaten von Natrium, Kalium und Calcium plus des jeweiligen Nebengruppenelementes bereitete er im Labor vor und musste dann die Mischung im Ofenraum auf über 1000 °C erhitzen und eine homogene Schmelze herstellen. Da diese letzte Stufe recht zeitintensiv war, blieb genug Muße, um einen Scherzartikel herzustellen. Bergmann löste also festes Jod in Methanol auf und goss in diese Lösung einen ordentlichen Schluck Salmiakgeist. Die Reaktion zum Jodstickstoff, kurz NJ3, erfolgte spontan, ohne Zeitverzögerung und vollständig. Das Produkt, das wie Kaffeesatz aussah, brauchte nur noch gefiltert und getrocknet zu werden. Die Trocknung durfte nicht vollständig erfolgen, denn absolut trockener Jodstickstickstoff war hochbrisant und konnte schon durch ausreichend laute Schallwellen hochgehen, behauptete man jedenfalls.
Bergmann breitete seine Ausbeute auf einem Filter im Ofenraum zum Trocknen aus, damit niemand versehentlich damit in Berührung kommen und sich vielleicht einen Finger abreißen sollte. Kleine Proben verteilte er sorgfältig auf der Treppe zum Labor der Petrolchemiker und auf dem Rande des dort aufgestellten Aschenbechers.

Bei jedem Verlassen des Ofenraumes prüfte Bergmann mit einem langen Schweißdraht, ob das Produkt schon trocken sei. Solange es nass war, blieb es harmlos, nur die Reste am Draht knallten jedes Mal nicht schlecht, wenn er sie, nunmehr trocken, gegen die Wand schlug.

Als Bergmann wieder einmal auf dem Wege vom Keller nach oben war, saß eine kleine Gesellschaft auf den Stufen und schwatzte oder rauchte. Plötzlich, Demmi streifte die Asche seiner Zigarette ab, gab es einen kurzen und heftigen Knall und Demmi hatte nur noch den Filter seiner Zigarette zwischen den Fingern. Sabsi sah auf Bergmann und bemerkte nur: „Du brauchst gar nischts zu sagen Nicky, isch weiß, das Du´s warscht!" Sie kam aus Sachsen. Während sie dabei mit den Füßen heftig auf die Stufe trat, knallte es auch schon unter ihren Sohlen.

Nicky tat, als wisse er von nichts und fühle sich zu Unrecht beschuldigt. Leider wurde er ein Opfer seines eigenen Streiches, als er den nächsten Test vornahm, ob der Jodstickstoff nur trocken sei. Er kannte ja die Wirkung aus der Experimentalvorlesung. Er ließ den Schweißdraht auf die etwa fünfzig Kubikzentimeter des brisanten Materials sausen. Es war trocken. Die Verpuffung, von Explosion redete man bei so geringen Auswirkungen nicht, war dennoch enorm. Der Raum, niedrig und ohne Fenster, erzitterte unter dem lauten Knall und Bergmann hatte drei Tage lang ein Pfeifen in den Ohren; er konnte nur hoffen, keine bleibenden Schäden davon zu tragen.

XXI

In den vergangenen Wochen begannen bereits die Vorbereitungen für Kathleens und Wolfs große Reise. Das Geld hatten sie sich erarbeitet, von Wolfs Stipendium blieb ja nichts übrig und Kathleen war nicht stipendienberechtigt, bezog jedoch ein Leistungsstipendium. Sie hatten ihre finanziellen Weihnachts, Oster und Geburtstagszuwendungen zurückgelegt und den Rest entnahmen sie den Sparbüchern. Unter Bezug auf die Reisetage und die täglichen Umtauschsätze rechneten sie sich aus, dass sie etwa 2600 Mark zur Verfügung haben müssen. Die Visa für

Bulgarien und die Transitländer Ungarn und Rumänien waren beantragt und konnten in den nächsten Tagen abgeholt werden. Für die CSSR war kein Visum nötig. Drei Tage Freistellung sollte die Sektionsleitung noch genehmigen, um für die lange Reise genug Zeit planen zu können. Ein kleines Zelt bekamen sie zu Ostern von Kathleens Eltern geschenkt.

Alles war vorbereitet, die Reiserouten erarbeitet, nur die Frage der Benzinversorgung in Rumänien war offen und niemand konnte eine erschöpfende Auskunft geben, wo man die Talons – Gutscheine – dafür erwerben könne. Es hieß nur bei der Polizei und auf der Bank, das gehe von ihrem Gelde ab.
Am letzten Julimittwoch, morgens um neun Uhr, starteten die zwei in Birkenburg mit der um rund dreißig Kilo überladenen Maschine.
Es wurde zu einer Abenteuerfahrt, wie beide sie wahrscheinlich nie vergessen würden. Die Urlaubstage am Schwarzen Meer waren bis auf wenige Regenstunden sonnig und erholsam, aber die Reise war angefüllt mit Strapazen und konnte allein eine Kurzgeschichte ergeben.

Schon nach den ersten fünfzig Kilometern machten sich Zelt und Schlafsäcke vom Heckgepäckträger selbständig und landeten wie zum Hohn genau in einer Pfütze. Ein alter Keilriemen, den Nicky im Straßengraben fand, sicherte die Befestigung für den Rest der Fahrt ab.
Auf dem Weg zur tschechischen Grenze, er nahm die Autobahn Richtung Dresden, setzte Nieselregen ein. Die beiden waren auf ihre Lederkombis angewiesen, Regensachen besaßen sie nicht. Zudem hatte Nicky während der Zugreisen ins Studentenlager um diese Jahreszeit nie Regen erlebt., Nachdem sie das Erzgebirge überquert hatten und nun über sechshundert Kilometer bis zur ungarischen Grenze vor ihnen lagen, lag der Regen hinter ihnen. Diese Strecke legten sie mit einer Übernachtung zurück, wobei sie beim ersten Aufbau des Zeltes die dreifache Zeit dessen brauchten, was später nötig war, weil sie dies nicht vorher einmal probiert hatten.

Am frühen Nachmittag des zweiten Fahrtages, inzwischen waren sie in einem Hochdruckgebiet und die Sonne strahlte vom blauen Himmel, erreichten sie die Donau und blieben bis zum nächsten Morgen auf dem Zeltplatz, wenige Kilometer vor der ungarischen Grenze. Das Wasser war kühl, aber es war eine Frage der Ehre, und wer kommt schon einmal dazu, in der Donau zu baden? Nicky stürzte sich mutig in die Fluten. Dann lagen sie am Strand und mussten sich regelmäßig zurückziehen, um nicht die Decken nass werden zu lassen, wenn durch die vorüberfahrenden Schiffe ein Wellengang einsetzte.

Am dritten Tag durchquerten sie Ungarn, wobei sie im Chaos von Budapest hoffnungslos verloren gewesen wären und womöglich noch eine dritte Runde die Autobahn zurück und wieder in die Hauptstadt hinein gedreht hätten, wäre nicht eine ungarische Motorradbesatzung zur Stelle gewesen, die sie ostwärts nach draußen lotste.
Nicky legte die Tempobeschränkungen für Motorräder großzügig aus, so kamen sie bei strahlender Sonne gut voran und schlugen am Abend in unmittelbarer Nähe der rumänischen Grenze das Zelt auf.

Am nächsten Morgen fing der Ärger an; als Nicky am Zelt eine dicke fette Spinne hängen sah, schien ihm das ein böses Omen zu sein. Er war zwar nicht abergläubisch, versuchte aber dennoch gewissen schlechten Vorzeichen aus dem Wege zu gehen. So stieg er grundsätzlich mit beiden Beinen gleichzeitig aus dem Bett, um nicht mit dem falschen Bein aufzustehen.
Der Zündschlüssel war weg. Er lag nicht im Zelt und steckte nicht in einer Tasche von Hose oder Jacke. Bei der MZ war das zum Glück kein Problem; man konnte das Zündschloss auch mit einem Schraubenzieher bedienen.
Als das Zelt zusammengerollt war, fanden sie den Zündschlüssel; er lag unter dem Zeltboden im Grase.
Sie waren zeitig aufgestanden und hofften so, in Rumänien ein ordentliches Stück Weg zu schaffen, doch schon an der Grenze wurden sie zwei Stunden lang aufgehalten, weil die Zöllner mit

preußischer Gründlichkeit filzten und die großen Banknoten nicht ausgeführt werden durften.

Die ersten Kilometer in Rumänien testete Nicky die Lage. Für Motorräder waren innerorts nur vierzig Sachen erlaubt, außerhalb sechzig. Auch für PKW gab es eine Staffelung der maximal erlaubten Geschwindigkeit nach Hubraum. Siebzig bis 1200 ccm, achtzig bis 1500 ccm und neunzig für alles, was darüber lag. Außer SIL, Tschaika, Tatra, Pobjeda, alles tschechische und sowjetische Spritfresser mit einem Verbrauch zwischen achtzehn und fünfunddreißig Litern auf hundert Kilometer, die auch nur siebzig fahren durften.

Soweit, so gut. Bis Oradea, früher Großwardein, war keine Kontrolle sichtbar, also wurde Nicky dreist und fegte mit achtzig drauflos. Das war ein guter Kompromiss; nicht zu schnell im Falle einer Tempokontrolle und man kam voran. Die TS zerrte die Last mit ihren 250 ccm locker weg, nur die Straßenqualität war im Vergleich zu Ungarn ungemein schlechter. In weiser Voraussicht hatte er den Reifendruck schon um zwei Zehntel erhöht.

Sie hatten sich auf die E 15 als Hauptroute geeinigt und in der Nähe von Klausenburg wurde die Strecke abwechslungsreicher. Das Pannonische Becken war hier zu Ende und immer öfter gab es Steigungen und Gebirgsausläufer der Karpaten. Dann war in Turda der erste Tankstopp angesagt. Wie vorausgesehen, machte der Tankwart Ärger, er wollte einen Talon für den Sprit. Woher nehmen, wenn nicht stehlen? Sie hätten an der Grenze oder in einem Hotel von Klausenburg zwei Tankschecks kaufen müssen, aber davon wussten sie ja nichts, weil es auch zuhause niemand wusste. Der Tankwart hatte ein Herz und verkaufte nach langem Betteln doch zehn Liter vom minderwertigsten Sprit, nach dem Klingeln im Zylinder zu urteilen, wohl um die 75 Oktan, Qualität eine Klasse besser als Waschbenzin, zum Preis von umgerechnet rund achtundzwanzig Mark. Nun fehlte noch Öl; es war ein Unding, dass in einem erdölproduzierenden Land kein Zweitaktöl an einer Tankstelle angeboten wurde. Zum Glück für die beiden Reisenden stand hinter ihnen ein Siebenbürger Sachse, deutschsprachig und gab ihnen das nötige Öl zum Mischen. Es war zwar Viertaktöl, aber in der Not frisst der Teufel bekanntlich Fliegen. Rein damit in den Tank, geschmiert hat´s jedenfalls.

Ab dem Raum Tirgu Mures, deutsch Neumarkt, seit Jahrhunderten eine bekannte Stadt der Siebenbürger Sachsen, wurden sie vom Anblick der Karpaten begleitet. An einer Wasserstelle war Rast, wenig später flatterte die Folie, mit der sie die Taschen zum Schutz vor Regen eingepackt hatten. Sie hatten wegen der Hitze die warmen Trainingssachen ausgezogen und an den Taschen befestigt. Aber nicht fest genug, denn die Ladung ging verloren. Sie wendeten sofort, aber bevor die Stelle erreicht wurde, wo die Jacken zu Boden fielen, hielt schon ein Dacia an, der Fahrer sprang aus dem Wagen, schnappte sich die Sachen und weg war er.

Das Elend an diesem Tage war noch lange nicht an seinem Höhepunkt angelangt. Zum Abendessen rasteten sie auf einem Parkplatz, der eine weite Sicht über das Land bot, und die TS versank mangels Seitenständer im weichen Asphalt. Kathleen schrie auf, als sich die Maschine zur rechten Seite neigte, aber es war zu spät, um noch eingreifen zu können, sie lag schon um. Kathleen und Nicky richteten das Motorrad wieder auf und schoben es an eine Stelle mit festerem Untergrund. Der rechte Blinker vorn hatte einen Knacks, konnte aber gerichtet werden, doch die Lederjacke, die am Lenker hing, zierte von nun an ein vom Lenkerende eingestanztes Loch. Sonst gab es keine Verluste.

Sie hatten vor, an diesem Tage so weit wie möglich zu kommen und ließen eine herrliche Wiese, die vor Kronstadt am Fuß der Karpaten neben einem Flüsschen zum Campen einlud, links liegen und fuhren bei einbrechender Dunkelheit nach Kronstadt zum Tanken.

Es erwartete sie das gleiche Theater wie in Turda. Am Ende bekamen sie ihre zehn Liter Waschbenzin und ein junger Bengel mit seinem Moped versprach, ihnen Öl zu beschaffen. Nach einer Viertelstunde kehrte er mit einer Blechbüchse voll Öl zurück, welches aussah, als habe er es aus dem Getriebe von irgendeinem LKW abgelassen. Machte fünfundzwanzig Lei, gleich zehn Mark, ein gutes Geschäft für den Burschen. Doch was sollte man lamentieren, rein das Zeug und ab durch die Mitte, die MZ schluckte alles.

Obwohl Frevel, nahmen sie in der Nacht noch die Fahrt über den Predealpass in Angriff. Dieser war nicht allzu hoch, an die 960 m über Meeresniveau, aber in der Dunkelheit zog sich die Anfahrt hin. Auf der Passhöhe war es lausig kalt und die beiden hüpften sich warm, bevor es an die Abfahrt ging. Unterwegs wurde es von Minute zu Minute wärmer, und dann wurde ihnen sogar ganz heiß, als sie auf einmal von einer Polizeistreife angehalten wurden. Man fragte nach Kaffee, Waffen oder Rauschgift – nichts zu holen – und ließ sie weiterfahren.

In Ploiesti spürten sie die Wärme und den eigenen Duft einer südlichen Nacht, fuhren ein Stück Autobahn bis Bukarest und dort brach nachts um zwei zu allem Überfluss auch noch der Heckgepäckträger ab. Das reichte für heute. Hilfe war um diese Zeit, und dann noch am Sonntag, nicht zu erwarten. Es musste eine Lösung gefunden werden. Also verteilten sie kurzerhand die Schlafsäcke mit an die Seitengepäckträger; Kathleen nahm das Zelt und die Luftmatratzen auf den Schoß und einen Beutel mit Kleinkram hängte sich Nicky um den Hals.

Die letzten Kilometer bis zur Grenze wurden verdammt gefährlich, denn immer wieder tauchten unbeleuchtete Ochsenkarren oder Zigeunerwagen auf, die überholt werden mussten, bevor die Maschine ins Heck der Wagen hineinfuhr. Todmüde und mit dem ständigen Kampf gegen den Schlaf querten sie früh halb vier bei Giurgiu die Donau nach Russe, kauften für deutsches Geld zu ermäßigtem Preis bulgarische Tankschecks und nahmen hinter Russe den ersten besten Stoppelacker als Nachtlager, gleich im Freien schlafend.

Gewürzt wurde die weitere Strecke mit einem unnützen Umweg über Varna, weil Kathleen ihren Willen durchsetzen musste, denn sie wollte an der Küste entlangfahren. Die Straße tat ihnen aber nicht den Gefallen und endete hinter einem Zeltplatz im Nirgendwo. Dies führte zu einem ebenso nutzlosen Streit, bis Nicky wieder die Initiative ergriff und sie auf den richtigen Weg führte. Zuweilen kam es in den engen Kehren des Istrandshagebirges zu Bodenkontakt der Schlafsäcke, weil kaum eine geringe Schräglage mehr möglich war. Am Nachmittag lagen sie nach etwa zweitausenddreihundert Kilometern Fahrt nördlich von Burgas im Wasser des Schwarzen Meeres und ruhten sich danach etwas aus, bevor sie die letzte kleine Etappe bis zu einem Zeltplatz in Angriff nahmen.

Den Gepäckträger ließ Nicky einen Tag später, nachdem sie sich auf dem Zeltplatz von Krajmorie südlich von Burgas niedergelassen hatten, in seiner letzten Arbeitsstelle vom Studentensommer schweißen. Der Kollege versah den Träger mit einer Innenrohrverstärkung, die künftig jeder Belastung standhielt.

Während der Zeit ihres Aufenthaltes kam Nicky mit dem Nachbarn, der mit seiner Freundin auch hier im Urlaub war, auf die Idee, zur Insel Bolschewik zu schwimmen, eine Strecke von etwa sieben Kilometern. Vormittags vielleicht noch realisierbar, war es am Nachmittag ein Kampf gegen die Wellen und die zwei Jungs kamen nicht so schnell voran wie gedacht. Nach zweieinhalb Stunden drehte Nicky dann nach Süden zum Ölhafen ab, weil Gerd nicht mehr mithalten konnte. Er konnte ihn ja nicht absaufen lassen und blieb in seiner Nähe, um ihn im Ernstfall zu retten. Nach dreieinhalb Stunden spürte Nicky abends um sechs Grund und lief schwankend, aber aufrecht, zum Ufer. Gerd schwamm gerade zwischen zwei Tankern hindurch, fasste zwei Minuten später auch Grund, kroch ans Ufer und fiel um wie ein Sack, er war fix und fertig.
Auf dem Rückweg, den sie zu Fuß machen wollten – fünfzehn Kilometer am Strand entlang – trafen sie auf ein paar Bulgaren, die im Wald ihre Sommerlaube bewohnten. Die Bulgaren luden sie zum Essen ein und fragten, woher sie denn kämen. Sie wollten es erst gar nicht glauben, dass zwei so verrückt sein konnten, die Strecke von Krajmorje bis zum Ölhafen zu schwimmen. Nach einem kurzen Plausch machten sich Gerd und Nicky wieder auf die Socken. Die Bulgaren hatten ihnen geraten, lieber die vier Kilometer durch den Wald zu laufen, dort träfen sie auf die Hauptstraße und es gäbe auch eine Bushaltestelle.
Wie geraten, geschah es. Der Bus hielt just, als die zwei aus dem Wald kamen und der Fahrer ließ sie einsteigen, auch ohne dass sie einen Fahrschein bezahlen konnten. Zum Sonnenunter-

gang kamen sie müde und kaputt zu den Zelten, zur Freude der Mädchen, die sich schon ernsthaft sorgten.

In diesen Tagen geschah es auch, dass Wolf Bergmann ein einmaliges Erlebnis hatte.
Er war am Strand in der Sonne eingeschlafen und hatte einen Traum. Kathleen und er waren auf dem Rückweg. Es regnete und sie fuhren auf einer kleinen Landstraße. Im Hintergrund tauchte drohend ein Bergmassiv aus dem Dunst auf. Bergmann wusste, dass er nie zuvor hier gewesen war, auch keine Bilder oder Filme gesehen hatte, die zu diesem Anblick passten. Dann hatte er eine Linkskurve vor sich. Von rechts mündete ein schlammiger Feldweg ein; der Schlamm war ab der Kurve auf der ganzen Straße verteilt und schlüpfrig. Bergmann legte sich in die Kurve, das Hinterrad brach aus, er geriet ins Schleudern und sie stürzten auf der glatten Straße. Er zuckte zusammen und erwachte von dem Schreck.

Nach drei Wochen am Meer wollten sie zwei Tage später den Rückweg antreten, weil sie noch in der Nähe von Brünn zur MotorradWM Station machen wollten.
Der letzte Urlaubstag fiel buchstäblich ins Wasser; seit dem Morgen regnete es Bindfäden. Kein Starkregen, sondern ein Landregen, der nicht aufhören wollte. Bis zum Nachmittag lagen Kathleen und Nicky tatenlos im Zelt und hofften auf Besserung. Endlich traf Nicky eine Entscheidung. Es hatte keinen Sinn, hier zu warten, sie mussten den Start vorverlegen.
Nun, da sie wussten, was zu tun war, ging alles schnell. Sie packten zusammen, duschten noch einmal, Nicky bezahlte einen Wucherpreis von umgerechnet über siebenhundert Mark für den Zeltplatz und dann verließen sie gegen fünf Uhr nachmittags im strömenden Regen das Schwarze Meer. Vor Burgas folgte Nicky der Ausschilderung nach Sofia. Sie hatten vor, die Rückfahrt nicht über die Karpaten, sondern auf der Südseite der Sredna Gora, dem Hauptmassiv vom Balkan entlang zur Donaufähre VidinCalafat zu fahren. Nicky wusste, dass an der TH ein Schild mit dem Hinweis ´Sofia 400 km´ stand. Gleiches war hier ausgeschildert und so nahm er an, dass beide Straßen hinter

Burgas zusammentreffen würden. Doch dem war nicht so. Wie er später feststellte, war dies eine Umgehungsstraße für LKW, die von der Europastraße weitgehend ferngehalten werden sollten. Ihre Ledersachen waren schon vom Regen durchnässt, obendrein fehlten die verlorenen Trainingsjacken. Die Landstraße führte über Grudovo nach Sliven am Fuße des Gebirges. Die Straße war in einem erbärmlichen Zustand; Pflaster, Schlamm, Schlaglöcher. In den Dörfern liefen die Schweine auf der Straße umher, wie zuhause die Hühner, und suhlten sich nach der wochenlangen Trockenheit im Schlamm.

Sie waren seit über drei Stunden unterwegs und es konnte bis Sliven nicht mehr weit sein, als aus dem Regenschleier innerhalb weniger Augenblicke drohend das Bergmassiv der Sredna Gora vor ihren Augen auftauchte und sich in den Himmel erhob, ohne dass sie die Gipfel sehen konnten. Die Straße verlief in einer Linkskurve; von rechts mündete ein Feldweg auf die Straße und der von den Traktoren an den Reifen mitgeschleppte Schlamm breitete sich auf der ganzen Straße aus.

In diesem Augenblick erinnerte sich Nicky an seine Vision vom Strand; er ging vor Beginn der Kurve hart auf die Bremsen und stabilisierte das Motorrad, bevor er langsam um die Kurve fuhr. Die Vision wäre beinahe bittere Wirklichkeit geworden. Eine himmlische Macht hatte ihn gewarnt und er hatte die Warnung verstanden und rechtzeitig umgesetzt. Eine logische und wissenschaftliche Erklärung dafür gab es nicht.

Die Bezirksstadt Sliven lag vor ihnen; sie hätten sie umfahren und dann irgendwo auf einer Wiese das Zelt aufschlagen können, versuchten jedoch, im Zentrum ein bezahlbares Hotel zu finden, weil sie völlig durchnässt und durchgefroren waren. Dieser Versuch erwies sich als reine Zeitverschwendung, „billige" Hotels gab es überhaupt nicht bzw. sie waren ausgebucht und das Interhotel Sliven, das beste Haus am Platze, lehnte es ab, solche aufgeweichten Gäste mit schmutzigen Stiefeln zu beherbergen, die obendrein nicht einmal in Lage waren, in harter Währung zu zahlen.

So blieb ihnen nur die Weiterfahrt, ein Abendessen unterwegs in einem Motel und danach nutzten sie die erste beste Möglichkeit für ein Nachtlager. Besonders viel Glück hatten sie bei der Auswahl dessen nicht; die Wiese lag in einem Dreieck zwischen der Haupt- und einer einmündenden Nebenstraße.

Frierend krochen sie gleich im Ganzen in die viel zu dünnen Schlafsäcke und zogen nur die Stiefel aus. Richtig warm wurden sie nicht und erwarteten sehnsüchtig den Sonnenaufgang. Einen halben Kilometer weiter südlich verlief die Bahnlinie Sofia-Burgas, und im Viertelstundentakt, so schien es ihnen, donnerte ein Zug vorbei und raubte ihnen den Schlaf.

Als dann ein Schäfer mit seiner Herde vorüberzog und einige der Schafe begannen, an den Zeltschnüren zu knabbern, wurden sie geweckt, so dass sie sofort mit dem Zeltabbau begannen und zur Weiterreise packten.

Der neue Tag gab ihnen auch neue Zuversicht. Über Nacht waren die Regenwolken verschwunden, der Morgen war zwar noch kühl, aber die Sonne würde schnell höher steigen und sie mit ihren Strahlen wärmen.

Schon nach zwei Fahrstunden waren die Lederkombis getrocknet und die zwei genossen die Fahrt südlich der Berge. Die Straße führte abwechselnd auf und ab und vor Sofia stieg sie gar zu einem kleinen Pass an, der das Herz jedes Motorradfahrers höherschlagen ließ. Von einem Parkplatz aus hatte man einen Ausblick über ein romantisch gelegenes Bergdorf im Tal, die Not des gestrigen Tages war vergessen und die warme Sonne ließ vorerst keinen Gedanken an Regen mehr aufkommen.

Die notwendige Fahrt durch das Zentrum von Sofia entwickelte sich ähnlich unangenehm wie die durch Budapest. Ausschilderungen nach Vidin waren rar und obendrein versperrte ein Verbotsschild Motorrädern die Benutzung der in ihre Richtung führenden Straße. Um keinen Ärger mit der Miliz zu bekommen, die überall lauerte, bog Nicky in die einzige freie Richtung ab und suchte an den nächsten Kreuzungen erneut. Schließlich kam er darauf, dass der Weg nach Vidin auf den ersten Kilometern nach Lom führte, welches etwas weiter östlich an der Donau lag, und irgendwann musste ein Abzweig nordwestwärts nach Vidin kommen.

Dieser Gedanke erwies sich als richtig und nun führte die weitere Route die nächsten hundertfünfzig Kilometer durchs Gebirge zum Petrohanski-Pass, dessen höchster Punkt auf etwa 1300 m über dem Meer lag.

Sie hatten eine Abfahrt von fünfundzwanzig Kilometern hinter sich und sahen rechter Hand einen See liegen. Nicky dachte gerade darüber nach, ob man versuchen sollte, zum Seeufer zu kommen, um ein reinigendes Bad nehmen zu können, als das Hinterrad zu tanzen begann. Dieses Symptom kannte er, Reifenpanne. Noch bevor die Luft gänzlich entwichen war, stand er schon am Straßenrand. Kathleen hatte noch gar nicht bemerkt, dass sie eine Panne hatten und wunderte sich über den völlig unerwarteten Halt außerhalb jedes Parkplatzes.

Die kurze Erklärung folgte und jetzt gab es Arbeit. Während Nicky den eingefahrenen Nagel mit der Zange aus dem Reifen entfernte, den Reserveschlauch einzog und den Reifen wieder auf die Felge hebelte, bereitete Kathleen etwas zu essen und schob ihm die Happen in den Mund, damit sie weniger Zeit verloren.

Nach einer dreiviertel Stunde konnte die Reise fortgesetzt werden, etwa dreißig Kilometer vor Vidin fiel das Gelände deutlich ab und hinter einer Kurve konnten sie aus der Höhe das blaue Band der Donau sehen, die hier die Grenze zu Rumänien markierte.

Nicky wollte eine Stelle am Donaustrand für die Nacht ansteuern, dort hätten sie reichlich Holz für ein Lagerfeuer, wie sie es abends auf dem Zeltplatz von Krajmorie stets hatten, Ruhe und konnten auch baden. Kathleen war damit überhaupt nicht einverstanden. Sie bestand darauf, nach Vidin zum Zeltplatz zu fahren, um dort heiß duschen zu können. Es kam zum Streit, am Ende war Wolf Bergmann der Dumme und gab nach, um seine Ruhe zu haben. Keifende Frauen waren unausstehlich.

Mit einbrechender Dunkelheit fanden sie den Zeltplatz, zahlten einen Wucherpreis für diese eine Nacht und schlugen das Zelt auf. Nur mit dem Duschen war es Essig, solchen Luxus gab es hier nicht. Man musste sich mit einem kalten Wasserhahn zwischen den Pappeln zufriedengeben. Dieser Umstand trug nicht dazu bei, die Stimmung zu verbessern. Sie redeten an diesem

Abend kein Wort mehr miteinander und jeder ärgerte sich auf seine Weise.

Was ihnen an diesem Tage bevorstand, konnten die zwei zum Glück nicht ahnen, als sie am nächsten Morgen das Lager räumten und zur Fähre aufbrachen. Sie wollten versuchen, Rumänien auf der kürzeren Route am Eisernen Tor vorbei und anschließend über das Banater Gebirge an einem Tag und ohne nachzutanken zu durchqueren. Zu diesem Zweck hatte Bergmann bereits sechs Liter Benzin abgezapft und in einer der Reisetaschen verstaut. Er hoffte, dass der kleine Schmuggel nicht entdeckt werden würde. Mit vollem Tank und dieser Reserve mussten die vierhundertachtzig Kilometer bis zur ersten Tankstelle in Ungarn zu schaffen sein.

Das Übersetzen nach Rumänien zog sich hin. Zwei Stunden warteten sie auf die Zollkontrolle, erst kurz nach halb zwölf legte die Donaufähre ab. Der Himmel war heute bedeckt, ein scharfer Wind, um nicht zu sagen, Sturm, blies aus Nordwesten und es sah verdammt nach Regen aus. Zu Highnoon legte die Fähre in Calafat an und nach der Kontrolle der Reiseunterlagen und Fahrzeugpapiere konnte die Fahrt endlich beginnen.

Der Sturm machte Nicky arg zu schaffen. Es war nicht nur, dass der massive Gegenwind urst bremste und ihn häufig zwang, im vierten Gang fahren zu müssen. Die Unmassen von dicken LKW´s, die ihnen entgegenkamen, erschwerten das Fahren zusätzlich, wenn das Motorrad aus dem kurzen Windschatten wieder voll in den Sturm, verstärkt durch den Sog des vorbeigefahrenen Lasters, geriet und das Motorrad von der nächsten Bö durchgerüttelt wurde.

Nach achtzig Kilometern gab es den nächsten ungeplanten Aufenthalt, eine erneute Reifenpanne am Hinterrad. Wieder musste das Gepäck abgeladen, das Rad ausgebaut, der Reifen von der Felge gehebelt und der Schlauch entnommen werden. Dieses Mal konnte Nicky auf keine Reserve mehr zurückgreifen und musste den Schlauch flicken. Es war jedoch auffällig, und das gab Anlass zur Sorge, dass kein Fremdkörper eingefahren war. So sehr sich Nicky auch bemühte, einen Nagel, ein Stück Glas oder einen eingefahrenen Steinsplitter zu entdecken, er fand nichts. Aber da fielen ihm seine Worte ein, die er im Mai zu Kathleen gesagt hatte, als er auf dem Weg zur Uni den Schlauch flicken musste – „wenn es nur das ist, solche Pannen wünsche ich mir!" – na, nun waren es ja derer schon zwei.

Eine Stunde später konnten sie die Fahrt fortsetzen. Der Flicken hielt genau vierzehn Kilometer. Bereits hinter Drobeta Turnu Severin, in der Nähe vom Eisernen Tor, standen sie wieder auf der Felge. Es war zum Auswachsen, jegliche Zuversicht schwand, irgendetwas war hier oberfaul. Wenn das so weitergehen würde, bestand keine Aussicht, dass das Flickzeug bis Ungarn reichte.

Während Nicky nun zum dritten Mal auf dieser Reise den Reifen von der Felge hebelte, stoppte Kathleen Motorradfahrer und bat um Hilfe. Jetzt lernte man auch die Rumänen von einer ganz anderen Seite kennen. Eine Familie mit einem Seitenwagengespann hielt, doch sie hatten kein Flickzeug dabei. Ein Mopedfahrer überließ ihnen zwei rumänische Flicken und erklärte wortreich und mit den Händen das Prinzip ihrer Anwendung. Der Gummiflicken klebte unter einer winzigen Aluminiumwanne, worin sich ein Stück dicker Pappe befand. Man musste mit einer Schraubzwinge diese Wanne an das Loch im Schlauch drücken, die Wanne voll Benzin gießen und das Ganze anzünden. Die entstehende Hitze stellte zwischen dem Schlauch und dem Flicken eine fast unlösbare Verbindung, ähnlich einer Vulkanisation, her.

Unterdessen hielt ein junger Mann mit seiner JAWA und bot Hilfe an. Er besah sich den Schlauch, meinte, den könne er zu Hause flicken und tauschte ihn gegen seinen eigenen Reserveschlauch, der aus mindestens drei Millimeter dickem Gummi bestand und einiges aushalten würde.

Während der Motorradfahrer Nicky beim Montieren des Reifens zur Hand ging, kehrte die Gespannbesatzung zurück und schenkte den beiden noch einen Flicken, den sie in der Stadt extra für sie organisiert hatten.

Kathleen und Nicky dankten allen ihren Helfern und verabschiedeten sich.

Das Motorrad rollte wieder. Die nächsten dreißig Kilometer begleitete sie die Donau, dahinter lag Jugoslawien, für DDR-Bürger unerreichbar. Bis Orsova folgten sie der Donau stromaufwärts, fuhren über die Viadukte der unzähligen kleinen Nebenflüsse und bogen dann nach Norden ins Banater Gebirge ab. Der Pass Orientale führte sie auf knapp fünfhundert Meter über den Meeresspiegel hinauf und wieder hinunter; der Schlauch hielt, aber die inzwischen immer häufigeren heftigen Regenschauer ließen keine Freude an der Landschaft aufkommen. Die Kombis wurden in den kurzen Regenpausen nicht mehr vom Fahrtwind trocken.

In einem kleinen Bergdorf, an der Europastraße gelegen, hielten sie an, sie brauchten Brot. Kathleen wartete am Motorrad, Nicky flitzte durch den Regen, fand einen Bäckerladen und sah gerade noch, wie das letzte Weißbrot aus dem Regal im Korb einer Bäuerin verschwand.

Auch Kathleen war verschwunden; als er zurückkam, stand die TS einsam neben dem großen, für die deutschen Siedlungen in Rumänien typischen Hoftor. Einer Eingebung folgend, öffnete er die Türe zum Hof; da saß sie im Liegestuhl unter einem Laubendach und hielt in der einen Hand eine Kaffeetasse und in der anderen eine Weintraube.

Die Leute hatten sie hereingeholt, als der Nieselregen in einen Wolkenbruch überging. Auch Nicky genoss bei einem Gespräch die Gastfreundschaft, musste aber auf baldigen Aufbruch drängen, der Weg war noch weit.

Der Regen ließ nicht nach, nur die Intensität schwankte. In Jupa, einem kleinen Dorf im Banat, nördlich von Caransebes, den Namen würde er nie vergessen, öffnete der Himmel seine Schleusen mit einer Heftigkeit, dass Nicky mitsamt der Maschine in die nächste Buswartehalle hineinfuhr und den dicksten Regen abwarten wollte.

Als er nach einer kleinen Weile einen Blick auf das Motorrad warf, war er den Tränen nahe. Das Hinterrad stand auf der Felge, der neue Schlauch war hin.

Erneut machte er sich an die Arbeit; Kathleen befragte die Dorfjugend nach CZ- oder JAWA-Fahrern, die vielleicht helfen konnten. Es dauerte keine Viertelstunde, da war wohl das halbe

Dorf versammelt. Der Schlauch wurde mittels der rumänischen Flicken an zwei Stellen vulkanisiert. Die Quelle des Elends wurde nun auch geortet, als Nicky sich den Reifen von innen besah; die Leinwand hatte die extreme Belastung nicht vertragen und einen Riss bekommen, der sich etwa zwölf Zentimeter langzog. Die Enden der Leinwand arbeiteten beim Fahren und knabberten den Schlauch buchstäblich durch, bis das erste Loch die mühsam aufgepumpte Luft wieder entweichen ließ.

Um Abhilfe zu schaffen, klebte Nicky den Reifen von innen mit Heftpflaster aus und entschärfte somit die Leinwandenden, dann umwickelte er den Schlauch noch doppelt mit PE-Folie. Diese Wurst quetschte er unter den Reifen, hebelte diesen auf die Felge und begann, Luft aufzupumpen. Jetzt war Augenmaß gefragt, denn der Druck durfte nicht zu hoch sein, um den Riss nicht zu vergrößern, denn wenn der Reifen platzen würde, war alles aus. Am Riss zeigten sich dicke Beulen im Reifen, was sich beim Fahren auf die Stabilität auswirkte. Unterhalb von fünfzig Stundenkilometern schlingerte die Maschine vorn und hinten wie ein Entenarsch. Erst oberhalb dieser Geschwindigkeit wurde die Masse so träge, dass das Motorrad wieder stabil spurte.

Inzwischen hatte die Dunkelheit eingesetzt, die Sicht war so jämmerlich, dass sich Nicky entschloss, das Visier vom Helm zu nehmen, um besser sehen zu können. Der Fahrtwind und der Sturm drückten den Helm, wenn das Visier geöffnet war, zu stark nach oben. Nun hatte er zwar bessere Sicht, aber dafür bekam er den kalten Regen und den Nordwestwind voll ins Gesicht. Die Regentropfen bissen in seine Wangen und vermischten sich mit den Tränen, die ihm der Wind aus den Augen trieb.

Zu allem Übel stellten sich nun auch noch Zahnschmerzen in einem Weisheitszahn ein.

In den großen Städten Temeschburg und Arad schlich Nicky auf dem glatten und holprigen Pflaster mit dreißig Sachen durch die Gegend, um nicht zu stürzen. Zusätzlich musste er auf die Schienen der Straßenbahn achten und durfte nicht zwischen die Gleise kommen, da die Schienen zuweilen fünfzehn Zentimeter unterhalb der Oberkante der Straße lagen. Der Reifen hielt bis jetzt, bis zur Grenze konnte es nicht mehr als noch eine Stunde Fahrt sein.

Nachts halb zwei sahen sie die Lichter der Grenzstation von Nadlac. Heute gab es keinen Stress, die Zöllner erwarteten von den aus Bulgarien zurückkehrenden Urlaubern, etwas anderes kam nicht in Frage, keine Reichtümer mehr, die zu suchen sich lohnte.

An der Grenze trafen die zwei eine weitere MZ-Besatzung, zwei Brüder, die nonstop von Plovdiv kamen und heute schon über achthundert Kilometer zurückgelegt hatten. Man kam ins Gespräch und beschloss, die nächsten Kilometer gemeinsam zu reisen. Da der Regen im Augenblick aufgehört hatte, schlugen die vier ein paar Kilometer weiter auf einer Wiese neben einem Maisfeld ihre Zelte auf, um hier den Rest der Nacht zu verbringen.

Sie waren noch nicht ganz fertig, als eine ungarische Grenzpatrouille erschien. Der Postenführer sprach sie an, ob einer russisch verstehe. Wolf Bergmann bejahte. Der Unteroffizier hatte nichts dagegen, dass die jungen Leute eine Nacht hierblieben und gab auch gern darüber Auskunft, ob man in Szeged einen neuen Motorradreifen bekommen könne. Er meinte, das wäre kein Problem und verabschiedete sich.

Der Morgen begann mit Regen und Durchfall, so dass man sich auch noch ins nasse Maisfeld hocken musste. Der Tag fing ja wieder gut an.

Im Regen das Nachtlager abzubauen und den nassen Mist zu verstauen, war alles andere als ein Vergnügen. Sie waren schon vor dem Start durchgeweicht, die Stiefel vom nassen Gras klamm und die Handschuhe wollten kaum auf die feuchten Hände rutschen.

Mit dem Ortseingang von Szeged ging dem Hinterreifen im strömenden Regen das fünfte Mal die Puste aus. Egal, man war in Ungarn, hier wurde man bestens versorgt. Unmittelbar neben dem aktuellen Standort befand sich eine öffentliche Einrichtung, ein Pflegeheim. Bergmann war vor der Reise in den ADMV eingetreten, weil es eine Vereinbarung zwischen den Motorsportverbänden gab, sich gegenseitig zu helfen.

Dies kam ihm jetzt zugute. Die Pförtnerin verstand zwar kein Wort deutsch, aber das Wort „Automotoclub" ist international in Europa anwendbar; sie suchte eine Nummer, telefonierte, und eine halbe Stunde später kam ein Helfer vom ungarischen Motorsportverband mit seinem Trabant angefahren. Einer langen Erklärung bedurfte es nicht, der Sportfreund war sofort im Bilde. Wolf Bergmann baute das Hinterrad aus, unterdessen fuhr Kathleen mit dem Fahrer der anderen MZ in die Stadt, um wieder zu Bargeld zu kommen. Bekanntlich wurden ihnen ja bei der Ausreise nach Rumänien alle großen Tausendforintscheine abgenommen, die jetzt, gegen eine kleine Bearbeitungsgebühr, versteht sich, bei der Bank wieder eingelöst werden konnten. Mit dem Hinterrad im Kofferraum fegte der Trabi zum ersten Motorradladen, doch dort gab es nur fertige MZ, hübsch in Reih und Glied aufgestellt, zum Verkauf. Im zweiten Geschäft gab es Ersatzteile wie im Märchen; Werner Quartzdorff aus Eisenleben wäre vor Neid geplatzt. Bergmann legte dreihundertsieben Forint für einen neuen Reifen der Marke Barum auf den Tresen, ein Schnäppchenpreis. Nach heutigem Geld ein Euro, damals zweiundsechzig DDR-Mark, in D-Mark ausgedrückt wahrscheinlich keine zwanzig.

Mit dem Reifen im Kofferraum kehrte Wolf Bergmann zum Motorrad zurück. Bergmann legte seinen Mitgliedsausweis vom ADMV für das Einsatzprotokoll vor und der Sportfreund verabschiedete sich. Von den Dresdnern bekam Bergmann einen neuen Schlauch und musste nicht flicken. Der neue Reifen wurde aufgezogen, aufgepumpt, ausgewuchtet und das Rad eingebaut, das Gepäck aufgeladen und ab ging es auf nunmehr trockener Straße in Richtung Kecskemet. Dort steuerte man einen Supermarkt an und versorgte sich ausgiebig mit frischen Lebensmitteln und Süßigkeiten.

Nicky genoss das neue Fahrgefühl, keine Sorgen mehr wegen einer erneuten Panne haben zu müssen. Die TS schnurrte nun in Richtung Budapest, aber der starke Wind blieb und er musste häufig herunterschalten, um den Motor bei Laune zu halten.
Aber es gab auch einen Wermutstropfen, die Zahnschmerzen wurden schlimmer, Kopfschmerzen kamen hinzu und Berg-

mann fühlte Fieber in seinem Körper aufsteigen. Die nächtliche Regenfahrt mit offenem Visier, durchnässten Sachen und Unterkühlung wegen der fehlenden Trainingsjacke blieb nicht ohne Folgen.

Am Nachmittag legten die Vier einen Bummel durch Budapest ein. Bergmann trabte mit, obwohl er sich hundeelend fühlte. Er war froh, als sie wieder den Weg zum Parkplatz einschlugen und er weiterfahren konnte.

Vor Einbruch der Dunkelheit erreichten sie die slowakische Grenze und schafften es noch, zu tanken, bevor die erste Tankstelle schloss.

An diesem Abend wollten sie den Fahrtag zeitig am Lagerfeuer ausklingen lassen und schlugen sich in die Büsche, als sie ein geeignetes Plätzchen zum Lagern entdeckten. Das Feuer knisterte und wärmte, sie brieten die Würstchen an kleinen Spießen, aber Bergmann verspürte wenig Appetit, die Schmerzen und das Fieber machten ihm zu schaffen. Morgen wollte er einen Zahnarzt aufsuchen. Gegen elf legte er sich ins Zelt, konnte aber wegen der Schmerzen nicht einschlafen und schluckte nachts um drei zwei starke Schmerztabletten. Die verschafften ihm Linderung und er schlief ein.

Als er erwachte, war es bereits halb elf am Vormittag. Die anderen hatten ihn schlafen lassen, damit er sich etwas erholen konnte. Auch ihnen hatte der Schlaf gutgetan.

Bergmann fühlte sich erfrischt und spürte im Augenblick keine Schmerzen. Ein Zahnarztbesuch erübrigte sich seiner Meinung nach vorerst.

Sie waren noch nicht sehr weit gekommen, als sie an einer Dorfkneipe hielten und dort ausgiebig frühstückten. Kurz darauf erreichten sie die slowakische Hauptstadt und fuhren auf die Autobahn auf. Ihr nächstes Reiseziel war die Rennstrecke in der Nähe von Brünn, wo an diesem Wochenende die Motorradweltmeisterschaften stattfanden und Bergmann hoffte, dort seinen Onkel zu treffen, der sich Jahr für Jahr an der gleichen Stelle neben dem Wald einquartierte.

Am Nachmittag verabschiedeten sich Kathleen und Wolf von ihren Begleitern, die am Montag zur Arbeit mussten und nicht mit zum Rennen fahren konnten.

Bergmann fand seinen alten Standort wieder, konnte aber seinen Onkel nirgends entdecken. Wie sich später herausstellte, hatte er von seiner Frau wegen der Einschulung von Bergmanns jüngster Cousine die Order erhalten, gefälligst zu Hause zu bleiben.
Trotzdem blieb man nicht lang allein. Motorradfans und –fahrer fanden sich immer zusammen und ein gut gelaunter Sachse hatte noch massenhaft von seinem Kesselgulasch übrig, zu dem er Kathleen und Wolf einlud.

Am späten Abend, die Wirkung der Tabletten war lange abgeklungen, hielt es Bergmann vor Schmerzen nicht mehr aus. Ein Mitarbeiter der VB – Verena Bespetschnost   oder zu Deutsch „öffentliche Sicherheit" wusste Rat und handelte. Man weckte einen hilfsbereiten Trabantfahrer, der bereits weitgehend ausgenüchtert war, um fahren zu können, und verließ mit ihm den Acker. Zunächst musste der Trabi vom „Zeltplatz" auf die Rennstrecke auffahren, die in Friedenszeiten eine öffentliche Straße, wegen der WM als Streckenabschnitt aber seit Tagen gesperrt war. Der Polizist war sich jedoch nicht im Klaren, ob man vom Acker nun nach rechts oder links abbiegen solle, und bevor er eine Entscheidung getroffen hatte, standen die Vorderräder des Trabis auf der Sohle des Straßengrabens; es war unmöglich, aus eigener Kraft wieder rückwärts auf die Straße zu gelangen. Eine Handvoll Helfer war jedoch sofort zur Stelle und mit vereinten Kräften schob man das Auto auf die Straße zurück. Nun wurde es lustig auf der Strecke, der Polizist musste ständig mit seiner roten Lampe kreisen, um freie Fahrt zu erwirken, in Brünn lotste er den Fahrer in die Gegenrichtung einer Einbahnstraße und jagte ihn bei Rot über eine Kreuzung, bis man vor einer Zahnklinik stoppte. Bergmann wurde zwar behandelt und der Zahn betäubt, aber die Ärztin erklärte, nachts werde sie keinen Zahn ziehen. Sie gab ihm noch ein Schmerzmittel mit damit war der Fall für sie erledigt.

Wolf konnte in dieser Nacht allenfalls zwei oder drei Stunden schlafen. Die Kopf- und die Zahnschmerzen kehrten mit Heftigkeit zurück und die Tabletten wirkten nicht mehr.

Die Rennen am Sonntag waren interessant und zur großen Freude der Deutschen siegte der westdeutsche Toni Mang in den Klassen bis 250 und bis 350 ccm souverän und wurde in jenem Jahr sogar Doppelweltmeister.

Bergmann hingegen war völlig apathisch, in den Pausen zwischen den Läufen lag er auf der Matratze und schlief etwas. Er war fix und fertig.

Dennoch wollten sie am Abend nach dem Rennen starten. Das Motorrad sprang nicht an, die Batterie war entladen. Bergmann musste die Maschine anschieben.

Schon nach wenigen Kilometern auf der Autobahn kam es aufgrund der Rückreisewelle zum Stau. Wolf Bergmann fühlte sich nicht mehr in der Lage, sicher fahren zu können und fragte seinen Nachbarn im Stau, ob sein Sozius fahren könne. Da dieser bejahte, bat Bergmann darum, am nächsten Parkplatz zu halten, um die Maschinen tauschen zu können, weil er krank sei. Die Jungs halfen. Kathleen stieg auf die andere Maschine und Wolf wurde auf seiner eigenem zum Sozius. So legte man an die hundertzwanzig Kilometer zurück. Beim Zwischenstopp zum Tanken zitterte Bergmann bereits wie ein junger Hund im Winter und konnte sich kaum noch auf den Beinen halten. Er hatte hohes Fieber und Schüttelfrost.

Sechzig Kilometer vor Prag setzte der Fahrer den Blinker zur Abfahrt Bernhartice. Wolf Bergmann dankte dem Kameraden für seine Hilfe und verabschiedete sich. Er konnte nicht mehr weiter und fragte im Dorf nach einem Arzt. Ein Anwohner brachte ihm eine warme Wolldecke und ein Glas Wasser; der Krankenwagen kam zwanzig Minuten später und brachte Kathleen und Wolf nach Vlasim ins Krankenhaus. Das Motorrad blieb stehen, wo es war; die Leute versprachen, sich darum zu kümmern.

Im Krankenhaus wurde Wolf Bergmann sofort behandelt. Der diensthabende Arzt sprach deutsch, fragte ihn nach seinen Beschwerden und wie lange er letzte Nacht geschlafen habe. „Zwei, drei Stunden?" – „Das ist wenig, sähr wenig."

Gestützt von zwei Krankenschwestern fuhr er im Lift ein paar Etagen höher und wurde, so wie er war, seit fünf Tagen nicht gewaschen, in ein Bett gelegt, an einen Tropf angeschlossen und erhielt im Abstand von je vier Stunden eine doppelte Dosis Antibiotika. Kathleen wurde der Einfachheit halber auch in einem Krankenzimmer untergebracht.

Am Morgen erwachte er mit Schüttelfrost und – trotz der Antibiotika – noch immer 40° Fieber. Er fror, stieg aus dem Bett und betrachtete sein Gesicht im Spiegel. Die rechte Gesichtshälfte war völlig geschwollen, das Auge halb zu; er erschrak bei seinem Anblick.

Zum Frühstück bekam er noch nichts zu essen, aber seine Mitpatienten versorgten ihn mit Tee. Eine zweite Decke erhielt er auch. Kathleen besuchte ihn und war ratlos. Sie wollte ihre Eltern anrufen und mit ihnen sprechen, was man tun könne. Eine Verbindung für ein Auslandsgespräch würde sie aber erst gegen Mittag oder noch später bekommen können.

Der Chef und der Oberarzt erschienen zur Visite. „Sie habben es Ihrer Konstitution zu verdanken, dass Sie noch am Läbben sind!", sagte der Chefarzt und erklärte, dass das Fieber und die Schmerzen die Folge einer Stirnhöhlenvereiterung seien. Bergmann hatte sich schon etwas Ähnliches gedacht; er fühlte es am Abend vorher, dass er am nächsten Morgen steif im Zelt liegen würde, wenn er nicht schleunigst ärztliche Hilfe erhielt.

Das Antibiotikum schlug an, am Nachmittag war das Fieber auf unter 39° gesunken, aber Wolf war noch nicht über den Berg. Immerhin brachte Kathleen Neuigkeiten. Sie hatte ein halbstündiges Telephonat mit ihren Eltern geführt. Sie würden sich morgen auf den Weg machen und sie aus dem Krankenhaus abholen, Wolfs Eltern unterrichten und jemanden finden, der das Motorrad nach Hause fahren würde. Bis zum Nachmittag würde es aber sicher dauern.

Am nächsten Morgen bekam Wolf Bergmann endlich etwas zu essen. Er war ausgehungert wie ein lahmer Präriewolf. Kathleen hatte Nachricht von ihren Eltern erhalten; sie würden voraussichtlich gegen zwei da sein und Wolfs Schulkameraden Frank mitbringen, der das Motorrad nach Hause fahren wollte. Wolfs Eltern würden sie dann hinter der Grenze bei Bad Schandau erwarten und ihn übernehmen.

Wie besprochen lief dann alles Weitere nach Plan. Wolf wurde mit einer Portion Ampicillin, ausreichend für die nächsten vier Tage, und der Auflage, dem Arzt zu schreiben, wenn er wieder auf den Beinen ist, entlassen.

In Bernhartice übernahmen sie das Motorrad, das in der Zwischenzeit bei der Polizei sicher verwahrt abgestellt worden war und begaben sich auf den Rückweg, nunmehr mit vier Rädern. An der Grenze trennte man sich, Wolf stieg ins Auto der Eltern um und legte sich, soweit das möglich war, auf die Rückbank; Frank fuhr mit der TS hinterher.

Die letzten zweihundert Kilometer zogen sich, weil Frank aus unerklärlichen Gründen mit fünfzig Sachen über die Autobahn schlich, nachts halb zwei erreichte man das elterliche Grundstück. Es war der 2. September.

Wolf Bergmann zog noch einmal Bilanz über die Tour. Der Grundsatz des Murphy´schen Gesetzes, dass etwas schiefgehen wird, wenn es schiefgehen kann, hatte sich wieder einmal bewahrheitet. Für Murphys Gesetz gab es keine wissenschaftlich fundierte Begründung, aber die Fakten sprachen für sich. Ein Gegenstand fiel grundsätzlich so, dass er maximalen Schaden anrichtete, sei es nun das Musbrot, das immer auf die Musseite fiel oder Vogelscheiße, die man auf den Kopf bekam oder auf das frisch geputzte Motorrad fiel; das Gesetz der selektiven Schwerkraft.

Auch auf dieser Reise ging so vieles schief, dass schon fast System dahintersteckte. Getriebe, Kurbelwelle und Reifen am Motorrad waren vor der Fahrt erneuert worden, man war gesund und mit den Lederkombis weit besser ausgerüstet als die breite Masse der Motorradfahrer der DDR. Man hatte Fehlerquellen und Risiken weitgehend ausgeschaltet, fuhr auf Sicherheit, selbst eine Vision kam zu Bergmann, die ihn vor einem möglichen Sturz warnte. Aber es fanden sich eben immer wieder neue Möglichkeiten, eine Sache schief gehen zu lassen. Die verlorenen Trainingsjacken, der gebrochene Gepäckträger, fehlende Regenkleidung, der Riss in der Leinwand, der Dauerregen, das abgebaute Visier; am Ende keines für sich allein, aber in der Summe alle für das Fiasko verantwortlich.

Die Reisestrecke bemaß sich auf etwa fünftausendzweihundert Kilometer. Nach viertausendsechshundert Kilometern musste Wolf Bergmann aufgeben, um nicht vor die Hunde zu gehen. Er war maßlos enttäuscht und niedergeschlagen; so hatte er sich die Abenteuerfahrt, die er einmal im Leben machen wollte, nicht vorgestellt. Bergmann brauchte eine Woche, um sich von der Krankheit zu erholen.

Inzwischen verbreitete sich das Gerücht in Birkenburg, Wolf Bergmann habe sich auf der Hochzeitsreise totgefahren. Er kannte die Quelle. Es war die gleiche, die ihn vor über vier Jahren nach dem Bruch seines Handgelenks totgesagt hatte.

Totgesagte lebten ewig…

XXII

Wolf Bergmann wurde aus dem gerade begonnenen Schlaf gerissen. Das morgendliche Zeremoniell nahm seinen Lauf. Nach der Visite blieben bis zum Mittagessen wieder zwei bis drei Stunden Zeit zum Nachdenken.

*

Es war wieder Herbst geworden. Sein viertes Studienjahr begann und raste verdammt schnell dahin.

Im Internat ergab sich eine Änderung, Andreas hatte, weil er Vater wurde, geheiratet und bewohnte mit seiner Frau nun ein gemeinsames eigenes Zimmer.

Das freigewordene Bett wurde die nächsten Monate mit einem Neuzugang aus dem ersten Semester belegt. Matthias, von Ollo und Nick aber lieber Heinz gerufen, weil dieser Name besser zu diesem Tränentier passte, kam etwas später, weil er erst zur Armee sollte und dann doch wieder nicht. Er war der Typ Streber, der nur für seine Bücher lebte und mit Disco, Feten und Mädchen nichts im Sinn hatte, eine Witzfigur und ein Objekt, das zum verhohnepiepelt werden regelrecht aufforderte.

Ollo und Nick hatten sich einen Streich ausgedacht, um ihn aus der Reserve zu locken und ließen durchblicken, dass man hier im Zimmer dem Kumpel gehorchen musste, wenn der einen Wunsch äußerte. Dafür wurde Gleiches mit Gleichem vergolten und niemand käme zu kurz.

Beim Abendessen ließen sie dem Spaß seinen Lauf. Ollo begann, „Nick, mach mir mal ´was zum Saufen, oder ich saug´ Dich aus!" Der Heinz äugte argwöhnisch, sagte aber nichts dazu. Nick goss Milch in ein Becherglas, rührte lösliches Kakaopulver hinein und servierte dem Ollo mit „lass es Dir schmecken!" das Getränk, der sich damit zufriedengab.

Nick läutete die zweite Runde des Vorspiels ein, „Ollo, mach mir mal ´was zu fressen, oder ich beiß´ Dir ein Ohr ab!" Dem Heinz wurde es ungemütlich. Der Ollo schnitt eine Scheibe Brot ab, belegte sie mit Wurst und schob sie Nick auf einem Holzbrettchen hin. „Bitte Nick, guten Appetit!" – „Danke Ollo!"

Ein paar Minuten später sah der Ollo den Heinz durchdringend an und grinste dabei von einem Ohr bis zum anderen. Heinz ahnte wohl, dass er jetzt dran sein würde, konnte sich aber nicht vorstellen, was man von ihm verlangte.

Der Ollo machte es spannend und holte tief Luft, bevor er begann. „Heinz, schaff´ mir ´was zum Bumsen oder ich bums´ Dich!"

Die beiden mussten sich beherrschen, um nicht jetzt schon in Lachen auszubrechen. Heinz schnappte nach Luft, wurde abwechselnd rot und blass und überlegte anscheinend wirklich, was nun zu tun sei. Er kannte ja kein Mädchen, das er um einen solchen Gefallen bitten konnte, sollte er jetzt in seiner Not etwa seinen Arsch hinhalten? Er schluckte und rannte aus dem Zimmer; der Ollo und Nick hieben sich vor Lachen auf die Schenkel.

Heinz hatte nichts auszustehen, er bemerkte sehr bald, dass man ihn nur auf den Arm genommen hatte, es war ja alles zu offensichtlich abgelaufen. Aber ganz geheuer war es ihm im ersten Moment wohl nicht.

Wahrscheinlich war er überglücklich, als er einen Platz in einem Zimmer seines eigenen Studienjahres bekam, als der erste exmatrikuliert wurde. Das Unglück des Einen war eben seit jeher das Glück des Anderen!

Ende September fand der 1. Lauf zur Bezirksmeisterschaft im Motorradmehrkampf statt. Bergmann hatte wegen der vorangegangenen und gerade auskurierten Stirnhöhlenvereiterung vom Sportarzt ein Startverbot erhalten und durfte nur zusehen. Um sich dennoch nützlich zu machen, ließ er sich an einer Durchfahrtskontrolle einsetzen.

Die Strecke war der Horror, fast ausschließlich über schlüpfrige und versumpfte Wiesen und an die zwanzig Wasserdurchfahrten pro Runde, wie seine Mannschaftskameraden berichteten, die allesamt bereits in der Einführungsrunde nicht einmal die ersten zwei Kilometer überstanden und nicht mehr zum Start antreten konnten. Klaus hatte keine Handschuhe getragen und riss sich beim ersten Sturz die linke Hand auf; Gerd wurde von einer Schar Halbwüchsiger, die sich einen Spaß daraus machten, die Fahrer zu sabotieren, an einer Wasserdurchfahrt an die tiefste Stelle gelockt. Dort blieb er hoffnungslos stecken, als der Motor unter Wasser ausging und das schlammige Wasser durch Auspuff, Luftfilter und Vergaser in den Kurbelwellenraum eingesaugt wurde.

Bergmann hatte also praktisch nichts verpasst. Er stand an einem Schlammloch, das mit der DK versehen war, damit niemand die Stelle umfahren und mogeln konnte, ohne dafür disqualifiziert zu werden. Alle Startnummern wurden abgehakt, wenn sie hier entlangkamen, und mit jeder Runde wurden es weniger. Am Ende waren fünfzig Prozent Ausfälle in allen drei Wertungsklassen zu verzeichnen, die reinste Materialschlacht.

In der darauffolgenden Woche trockneten Gerd und Wolf den Motor, indem sie einfach nach der Reinigung von Lichtmaschinenraum, Vergaser und Luftfilter durch die Kerzenbohrung technischen Alkohol für Reinigungszwecke in den Zylinder gossen. Der Alkohol nahm das Wasser auf und dann kickten sie stundenlang und füllten abwechselnd Alkohol nach, bis das Wasser soweit aus dem Kurbelwellenraum ausgeschleppt war, dass der Motor wieder ansprang. Da sie wegen der fortgeschrittenen Herbstkühle nicht im Freien, sondern in der geheizten Garage arbeiteten, bekamen sie von den Ethanoldämpfen einen Rausch, als hätten sie jeder eine halbe Flasche voll verlötet.

Im Oktober nahm Wolf Bergmann mit seiner uralten ES und abgefahrenen Reifen am zweiten Lauf teil. Die Einführungsrunde schaffte er nur zur Hälfte. Im Wettkampf blieben Gerd und Wolf zusammen, um sich gegenseitig zu helfen, wenn es galt, die glatten Steilauffahrten zu überwinden. Wolf erinnerte sich besonders an eine Situation. Sie kamen aus einer Bachdurchfahrt, mussten die Straße queren und darauf einen zwar nur mäßig steilen, dafür aber langen und schlüpfrigen Waldweg befahren. Wolf schaffte es, mit seiner Maschine, den ersten Gang eingelegt, unterstützt durch eigene Kraft, den Hang zu bezwingen, indem er die Maschine nur führte und mit gewaltigen Sätzen nebenher sprang. Oben stellte er sie ab und kehrte zu Gerd zurück, der sich vergeblich mühte, vorwärts zu kommen. Wolf ließ Gerd aufsitzen, um Last auf das Hinterrad zu bekommen und schob aus Leibeskräften bis nach oben, während Gerd die Füße und die Motorkraft zu Hilfe nahm. Endlich stand Gerds ES neben der anderen, beide Fahrer waren kaputt und von der Anstrengung durchgeschwitzt. Gerd legte sich über den Lenker und japste „ich kann nicht mehr, ich bin fix und fertig, wo nimmst Du bloß die Kraft her?"
Sie quälten sich eine Runde ab, wälzten sich wiederholt im Schlamm und verzichteten darauf, sich noch den Strapazen einer zweiten Runde auszusetzen. Vier hätten sie im Ganzen fahren müssen, mit diesen alten Hobeln ein Ding der Unmöglichkeit. Sie hatten zwar heute und in diesem Jahr nicht wenig Erfahrungen gesammelt, aber sie brauchten gleichwertige

Technik, wenn sie auch einmal irgendwann die schwarzweißkarierte Flagge innerhalb des Zeitlimits sehen wollten.

Und dann gab es in diesem Herbst noch eine Begebenheit, an die sich Wolf Bergmann gern erinnerte, obwohl sie ihm einigen Ärger einbrachte.

An der TH gab es einen Brandschutzinspektor, in Studentenkreisen wie im Lehrkörper auch der „Feuerrüpel" genannt. Dieser hatte nichts anderes zu tun, als die ganze Woche in seiner Feuerwache zu sitzen oder mit seinem Moped durch die TH zu fahren, ob es nicht etwas zu bemängeln gäbe und er jemanden anscheißen könne.

Bergmann kam mit seiner Gruppe vom Training und demonstrierte den Jungs noch, wie man mit der ES eine Treppe hochfährt. Es war nicht leicht, denn er musste genug Schwung haben und durfte nicht gegen die Kanten der Stufen knallen. Mit etwas Mühe gelang es ihm aber und oben fuhr er nur ein Stück auf dem Weg und wendete dann zur Rückfahrt, die weitaus weniger Anstrengung bedurfte, weil er nur mit Schwung die Stufen hinunterhoppeln musste.

Nur hatte er nicht bedacht, dass der Feuerrüpel, vom Motorenlärm und der Abgaswolke auf die Aktion aufmerksam gemacht, diese bereits von Beginn an mit Interesse und seiner ihm eigenen Bosheit beobachtete. Es war als keineswegs Zufall, dass der Feuerrüpel Bergmann entgegenkam, als dieser gerade zum Wenden ansetzte. Über die Treppe konnte er ihm natürlich nicht folgen, aber er wusste ja, wohin die Gruppe fahren würde. Und da er den direkten Weg zur Garage nehmen konnte, lauerte er schon an der Einfahrt auf seinem „Star" und folgte ihnen bis zum Stützpunkt.

Die Motorräder wurden abgestellt und der Feuerrüpel kam sogleich zur Sache, „ah die achtfehndreiundneunfig", er lispelte, „daf wollte ich ja nur wiffen, die Angelegenheit klär'n wir morgen!" – „Morgen bin ich nicht da!"

Eine ganze Woche ließ sich Wolf Bergmann nicht im GST-Büro sehen, doch dann war der Monat um und sein Fahrauftrag abgelaufen, er brauchte einen neuen. Henry empfing Bergmann mit einem sauren Gesicht, „es hat vom „Feuerrüpel" Klagen über die Sektion Motorsport II gegeben; Ihr seid auf den Gehwegen und die Treppe am VT heruntergefahren." Bergmann verteidigte sich, dass das so nicht korrekt wiedergegeben worden war, auf dem Gehweg habe er nur gewendet, nachdem er vorher die Treppe hochgefahren sei.

Es war ihm anzusehen, dass Henry ein Feixen nur mühsam unterdrücken konnte. „Du weißt doch, was passiert, wenn die Rektorin davon Wind bekommt?" Bergmann wusste es nicht, konnte sich aber denken, dass Frau Prof. Reckmann das nicht gutheißen würde, und nickte. „Dass mir das nicht noch einmal vorkommt!" Bergmann erhielt den Fahrauftrag und hörte noch, als er die Tür hinter sich geschlossen hatte, wie Henry in ein schallendes Gelächter ausbrach.

Trotz der gemeinsam durchgestandenen Strapazen auf der großen Sommerfahrt hatte die Beziehung zwischen Kathleen und Wolf einen Knacks bekommen. Es lag nicht nur daran, dass sie ihn unterwegs zu Entscheidungen trieb, die er allein so nicht getroffen hätte, weil sie entweder falsch waren oder nicht seinen Wünschen entsprachen. Das Ergebnis war dann meist kein Kompromiss, sondern ein Durchsetzen nur eines, nämlich ihres Willens. Es gab noch einen Grund, ihre unbedingte Treue zu Partei und Staat. Wolf Bergmann war alles andere als ein Konterrevolutionär oder Staatsfeind, aber er hatte die Augen offen und nahm Mängel im System zur Kenntnis. Um die Mängel abzustellen, musste man die Ursachen erkennen und danach handeln. Für Kathleen aber galt der propagierte Grundsatz, ´die Partei hat immer recht`. Nach den Ferien blieb es eine reine Wochenendbeziehung, meist im Internat an der TH, weil es dort freizügiger zuging als in Hallberg. Dort musste sich selbst ein Ehemann anmelden und für eine Übernachtung am Wochenende eine Miete zahlen, die höher war als im ganzen Monat im TH-Internat. Zu den Eltern fuhren sie seltener. Aber es blieb eben dabei, man hatte kein geregeltes Leben, die Interessen gingen auseinander, der Umgang in der Woche war anders und am Ende reduzierte sich alles auf die Formel Sex.

Wolf begann wieder damit, gelegentlich zur Disco zu gehen. An einem dieser Abende lernte er Kirsten kennen, ein großes und schlankes Mädchen aus dem ersten Studienjahr. Sie fanden Gefallen aneinander und trafen sich oft, auch die Erotik kam nicht zu kurz, doch irgendetwas fehlte. Keiner von beiden wusste, was es war. Nach einem Treffen fühlten sie sich immer ausgebrannt und hatten ein schlechtes Gewissen. Dennoch hielt diese Affäre mehrere Jahre an. Aus heutiger Sicht dachte Wolf Bergmann manchmal darüber nach, was er falsch gemacht hatte. Warum kämpfte er nicht um sie? Sie war es wert, dessen war sich jetzt, nach dreißig Jahren sicher. Vielleicht hatte er die Liebe seines Lebens aufgegeben, als er sie gehen ließ.

Es war nutzlos, darüber zu sinnieren. Verschüttetes Wasser konnte niemand mehr zurückholen.

Schlimm war nur, dass sich die ganze Verwandtschaft schon mehr Gedanken um Kathleens und Wolfs Zukunft machte, als sie selbst.

Auch im nächsten Frühjahr, das dreimonatige Berufspraktikum war absolviert und die Distanz zwischen den beiden größer als zuvor, hatte Bergmann weitere Affären mit anderen Mädchen, ohne dass einer der beiden daraus eine feste Beziehung machen wollte. Es war eben so.

Im April und Mai bekam die GST-Mannschaft endlich neue Motorräder, vier brandneue TS 150, drei davon wahrscheinlich aus der Ausschussproduktion, denn keine dieser Maschinen brachte nach der Einfahrzeit die volle Leistung.

Diesen Mangel glich Bergmann durch eine kleine technische Änderung aus, indem er sich von einer Kommilitonin aus Leitzsch drei Ritzel vom JAWA-Mustang mitbringen ließ. Die Motorräder, mit zwölfer Ritzel anstelle des serienmäßigen sechzehners ausgerüstet, entwickelten jetzt so einen Durchzug, dass man damit fast senkrechte Wände hochfahren konnte. Ehe der Motor verreckte, drehte vorher lieber das Hinterrad durch.

Beim Einsatz zur Bezirksspartakiade sah die Mannschaft am Ende als neunte von fünfzehn Mannschaften die schwarzweiß karierte Zielflagge, ein toller Erfolg. Auch dieses Mal musste

Wolf drei Strafrunden fahren, aber mit der Untersetzung nahm er schon im zweiten Gang Anlauf. Am Ende der Steilauffahrt, die ihm im letzten Jahr den Ausfall bescherte, hatte das Motorrad noch so ein Tempo drauf, dass er das Gas zurücknehmen musste, um nicht in den neben der Strecke gewachsenen Hagebuttenstrauch zu springen.

Von Heirat wollte Wolf Bergmann nichts wissen. Trotzdem wurde von allen Seiten auf ihn eingeredet, sie würden doch so lange zusammen gehen, wollten sie denn keine gemeinsame Wohnung, was sollen denn nur die Leute sagen? Und, und, und…
Dann, wenn man ein Vierteljahr lang immer das gleiche hört, wird man weich und will seine Ruhe haben, ja, man glaubt am Ende selbst, was einem eingeredet wird. So etwas nennt man Manipulation.
Er hatte kein gutes Gefühl und hätte noch auf dem Standesamt am liebsten „nein" gesagt, aber das ging ja wohl nicht mehr. Innerlich überlegte er, wie er nun aus dieser Mausefalle, die da gerade zugeschnappt war, wieder herauskommen sollte. Der Gipfel war dann, als der Schwiegervater, statt eine ordentliche Festrede zu halten, den letzten Brief von Ernst Thälmann aus dem KZ Buchenwald an seine Frau vorlas. Jetzt war sich Bergmann absolut sicher, dass er sich nicht zu dieser Hochzeit hätte zwingen lassen sollen, aber nun war es zu spät.

Das Diplomandenjahr nahm seinen Lauf. Es wurde fast nur noch praktisch am Diplomthema gearbeitet. Ausnahmen waren die Tage, die abwechselnd mit Vorlesungen über Säure-Base-Theorien oder Kolloquien angefüllt waren, die stets mittwochs nach dem Mittag stattfanden, eine äußerst ungünstige Zeit. Alle waren müde, nur der Professor oder ein Student, der einen Vortrag hielt, war voll bei der Sache. Die übrigen, vom Diplomanden bis zum Oberassistenten, kämpften mit dem Schlaf und mancher verlor diesen Kampf.
Professor Kempitz stellte eines Tages eine Zwischenfrage, um zu testen, ob die Studenten ihm auch folgten. Keiner der dazu Befragten konnte eine richtige Antwort geben. Bergmann hatte

auch die Augen geschlossen, aber die Ohren offen und verfolgte durchaus den Vortrag. Kempitz schlug mit dem Zeigestock neben Bergmann auf die Bank und forderte ihn zu einer Antwort auf. Wolf Bergmann zuckte zusammen, schlug die Augen auf, sah seinen Professor an und gab die gewünschte Antwort. Der Alte konnte es nicht fassen. Er war außer sich. Bergmanns Diplomvater bemerkte ein paar Wochen nach diesem Vorfall, als Wolf einen Vortrag über Carbide hielt und auf die Frage, woher denn die extreme Härte mancher Carbide käme, und Bergmann dies auf eine vermutliche Clusterbildung im Kristallgefüge zurückführte, dass die Kombinationsgabe bei ihm sehr ausgeprägt sei. Dabei gab er eine vorangegangene Unterhaltung mit Professor Kempitz zum Besten. „Stell´ Dir vor Peter, der Bergmann schläft in der Säure-Base-Vorlesung, der schläft regelrecht, und als ich ihn ´was frage, guckt der mich an und gibt mir die Antwort, das glaub´ ich einfach nicht!"

Das Kalenderjahr ging zu Ende, Weihnachten wurde auch im Wissenschaftsbereich mit einer kleinen Feier begangen, zu der die Diplomanden eingeladen waren, und die sie traditionsgemäß vorzubereiten hatten.

Zu Beginn war es irgendwie fade, aber mit den Gesellschaftsspielen stieg die Stimmung. Tanzpaare mussten auf der Fläche einer Zeitung bleiben, die mit jeder Runde halbiert wurde. Zum Schluss passten nur noch zwei Füße auf das Papier. Bergmann nahm seine Laborantin kurzerhand auf die Arme und wiegte die Hüften allein zum Tanz. Sie waren das Siegerpaar. Die Diplomanden sahen sie schon vor ihrem geistigen Auge im Bett. Doch sie irrten, weder Ella noch Nick hatten derartige Ambitionen.

Niemand ahnte, dass sich zwischen Andrea und Nick an diesem Abend etwas anbahnte, bis die zwei zum Ende der Feier plötzlich gemeinsam verschwunden waren.

Die Nacht war kurz, Nick musste Andrea schon lange vor dem Aufstehen mit dem Motorrad zu ihr nach Hause bringen, weil ihre Kinder zum Kindergarten mussten.

Sie trafen sich in den folgenden Wochen noch zweimal, doch dann wurde es Nick unheimlich, Andrea wollte mehr als nur eine Affäre und das war mehr, als er zu geben bereit war. Er musste sich nach der letzten Liebesnacht buchstäblich aus ihrer Umklammerung befreien, und diese „Zurückweisung" verzieh sie ihm nie. Den Rest der Jahre an der TH redeten sie zwar kollegial miteinander, wie sich das gehörte, aber die frühere Vertrautheit kehrte nicht wieder zurück.

Zum Fasching hatte Bergmann angekündigt, dieses Jahr werde ihn niemand erkennen. Er hatte für Kathleen und sich zwei Karten bestellt, war aber nicht besonders gut drauf, weil sie ihn nicht einmal kurzzeitig ausschwärmen lassen wollte. Immerhin gehörte die Kussfreiheit zum Fasching dazu und wer sich weigerte, landete im Karzer, bis ihn jemand durch einen Kuss daraus erlöste.

Aus irgendeiner Nichtigkeit heraus kam es dann auch zu dem unausbleiblichen Streit. Nick zog das Portemonnaie hervor und drückte Kathleen zehn Mark in die Hand, sie solle sich damit einen fetten Hamster machen, er würde das jetzt auch tun.

Nick trug seine schwarze Nadelcordhose, ein über der Brust offenes schwarzes Hemd, die Zipfel über dem Bauch verknotet, eine rote Schärpe um die Hüften, einen schwarzen Umhang, seine Chromlackstiefel einen breitkrempigen Zimmermannshut und eine Maske, die sein Gesicht verhüllte. Niemand, selbst seine Kommilitonen und der Ollo als ehemaliger Mitbewohner, ahnte, wer „Zorro" war. Durch die Maske wurde auch seine Stimme etwas verzerrt, er blieb der Unbekannte.

Nur ein Mädchen aus dem ersten Studienjahr, eine kräftige mit frechem Kurzhaarschnitt, hob einfach die Maske hoch, um zu sehen, wer darunter steckte. Sie kannte ihn nicht, war Nick aber vor Wochen auf der „Heimleuchte" im Internat aufgefallen. Er fackelte nicht lange, sie gefiel ihm und den Rest des Abends blieben sie zusammen.

Natürlich gab es Theater, als Nick spät nachts zurück ins Zimmer kam. Doch es war ihm egal. Es war der Anlass, auf den er schon lange wartete; bereits in der Silvesternacht hatte er sich vorgenommen, sein Leben nicht an der Seite einer erzroten Genossin zu verbringen, die die Realität einfach nicht sehen wollte.

Doch bis es zum offenen Bruch und zur Scheidung kam, vergingen noch einige Monate.

Zunächst traf sich Nick unter der Woche oft mit Brigitte; sie schien nicht abgeneigt zu sein, mit ihm etwas Festes eingehen zu wollen.

Viel Zeit für sie hatte er dennoch nicht, denn drei Tage in der Woche arbeitete Nick in Schkonau im Technikum an seiner Diplomarbeit. Er musste bei Temperaturen jenseits der 2000 °C Carbid aus verschiedenen Kokssorten herstellen und ihre Reaktivität vergleichen, um einen Vorschlag zum Einsatz der besten Ersatzstoffe für die teuren Steinkohlenkoksimporte begründen zu können. Die Proben wurden dann im Labor aufgearbeitet und die Ausbeute ermittelt.

Dazu kam, dass Wolf Bergmann Ende April vom GST-Kreisvorstand zu einem neuntägigen Kurs an die GST-Schule nach Ballenstedt geschickt wurde, um sich als Übungsleiter Motorsport zu qualifizieren. Er musste also, um die Freistellung vom Labor erwirken zu können, die Zeit nach Feierabend und an den vorangehenden Sonnabenden vorarbeiten und durfte nicht mit der Forschung in Verzug geraten. Immerhin standen in den nächsten Wochen schon die Zwischenverteidigungen an und die Diplomväter wollten Fortschritte sehen.

Wolf Bergmann war motiviert und hoch belastbar. Er arbeitete ausdauernd an seiner Diplomarbeit und seine neue Flamme und er erlebten in den kommenden Monaten eine Welle der Glückseligkeit, denn Nick wohnte im letzten Jahr allein im Zimmer und hatte somit absolute Narrenfreiheit. Sie legten die Matratzen von zwei der Betten auf dem Fußboden aus und hatten dadurch eine bequeme „Spielwiese".

Die Bombe platzte, als eines Abends Kathleen erschien, um endlich wieder einmal mit ihrem Mann eine Nacht zu verbringen. Sie war mit der Absicht gekommen, zurück zu stecken, um die Ehe zu retten. Wahrscheinlich das Resultat einer ausgiebigen Aussprache mit Wolf Bergmanns Schwiegermutter. Nick war es gar nicht wohl, weil er in den nächsten Minuten damit rechnete, dass Brigitte kommen würde und verließ für eine

Viertelstunde unter einem Vorwand sein Zimmer, um Brigitte davon abzuhalten, jetzt zu ihm zu kommen.

Als er zurückkehrte, hatte Kathleen schon Brigittes Bademantel im Schrank entdeckt und war sofort im Bilde. Nick versuchte auch nichts zu beschönigen oder zu leugnen, die Fakten lagen auf dem Tisch, und ja, er habe vor, sich zu trennen und mit Brigitte neu anzufangen.

Kathleen packte unter Tränen ihre Sachen zusammen und verließ das Zimmer. Es tat ihm weh, sie so verletzt zu haben, sie hatte es nicht verdient, aber er konnte auch nicht ewig so weitermachen. Die Ehe stand ohnehin nur noch auf dem Papier, er wollte nichts dafür tun, die Trennung durch Zerren in die Länge zu ziehen. Das einzig Richtige war ein glatter Schnitt.

Vor Pfingsten reichte er die Scheidung ein. Für die Eltern eine Schande, ihnen so etwas anzutun, die Leute würden sich das Maul über sie zerreißen.

Wolf Bergmann stellte eines klar, es war s e i n Leben, worüber er hier entschied, er war erwachsen und in wenigen Monaten auch finanziell unabhängig. Viel zu lange hatte er es geduldet, dass die Mutter immer wieder versuchte, sich in Dinge einzumischen und nach ihrem Willen zu steuern, die sie nichts angingen. Einer der Gründe, warum er seit Jahren nur noch alle paar Wochen ein paar Stunden zu Hause verbrachte. Jedes Mal gab es schon nach kurzer Zeit Stunk. Er hatte das satt. Wenn er eine Dummheit machte, dann war es eben seiner Fehleinschätzung zu verdanken und er musste dafür geradestehen. Aber das war ihm lieber, als sich den Ablauf seines Lebens vorschreiben zu lassen und den lieben Sohn zu spielen.

Mitte Juli wurden Kathleen und Wolf Bergmann vor dem Amtsgericht Hallberg geschieden. Kathleen hatte sich zur moralischen Verstärkung eine Kommilitonin und ihre Mutter mitgebracht, die deshalb extra die dreihundert Kilometer angereist war. Wolf Bergmann kam allein, er brauchte niemanden dazu, und ein Rechtsbeistand war in der DDR keine Pflicht. Außerdem gab es ja auch keinen gemeinsamen Haushalt zu teilen und über ein Sorgerecht für Kinder musste nicht entschieden werden.

Nach der Scheidung, als er das Gerichtsgebäude verließ, fühlte er sich wieder freier, obgleich er ja beabsichtigte, im nächsten Jahr, wenn sich alles so weiter entwickeln würde, mit Brigitte eine Familie zu gründen.

Er stieg auf seine MZ und fuhr nach Mendenburg zurück. Unterwegs kam er in einen Regenschauer und stellte sich kurzzeitig unter, weil er in Jeans unterwegs war, im Gericht hatte er nicht in der Motorradkombi erscheinen wollen.

XXIII

Das Mittagessen hatte immer den gleichen Geschmack, synthetische Universalsoße, egal ob es nun Rind, Schweine oder Geflügelfleisch gab.

Am Montag sollte er zur DSA gefahren werden. Es war ein Verfahren, bei dem ihm unter Lokalanästhesie ein Schlauch in eine Arterie des linken Oberschenkels geschoben wurde, um ein Kontrastmittel einzuspritzen. Verteilte sich dieses Mittel in den Gefäßen, konnte durch die Röntgenaufnahme der Verlauf und die Eignung der Arterien und Venen für die Verpflanzung des Schultermuskels beurteilt werden.

Bis dahin blieb noch Zeit, im Gehirn weiter aufzuräumen.

*

Wolf Bergmann dachte nach. Er versuchte sich zu erinnern, wie die letzten Semester abgelaufen waren, die Zeit bis zur Scheidung.

Neben der neuen Beziehung gab es immer noch seinen geliebten Motorsport. Mit seiner neuen Wettkampfmaschine hatte er in den ersten beiden Läufen zur Bezirksmeisterschaft im September und Oktober wegen Zeitüberschreitung die Wertung nicht geschafft. Dennoch hatte die Mannschaft weitere Fortschritte gemacht. Immerhin hatten sie keinen professionellen Trainer und mit dem Material mussten sie haushalten, weil sie der Kreisvorstand im Normalfall per Achse zum Wettkampf schickte. Das bedeutete, dass die Maschinen nach dem Rennen noch bis nach Hause zum Stützpunkt gefahren werden mussten.

Der erste Lauf in der Nähe von Quentfurt ließ sich gar nicht so schlecht an, aber vier Strafrunden und laufend ein Glühfaden in der Kerze bremsten. Und dann erst die Bachdurchfahrten, es ging steil hinein und dann sollte man zusehen, wie man, im Schlamm wühlend, die aufgeweichte Böschung wieder hochkam. Fremde Hilfe war nicht erlaubt; die Fahrer durften sich nur untereinander helfen. Zur dritt, manchmal zu viert, zerrten und schoben sie gemeinsam ihre Maschinen aus dem Bach, ließen sie stehen und holten die nächste. Und dann gab es solche Lumpen, die sich heraushelfen ließen und sich sofort davonmachten. Das hatte mit Kameradschaft nichts zu tun. In der nächsten Runde würden sie solchen Strolchen nicht noch einmal die Karre aus dem Dreck ziehen.

Der zweite Lauf bei Hettburg war noch einen Zacken schärfer. Am Abend vorher verluden sie allerdings die Maschinen auf einen Anhänger und wurden mit dem W 50 des Kreisvorstandes zur Strecke gefahren.
Wolf Bergmann hatte für seine Mannschaft vom Kreis grobstollige Barumreifen organisieren können, die er die Woche zuvor auf die Hinterräder gezogen hatte. Damit war es um einiges leichter als das Jahr zuvor. Nach der Einführungsrunde aber entschieden sich die Jugend und der Rest der Männermannschaft dazu, nicht an den Start zu gehen. Vier Runden, insgesamt achtundsechzig Kilometer, voll von schlüpfrigen Wiesenwegen und Bachdurchfahrten, bei denen man bis an die Knie im kalten Wasser stand und die Stiefel vollliefen. Steilauffahrten, die selbst mit dem zwölfer Ritzel nicht geschafft werden konnten und man den Rest schiebend zurücklegen musste, und nicht zuletzt Laub und Wickelschlamm, die sich zwischen Vorderreifen und Kotflügel setzten, bis sich kein Rad mehr drehte. Dann musste man mühsam mit einem Stock oder einem Schraubenzieher den Reifen freipolken; all das wollten die Kameraden nicht auf sich nehmen.

Wolf Bergmann war der letzte der Mohikaner; er wollte wissen, was geht und stellte sich als einziger den Anforderungen. Auf Hilfe von einem Mannschaftskameraden war nun nicht zu rechnen. Zwei Runden hatte er sich bereits tapfer durch das Gelände gewühlt, dann aber in der dritten schlug die Defekthexe zu. Wegen des zentimeterdick an den Kühlrippen klebenden Schlamms bekam der Motor keine ausreichende Kühlung mehr, sobald eine Bachdurchfahrt bezwungen war. Allein wegen eines Glühfadens in der Kerze wurde er viermal in den letzten beiden Runden aufgehalten. War das noch Sache von ein paar Minuten, war die Entfernung des Wickelschlamms, der fest wie Kitt unter dem Kotflügel klebte, eine Quälerei. Es reichte nicht, das Rad frei drehbar zu machen. Der Reifen riss sofort wieder Laub und Gras hoch und hätte die wenigen freien Millimeter im Handumdrehen wieder zu gesetzt. Er musste alles herauskratzen, um Luft für die nächsten Kilometer zu bekommen. In jeder der beiden letzten Runden saß er zweimal zwischen fünf und sechs Minuten vor der Maschine und kratzte den Kotflügel frei. Insgesamt verlor er dadurch über eine halbe Stunde. Das maximale Zeitlimit betrug drei Stunden, danach war er außer Wertung. Er wusste, er würde es wahrscheinlich nicht mehr schaffen, aber er gab nicht auf, wenigstens wollte er alle vier Runden fahren. Am Ende war er etwa zwanzig Minuten über dem Zeitlimit im Ziel. Er sah zwar die schwarzweiß karierte Zielflagge, kam aber nicht mehr in die Wertung. Trotzdem war er zufrieden. Im Vergleich zu den vielen Totalausfällen, die schon in den ersten drei Runden aufgeben mussten, kam er über alle vier Runden, und dieses Mal lag es nicht an seinem Unvermögen, sondern schlicht an den Bedingungen. Natürlich waren diese für alle Fahrer gleich, aber manche Mannschaften hatten die Kotflügel ihrer Motorräder zwei Zentimeter höher gesetzt, um mehr Freiheit zu haben, andere schworen auf das Gegenteil und setzte die Unterkante so eng über die Stollen, dass der Schlamm und das Laub regelrecht abgeschert wurden, bevor sie sich unter dem Blech festsetzen konnten.

Der letzte Lauf fand Mitte Mai in Tornthal statt. Wolf Bergmann hatte zuvor seinen Übungsleiterlehrgang absolviert und einiges dazu gelernt.

Die GST-Schule befand sich an einem Ausläufer der Teufelsmauer im Harz. Nach der Anreise brachte ein Frühlingshoch traumhaftes Wetter. Die Temperaturen lagen bei strahlender Sonne am Tage häufig zwischen 20 und 25 °C, im Harz blühten die Apfelbäume. Von der Anhöhe der Gegensteine hatte man eine ausgezeichnete Fernsicht über blühende Rapsfelder, deren Gelb sich vom blauen Himmel markant abhob.
Die Tage der Schulung waren kein Zuckerschlecken, denn von morgens bis spät abends war theoretische und praktische Ausbildung. Trainingslehre, Wettkampflehre, Ernährung, Pädagogik, Psychologie und Marxismus-Leninismus, letzterer wahrscheinlich zur Motivation, waren der trockene Gegenpol zu Sport und Fahrtechnik. Die Gruppe war aus allen Bezirken der Republik bunt zusammengewürfelt und bei der Fahrausbildung in Untergruppen zu je acht Mann geteilt. Diese waren dann je einem Ausbilder, meist Kameraden vom Zentralvorstand in Berlin oder erfahrenen Motorradgeländesportlern, zugeteilt. Da waren Teilnehmer der Bezirks- und DDR-Liga im Motorradmehrkampf, Motorradpatrouillefahrer und Fahrlehrer. Bergmann als Mehrkämpfer brachte schon einiges an Erfahrung mit, und was den Patrouillefahrern und Fahrlehrern schlicht unmöglich schien, ließ er locker angehen; er kannte Schlimmeres.
Auf dem Programm standen zum Beispiel die Technik der Steilauf und –abfahrten. Im ersten Gang, stehend auf den Fußrasten, den Oberkörper nach vorn gebeugt, mit Vollgas einen 40 °-Hang in schmaler Spur hinauf, immer und immer wieder. Zwei Teilnehmer machten dabei einen Salto rückwärts und hatten danach Zeit, sich ein paar Tage im Krankenhaus zu kurieren. Vorsorglich waren während der Zeit des Lehrgangs zehn Betten für die GST-Schule reserviert worden. Am nächsten Tage übte man das Ganze in Gegenrichtung. Wolfs Ausbilder, der Gerd Brödner, der auch heute noch fuhr, war damals für MZ in Zschopau im Geländesport aktiv und machte auf seiner ETZ 250 vor, wie man zu fahren hatte. Er donnerte in der drei den

Hang hinunter und schaffte es dann gerade noch, mit blockiertem Hinterrad vor der Kante zur nächsten Abfahrt zum Stehen zu kommen. Nach dieser Erfahrung ordnete er an, dass nur in der zwei zu fahren sei. Schaffte man nämlich das Halten vor der Kante nicht, hatte der Kamerad schlechte Karten; der nächste Hang war zwar nicht ganz so steil, dafür aber völlig aus Gras bestehend, wo kein Serienreifen mehr Grip bekam. Das war aber nicht das schlimmste, unten gab es keinen Platz mehr zum Ausrollen, weil die Abfahrt quer auf einem Wiesenweg und seinen Fahrspuren endete. Ein böser Sturz war da unausweichlich.

Zu den Grundsätzen der Fahrtechnik im Gelände gehörte das Fahren im Stehen, um Unebenheiten auch mit den Kniegelenken abzumildern und nicht alles der mageren Federung der MZ zu überlassen. Dabei hatte Wolf Bergmann seiner Telegabel schon die härteren Spiralfedern der zweihundertfünfziger Gespannausführung eingepflanzt. Verbunden mit einem Schluck Getriebeöl und Fangbändern zwischen unterem Klemmkopf und dem Kotflügel, die dem Ganzen noch etwas mehr Vorspannung gaben, konnte die Gabel somit schon allerhand wegstecken, bevor sie im holprigen Gelände oder nach einem Sprung voll einfederte. Sprünge sollten auch stehend absolviert werden, wobei darauf zu achten war, bei der Landung mit dem Hinterrad zuerst aufzusetzen.

Einen ganzen Vormittag übten die Trainingsgruppen mit ihren Ausbildern Schlammdurchfahrten. Danach sahen alle Teilnehmer und Maschinen aus, als ob sie sich zur Jahreshauptversammlung der Erdferkel getroffen hätten. Es war üblich, nach dem Training die Motorräder am Waschplatz abzuspritzen und wieder aufzutanken. Vor dem theoretischen Unterricht war aber an diesem Tage auch ein Wäschetausch zwingend erforderlich. Auf diese Weise kam Wolf Bergmann endlich zu einer anständigen GST-Uniform.

Auch Wenden am Hang wurde bis zur Vergasung praktiziert; eine sehr nützliche Übung, denn sie ersparte dem Fahrer, so der Platz ausreichend war, einen möglichen Purzelbaum. Und dann gab es noch den Spaß Wasserdurchfahrt. Aber nicht quer durch den Bach, sondern zweihundert Meter die Selke im Naturschutzgebiet das Flussbett rauf und runter. Heutzutage wäre so etwas undenkbar, weil hinter jedem Baum ein Berufssaboteur der selbsternannten Naturschutzverbände stecken konnte und einen beim Ordnungsamt anschmieren würde.

Nach der Halbzeit streikte an Wolfs TS das Getriebe, er konnte nicht mehr aus dem ersten Gang hochhalten. Am Nachmittag bauten sie zu dritt den Motor aus und zerlegten ihn teilweise. Nur ein lausiges Sicherungsblech hatte sich infolge einer losen Kontermutter gelöst und die Schaltung blockiert. Das Blech wurde arretiert und festgeschraubt, danach lief die Maschine wieder.

Nach einer Woche intensiver Ausbildung legte man eine Prüfung ab und bekam neben seiner Qualifikation als Übungsleiter Motorsport auch noch den Kampfrichter Stufe III zuerkannt.

Gekrönt wurde der Lehrgang mit einem Abschlussrennen über fünf Runden auf einem vier Kilometer langen Rundkurs, Zeitlimit eine Stunde und fünfundfünfzig Minuten.

Der Sieger, der Kerl konnte fahren wie der Teufel, kam bereits nach dreiundfünfzig Minuten ins Ziel. Die nächsten bis zu Platz zehn brauchten nicht mehr als 1:10 h. Dann kam elf Minuten nichts. Wolf Bergmann sah nach 1:21 h als elfter von zweiunddreißig Fahrern die Zielflagge; zwei fielen aus und fünf schafften die Zeit nicht. Bergmann war zufrieden. Nur hatte in dieser Woche leider sein Rahmen einen kleinen Riss bekommen. Zu dumm, dass er das nicht früher bemerkt hatte. Ersatzteile gab es im Magazin ohne Ende, man musste nur alles selber reparieren, wobei natürlich immer ein paar Kameraden halfen.

Die Tage an der GST-Schule mochte Bergmann nicht missen, er erinnerte sich gern an die Kameradschaft, den Spaß, den sie alle hatten und das, was er hier gelernt hatte.

Zwei Wochen später nun fand der letzte Lauf zur Bezirksmeisterschaft im Motorradmehrkampf statt. Dank des Fahrauftrages, der ihnen das freie Bewegen innerhalb des Bezirkes gestattete, konnte die Mannschaft in der Woche vor dem Rennen auf dem bekannten Rundkurs unter Einbeziehung der Motocross-Strecke trainieren. Die Bedingungen waren optimal, denn es hatte seit längerem nicht nennenswert geregnet, wodurch Wickelschlamm nur in den Sektionen mit Schlammdurchfahrten zu einem Problem werden konnte.

Wolf und Dirk waren mit ihren Trainingsergebnissen zufrieden, nur Harry machte Sperenzien und konnte am Sonntag nicht eingesetzt werden. Er fuhr jeden Berg, egal wie steil, hoch, solange der Motor den Anstieg auch bewältigte. Aber er war nicht dazu zu bewegen, eine Abfahrt außerhalb des Talkessels hinunter zu fahren. Was sollte Bergmann machen? Trainingslehre und Psychologie in allen Ehren, aber es blieb eben blanke Theorie, wenn der Fahrer schlicht Angst vor Abfahrten hatte. Eine geschlossene Mannschaftswertung war damit schon von vornherein ausgeschlossen. Gerd hatte sich im März beim Training einen Unterschenkel gebrochen und konnte noch nicht einmal wieder richtig laufen. Blieben am Ende zwei Einzelkämpfer, weil der fehlende Dritte der Mannschaft gleich einem Ausfall im Rennen zu bewerten war. Allerdings war das letztlich unerheblich, weil sie nach den Ausfällen in den ersten beiden Läufen ohnehin keinen Blumentopf gewinnen konnten. Es kam nur darauf an, die Zeit zu schaffen und in die Wertung zu kommen.

Bevor sie früh um vier zur Strecke fuhren, legte Harry noch den Zylinderkopf einer 125-er auf die Sitzbank von Wolfs Maschine. Wolf musste wegen seines gebrochenen Rahmens die von Gerd nehmen, der nicht starten konnte. Diese hatte ein fünfzehner Ritzel drauf, das reichte völlig. Im Eiltempo schraubte Wolf den Kopf der TS ab und setzte den von der kleineren Maschine mit dem geringeren Brennraum auf den Zylinder. Die Kompression wurde dadurch geringfügig erhöht, wodurch etwas mehr Leistung zur Verfügung stehen sollte.

Doch auch mit dem „scharfen" Zylinderkopf kam alles ganz anders als gedacht. In der Nacht vor dem letzten Meisterschaftslauf hatte es ein anhaltendes Gewitter und Starkniederschläge gegeben. Die Strecke war so aufgeweicht, dass man kaum geradeaus laufen konnte. Auf einem Feldweg, der nach dem Start über einen Kilometer zur nächsten Sektion führte, klebte der Wickelschlamm so an den Reifen, dass sich die Jury entschloss, diesen Abschnitt herauszunehmen und die Streckenführung zu ändern. Dennoch waren die Strapazen beträchtlich. Insbesondere eine Sektion machte der Masse der Fahrer das Leben schwer; eine kurze Steilauffahrt von nur vielleicht vier Metern Höhe, die sofort wieder auf der anderen Seite hinunterführte. An sich kein Problem, aber vorher galt es, eine zweihundert Meter lange Strecke durch Wasser und Morast hinter sich zu bringen. Wolf Bergmann fackelte nicht lange; bevor er sich der Gefahr aussetzte, sich im Schlamm fest zu wühlen, saß er ab, legte den zweiten Gang ein und ließ die Maschine, von der Last ihres Fahrers befreit, ohne tief einzusinken, über den Schlamm und das Büschelgras hoppeln, während er sich am Lenker festhielt und mit pantherartigen Sätzen neben der Maschine her sprang und sich ziehen ließ. So gelang es ihm, ohne Zeitverlust die Schlammdurchfahrt zu überwinden. Nun aber hatten die Fahrer, die vor ihm hier waren, das schlammige Wasser vom Loch weiter mitgeschleppt, mit jedem weiteren Motorrad wurde die Anfahrt schlüpfriger. Anlauf war kaum möglich, weil nach dem Schlammloch im rechten Winkel abgebogen wurde. Beim ersten Versuch, über die Steilkuppe zu kommen, blieb Bergmann wie so viele andere auf halber Höhe am Hang kleben und musste wenden, um einen zweiten Anlauf zu nehmen. Er besah sich die Streckenführung und bemerkte hart neben der Abgrenzung eine kleine Fläche, die noch geringfügig griffiger erschien. Er nahm einen kurzen Anlauf und konnte erst unmittelbar am Übergang zum Hang das Gas aufreißen, um das Hinterrad nicht vorher durchdrehen zu lassen. Dirk lag einen Meter vor der Kuppe bereits zum zweiten Mal am Hang und bemühte sich eben, die Maschine zum Wenden zu bewegen, als Wolf Bergmann an der Außenkante der Strecke angeschossen kam. Ein Absatz im Gras ließ ihn ungewollt abheben. Er wollte oben zunächst anhalten, um die beste Spur nach unten wählen zu können, doch dazu kam er gar nicht. Der Schwung war so enorm, dass er gleich über Dirk und dessen Maschine hinweg die Kuppe übersprang; die Hinterradbremse blockierte das Rad und würgte den Motor ab, doch zum Stoppen kam er in der Luft natürlich nicht. Er setzte auf halber Höhe an der Abfahrt auf, das blockierte Hinterrad rutschte einen Moment über das Gras, dann griff der Reifen und warf den Motor wieder an; Wolf vollführte einen Eiertanz und gelangte wohlbehalten nach unten, schaltete hoch und fegte weiter.

Die Zuschauer johlten, das war eine Sensation; sie glaubten wohl, dass war Können, wie Harry später berichtete, der sich dort unter den Zuschauern befand. Sie konnten doch nicht ahnen, dass hier Mut und ein gehöriges Stück Glück mit im Spiel waren. „Jedenfalls", so meinte Harry, „hat so einen Stunt an diesem Tage keiner mehr geboten."

Zehn Minuten vor dem Ablauf der regulären Fahrzeit von drei Stunden wurde Wolf Bergmann nach fünf Runden und über fünfzig Kilometern als sechsundzwanzigster von fünfzig gestarteten Fahrern abgewunken. Kurioserweise hatte einer der Zeitnehmer geschlafen und irrtümlich eine Fahrzeit von 1:50 h notiert, weshalb Wolf auf der Ergebnisliste auf dem ersten Platz stand. Er meldete sich bei der Jury und ließ den Fehler korrigieren.

Immerhin brachte ihm dieser Lauf noch Platz neunundzwanzig in der Gesamteinzelwertung ein. Er war in höchstem Grade mit diesem Ergebnis zufrieden und hoffte auf den Herbst, wo er sich nun reale Chancen ausrechnete, einmal öfter in Wertung durchs Ziel zu kommen.

Doch dazu kam es nicht mehr. Der GST-Kreisvorstand beschloss, weil der Motorradmehrkampf zuviel Verschleiß brachte, davon Abstand zu nehmen und schickte die Jungs in den nächsten Jahren zur Patrouille.

Mit diesem Unsinn, sinnlos nach Karte oder Ausschilderung auf Feldwegen und Straßen durch die Gegend zu fahren, waren sie nicht einverstanden und kamen damit auch nicht zurecht. Alberne Sonderprüfungen, wie Fahren über eine Wippe oder langsam fahren, bei der eine Strecke von sechzig Metern in maximal möglicher Zeit zurückzulegen war, wobei die Füße den Boden nicht berühren und die Randlinie nicht überfahren werden durfte, hoben die Stimmung auch nicht. Einzig bei der Sonderprüfung ´Schnelles Fahren im Gelände`, kurz Motocrossprüfung genannt, konnten sie zeigen, was sie drauf hatten.

Zwei Jahre später hob der Vorstand diesen Beschluss wieder auf, weil die Jungs keine Erfolge erzielten.

*

Bis zum Abend bekam Wolf Bergmann noch Besuch von Conny. Über die Versicherungsangelegenheit bezüglich der BMW sei noch nicht entschieden, aber die Anwältin meinte, am bisherigen Gutachten könne nicht mehr gerüttelt werden. Immerhin sei die Maschine zerlegt und das Erstgutachten bezog sich auf den allgemein guten Zustand und die Belege zum Austausch des Motors und des Getriebes vor zwanzigtausend Kilometern sowie diverses Zubehör.

*

Anfang Juni begann Wolf Bergmann, seine Diplomarbeit zu schreiben. Nach drei Wochen hatte er die Rohfassung fertig, die vom Professor Korrektur gelesen wurde; dann arbeitete er die Änderungen ein und eine Sekretärin tippte ihm alles zur Vervielfältigung mit der Maschine. Ende Juli, als letzter seines Jahrgangs, verteidigte Wolf Bergmann seine Diplomarbeit und schloss sein Studium mit dem Prädikat „gut" ab.
Er hatte es geschafft, alle Anspannung wich von ihm, in der Woche darauf fuhr er mit Brigitte in einen kurzen Urlaub. Auf dem Rückweg von der Ostsee hatte der Motor zwei Kolbenfresser. Ein Stehbolzen war am Zylinderfuß aus dem Gehäuse gerissen worden, weshalb es zum Kompressionsverlust und zu geringer Schmierung kam; bei dreißig Grad auf der Autobahn ungesund für Kolben und Laufbuchse. Er ließ den Zylinder mit gezogener Kupplung solange abkühlen, wie das Motorrad noch ausreichend Schwung hatte, um dann beim Loslassen der Kupplung den klemmenden Kolben von der Innenwand der Laufbuchse zu lösen und hatte Glück; der Motor sprang wieder an und in gemäßigtem Tempo erreichte er mit eigener Kraft das Ziel.
Tagelang versuchte er, einen neuen Motor zu bekommen, doch alle Mühe war vergebens. Das hätte er bereits vor zwei Jahren tun sollen, da lagen die Motoren einbaufertig in Hallberg im Ersatzteilladen. Seit jedoch die ETZ seinerzeit als Nachfolge-

modell mit 12 V-Bordnetz auf dem Markt erschien, gab es kaum noch Ersatzteile für die älteren Maschinen.

Er hatte die Nase voll. Zuviel Ärger hatte er mit der Maschine, seit er damals aus Bulgarien zurückgekommen war.

Kurzerhand nahm er sein Sparbuch und fuhr mit dem Vater im Auto nach Sandhausen, hob Geld ab und wollte im Fahrzeughaus eine neue ETZ kaufen. Doch Fehlanzeige, alles ausverkauft. Jetzt im Hochsommer warteten die jungen Männer nur auf die nächste Lieferung und die Motorräder waren schneller verkauft als die Arbeiter mit dem Auspacken und Komplettieren fertig werden konnten.

Bevor die Läden zur Mittagspause schlossen, schafften sie es noch bis Arterleben, dort konnte Wolf sogar die Farbe auswählen und entschied sich für eine rote. Mit Überführungskennzeichen ging es dann zurück nach Sandhausen zur Zulassung und am Nachmittag nahm Wolf gleich die ersten Veränderungen vor, indem er vorn einen breiteren Reifen der Marke Barum aufzog und die Seitengepäckträger anschraubte.

Am letzten Augusttag wurden die Absolventen dieses Jahrgangs feierlich exmatrikuliert, erhielten ihre Diplomzeugnisse und durften jetzt offiziell ihre Berufsbezeichnung Diplomchemiker führen.

Am nächsten Tage begann Wolf Bergmanns Berufsleben. Er hatte das Angebot des Wissenschaftsbereiches angenommen und einen Vertrag als wissenschaftlicher Assistent, befristet auf vier Jahre, unterschrieben.

Doch seine Dissertation stand unter keinem guten Stern. Es begann damit, dass er vom Fachgebiet Carbid zum Schwefel wechselte, ein unübliches Verfahren, weil im Allgemeinen das Diplomthema weiterbearbeitet wurde. Hier war ein völlig anderes Aufgabengebiet anzupacken. Und, es gab keinen zweiten Assistenten, der ihm bei der Einarbeitung Hilfe geben konnte. Von Prof. Kempitz war nichts zu erwarten, er überließ alles dem Selbstlauf und war in Gedanken schon im Ruhestand. Die Assistenten liefen ihm reihenweise davon, in den letzten Jahren hatte kein einziger bei ihm promoviert. Sie wechselten die

Hochschule und gingen nach Leitzsch oder Jena oder wurden zur Armee eingezogen. Nach der Entlassung aus der NVA arbeiteten sie lieber in der FDJ- oder SED-Kreisleitung und suchten ihr Heil in der Politik statt am Röhrenofen.

Da Wolf Bergmann nun Seminargruppenbetreuer war und seinerzeit als Student fast ein halbes Semester Ausfall hatte, kostete es ihn viel Arbeitszeit, sein Wissen auf einen Stand zu bringen, dass er seinen Studenten auch etwas beibringen konnte.

Und es gab ein drittes Problem. Er erhielt keinen konkreten Forschungsauftrag, weil seitens der Industrie im Augenblick kein Interesse an Ergebnissen zu verwertbaren Produkten aus Calciumsulfat/sulfit-Gemischen bestand.

Am Ende des ersten Jahres als Assistent hatte er auf wissenschaftlichem Gebiet praktisch keine brauchbaren Ergebnisse vorzuweisen.

Es kam noch dicker. Im vergangenen Winter kam der Befehl zur Nachmusterung und seine zeitliche Dienstuntauglichkeit wurde aufgehoben. Nachdem Brigitte und Wolf Bergmann im Frühjahr heirateten, erhielt Wolf im Herbst während des Ernteeinsatzes seiner Studenten den Einberufungsbefehl zu den Pionieren.

Im Grunde hatte er damit rechnen müssen, nur war der Zeitpunkt jetzt besonders ungünstig.

Seine Seminargruppe war in der Apfelernte auf einem volkseigenen Gut am See im Hartfelder Land eingesetzt. Es gab Probleme mit der Normerfüllung. Alle anderen Gruppen schafften ihre 100 % und mehr, aber Bergmanns Seminargruppe brachte es nur auf 70 bis 80 %, obwohl sie nicht faul war. Etwas Anderes musste faul sein, und dem wollte Bergmann auf den Grund gehen. Mit seiner Maschine fuhr er an einem Vormittag zu den anderen Brigaden und sah sich an, was dort anders war. Der Grund der erheblichen Unterschiede der Arbeitsergebnisse lag auf den ersten Blick auf der Hand. Hier wurden prachtvolle Äpfel geerntet, die im Schnitt zwei Zentimeter mehr im Durchmesser maßen als auf der Plantage seiner Gruppe. Mit Proben beider Standorte bewaffnet, suchte er den betreuenden Leiter im Volksgut auf und bat um Prüfung, die Norm auf die Größe der

Früchte anzupassen. Der Chef versprach, sich darum zu kümmern und zwei Tage später wurde die Norm geändert.

Doch davon hatte Wolf Bergmann nichts mehr. Auf dem Rückweg zu seiner Seminargruppe nahm ihm ein Mopedfahrer die Vorfahrt. Der Bengel wollte links abbiegen, stand auf der Kreuzung und zog unvermutet plötzlich an. Bergmanns MZ blieb mit dem linken Seitenträger an der Fußraste des Mopeds hängen und wurde aus der Bahn geworfen. Er schleuderte, die Maschine überschlug sich und Bergmann rutschte dreißig Meter auf dem Asphalt entlang, bevor er liegen blieb. Er prüfte die Funktionsfähigkeit seiner Gliedmaßen, sprang auf und rannte zu dem Mopedfahrer, der sich gerade gesammelt hatte und eben im Begriff war, sich aus dem Staube zu machen. Zeugen, die vom Parkplatz gegenüber der Einmündung den Unfall beobachtet hatten, griffen ein und vereitelten die Flucht. Unterdessen kam Bergmann dazu und schnauzte in seiner berechtigten Wut den Fahrer erst einmal ordentlich an: „Du selten dämlicher Hund, wo hast Du denn Fahrschule gemacht?" Der „selten dämliche Hund" stand da wie ein begossener Pudel und sagte kein Wort der Entschuldigung. Von der Kneipe neben dem Parkplatz rief man Polizei und Krankenwagen an.

Bergmann begab sich zurück zur Maschine, richtete sie auf und lehnte sie an einen Mast der Straßenleiteinrichtungen. Aus dem linken Ärmel seiner Jacke rann ein kräftiger Blutfaden. Jetzt wurde ihm schwindlig. Bevor er zusammenbrach, legte er sich in den Straßengraben und wartete das Weitere ab.

Die Polizei brauchte keine zehn Minuten bis zum Unfallort. Es stellte sich heraus, dass der Bursche ohne Fahrerlaubnis unterwegs war. Die Schuldfrage war außerdem auch eindeutig. Die Polizei schob das Motorrad zu Bergmanns Großeltern, die im Dorf wohnten. Der Krankenwagen brachte Wolf Bergmann nach Eisenleben ins Krankenhaus. Dort schnitt man ihm ein Stück Fleisch aus der Platzwunde am linken Unterarm und nähte sie zu. Die Röntgenbilder vom Brustkorb waren unauffällig, die Rippen aber geprellt. Mit den Schmerzen musste er die nächsten sechs bis acht Wochen leben. Wolf Bergmann wurde aus der ambulanten Behandlung entlassen und zu seinen Eltern gefahren, wo er noch immer seinen Hauptwohnsitz hatte.

Die ganze nächste Woche kurierte er sich etwas, dann fuhr er mit dem Zug zurück zur TH, um sein Zimmer für die nächsten achtzehn Monate zu räumen.

XXIV

Das Wochenende war vorüber. Morgen würde er beim Frühstück wieder leer ausgehen, die DSA stand bevor. Es sollte angeblich wegen der örtlichen Betäubung nicht weh tun, aber woher wollte das einer wissen, der es nicht selbst über sich ergehen lassen musste? Man würde ja sehen.

Das Fernsehen brachte Nachrichten von einer Zugkatastrophe im Land. Ein Güter- und ein Personenzug waren auf eingleisiger Strecke zusammengestoßen; es gab Schwerverletzte und mehr als zehn Tote. Für Wolf Bergmann war es weder ein Trost, noch berührte es ihn sonderlich, auch wenn die Medien wie üblich in solchen Fällen Kommentare wie „ganz Deutschland unter Schock" abgaben. Er stand deshalb nicht unter Schock, denn er hatte mit seinem eigenen Problem genug am Hals; ihn bedauerte die Presse ja auch nicht, weil er weder prominent, noch in einen Massencrash verwickelt war.

*

Der Tag der Einberufung war gekommen. Wolf Bergmann hatte sich am 1. November bis um zehn Uhr am Kontrolldurchlass des Pontonregiments 3 in Dessfeld einzufinden.

Zu diesem Zeitpunkt war er noch zuversichtlich, den Dienst einigermaßen vernünftig über die Runden zu bringen, denn er war eine stattliche Erscheinung, sportlich und nicht dumm, nur im Augenblick wegen der Rippenprellung und der Platzwunde etwas gehandicapt. Zudem hatte ihm der Posten am Kdl versichert, auf der FüK, der Führungskompanie, würde er es gut haben.

Mit dem Grundwehrdienst witterte Bergmann eine neue Chance, doch noch zu einem Offiziersrang zu kommen. Er konnte sich nach Ableistung seines Grundwehrdienstes als Reserveoffiziersanwärter verpflichten. Bei der nächsten Einberufung als Reservist würde in einem achtwöchigen Schnellkurs die Ausbildung zum Reserveoffizier absolviert und dann musste man nur noch auf den richtigen Feiertag warten, bis man seine Ernennung zum Leutnant der Reserve in der Hand hielt. Damit konnte man sich freiwillig zum Dienst in der Truppe verpflichten. So hatte es ihm auf seine Anfrage an einem der ersten Tage der Politoffizier des Regimentes erklärt, der genau diesen Weg gegangen war und nun im Rang eines Oberleutnants stand.

Mag sein, dass die Rekruten des Pontonbataillons im Allgemeinen und als Gruppe vielleicht noch mehr schikaniert wurden als die Genossen der FüK, aber für den Einzelfall Wolf Bergmann traf dies nicht zu.
Es war wieder einer von den Umständen, die nicht zu begründen waren, warum gerade er, der nirgends anecken und nur seinen Dienst ordentlich tun wollte, zur Zielscheibe von Bosheit und Niedertracht in der Kompanie wurde.

Vielleicht hatte es den gleichen Grund wie damals, als er als Kind immer wieder in Konflikte geriet. Es konnte für all das eine einfache Erklärung geben: die Menschen waren von Natur aus böse, und jeder, der sich in einer Gruppe durch körperliche oder geistige Überlegenheit von den anderen unterschied, nicht aber ihr Anführer war, wurde gehasst und unterdrückt. Die dumme Masse potenzierte die Bosheit des Einzelnen und wurde unangreifbar. Der Einzelne, der außerhalb dieser Gemeinschaft stand, aus welchen Gründen auch immer, würde daran zerbrechen, wenn er sich nicht beugte. Nur die Angst vor Bestrafung zwingt einen Teil der Bösen, sich Recht und Gesetz unterzuordnen, doch die Hemmschwelle, sich über geltendes Recht hinwegzusetzen, wurde immer geringer, weil die angemessenen Strafen ausblieben.

Neben seinen ihm zugewiesenen Aufgaben der Revierreinigung nach Dienstschluss erhielt er immer wieder Extraaufgaben, um ihn zu schikanieren, zu demütigen und zu brechen. Das Reinigen der Karos im Treppengeländer bis zum Zapfenstreich war noch ein kleines Übel, das fast jeder der Neuen einmal auszukosten hatte. Schlimmer war, dass sein Bett fünfmal am Tage eingerissen war, wenn er vom Essen oder vom Dienst kam, obwohl es das Beste der Kompanie war. Strafarbeiten, die Soldaten des zweiten Diensthalbjahres wegen besonderer Vergehen aufgebrummt bekamen, ließ man ihn ausführen. Der Delinquent, der diese Arbeit eigentlich auszuführen hatte, machte sich noch einen Spaß daraus, ihn zu beaufsichtigen und zur Eile anzutreiben. Der Gratt, nie wird Bergmann diesen Namen vergessen, trieb es so weit, dass es Wolf Bergmann vor Wut schwarz vor Augen wurde. Der andere hatte keine Ahnung, wie nahe er an einem gebrochenen Unterkiefer war. Hätte Bergmann in seiner Wut jetzt zugeschlagen, wäre er in Schwedt in der Strafkompanie gelandet, und von dort wahrscheinlich nicht mehr zurückgekehrt. Er musste sich zwingen, die Demütigungen über sich ergehen zu lassen. Es würde keine Zeugen geben, wenn sich drei oder vier „Vize" vereint über ihn hermachen würden. Niemand hätte etwas gesehen oder gehört. Die Unteroffiziere sahen weg, die Offiziere, außer dem OvD und seinem Gehilfen, waren nach Dienst nicht mehr auf dem Kasernengelände. Was nach Dienst geschah, wurde seit ewigen Zeiten sarkastisch mit dem Wort „Selbsterziehung" abgetan und von oben geduldet.

Auf seiner Stube gab es zwei EK´s, der eine, der Stubenälteste, war ein schmieriger Kerl, selbst von den Kameraden seines eigenen Diensthalbjahres nur respektlos „Klebekoch" genannt. Der andere, Abgangszeugnis der siebten Klasse, war zu blöd, seiner Freundin einen fehlerfreien Brief zu schreiben. Jeden Brief hatte Wolf Bergmann zu korrigieren, dann schrieb ihn der Müller sauber und fehlerfrei ab. Und von ausgerechnet dieser Erscheinung mit einem IQ wie ein Zwieback musste sich der diplomierte Chemiker Wolf Bergmann beaufsichtigen lassen, als er mit der Rasierklinge den Urinstein aus den Pissbecken kratzen musste.

Soldat Bergmann war froh, als die Grundausbildung überstanden war und nun die Spezialausbildung als Kradmelder und Regulierer erfolgte. Er hatte damals schon über hunderttausend Kilometer Motorradpraxis auf der Straße und im schweren Gelände hinter sich und war kein Neuling. Es fiel ihm schwer, sich dumm stellen zu müssen, bis er den Fehler an einem nicht leuchtenden Rücklicht der TS 250/1/A, A wie Armeeausführung, fand, und nur die Glühlampe auswechseln musste.

Man konnte nur darauf hoffen, dass es nicht wirklich zu einem Ernstfall zwischen der NATO und den Warschauer Vertragsstaaten kommen würde. Im Gefecht hätte Wolf Bergmann zuerst die alten Rechnungen beglichen. Niemand hätte danach überprüft, aus welcher Richtung die Geschosse gekommen waren.

Und man sollte sich vorsehen, wenn Wolf Bergmann Wache hatte und auf Posten stand. In seinem Abschnitt wäre niemand unerlaubt über die Mauer gestiegen, er hätte ihn gestellt und wenn der Kerl getürmt wäre, hätte er auch geschossen und getroffen.

Vor dem Jahreswechsel bekam er das erste Mal Urlaub. Doch die drei Tage waren zu schnell vorbei und zum Silvestermorgen fand er sich in der sogenannten Siffgruppe wieder, die die Ausgüsse in der Regimentsküche zu reinigen hatte.

Etwas ruhiger wurde es zwar inzwischen nun; und besonders, wenn er in der Meldegruppe oder als OvD-Läufer Dienst hatte, ging es ihm nach den bisherigen Schikanen relativ gut. Doch dann gab es den entscheidenden Wendepunkt in seiner Dienstzeit, der alles noch schlimmer machte.

Der Winter begann Anfang Dezember mit Frost und Schnee, gefolgt von einer kurzen Tauwetterperiode. In der Neujahrsnacht brachte ein Schneetief einen heftigen Wintereinbruch mit 15 °C, der sich bis Ende Februar hartnäckig hielt. Die Regulierer hatten sogar zeitweise Fahrverbot und wurden zu den Einsatzkreuzungen mit dem LO gefahren und dort abgesetzt. Mitte Januar wurde eines Morgens Alarm gegeben, das Regiment rückte aus und blieb zwei Tage im Wald. Dreimal musste der Standort gewechselt werden und die Aufgabe der Regulierer war es, die Offizierszelte mit den Holzplanken als Fußboden aufzustellen und wieder abzubauen.

Beim Entladen der schweren Fußbodenteile wurde Bergmanns teilweise steifes Handgelenk überdehnt. Er wollte das Teil nicht loslassen, um sich nicht wieder neuen Schikanen aussetzen zu müssen, musste sich aber eingestehen, dass diese Überdehnung wohl nicht folgenlos bleiben würde, denn das Gelenk schwoll in kürzester Zeit enorm an und konnte ohne starke Schmerzen nicht mehr bewegt werden.

In der Nacht kam er nicht dazu, mehr als eine Mütze Schlaf zu nehmen, weil er mit einem zweiten Soldaten seines Diensthalbjahres den Ofen mit Holz und Kohlen füttern musste, damit die Kälte nicht ins Mannschaftszelt kroch. Vor Müdigkeit schliefen beide gegen drei Uhr morgens dennoch ein und dann gab es ein Theater, weil die Herren EK´s von der Kälte geweckt wurden. Bergmann dachte schon mit Grausen an die Zeit nach der Rückkehr auf die Kompanie.

Das Zelt war noch nicht wieder aufgeheizt, als es morgens um vier im Wald von den Schüssen der Kalaschnikoffs knallte. Ein simulierter Angriff, es gab Alarm. Zusätzlich auch noch Gasalarm. Soldat Wolf Bergmann hockte mit seiner Kalashnikoff KMS hinter einem Baum, hatte im Magazin nicht einmal eine Platzpatrone und musste „Pengpeng" rufen, um die Angreifer zurückzuschlagen. Es war einfach ein lächerliches Kaspertheater. Was wäre denn passiert, wenn an diesem Morgen die NATO wirklich zugeschlagen hätte? Sollte man mit den leeren Magazinen nach den feindlichen Soldaten werfen?

Es kam, wie gedacht, er wurde schlimmer schikaniert denn je. War er nicht im Meldedienst, war sein Bett eingerissen, kam er vom Ausgang, hatte man seinen Spind aufgebrochen und so präpariert, dass ihm beim Öffnen der Stahlhelm auf den Kopf fiel und dann auf den Fußboden schepperte. Hatte er endlich die Wasserhähne im Waschraum poliert und den Fußboden tro-

ckengewischt, kam wieder einer vom zweiten Halbjahr angeschissen, steckte ein Schlauchende auf einen Hahn und begann,
sich auf diese Weise zu duschen. Alles war vollgespritzt und
Bergmann konnte noch einmal von vorn beginnen.

War die Stube frisch gebohnert und ein Lappen zur Reinigung
der Stiefel auf die Türschwelle gelegt, stiegen die EK´s und
Vize extra über den Lappen hinweg, um den Dreck in der Stube
breit zu treten.

Der schmutzige Verband an seinem Handgelenk war stummer
Zeuge, dass er trotz Schmerzen alle Arbeiten verrichten musste.
Schließlich wurde der Politoffizier darauf aufmerksam und
schickte ihn, weil er an diesem Tage den Kompaniechef vertrat,
zum Regimentsarzt. Der Oberleutnant im Med.-Punkt stellte ein
Attest aus und befreite ihn von allen Diensten, bis die Hand
wieder belastbar wäre.

Leider vergaß er dabei, auch das Führen eines Kraftfahrzeugs
zu untersagen. So kam es, dass Wolf Bergmann den nächsten
Ärger hatte, weil er als OvD-Läufer zuweilen mit dem Mel-
dekrad in die Stadt musste. ´Revierdienst könne er nicht machen, aber beim Motorradfahren hat er keine Probleme`, wurden
Stimmen aus dem zweiten Halbjahr hinter seinem Rücken laut.
Bergmann begab sich wiederholt zum Regimentsarzt und erstat-
tete darüber Meldung. Der Oberleutnant hatte keine Probleme
damit, das Führen eines Kraftfahrzeuges auch noch zu verbie-
ten. „So, nun machen Sie gar nichts mehr, und ihre Genossen
können diesen Dienst für sie auch noch übernehmen." Eine
entsprechende Mitteilung erging an den Kompaniechef, der sich
nun genötigt sah, den Zugführer anzuweisen, darauf zu achten,
dass der Soldat Bergmann nicht mehr schikaniert wurde. Der
Zugführer führte den Befehl aus, die Genossen seiner Stube und
die Regulierer zogen lange Gesichter und mussten es bei verba-
len Attacken belassen, die aber auf die Dauer auch aufs Gemüt
gingen.

Im März bekam Wolf Bergmann einen Termin im Armeelazarett. Seine Mandeln mussten operativ entfernt werden. Der Aufenthalt im Lazarett waren die einzigen drei Wochen während

seiner Armeezeit, wo er als Mensch behandelt wurde. Nach der Entlassung trat er für fünf weitere Tage einen Genesungsurlaub an.

Nach Rückkehr zur Kompanie feindselig empfangen, musste er noch drei Wochen durchstehen, bis die EK´s entlassen wurden und er nach einer weiteren Woche zum „Vize" aufsteigen würde, wo dann die Schikanen hoffentlich vorüber sein würden.

Es kam wieder anders. Der Regimentsarzt hatte sich mit der Krankenakte über Wolf Bergmanns frühere Verletzung am Handgelenk befasst und einen Bericht an die Gutachterärztekommission ins Lazarett geschickt. Man sollte dort über den Verbleib Wolf Bergmanns in der Armee entscheiden.

Zehn Tage, bevor die EK´s entlassen wurden, hatte sich Soldat Wolf Bergmann beim Spieß in der Schreibstube zu melden. Er bekam eine Militärfahrkarte und einen Dienstreiseauftrag ausgehändigt, sich am nächsten Tag im Armeelazarett einzufinden. Die Ärztekommission redete nicht lange um den heißen Brei. Es gab eine Aktenlage und einen aktuellen Zustand, der auf absehbare Zeit keinen regulären Dienst zuließ.

Man entschied, den Soldaten Wolf Bergmann, für die nächsten drei Jahre begrenzt, als zeitlich dienstuntauglich auszumustern und mit der nächsten Entlassungswelle am Ende des laufenden Monats nach Hause zu schicken.

Als sich das in der Kompanie herumsprach, es gab immer irgendwelche Lücken im Netz der Nachrichtenübermittlung, hörte die boshafte Lästerei nicht mehr auf. Man ging davon aus, dass bei einer erneuten Einberufung die bereits abgeleistete Zeit nicht angerechnet würde und noch einmal achtzehn Monate zu dienen wären.

Es kam dann der Tag, als Wolf Bergmann in Zivil im strömenden Regen über die Brücke der Straße, die die Kaserne in zwei Teile trennte, mit seinen Entlassungspapieren zum Kdl ging. Hinter ihm unterhielten sich zwei Soldaten aus seiner ehemaligen Stube, die ihrer Beförderung zum Gefreiten entgegensahen: „Ich habe gehört, nicht alle, die heute entlassen werden, sind

EK´s.“ – „Was, wie?“ – „Es soll da Leute geben, die jetzt gehen, aber in ein paar Jahren noch einmal anderthalb Jahre dienen wollen.“ – „Was, noch mal anderthalb Jahre? Was müssen
das für Typen sein?“
Wolf Bergmann ließ sie reden; durch den Kontrolldurchlass
durften und konnten sie ihm nicht folgen. Der Apriltag war kalt
und verregnet. Er wartete neben der Kaserne auf den Bus, der
ihn zum Bahnhof bringen würde.

Drei Jahre später wurde Wolf Bergmann bei der Nachmusterung endgültig dienstuntauglich geschrieben. Die höhnischen
Reden dieser Lumpen am letzten Tage auf der Brücke wurden
keine Wirklichkeit. Aber sein Leben lang wurde Bergmann
zeitweise von Alpträumen heimgesucht, wo er wieder als Soldat
auf der Kompanie war…

XXV
Wolf Bergmann wurde in den Röntgentrakt gefahren und bekam eine örtliche Betäubung in den linken Oberschenkel. Auf
dem Monitor unter der Decke würde man das Röntgenbild der
Gefäße sehen, sobald das Kontrastmittel gespritzt wurde und
sich verteilte. Ihm wurde trotz der Betäubung ganz anders, als
er dieses überdimensionierte Gerät von Rohr sah, das ihm in die
Hauptarterie gestochen werden sollte. Durch dieses Rohr wurde
ein etwas dünnerer Plasteschlauch geschoben. Das Problem
begann, als der Schlauch sich innerhalb der Arterie nicht wei-
terschieben ließ, weil er sich wie eine Schnecke zusammenroll-
te. Man zog den Schlauch zurück und probierte es erneut mit
dem gleichen Misserfolg. Dann stellte die Röntgenassistentin
fest, dass der Schlauch zu dünn war. Eine Nummer größer wurde eingeschoben und Wolf Bergmann spürte leichte Schmerzen,
die sich verstärkten, je tiefer der Fremdkörper in die Arterie
eindrang. Wer liegt, kann nicht fallen, sagt ein altes Sprichwort.
Daran musste er denken, als ihm schwarz vor den Augen wurde
und er das Bewusstsein verlor. Die Untersuchung musste unterbrochen werden, bis sich sein Kreislauf nach der Injektion eines
Stärkungsmittels stabilisierte.

Dann wurde das Kontrastmittel gespritzt. Es sollte nicht weh-
tun. Erzählte man ihm. Nun, schlimm war es nicht wirklich,
aber unangenehm. Es wurde heiß in seiner Leistengegend und
es war ein Gefühl, als würde er sich bepinkeln. Unwillkürlich
befahl er dem Muskel, sich zu schließen, obwohl dies nicht
nötig war.
Auf dem Bildschirm zeigte sich der Verlauf der Gefäße. Mehrmals wurde nachgespritzt; man musste das Ende der Arterie des
zu verpflanzenden Schultermuskels als T-Stück an die Hauptarterie im Fuß setzen. Ein Aufpfropfen Ende an Ende war unmöglich, weil das Gefäß als Sackgasse endete.
Die Untersuchung war abgeschlossen. Bergmann stand von der
Anspannung der Schweiß auf der Stirn, sein Kreislauf spielte
wieder verrückt.
Er wurde zurück zur Station gefahren, dort fiel er in einen
Schlaf und erwachte erst, als das Mittagessen gebracht wurde.

*

Nach seiner vorzeitigen Entlassung aus der NVA musste sich
Wolf Bergmann erst einmal wieder an das Zivilleben gewöhnen. Zu diesem Zwecke meldete er sich in seiner früheren Arbeitsstelle, der TH, im Personalamt und ließ sich zehn Tage
unbezahlten Urlaub geben.
Er beabsichtigte, die fünfundsiebzig Mark, die er als Überbrü-
ckungsgeld von der Armee erhalten hatte, mit den Eltern und
seiner Frau am Wochenende bei einer kleinen Feier in der Gaststätte zu verprassen.

Bis es dazu kam, widerfuhr ihm gleich zu Beginn seines neuen
Lebens das nächste kleine Malheur.
Am Freitag wollte er seine Frau von der TH abholen und setzte
sich auf seine gute alte TS, der er noch im letzten Frühjahr einen neuen Motor eingepflanzt hatte. Die ETZ stand noch immer
in der Werkstatt und wartete auf die Ersatzteile.
Er genoss trotz der Kühle des späten Apriltages und eines gelegentlichen Schauers die erste Fahrt als freier Mann, hatte noch
etwa fünfzehn Kilometer zu fahren und war gerade im Begriff,

einen Traktor zu überholen, als auf einmal der Motor zu jaulen begann und kein Vortrieb mehr zu spüren war. Sofort schaltete Bergmann in den Leerlauf und rollte rechts ran. Der Traktor fuhr wieder an ihm vorbei und der Fahrer wies mit dem Arm nach hinten. Bergmann konnte sich diese Geste nicht erklären und meinte, er hätte wohl hinter ihm bleiben sollen.

Er schaltete die Zündung aus, wieder ein und kickte den Motor erneut an. Alles klang völlig normal. Er zog die Kupplung und legte den Gang ein; das übliche Rucken am Hinterrad blieb aus. Die Kupplung wurde losgelassen, aber nichts rührte sich. Bergmann schaltete alle Gänge durch, das Getriebe schien in Ordnung zu sein. Sein Blick fiel auf den Kettenkasten, dort zierte eine Bruchstelle den hinteren Bereich. Er stieg ab und sah sich das aus der Nähe an, die Kette fehlte. Jetzt war ihm auch die Bedeutung der Armbewegung des Bauern klar, er wollte ihn auf die Kette aufmerksam machen, die auf der Straße lag, nachdem sie gerissen und das Gehäuse vom Kettenkasten zerschlagen hatte; eine Schutzfunktion bei MZ, damit sich eine gerissene Kette nicht am Kasten zusammenwickelte und mit einem Ruck das Hinterrad blockierte, was unweigerlich zum Sturz führen musste. Nun galt es, schnell zu sein und die Kette aufzusammeln, bevor jemand darüber hinwegfuhr und sie bis zur Unbrauchbarkeit verbog.

So weit war alles klar, er schob die Maschine ein Stück bis ins nächste Dorf, um in Ruhe arbeiten zu können, ohne dabei noch über den Haufen gefahren zu werden. Wie sich zeigte, war das Kettenschloss abgerissen; so etwas war ihm auch noch nicht passiert, denn richtig herum war es eingebaut, da war er sich absolut sicher. Zum Glück hatte er immer ein Schloss zur Reserve dabei. Das Hauptproblem aber war, die Kette nun irgendwie durch die Kettenschläuche fädeln zu können. Die Führung war eng, normalerweise wechselte man die Kette, indem man die neue an die alte anhängte und einfach durchzog. Diese Möglichkeit war ihm nun verwehrt. Er musste das Hinterrad ausbauen, den Kettenantrieb und die Schläuche abnehmen, dann suchte er in der Umgebung nach etwas Draht. Er hatte Glück und fand neben einem Telegraphenmast ein Stück weggeworfenes Elektrokabel, genau das, was er brauchte, goldrichtig. Den

Draht wickelte er in langen Spiralen um das Stück eines dünnen Astes und schob diesen durch den ersten Schlauch, dann hängte er die Kette an und zog das erste Stück durch. Das Kettenende, oder der Anfang, wie man es will, wurde alsdann durch den Rest vom zertrümmerten Kettenkasten um das Blatt gelegt, dann wiederholte er die Prozedur des Durchfädelns mit dem unteren Kettenschlauch. Nun brauchten nur noch die Enden der Schläuche auf den Kettenkasten gestülpt werden, der Rest war ein Kinderspiel.

Was in der Erinnerung Sache von einer Minute war, dauerte in natura damals locker eine Stunde. Er wusste es nicht mehr, nur war er sich sicher, dass Brigitte ihn schon lange erwartete und erst einmal mit strafendem Blick fragen würde, warum er denn so spät komme, sei das etwa um zwei?

Mit der Reinigung der Hände war es natürlich ungleich schwieriger. Wer mit nackten Händen schon einmal eine Kette gewechselt hat, kennt das, schwarze Maupfoten vom Nagel bis zum Handgelenk, und hier keine Waschpaste und nur eine Pfütze Wasser in der Nähe. Doch wozu war man Chemiker? Prof. Schulz hatte seinerzeit in der Synthesevorlesung gelehrt, ´similar solutate similius`. Zu deutsch, Ähnliches löst Ähnliches. Auch die alten Römer, obgleich Barbaren, verglichen mit ihnen war Attila der Hunne ein barmherziger Samariter, waren nicht dumm.

Wolf Bergmann zog den Benzinschlauch vom Vergaser ab und öffnete leicht den Benzinhahn. Im dünnen Benzinstrahl wusch er die gröbste Schmiere von den Händen, den Rest „seifte" er mit Straßendreck ein und scheuerte das Ganze in der Pfütze halbwegs blank. Zumindest konnte er so die Handschuhe davor bewahren, hinterher im Müll zu landen.

Wie erwartet gab es von Brigitte erst einmal Mecker, sie war eben so.

Am letzten Apriltag gab es einen erneuten Kälteeinbruch mit Frost und Schnee. Bergmann war unterwegs gewesen, um einen neuen Kettenkasten zu besorgen und wurde vom Schneefall überrascht. Abgesehen davon, dass das Fahren ohne Heizung, aber damals kannte er es ja nicht anders und wärmte die Hände zuweilen an den Kühlrippen des Zylinders, schon nicht das höchste der Gefühle war, musste er sich nun auch noch durch den Schnee wühlen und aufpassen, nicht zu Boden zu gehen, bevor er zu Hause ankam.

Der Spuk dauerte im Flachland nicht lange und am nächsten Tage waren die Straßen wieder frei. Da er noch bis zum Ende der Woche Urlaub hatte, wollte er am 2. Mai nach Prag fahren.

Bergmann musste innerlich grinsen, als er daran dachte, wie es dazu kam. Im Jahr zuvor nämlich kam der Wissenschaftsbereichsleiter auf ihn zu und befragte ihn nach seiner Bereitschaft, als Auslandsreisekader zur Verfügung zu stehen. Es ging darum, zusammen mit Oberassistentin Frau Dr. Stachmann eine Gruppe Studenten im Austauschpraktikum an der Partnerhochschule in Prag zu betreuen.

Bergmann musste deshalb zwar seine Hochzeitsreise um einen Monat verschieben, sagte aber zu. Zu den Betreuern der Hochschule Prag fand Wolf Bergmann sofort den richtigen Kontakt, die Chemie stimmte einfach. Josef war ein Sprachkünstler, der autodidaktisch englisch und deutsch gelernt hatte und sprach fließend fast ohne Akzent; und Rainer hatte als Sudetendeutscher deutsche Vorfahren. Gleichwohl sich Frau Dr. als „Mutter Oberin" und Seniorchefin empfand, was ihr nach Rang und Alter auch zustand, hatte in Bezug auf das Verhältnis der Betreuer untereinander Nick, oder wie sich Frau Doktor vornehm auszudrücken pflegte, Herr Nick, die besseren Karten.

Drei Wochen lang wurde die Gruppe in Prag, Pardubitz und Budweis von ihren tschechischen Kollegen aufs Beste betreut, und Josef schlug deshalb Nick vor, auf das förmliche Sie zu verzichten.

Außerhalb des Protokolls hatten sie Spaß ohne Ende. Da war zum Beispiel der Abend in Budweis. Es gab dort einen großen Marktplatz, der von vier Seiten von Hotels und Einkaufsmeilen umzingelt war. Josef lud, wie es so üblich war, die deutschen Kollegen zum Abendessen ins Hotelrestaurant ein, bestellte eine Flasche Weißwein und ließ die Dame den Wein probieren. Die Mutter Oberin schnüffelte am Korken, ließ einen Schluck Wein auf der Zunge hin und her rollen, schloss dabei verzückt die

Augen, zog zum Abschmecken eine spitze Schnute und meinte dann, „hm ja, den nehmen wir." Der Ober füllte die Gläser, immerhin die großen 200-Kubik-Schoppen, und stellte die nunmehr fast leere Literflasche ab. Josef sagte „Prost", stieß an, soff das Glas auf ex aus, schüttelte sich und sagte trocken, „also, ich muss sagen, der Wein schmeckt mir überhaupt nicht!" Nick musste das Lachen mühsam zurückhalten. Josef bestellte eine andere Flasche und kostete lieber selbst. Dieses Mal war der Wein nicht zu sauer.

Und dann der Nachmittag in der Nähe von Trebon. Man hatte die Bierbrauerei mit anschließender Verkostung besichtigt, die Studenten waren danach zum Bummeln in die Stadt geschickt worden und die Männer, nebst Rainers Sohn Igor, ließen sich vom Busfahrer derweilen zum nahe gelegenen See fahren, aus dessen Uferfiltrat das Wasser für die Brauerei bezogen wurde. Man hatte ja Badesachen meist dabei, immerhin war es Anfang August, nur Josef hatte seine Badehose im Internat vergessen. Dafür hatte Rainer zwei bei sich und bot Josef eine davon zur Nutzung an. Da fragte doch der Josef den Rainer, „bekomme ich auch keine Geschlechtskrankheiten, wenn ich meinen Schwanz in Deine Hose hänge?" Außer Igor lachten die Männer herzlich darüber, denn Igor verstand kein deutsch.

Die Dienstreise dauerte drei Wochen, machte im Umtausch auf der Bank achthundertvierzig Mark mal drei Kronen, eine hübsche Stange Geld. Da die Partnerhochschulen für alle Kosten ihrer Gäste aufkamen, hatten die Teilnehmer ihre ganze Barschaft als Taschengeld für kleine und größere Ausgaben zur Verfügung, so dass Nick nach dem Ende des Praktikums noch tausendzweihundert Kronen übrig hatte. Er dachte nicht daran, diesen Überschuss zurückzutauschen und lagerte ihn für schlechte Zeiten ein.

Damit war Wolf Bergmann nun beim 2. Mai. Er wollte die Zeit bis zur Wiederaufnahme seiner Arbeit nutzen, um in Prag ein ordentliches Zelt zu kaufen. In der DDR waren gute Zelte für einen Motorradurlaub schlecht zu bekommen und zudem unangemessen teuer.

Er nahm also seine tschechischen Kronen und dreihundert Mark mit und fuhr nach Prag. Schon vor der Grenze, hinter Dippoldiswalde, begannen die Straßen Schneereste zu zeigen. Im Erzgebirge war etwas mehr heruntergekommen als in Mitteldeutschland. Bergmann ahnte nichts Gutes.

Ab Altenberg wurde es dann richtig lausig, zwanzig Zentimeter nasser Schnee bis Zinnwald. Bergmann tauschte in der Bank für einen Tag zwanzig Mark gegen sechzig Kronen und begab sich zur Grenze. Und an der Grenze war kein Verkehr, kein Wunder bei dem Wetter. Also hatte der Zoll Langeweile.

Er fiel natürlich sofort auf. Ein einsamer Motorradfahrer mit einer großen, aber leeren Reisetasche auf dem Seitengepäckträger, und dann nur für einen Tag Geld dabei. Da musste etwas nicht stimmen. Kein Mensch bekommt für sechzig Kronen eine Tasche voll Waren, es sei denn, er will nur Holzwolle oder Sägespäne mitbringen.

Man wies ihn an, rechts ran zu fahren und doch einmal alles auf den Tisch zu legen, was er so dabeihabe. Bergmann gab sich keine Mühe, das Geld zu verstecken und die Zöllner hatten es bald in den Händen. Woher es denn stamme? Er hielt mit der Wahrheit nicht hinter dem Berg und erklärte, es sei vom letzten Jahr übrig, der Umtauschnachweis war ja im Personalausweis vermerkt. Man wollte nun wissen, warum er das überzählige Geld nicht umgetauscht habe und Bergmann entgegnete darauf wahrheitsgemäß, weil er sich bei den Tschechen ein Zelt kaufen wolle. Man glaubte ihm, alles war ja nachvollziehbar, aber er dürfe eben nicht mehr als seine sechzig Kronen ausführen. Normalerweise hätte der überzählige Rest beschlagnahmt werden können; weil es aber legal getauscht wurde, ließ man Gnade für Recht ergehen. Er musste zur Bank und die Kronen zurücktauschen. Den Überschuss über dreihundert Mark musste er bei der Bank hinterlegen und durfte ihn nach seiner Rückkehr wieder einlösen.

Bergmann musste den Zöllnern noch dankbar sein, sie hätten auch alles einziehen können.

Er kickte die MZ an und machte sich auf den Weg nach Dubi, dem ersten Ort jenseits der Grenze. Kaum war er auf der Südseite des Erzgebirgskammes, wurden die Straße und die Berghänge schneefrei und in Dubi standen die Kirschbäume in voller Blüte. Bis Prag waren es noch gut hundert Kilometer zu fahren, gegen drei sollte er an der Hochschule sein, Plan B musste in Kraft treten. Plan B reifte in Bergmanns Kopf, als man ihm seine Kronen abnahm. Er sah vor, Josef oder Rainer im Institut aufzusuchen und bei einem von ihnen privat Geld zu tauschen. Sie waren oft in der DDR und würden Verwendung dafür haben.

Doch Murphys Gesetz schlug in aller Härte zu, der Anschiss lauerte überall. Am 2. Mai war in der CSSR Feiertag, Befreiung von der deutschen Besatzungsmacht im II. Weltkrieg. Folglich war die Hochschule geschlossen, Banken und Geschäfte auch. Das bedeutete im Klartext, auch, wenn er an der Grenze nicht gefilzt worden wäre, hätte er kein Zelt kaufen können, weil die Geschäfte zu waren. Auch wenn er bei Josef hätte tauschen können, Punkt Punkt Punkt, weil die Geschäfte zu waren.

Über Nacht konnte er nicht bleiben. Er hatte keinen Schlafsack bei sich und ein Zimmer war nicht bezahlbar.

Um nicht ganz umsonst unterwegs gewesen zu sein, fuhr Bergmann ins Zentrum, parkte die Maschine in der Nähe vom Wenzelsplatz und kaufte in einem Bistro für den Vater vier Flaschen Staropramen Pilsener. Dann schleckte er noch ein Eis und trabte zum Motorrad.

Unterwegs setzte zeitweise Regen ein und sein Kerzenstecker wurde nass, so dass er mehrfach wegen des ausbleibenden Zündfunkens liegen blieb. Der Funke nahm lieber den Weg des geringsten Widerstandes an der Außenseite des Steckers, was sich durch ein verzweigtes Geäst blauer Stromäderchen in der einsetzenden Dunkelheit wunderschön erkennen ließ.

In seiner Not, nachdem er das vierte Mal an Straßenrand stand und noch nicht einmal die Grenze erreicht hatte, wurde er erfinderisch und umwickelte den Stecker mit einer Zellophantüte und Isolierband. Nun nahm der Zündfunke wieder den Weg zur Elektrode der Kerze und die MZ rollte den Rest der Strecke ohne noch einmal zu streiken.

Abends gegen elf kam er nach über sechshundert Kilometern an diesem Tage wieder nach Hause. Ein Tag und sechshundert Kilometer für lausige vier Flaschen Tschechenbier…

*

Am Abend kam noch der Oberarzt von der Plastischen Chirurgie, erklärte den Eingriff und besprach mit ihm die Risiken, dann besuchte ihn noch ein Anästhesist; es war wichtig, zu wissen, ob die letzte Narkose ohne Probleme vertragen worden war.

Am Mittag des nächsten Tages wurde Wolf Bergmann in den Op. gefahren. Er war ruhig, jede Operation war ein Stück auf dem Weg der Besserung. Und vom Gelingen dieser hing alles ab.

Er bekam wieder die Maske zum Einatmen des Lachgases und zählte, bis die Stimme schwach wurde und ihm die Augen zufielen. Dann versank er im Nichts.

XXVI

Er erwachte in der Nacht. Die Uhr auf der Intensivstation der Plastischen Chirurgie zeigte vier Uhr. Er fühlte sich ungemein ermattet. An einer Halsvene spürte er eine angenähte Flexüle. Ein Schlauch führte davon weg zu einem Tropf, der neben seinem Bett hing. Den Durst musste Wolf Bergmann mindestens bis zum Morgen noch ertragen.

Der Schlaf nahm ihn wieder gefangen.

Das nächste Mal erwachte er, als er Stimmen hörte. Eine junge Ärztin stellte sich ihm als seine Narkoseärztin vor. Sie hatte noch Dienst auf der Intensivstation und erklärte, dass sie ihm jetzt etwas Gutes tun werde, indem sie ihm zwei Blutkonserven verabreichen würde. Das konnte nur bedeuten, dass er während der Operation sehr viel Blut verloren haben musste und erklärte seine Mattigkeit. Er konnte seinen Fuß nicht sehen, dafür aber zählte er mindestens vier Schläuche, die in den dazu gehörenden Redons endeten.

Während das Blut in seine Vene strömte, schlief er wieder ein.

Endlich wurde er vom Chefarzt der Plastischen Chirurgie und zwei Ärztinnen zur Visite begrüßt. Er erfuhr, dass die Operation gelungen sei und man ihn jetzt zwei Tage hierbehalten werde, um zu beobachten, ob der implantierte rechte Schultermuskel, den man ihm entnommen hatte, nicht abgestoßen wurde und gut durchblutet war. Gäbe es Anzeichen dafür, dass die Durchblutung nicht ausreichend war, war Gefahr im Verzuge und die Ärzte müssten mit wehenden Kitteln sofort eine Notoperation einleiten.

Die nächsten achtundvierzig Stunden waren entscheidend, ob der Fuß gerettet werden konnte. Es war sinngemäß ein schmaler Grat, auf dem man sich bewegte. Der Muskellappen musste mit ausreichend Blut aus der Hauptarterie versorgt werden, sonst starb das Gewebe ab. Und gleichzeitig durfte nicht so viel Blut abzweigen, dass der Rest des Fußes unterversorgt war, sonst starb dieser. Die freie Muskellappenplastik wurde durch Kunsthaut vor Austrocknung und Keimen geschützt und im stündlichen Abstand kontrollierte ein Arzt die Durchblutung.

Die Operation hatte acht Stunden gedauert, bei der ein Team, bestehend aus zwei Unfallchirurgen, sechs Plastischen Chirurgen, zwei Anästhesisten und zwei Tupfergebern alle ärztliche Kunst nach den neuesten Kenntnissen anwendeten. Zusätzlich zum Muskellappen wurde Knochenkamm aus seiner rechten Hüfte entnommen, um das untere Sprunggelenk einzusteifen. Auch durch die große Zehe hatte man einen Spickerdraht getrieben, der diesen bis zur Versteifung stabilisieren sollte, denn es gab nur noch eine Sehne. Und die Haltepunkte des Fixateurs mussten geändert werden, um Platz für den Muskel zu schaffen. So war der Sachstand.

Im Verlaufe der nächsten beiden Tage kam es Wolf Bergmann nicht in den Sinn, über irgendetwas nachzudenken. Er war einfach nur grenzenlos müde und erschöpft und schlief die meiste Zeit. Selbst zum Essen hatte er keine Energie.

Zwei Nächte noch verbrachte er auf der Wachstation; sein Zustand war stabil und keine Anzeichen für Komplikationen zu erkennen. Ein Abstrich, der tags zuvor genommen wurde, wies verschiedene Keime nach, die gezielt mit Antibiotika bekämpft wurden, damit es zu keiner Infektion kommen sollte.

Am dritten Morgen nach der Op. wurde Wolf Bergmann auf die Station verlegt. Auch dort schlief er den ganzen Tag, bis das Telephon störte. Die Mutter fragte nach seinem Befinden, bekam eine kurze Antwort und zog das Gespräch nicht in die Länge. Auch von seiner Arbeitsstelle rief der Abteilungsleiter an. Bergmanns Stimme war schwach und er hauchte mehr, als er sprach.

Auch diese Nacht schlief er ermattet wieder fast durch.

Erst am nächsten Morgen fühlte er sich wieder etwas kräftiger, falls man diesen Ausdruck in seinem jämmerlichen Zustand anwenden konnte.

*

Die Zeit des Schlafens war vorbei. Jetzt war wieder der Punkt erreicht, wo er auf dem Rücken liegend die Nacht erwartete und wach lag. Er dachte wieder an die Zeit zurück, als er seine Arbeit wieder aufnahm.

Mitte Juli erhielt Bergmann von der Werkstatt Post, dass seine ETZ repariert sei. Zeit wurde es, neun Monate, das durfte man niemandem erzählen. Dabei hatte diese Werkstatt auch noch den Flachlenker gegen einen serienmäßigen ausgetauscht, den leicht zerkratzen Tank jedoch nicht. Selbst das Blut vom Unfall klebte noch am Lack. Dafür hatte man das neue Vorderrad mit einer Scheibenbremse ausgerüstet.

Als Bergmann das Motorrad abholte und zum ersten Mal die Handbremse zog, wäre er fast über den Lenker gegangen, so biss die Scheibenbremse zu. Er fluchte zwar erst, gewöhnte sich aber sehr schnell daran und lernte die Vorzüge gegenüber der Trommelbremse bald zu schätzen. Nun hatte er wieder zwei einsatzbereite Motorräder.

In der GST ging Nick seiner Arbeit als Übungsleiter wieder nach und trainierte seine Gruppe. Das Handgelenk schmerzte und für dieses Jahr verzichtete er auf die Teilnahme an einem Wettkampf.

Im Juni hatten sie vor, das Trainingsjahr mit einer Exkursion zu beenden und Wolf Bergmann beantragte einen Fahrauftrag für eine Harztour.

Wieder einmal lief ihm das Glück hinterher. Er war schneller und konnte ihm entwischen. Dafür ereilte ihn das nächste Pech. Schon auf halber Strecke begann es damit, dass ihm alle paar Kilometer der vierte Gang heraussprang. Jedes Mal jaulte dann der Motor im Leerlauf zwischen der drei und der vier in höchsten Drehzahlen. Am Ortseingang vom Höhlendorf Rübeland war Schicht im Schacht. Es rumpelte im Getriebe, dann ging nichts mehr. Wenigstens konnte er noch in den Leerlauf schalten. Auf der Grasfläche der Innenseite einer Haarnadelkurve ließ er die TS stehen, stieg bei einem der Kameraden hinten auf und sie fuhren zunächst zum Bahnhofsrestaurant, um dort ihr Tagegeld gegen ein Mittagessen einzutauschen. Satt war man nun und besichtigte erst einmal eine der Höhlen, um sich anschließend Gedanken zu machen, wie man mit dem Vehikel wieder zurückkäme.

Fahren mit Motorkraft fiel in den Bereich des Unmöglichen, aber rollen war eine Lösung. Pfiffig, wie Motorradfahrer sind, reifte vor Bergmanns geistigem Auge ein Plan, wie es anzustellen sei und wurde sofort verwirklicht. Er hatte mangels Schlüssel für die Lenkerschlösser zwei dünne Stahlketten dabei, die mit je einem Vorhängeschloss die Motorräder vor Diebstahl sicherte. Die beiden Ketten wurden mit dem ersten Schloss verbunden und das Ergebnis war eine ausreichend lange Kette, die am oberen Ende des Federbeins einer ES mit dem zweiten Schloss befestigt wurde. Das andere Ende nahm Wolf Bergmann in die linke Hand, wickelte es einmal darum, hielt mit der Rechten den nunmehr nutzlosen Gasgriff umklammert und befahl, anzufahren. Dies musste vom anderen Fahrer mit sehr viel Gefühl erfolgen; als beim ersten Versuch zu stark angeruckt wurde, riss es Bergmann die Kette aus der Hand und er musste sofort zum Lenker greifen, um die Fuhre senkrecht zu halten. Aber man war ja lernfähig und ab dem zweiten Versuch funktionierte auch die Fortbewegung.

Auf diese Weise konnten sie auf geraden Strecken immerhin Tempo sechzig erreichen, an starken Anstiegen schlichen sie im ersten Gang den Berg hoch und Bergmanns Arm wurde immer länger. Fünfundsiebzig Kilometer hatten sie nun durch den Harz zurückgelegt und waren bisher keiner Polizeistreife begegnet. Bergmann wollte die kurze Glückssträhne nicht überstrapazieren und lotste sein Zugtier hinter Sandhausen zu seinem Großonkel Werner, um die Maschine dort zur Abholung unterzustellen.

Diese Entscheidung war goldrichtig und kam kaum zu zeitig. Nur zehn Minuten später wären sie in eine Kontrolle geraten.

Wolf besprach in der folgenden Woche mit dem Oberinstrukteur Henry die Rückführung. Der Kreisvorstand schickte einen Kameraden mit dem W 50 los, der Bergmann an der TH aufnahm und sie holten das Wrack nach Hause.

*

Wolf Bergmann schlummerte kurz ein, wurde aber schon nach kurzer Zeit wieder vom Durst geweckt. Er trank ein Glas Wasser und war munter genug, um sich weiter zu erinnern, was so geschah.

*

Während seiner Armeezeit hatte ein anderer Assistent seine Seminargruppe übernommen, aber Wolf Bergmann war im Praktikum dennoch mit zugegen.

Die Bedingungen für seine eigene Forschung waren unterdessen nicht besser geworden. Der Professor hatte nicht einmal einen Versuch unternommen, die Industrie für seine Calciumsulfat/sulfit-Gemische zu begeistern.

So machte sich Bergmann anderweitig Gedanken und entwarf ein Verfahren zur Bariumcarbonatherstellung aus Chlorwasserstoff als einem Abprodukt aus der Magnesiumchloridspaltung, Quarzsand, Koks und Bariumsulfat.

Der Grundgedanke war eine Art modifiziertes Solvay-Verfahren. Er mischte Schwerspatpulver mit etwas Sand und gemahlenem Kohlenstoff, erhitzte das Ganze im Röhrenofen bis zur dunklen Rotglut auf etwa 600 °C und ließ Chlorwasserstoff durch die Röhre strömen. Nach einer Stunde entnahm er das Schiffchen und löste sein Reaktionsprodukt in Wasser auf. Die unlöslichen Bestandteile wurden abfiltriert und das Filtrat versetzte er mit Salmiakgeist und ließ Kohlendioxid hindurch blubbern.

Das Ergebnis war wie erwartet; in der Hitze und unter der Einwirkung des Chlorwasserstoffs wurde das Sulfat bei relativ niedrigen Temperaturen zersetzt und es bildete sich Bariumchlorid, während das Schwefeldioxid mit dem Abgas ausströmte. Das Chlorid löste sich im Wasser. Beim Einleiten von Kohlendioxid in die ammoniakalische Lösung bildete sich Ammoniumcarbonat. Da in der Lösung immer das Produkt mit der geringsten Löslichkeit ausgefällt wurde, reagierten die Carbonationen spontan mit den Bariumionen zu unlöslichem Bariumcarbonat, welches abfiltriert somit als Ausgangsstoff für sämtliche löslichen und unlöslichen Bariumverbindungen Verwendung finden konnte.

Er stellte dem Professor sein Verfahren vor, doch dieser interessierte sich dafür nicht die Bohne und bezeichnete es als Unsinn.

Wenige Tage später stieß Wolf Bergmann beim Studium älterer Literatur der Chemical abstracts auf einen Hinweis zur Bariumcarbonatherstellung. Es war genau das gleiche Verfahren, das er ausgearbeitet und im Labor erprobt hatte, nur leider kam er rund hundertfünfzehn Jahre zu spät; jemand anderes hatte sich bereits um das Jahr 1870 darauf ein deutsches Reichspatent gesichert…

Im Spätsommer überredete Bergmanns Cousine seine Frau, mit zu einem Kurzurlaub in die CSSR zu kommen. Man wollte zu viert im Skoda fahren und sich die Reisekosten teilen. Bergmann war davon nicht begeistert und hätte sich lieber auf die ETZ oder die TS gesetzt. Letztlich gab er nach und musste das bitter bereuen, denn diese Reise setzte eine Kette von Ereignissen in Gang, die lange Zeit gewisse familiäre Unstimmigkeiten zur Folge hatten.

Während also die Reisegruppe, zusammen mit noch einem Paar und einem Solomotorradfahrer, der sich zudem auf einer Abfahrt nach Cheb mit der Maschine auf die Straße legte, an einem Stausee im Raum Pilsen zeltete, stand Bergmanns alte MZ bei seinem Onkel in der Garage.

Im Vertrauen darauf, dass sie dort sicher untergebracht sei, unterließ er es, sie mit dem Lenkerschloss gegen unbefugte Benutzung zu sichern.

Als die Reisegesellschaft mit einem neuen Zelt, das Bergmann nun endlich in Pilsen glücklich erworben hatte, nach zehn Tagen zurückkehrte, führte sein erster Weg zu seinem Motorrad. Schon auf den ersten Blick sah er, dass etwas nicht stimmte. Auf den zweiten, genaueren Blick, sah er, was los war. Ohne Zweifel war in der Zwischenzeit jemand damit gefahren und gestürzt. Die Spuren der Missetat waren dermaßen stümperhaft verwischt worden, dass sie buchstäblich ins Auge stachen. Nur einer kam dafür in Frage, Wolfs fünfzehnjähriger Cousin, denn Onkel Egbert wäre es nicht eingefallen, sich an der Maschine seines Neffen zu vergreifen, wäre damit auch nicht gestürzt und war außerdem zur selben Zeit in Brünn zur WM.

Die Bestandsaufnahme ergab, dass etwa hundert Kilometer mehr auf dem Tacho standen als vor Bergmanns Abfahrt in den Urlaub, außerdem war die Maschine vorher vollgetankt und blitzblank. Der Schmutz bewies, dass bei Regen gefahren worden war, wobei es vermutlich zu dem Unfall kam. Der Tank war eingebeult, der Pilz am Gasgriff und der Handbremshebel abgeschliffen, Kotflügel und Auspuff waren zerkratzt und eingebeult, die rechte Fußraste verbogen, der rechte vordere Blinker und die rechte Soziusfußraste abgebrochen; ein untrügliches Zeichen, dass auch jemand auf dem Sozius gesessen haben musste. Die Blinkerschale war unterdessen gegen ein Ersatzteil ausgetauscht worden, es war unübersehbar.

Bergmann war geladen, mit Wut im Bauch fragte er seinen Opa, was hier los war. Der Opa tat erstaunt und stellte sich dumm. Bergmann legte die Fakten auf den Tisch und Opa erklärte, das Motorrad habe im Wege gestanden und sei umgekippt. Jetzt kochte Wolf, man wollte ihn für dumm verkaufen. Glaubte der

Großvater ernsthaft, dass Bergmann nicht zwischen den Spuren eines Umfallers und eines Sturzes mit hoher Geschwindigkeit unterscheiden könne? Und woher dann der Dreck und die zusätzlichen Kilometer? Opa setzte zum zweiten Versuch an und räumte ein, der Ron sei auf dem Hofe eine Runde gefahren und dabei umgekippt. Nach Bergmanns Beweisführung, dass auch diese Begründung nicht zu dem Maße der Schäden passte, wurde der alte Mann grantig und gab zu, dass der Junge auf der Straße gefahren und beim Wenden vor Nachbars Tor gestürzt sei.

Bergmann erkannte, dass er weder von Ron, der sich aus gutem Grunde rechtzeitig vom Hof geschlichen hatte, noch vom betrunkenen Großvater die Wahrheit erfahren würde. Aus den Spuren und den Umständen reimte er sich zusammen, wie es wirklich gewesen sein musste und kam, wie er einige Wochen später erfuhr, der Wahrheit verdammt nahe.

Er musste mit Egbert als dem Vater des Übeltäters sprechen. Es war nur natürlich, dass Wolf Bergmann ein Recht darauf hatte, dass der Schaden reguliert wurde. Er hatte seine Maschine immer gepflegt und sah nicht ein, dass dieser Rotzbengel ohne Strafe davonkommen sollte. Egbert hörte sich die Vorwürfe an, besah sich den Schaden und sagte zu, alles wieder in Ordnung zu bringen.

Da es sich um eine Familienangelegenheit handelte, verzichtete Bergmann darauf, die Sache der Polizei zu melden, die sich sehr dafür interessiert hätte, wieso ein Fünfzehnjähriger mit einer Maschine einen Unfall bauen konnte, die er erst mit achtzehn fahren durfte. Bergmann erinnerte sich an seine eigene Dummheit vor Jahren. Der Fall lag ähnlich, nur hatten die Eltern den Schaden ohne Diskussion reguliert und Bergmann würde mit seinem steifen Handgelenk sein Leben lang dafür büßen.

Von einem Jugendfreund aus Kindertagen erfuhr Wolf Bergmann schließlich doch noch die ganze Wahrheit, denn die Übeltäter hatten ihren Mund nicht gehalten und sich im Dorf mit ihren „Heldentaten" gebrüstet. Es war eine ganze Gruppe, die sich abends die Motorräder ihrer älteren Geschwister, die in der NVA dienten, aus den Garagen holte und sich in den Bergen nördlich vom See auf den Wirtschaftswegen des Volksgutes eine Art Rennen lieferte. Am letzten Tage wurden sie dabei vom Regen und der Dunkelheit überrascht, und, unerfahren in der Handhabung der schweren Maschine für einen Hänfling wie Ron, verlor dieser die Kontrolle und stürzte. Der Sozius war es, der alles ausposaunte.

Zwei Wochen später, als Wolf nach der Arbeitswoche nach dem Fortgang der Reparatur sah, wurde er herb enttäuscht. Außer einer neuen Fußraste – nichts. Nach den Gründen befragt, erklärte Egbert, er habe die anderen Ersatzteile nicht bekommen.
Vier weitere Wochen war Wolf Bergmann noch geduldig, dann fuhr er selbst zum Fahrzeughaus und kaufte einen neuen Auspuff, demontierte den Tank und den Kotflügel und brachte die Teile zum Lackieren.
Am Ende legte er Egberts Frau die Rechnungen für Arbeitslohn und Teile vor. Grit beglich die Rechnungen, ohne ein Wort zu sagen. Man empfand es offenbar als ein ungehöriges Verhalten des Neffen, auf die Schadensregulierung zu beharren.
Dass er damit richtig lag, zeigte sich eine Viertelstunde später, als er noch einige Feinarbeiten an der TS zum Abschluss bringen wollte.
Der Großvater erschien, wieder betrunken und gereizt wie ein wütender Bulle. Mit dem Zehnpfundvorschlaghammer in der Hand kam er zu Wolf, der neben dem Motorrad hockte und schraubte. Drohend pflanzte sich der Opa neben Wolf auf und begann, „was Wolf sich erlaubte, von seinem Onkel Geld zu verlangen wegen so einer Lappalie! Er sei ja noch dämlicher als seine Mutter! Er brauche nicht wieder zum Opa zu Besuch zu kommen."
Wolf Bergmann hörte sich alles mit äußerer Ruhe an, obwohl er innerlich kochte, und entgegnete darauf, das sei in Ordnung. Wenn er darauf bestehe und die Sache hier erledigt sei, würde ihn der Opa nicht wiedersehen.
Die Antwort blieb Opa nicht schuldig. „Und wenn das Ding morgen nicht hier weg ist, kannst Du es Dir vom Schrott abholen!"

Nun hatte Wolf endgültig genug. Er war im Recht. Er war der Geschädigte und hatte Anspruch auf Wiedergutmachung. Kein anständiger Mensch würde das bestreiten. Er war ein erwachsener Mann von fünfundzwanzig Jahren und musste sich nicht wie ein dummer Schuljunge anschnauzen lassen. Auch nicht vom Opa.

Wolf Bergmann packte das Werkzeug zusammen und schob das Motorrad von der Garage über den Hof auf die Straße. Dann trat er die TS an und fuhr, gleich ohne Helm, aus der Gefahrenzone bis zum Dorfdenkmal für die gefallenen Soldaten der beiden Weltkriege.
Zu Fuß kehrte er zurück, zog sich an, verabschiedete sich von der weinenden Oma und fuhr mit der ETZ, mit der er gekommen war, in den Nachbarort zu seinen Kollegen, die wie er als Betreuer ihrer neuen Seminargruppen im Ernteeinsatz waren. Dort bat er einen Studenten, der mit dem Trabant individuell angereist war, ihn zum Denkmal zu fahren, damit er die TS zu den Eltern bringen könne. Der junge Bursche war sogar so freundlich, seinen Assistenten bis nach Hause zu begleiten und dann wieder mitzunehmen.
Wolf Bergmann blieb unbeugsam. Er hätte dem Opa verziehen, aber er war nicht bereit, sich so zu demütigen, den ersten Schritt zu machen und vielleicht wieder hinausgeworfen zu werden.

Im nächsten Frühjahr hatte sich das Handgelenk von Wolf Bergmann wieder beruhigt, aber die Versteifung hatte weiter zugenommen. Beim Fahren gab es keine Probleme mehr, so zog er die Teilnahme am letzten Lauf zur Bezirksmeisterschaft im Motorradmehrkampf in Erwägung. Eine Woche lang war er im Mai für das Trainingslager freigestellt und scheuchte seine Mannschaftskameraden auf einer selbst gewählten Strecke die Halden am ehemaligen Tagebau im Geiseltal westlich von Mendenburg hoch und runter.
Der Mai endete sonnig und warm, so dass die Jungs immer am Ende des Trainings noch im See badeten. Da niemand ein Handtuch dabeihatte, ließ man sich in der Sonne vom Wind trocknen, und dann kamen die Abiturienten der Spezialschule

auf die Idee, die Wirkung des Windes noch zu verstärken, indem sie auf ihren Motorrädern nackt durchs Gelände fuhren, um den Fahrtwind zu nutzen. Wolf Bergmann als Übungsleiter war gezwungen, hier regulierend einzugreifen, denn es gab in der GST eine Vorschrift, die beim Fahren das Tragen eines Helmes, von Handschuhen und Stiefeln gebot. Die Spezies führten seine Anweisung aus und fuhren nun nackt bis auf Handschuhe, Helm und Stiefeln durch die Gegend, ein Bild für die Götter. Den internen Vorschriften war Genüge getan und die Gesundheit der ihm anvertrauten Kameraden wurde geschützt.

Der Kreis sollte den letzten Lauf ausrichten und Bergmann bemühte sich nach Kräften, eine einigermaßen ansprechende Strecke aus dem zu zaubern, was er vorfand. Am Ende war er recht zufrieden, aber dem Vorstand war die Strecke vom Charakter her mehr Motocross als Enduro und entschärfte viele Sektionen.
Diese Fehlentscheidung führte bei den Teilnehmern des dritten Laufes, besonders unter denen, die richtig fahren konnten, zu herber Kritik am Niveau und dem Schwierigkeitsgrad.
Das Rennen selbst lief unspektakulär ab. Das Training zahlte sich aus, es gab keinen Ausfall, selbst Gerd, der sich wiederholt seinen Unterschenkel, genauer gesagt, das Wadenbein, brach, fuhr das Rennen mit der gebrochenen Stelze noch zu Ende.
Es war Bergmanns letzter Lauf für die TH.

Als er daran dachte, erinnerte er sich an eine lustige Begebenheit, die sich in der Motorsportsektion I, auch Fahrschule genannt, abspielte.
Seine Frau Brigitte war Bergmanns Wunsch gefolgt und absolvierte zu diesem Zeitpunkt ihre praktische Ausbildung, die von ihrem Mann individuell noch ergänzt wurde. Doch leider hatte sie nicht das Herz und das Gefühl für das Führen eines Motorrades, und am Ende musste sich Bergmann eingestehen, dass er das Geld für ihre Ausbildung zum Fenster hinausgeworfen hatte.

Jürgen war Fahrlehrer und auch ein kleiner Draufgänger, der gern einmal bei einem Motorradmehrkampf antreten wollte, allerdings nur in der Mopedklasse, und Wolf wollte noch Einzelheiten mit ihm besprechen. Doch heute hatte sein Kamerad Grohmann Dienst.

Wolf Bergmann kam also am Nachmittag nach der Arbeit aus dem Labor. Mit seiner Wettkampfmaschine hielt er auf dem Parkplatz am Trakt der Verfahrenstechniker, wo Fahrlehrer Grohmann sich gerade damit abmühte, seinen Fahrschülern die Grundregeln der Bedienung eines Motorrades beizubringen. Brigitte hatte sich nicht dumm angestellt, wirkte aber unsicher. Doch egal wie schlimm die Dinge stehen, es gibt immer jemanden, der alle früheren Rekorde bricht.

Denn Nick konnte sich das Lachen nicht verkneifen, als ein Algerier das Anfahren und Schalten üben sollte. Gewiss, sie alle hatten einmal angefangen, was aber hier an Dummheit und Begriffsstutzigkeit an den Tag gelegt wurde, spottete jeder Beschreibung.
Der Fahrlehrer klärte Nick auf, dass er nun schon wiederholt versucht habe, dem Wüstensohn den Zweck und die Benutzung von Kupplung und Schalthebel zu erklären und ausführen zu lassen. Aber der Kerl war so dämlich und begriff die Zusammenhänge einfach nicht. Wie es schien, glaubte er, das Prinzip der Fortbewegung funktioniere auf ähnliche Weise wie der Düsenantrieb eines Flugzeuges und meinte, er müsse nur genügend Gas geben, dann würden ihn die Auspuffgase schon vorwärtstreiben.
Er drehte folgerichtig auch tüchtig am Gasgriff, aber die ES bewegte sich freiwillig keinen Zentimeter vom Fleck. Also schoss ihm ein Gedanke durch den Kopf, wie der Natur etwas auf die Sprünge zu helfen sei und begann, sich mit den Füßen, so, wie vor hundertfünfzig Jahren ein Laufrad bewegt wurde, abwechselnd abzustoßen und brachte das Motorrad auf diese Weise zum Rollen. Dennoch blieb der Eigenvortrieb noch immer aus. Als der bisher wohl nur als Kamelreiter in sicherer Fortbewegung geübte Fahrschüler ein Tempo von vielleicht

fünfzehn oder zwanzig Stundenkilometern erreicht hatte, stieß er beim Strampeln mit der linken Wade unbeabsichtigt gegen den Schalthebel und legte damit einen Gang ein. Ob es nun der erste oder zweite war, blieb gleichgültig. Die ES reagierte auf diese unsanfte Behandlung ohne Zeitverzögerung. Da der Motor ja auf hohem Drehzahlniveau lief, griffen die entfesselten elf PS sofort ins Getriebe und brachten die Kraft mit brachialer Gewalt auf das Hinterrad. Das Vorderrad hob sich einen Meter vom Boden ab und der Wüstenbewohner vollführte auf dem Hinterrad einen Wheelie, raste zehn Meter weiter, krachte gegen den Bordstein, machte einen Satz in zwei Meter hohes Unkraut, das dort auf einer alten Abraumhalde wuchs und überschlug sich gleich darauf, was untrüglich an dem heulenden Motor und einer gewaltigen blauen Zweitaktabgaswolke zu erkennen war. Grohmann und Nick sprangen sofort hinterher, um Hilfe zu leisten, doch nur das Motorrad jaulte, von seinem Reiter schmählich im Stich gelassen, weiter, bis Nick es durch ausschalten der Zündung von seinem Elend erlöste. Als sie sich umsahen, erblickten sie auch den Beduinen, der sich humpelnd aus dem Unkraut entfernte und sich wohl schwor, nie wieder auf so ein Teufelsding zu steigen und sich künftig lieber weiter mit seinen sanftmütigen Gras fressenden Hammeln und Kamelen zu befassen, sobald er mit dem Diplom in der Tasche in seine Heimat zurückgekehrt war. Jedenfalls ließ er sich zur Fahrschule nie wieder sehen.

Nick kickte seine TS an und zeigte den Fahrschülern, wie es richtig gemacht wurde; er fuhr, auf den Fußrasten stehend, in leichtem Tempo an einen Bord heran, gab mit gezogener Kupplung kurz Zwischengas und ließ die Kupplung hart kommen. Elegant stieg das Vorderrad in einem Meter Höhe über den Bordstein, das Hinterrad sprang darüber hinweg, Nick landete auf dem Hinterrad und fuhr so noch einige Meter weiter, bis kein Vortrieb mehr kam und das Vorderrad der Schwerkraft nachgeben musste. Nick schaltete hoch und fuhr davon.

XXVII

Im Sommer wurde Wolf Bergmann wieder vom Fernweh geplagt und hatte mit seiner ETZ eine Urlaubsreise ans Schwarze Meer unternommen, die unter einem günstigeren Stern stand, als seinerzeit vor fünf Jahren. Brigitte war zu der Zeit im Studentensommer, das passte.

Er hatte aus den Fehlern der ersten Reise gelernt und war dieses Mal ungemein besser vorbereitet. Mit Motoröl für die gesamte Strecke ausgerüstet und einer Lederolkombi zum Schutz vor Regen ließ die Tour sich gut an.

Dennoch wollte ihn die Verzweiflung anspringen, als er bereits am Abend des zweiten Reisetages in Ungarn in ein Regengebiet fuhr, das ihm für die nächsten fünfhundert Kilometer ein treuer Begleiter war.

Die Nacht verbrachte er auf einer Bank in der Wartehalle einer Bushaltestelle, gestört durch hupende Truckfahrer und boshafte Mücken, deren hochfrequentes Summen selbst den Helm ungedämpft durchdrang.

Als gegen sechs Uhr morgens die Straße abtrocknete, war er frohen Mutes, doch die Regenpause hielt nicht lange vor. Es wechselte Landregen mit Schauern und kurzen regenfreien Abschnitten, die Straße blieb aber nass und wurde in Rumänien richtig gefährlich, denn die vom Regen aufgeweichte und von den Autos und Trucks breitgefahrene Pferde und Kuhscheiße ergab eine extraglatte Mischung.

Längst waren die Handschuhe und die Stiefel nass und selbst die Lederkombi trotz der Regensachen klamm. Er malte sich schon aus, wie man sich zu Hause über ihn totlachen würde, wenn er aus Bulgarien weiß wie eine Bäckermütze zurückkäme. Dann redete er sich selbst Mut zu und meinte, bis zum Meer wären es immerhin noch tausend Kilometer, es müsse mit dem Teufel zugehen, wenn der Regen nicht irgendwann aufhörte. Schließlich war es Hochsommer und Südosteuropa für seine heißen Sommer bekannt.

So war es dann auch. Im Banater Gebirge wurde die Straße zunehmend trockener und an der Abfahrt vom Pass Orientale rissen die Wolken auf, einzelne blaue Himmelslücken zeigten sich. Die Wolken verzogen sich immer mehr, und als Bergmann bei Orsova die Donau erreichte, war der Himmel wolkenlos und es herrschten abends um sechs noch 30 °C. Auf dem nächsten Parkplatz stoppte er und rollte die Regenkombi zusammen. In diesem Urlaub wurde sie nicht mehr gebraucht.

Am Abend schlug er sich kurz vor der Donaufähre in die Büsche und schlief gleich im Freien. Am Morgen schob er sich an der zwei Kilometer langen Autoschlange vorbei, setzte mit der ersten Fähre nach Bulgarien über und nahm die ersten zweihundert Kilometer durch das Gebirge zum Meer in Angriff. Zur Abwechslung lernte er bei der Querung des Balkans den Slatiskipass kennen und östlich von Sofia lagen nur noch vierhundert Kilometer gerade Strecke vor ihm. Während des Abendessens nahm er sich vor, heute noch das Schwarze Meer zu erreichen. Eine Stunde vor dem Ziel kam ihm eine Kolonne entgegen und alles, was genug Leistung unter der Motorhaube hatte, überholte einen Schleicher, der an der Spitze den ganzen Verkehr behinderte. Dann versuchte auch ein Auto mit Wohnwagen im Schlepp, zu überholen. Wolf Bergmann war schon sehr nahe; der andere musste ihn unbedingt sehen und seinen Überholvorgang abbrechen, doch der dachte gar nicht daran. Hartnäckig blieb er auf der Gegenfahrbahn, ohne nennenswert an Boden zu gewinnen. Es musste unbedingt zum Zusammenstoß kommen; zum Ausweichen war die Straße nicht breit genug. In Einschätzung des Ernstes der Situation blieb Wolf Bergmann nur noch eine Vollbremsung, um einem Frontalaufprall zu entgehen. Die Scheibenbremse packte hart zu, das Hinterrad blockierte und rutschte zur Seite, Bergmann wich auf die Bankette aus und im nächsten Augenblick rauschte der rücksichtslose Fahrer des Gespanns an ihm vorbei.

Nach einem dreistündigen Gewaltritt seit dem Abendessen sah Bergmann am späten Abend bei Pomorie das dunkle Meer im Schein des Mondes leuchten. Er schlief wieder im Freien, nahm am Morgen sein erstes Bad und suchte sich dann südlich von Burgas einen Zeltplatz, nachdem er zusammen mit seinen Nachbarn, einer tschechischen Familie, gefrühstückt hatte.

Zehn Tage blieb er in „Atliman", der Hengstbucht, genoss Sonne, Meer und nette Nachbarn, lernte zwei bulgarische Familien kennen, die er in späteren Jahren immer auf der Durchreise besuchte und siedelte dann nach „Koral" über. Das Wasser war ihm zu dreckig geworden.

Eine Woche vor der planmäßigen Abfahrt von „Koral" nahm er fluchtartig Abschied vom Meer. Der Grund lag darin, dass er bereits in der ersten Woche, als er zum Schnorcheln in Achtopol war, am Abend die ETZ, um die beiden hinteren Blinker beraubt, vorfand. Die Polizei interessierte sich für solche „Lappalien" nicht und meinte, das sei Sache der Zeltplatzverwaltung; die wiederum schoben der Polizei die Zuständigkeit zu. Am Ende meldete Bergmann der Bulstrad-Versicherung in Burgas den Diebstahl, die solche Fälle kannte und mit der Arbeitsweise der Miliz bestens vertraut war. Die junge Frau bescheinigte die Meldung zur Vorlage bei der Staatlichen Versicherung.

Nur wenige Tage später wurde die Faltgarage über Nacht direkt vor dem Zelt geklaut. Wolf Bergmann hörte zwar das Rascheln und war wach, doch als das Klimpern von Werkzeug ausblieb, wenn Diebe etwas abschraubten, schlief er wieder ein.

Nun hatte er genug. Bevor diese Spitzbuben ihm vielleicht noch den Vergaser oder die Bowdenzüge ausbauten, brach er das Lager und den Urlaub lieber vorzeitig ab. Den vorderen rechten Blinker versetzte er nach links hinten. Links war wichtiger als rechts, sowohl beim Überholen als auch beim Abbiegen.

Die Verwaltung von „Koral" war nicht so stur und bescheinigte ihm den Diebstahl.

Wolf Bergmann besuchte noch Dontscho und seine Familie in Turija, musste sich selbstgebrannten Schnaps einflößen lassen, der schmeckte wie Slivovic mit Fichtennadelbadesalz, und startete am Vormittag zur Donaufähre.

Bei strahlend blauem Himmel machte ihm die Fahrt Freude, auch wenn er in Bulgarien nur siebzig Stundenkilometer fahren durfte. Mit der Miliz war nicht zu spaßen; seitdem sie mit modernen Radarpistolen ausgerüstet war, konnte ein einzelner Mann kontrollieren, die linke Hand am Messgerät, die Kelle in der rechten. Wenn man den Polizisten sah, war es bereits zu spät, man war im Messbereich, und wer zu schnell war, hatte für seine Eile zu büßen. In Rumänien war es seit der letzten Reise sogar noch schlimmer geworden; für Motorräder waren innerorts vierzig und außerorts fünfzig Stundenkilometer erlaubt. Wer sich daran korrekt hielt, brauchte selbst auf der kurzen Strecke zwei Tage, so blieb nur, sich in den Orten an das Limit zu halten, weil dort öfter kontrolliert wurde. Der moderne Sprechfunk, eine Stoppuhr und ein Taschenrechner machten es möglich. Der erste Polizist meldete „los", der zweite stoppte die Zeit, bis ein Fahrzeug an ihm vorbeifuhr und gab sie dem Kollegen neben ihm durch. Dieser ermittelte mit dem Taschenrechner das Tempo und informierte per Walkie-Talkie den vierten, wer wegen Überschreitung zu büßen hatte. Außerhalb der Ortschaften aber fuhr Bergmann mit siebzig Sachen, um voran zu kommen.

Seit der Fähre hatte er Begleitung von zwei weiteren Motorradfahrern aus der Lausitz, mit denen er bis wenige Kilometer vor Budapest gemeinsam fuhr, dann bogen die zwei zum Balaton ab und Bergmann fuhr zur Grenze weiter.

An diesem Tage rollte es ordentlich und Bergmann fuhr die Nacht noch durch bis früh halb fünf. Unterwegs wachte er mehrmals auf der Standspur der Autobahn auf, als er vom Sekundenschlaf überrascht wurde. Er nahm dann auf dem nächsten Parkplatz für eine Viertelstunde eine Mütze Schlaf und stoppte erst sechzig Kilometer vor Prag. Zufällig fuhr er die gleiche Ausfahrt nach Bernhartice ab, wo er fünf Jahre zuvor fast den Löffel abgegeben hätte. Über tausend Kilometer hatte er auf einen Ritt an diesem Tage zurückgelegt und fand abseits der Hauptstraße auch gleich einen Waldweg, wo er keine Umstände machte und sich sofort zum Schlafen niederließ.

Während er noch die Luftmatratze aufblies, kam von oben, der Weg war abschüssig, ein Radfahrer ohne Licht angesaust. Der Fahrer bemerkte viel zu spät, dass ein Hindernis im Wege war und hatte keine Zeit mehr zum Bremsen. Kurzerhand rauschte er in den Graben, überschlug sich, zappelte sich unter dem Fahrrad hervor, schob es zurück auf den Asphalt, setzte sich wieder drauf und fuhr einfach weiter. Das war eigenartig. Der Kerl hatte weder geflucht noch Bergmann vollgemosert. Wolf

Bergmann schloss daraus, dass der Typ ein verdammt schlechtes Gewissen gehabt haben musste, wenn er keinen Zeugen für seinen nächtlichen Ausflug haben wollte. Es war ja Sonntagmorgen vor Sonnenaufgang.

Am frühen Nachmittag kam er wohlbehalten zu einem Kurzbesuch bei den Eltern an. Die Reise endete dieses Mal ohne Katastrophe; das ermutigte ihn, damit in den nächsten Jahren weiterzumachen.

Zwei Tage später erreichte ihn die Nachricht, dass sein Opa überraschend verstorben sei. Wolf Bergmann kommentierte nur „Hat er sich wohl tot gesoffen?" und lag damit im Prinzip richtig. Der Opa hatte Pflanzenschutzmittel getrunken und seinem Leben ein Ende gesetzt. Die Gründe dafür wurden nie bekannt. Vielleicht hatte er Kummer, weil er den ehemals geliebten Enkel zu Unrecht vorstoßen hatte, vielleicht kam er mit seinem Leben als Alkoholiker nicht mehr zurecht. Niemand würde es je erfahren.

Doch die letzten Worte im Jahr zuvor wurden zur Wahrheit: „wenn die Sache hier erledigt sei, würde er ihn nicht wieder sehen". Der Opa sah seinen Enkel nie wieder…

*

Nach einer unruhigen Nacht begann auf der Station ein neuer Tag. Eine junge Krankenschwester war ihm zugeteilt worden, sie wusch ihn. Was er selbst erledigen konnte, machte er auch selbst, aber am Rücken war er hilflos. Schwester Claudia wirkte mürrisch und auf den ersten Eindruck unsympathisch, doch hier irrte er sich, wie er in den nächsten Tagen von ihr erfuhr. Sie hatte Kummer wegen der Arbeit. Wer die Kündigung in der Tasche hat, wird kaum vor Fröhlichkeit überschäumen.

Seine Meinung über sie wurde ungemein besser und er empfand es als ungerecht, dass eine so gute Krankenschwester gehen sollte. Sie erledigte ihre Arbeit nicht auf die Schnelle, sondern wusch ihn behutsam, um ihm keine unnötigen Schmerzen zu bereiten, und dafür war er ihr dankbar. Immerhin hatte man ihm, allein zum Verschließen der Rückenwunde, wo sein Schultermuskel entnommen wurde, von der Achsel bis zum letzten Rippenbogen auf einer Länge von ungefähr fünfundvierzig Zentimetern etwa vierzig Klammern in die Haut getackert. Sein Vertrauen war so groß, dass er ihr eine Frage stellte, die seine Männlichkeit aus rein medizinischer Sicht betraf. In den drei Wochen, die er jetzt in der Klinik lag, hatte er keine einzige Erektion bekommen, nicht mal die sprichwörtliche „Morgenlatte", und das war ihm unheimlich. Schwester Claudia antwortete ihm bereitwillig, sie sah es nicht als Anmache an, sondern dass der Patient Sorgen über seinen Zustand äußerte. Sie konnte ihn beruhigen, alles sei ganz normal, Wundheilung gehe vor allem anderen, es war eine natürliche Schutzfunktion des Körpers, sich auf das Wesentliche zu konzentrieren. Und sein Körper war zur Zeit eine Großbaustelle in Bezug auf die Wundheilung.

*

Als Bergmann zu seiner Wohnung im Internat fuhr, fand er einen Brief im Postfach, der wieder einer der vielen Umstände war, die seinem Leben eine andere Wendung gaben.

Der Brief trug den Absender von einem Eiscremewerk. Er erinnerte sich, dass er sich im Frühjahr bei verschiedenen Betrieben vorgestellt und nach der Möglichkeit einer Einstellung geforscht hatte. Es war absehbar, dass die Promotion A in so weite Ferne gerückt war, dass es aussichtslos erschien, in den nächsten eineinhalb Jahren mehr zu erreichen als in der Zeit zuvor, und er wollte Vorsorge treffen.

Beim Hartfeldkombinat hätte er sofort beginnen können, doch die Bezahlung war undiskutabel.

Dann hatte er im Kaliwerk in Tornthal angefragt; dort wäre ein für den Anfang akzeptabler Verdienst drin gewesen, aber Brigitte war grundsätzlich dagegen, weil Wolf zwei Jahre zuvor zum Motorsportclub Tornthal gewechselt war und sie zu Recht befürchtete, er könnte mehr Zeit auf der Rennstrecke als zu Hause verbringen.

Sie selbst hatte einen Vertrag mit dem Schwesterunternehmen des Kaliwerkes in Stasberg und da lag es nahe, dass auch ihr

Mann sich dort in der Nähe Arbeit suchen sollte. Deshalb hatte er im Amt für Arbeit seine Daten hinterlassen.

So war es zu dem unerwarteten Brief gekommen. Das Werk suchte einen Produktionsleiter und die Betriebsleiterin lud ihn zu einem Vorstellungsgespräch ein.

Da er noch Urlaub hatte, nutzte er die Zeit, sich den Betrieb anzusehen. So schlecht war der Eindruck nicht; gewiss, dort wurde mit uralten Maschinen gearbeitet, die bereits zweimal generalüberholt und für das Verpacken von Speiseeis gar nicht geeignet waren. Aber die Möglichkeit, hier in einem Lebensmittelbetrieb eine Perspektive zu haben, statt in einem staubigen und stinkenden Chemiewerk zu versauern, reizte ihn. Und der Verdienst war auch besser als der eines Assistenten.

Er sagte zu, sich die Sache durch den Kopf gehen zu lassen, machte aber die Bedingung, dass er eine Wohnung in der Nähe bekäme.

Nun musste nur noch der Professor unterrichtet werden, nachdem Wolf Bergmann ernst gemacht hatte und die Dissertation an den Nagel hängte. Es war leichter als gedacht. Der Alte war mit dem Zwischenstand von Bergmanns Forschungen ohnehin unzufrieden und schätzte die Situation genau wie dieser ein. Es musste nur ein Ersatz als Betreuer für die Seminargruppe gefunden werden, die Bergmann gerade übernommen hatte.

Innerhalb von zwei Wochen war alles geregelt. Bergmann verließ nach acht Jahren die TH und begann ein neues Leben in der Produktion, bei einem der größten Eiscremeproduzenten der Republik.

XXVIII

Am 1. Oktober begann er mit der Arbeit, musste zwar vorerst zum Schlafen mit einem kleinen Raum im Werk vorliebnehmen, aber zum Jahresende stand eine bescheidene Wohnung mit Bad und Toilette in Arendorf in Aussicht.

Schon innerhalb der ersten beiden Monate war sich Bergmann darüber im Klaren, dass man ihn in die nasse Pfanne gesetzt hatte. Würde das Werk nicht unter sozialistischen Bedingungen betrieben werden, wo durch administrative Maßnahmen der

SED-Kreisleitung und der Kombinatsleitung in Mattburg die Engpässe in der Bereitstellung von Kohlen und Verpackungsmaterialien überwunden werden konnten, hätte die Leiterin schon Konkurs anmelden müssen. Man hatte im Grunde nur einen Prügelknaben gesucht, dem man die Schuld dafür geben konnte, dass der Plan nicht erfüllt wurde. Die eigene Unfähigkeit zur Analyse der Ursachen gab niemand zu, weder im Betrieb, noch im Stammbetrieb Mattburg, noch in der Produktionsdirektion des Kombinates in Berlin.

Versuchte Bergmann, der die ersten Monate von morgens um sechs bis abends um acht im Betrieb arbeitete, etwas zu verändern, um den Produktionsablauf effektiver zu gestalten, kam von allen Seiten ein und derselbe Kommentar „das machen wir aber schon zwölf Jahre so!" Auch die Betriebsleiterin und der Produktionsdirektor bildeten da keine Ausnahme.

Bergmann erinnerte sich in diesem Zusammenhang treffend an einen Satz, den der Schriftsteller Arnold Zweig im letzten Band seines Zyklus „Der große Krieg der weißen Männer" geschrieben hatte: „Im preußischen Militärstaate ist derjenige dümmer oder gilt als solcher, der das geringere Gehalt bezieht." Dieser Satz war noch immer gültig, und das nicht nur zu Zeiten der Arbeiter und Bauernmacht, sondern auch heute noch, fast hundert Jahre später.

Kein Wunder, dass seine Vorgänger da nicht lange mitgespielt hatten, denn als Leiter der Abteilung Produktion war er für die Planerfüllung verantwortlich. Die Ökonomin, von seinem Produktionsmeister immer scherzhaft als „Ökonomierat" bezeichnet, machte es sich am Ende jedes Monats einfach; nachdem sie bilanziert hatte und dabei feststellte, dass die Produktionsverluste um vier Prozent zu hoch lagen, las Bergmann immer den gleichen Satz „Es sind Maßnahmen einzuleiten, die die Produktion absichern."

Zwei Dinge wären dazu von entscheidender Bedeutung gewesen, nämlich Verpackungsmaschinen für Eis anzuschaffen und zweitens, nach Volumen und nicht nach Masse zu verkaufen, so, wie es in allen anderen Ländern des RGW und der EWG üblich war. Eis hatte einen Luftaufschlag wie Schlagsahne, der je nach Qualität zwischen 80 und 100 % liegen sollte. Da beim

Befüllen der Becher nach Volumen dosiert, nach Gewicht aber verkauft wurde, konnte das nicht selten dazu führen, dass bei zu geringem Luftaufschlag ein Mehrgewicht von 10-20 % verkauft wurde. Kam es wegen zu hohen Aufschlags zu Mindergewicht um 10 %, kam die Lieferung als Reklamation zurück und musste als Alteis ausgewickelt und erneut dem Mix beigefügt werden, wodurch der Verlust weiter in die Höhe getrieben wurde.

Trotz des ganzen Ärgers im Betrieb, denn er hatte nur zwei Kollegen auf seiner Seite, die TKO-Leiterin und seinen Produktionsmeister, hatte er auch einmal ein heiteres Erlebnis.

Um wenigstens der Planerfüllung wertmäßig näher zu kommen, wurde seit einigen Wochen das teure Delikateis produziert. Das waren Sorten, die entweder im Mix oder später bei der Verpackung Likörzusätze erhielten und die recht exotische Phantasienamen trugen, wie etwa „Tango, Calypso oder Orient". Unter anderem gab es da eine Geschmacksrichtung Schoko mit Eierlikör, die so lecker war wie sie klang.

Davon abgesehen, dass durch die Verwendung des Alkohols entweder die Mixerbrigade oder die Abpackerinnen der Spätschicht mehr oder weniger beschwipst waren, der Heizer lag sogar einmal mit der Schippe in der Hand volltrunken auf dem Kohlenhaufen und schlief seinen Rausch aus, gab es keine Probleme damit, bis der Eierlikörvorrat zur Neige ging.

In Abstimmung mit seiner Chefin telefonierte Bergmann mit dem Schnapswerk in Zahna und konnte kurzfristig eine Lieferung von sieben Fässern Eierlikör aushandeln, die aber selbst abgeholt werden mussten.

Bergmann, der auch für den Transport im Betrieb zuständig war, schickte einen seiner Fahrer mit dem W 50, beladen mit sieben leeren Zweihundertliter-Fässern los. Der Kollege kehrte erst am späten Nachmittag zurück. Außer dem Produktionsleiter war niemand mehr anwesend, der die Qualitätskontrolle des Wareneingangs vornehmen konnte. Also übernahmen Bergmann und sein Fahrer diese Aufgabe. Ein Fass nach dem anderen wurde geöffnet und je eine Probe, nämlich ein Pappbecher voll, entnommen und auf Aussehen, Konsistenz, Geruch und Geschmack sensorisch getestet. Nachdem sie alle sieben Fässer geprüft, die Becher ausgetrunken und die Qualität für gut befunden hatten, waren beide Kontrolleure rund wie ein Buslenker. Bergmann war zum Glück mit dem Fahrrad zur Arbeit gekommen, fuhr in Schlangenlinien nach Hause, fiel ins Bett und war den Rest des Tages nicht mehr zu gebrauchen.

Eines Tages wurden die Verpackungen knapp, weil auf Teufel komm raus wochenlang nur Großpackungen für Gaststätten produziert wurden. Diese hätten in Beutel, die in Pappeimern steckten, abgefüllt werden müssen. Eimer und Beutel gab es reichlich, aber es mangelte an Gitterboxpaletten für den Transport. Die Chefin entschied über den Kopf ihres Produktionsleiters hinweg, dass man dann eben in Kartons abfüllen werde. Dann kam der Tag, als die Störreserve angezapft wurde, und es gab Alarm. Bergmann musste Bericht erstatten, doch seine Argumente, dass die Kartonagenhersteller fristgemäß geliefert hatten und nur die zweckentfremdete Nutzung für die Weicheisproduktion trotz Bergmanns Warnung zu dem Desaster führte, wurden ignoriert. Er hätte sich eben rechtzeitig nach anderen Quellen umsehen sollen. Als ihm dann wegen dieses von der Betriebsleiterin und der Kombinatsleitung eingefädelten Fiaskos die alleinige Schuld zugewiesen und obendrein ein Disziplinarverfahren wegen Sabotage angedroht wurde, langte es ihm und nach bereits sieben Monaten reichte er seine Kündigung ein.

Es gab kein Problem, innerhalb der nächsten drei Monate neue Arbeit zu finden. Er hätte sofort nach Fristablauf im Getränkewerk in der Nähe von Stasberg als Abteilungsleiter beginnen können, hatte aber dabei das ungute Gefühl, vom Regen in die Traufe zu kommen und sagte nicht zu.

Dann stand eines Tages Besuch vor der Wohnungstür; der Parteisekretär und der Sicherheitsinspektor der LPG Pflanzenproduktion, die ihm im Auftrag des Vorsitzenden ein interessantes Angebot unterbreiteten. Man suchte für den Verantwortungsbereich organische und mineralische Düngung einen neuen Mitarbeiter. Dass Bergmann Chemiker und kein Landwirt war, war zweitrangig. Die chemische Sachkenntnis sei von Vorteil und den Rest werde man ihm schon beibringen. Er solle doch einmal beim Vorsitzenden einen Termin vereinbaren und sich das Angebot detailliert anhören.

In der nächsten Woche war Bergmann in der Mittagschicht eingesetzt, weil immer ein Leiter im Betrieb anwesend sein sollte, so konnte er am Vormittag beim LPG-Vorsitzenden vorsprechen. Das Angebot, welches ihm unterbreitet wurde, war nicht zurückzuweisen. Ein ordentliches Gehalt und ein Dienstfahrzeug, wenn es auch nur ein S 50 Enduro war, der mehr Zeit in der Werkstatt als in der Feldmark verbrachte, Naturalien, wofür er wie jedes Mitglied der Genossenschaft zwei Morgen Rüben zu hacken hatte und der Höhepunkt, ein Eigenheim, schlüsselfertig. Die LPG ließ vier Doppelhäuser bauen, von denen Bergmann eines erhalten würde. Er bekäme einen Zuschuss und musste nur den Kredit bei der Bauernbank abzahlen.

Im August, nachdem er von der nächsten Reise ans Schwarze Meer zurückgekehrt war, würde Wolf Bergmanns Arbeit als Agronom beginnen.

*

Es war Sonntag, Wolf Bergmann hätte unter normalen Bedingungen heute mit seiner Conny Buttercremetorte, mit viel Pudding angerührt, zum Kaffee gegessen, um seinen Geburtstag zu begehen.

Feiern nannte er das schon lange nicht mehr, älter zu werden, war kein Verdienst. Außerdem liebte er es nicht, wie andere Leute einen Riesenrummel zu veranstalten. An solchen Abenden dachte Bergmann oft daran, wie die früheren Jubiläen abgelaufen waren, doch weit kam er mit seinen Gedanken meistens nicht, weil er regelmäßig darüber einschlief.

Auch heute würde er wieder nachdenken, nur nicht über Geburtstage, sondern über seine Erlebnisse, als er noch ein gesunder Mann war; und er würde heute so leicht nicht dabei einschlafen.

Die Schwestern gratulierten ihm und wünschten alles Gute, besonders baldige Genesung, das Telephon stand kaum still, und sogar zum Frühstück am Morgen war von der Küche eine kleine süße Aufmerksamkeit für ihn gekommen.

Im Übrigen verlief der Tag wie jeder andere auf Station, er war ein Patient und nichts anderes.

*

Ende Juli startete Wolf Bergmann morgens halb zwei zu seiner dritten großen Fahrt. Brigitte würde ein paar Tage später mit dem Zug hinterherkommen und sich vom Bahnhof in Burgas abholen lassen.

Wenn Bergmann eines gelernt hatte, keine Fahrt glich der anderen, auch wenn die Route und das Ziel weitgehend ähnlich waren.

Wie es sich für einen Unglücksraben gehörte, begann der Ärger schon beim Geld tauschen. Die Visabestimmungen waren geändert worden; die eingetragenen Tage galten nicht mehr allein für das Ziel sondern auch für die Transitländer Ungarn und Rumänien. Nun mussten vierundzwanzig Tage so aufgeteilt werden, dass genug Geld für Bulgarien übrigblieb, wenn bei sparsamster Einteilung für Rumänien und Ungarn nur das Tanken und die Fähre kalkuliert wurden. Das bedeutete vier Tage für Ungarn und drei für Rumänien.

An der Grenze in Reitzenhain kam Wolf Bergmann morgens um sechs frierend und nass an, denn seit Karl-Marx-Stadt nieselte es. Man warf einen Blick auf seine Zollerklärung und wunderte sich, dass er nur siebenhundert Forint eingetragen hatte, was dem Zoll unglaubwürdig erschien, denn das sei zu wenig. Man ließ ihn seine Sachen nehmen und führte ihn zum Filzen in die Zollbude. Bergmann empfand es fast schon entwürdigend, dass selbst seine mitgenommenen Frühstücksbrote aufgeklappt und das Toilettenpapier abgewickelt wurde, ob sich darunter vielleicht ein paar nicht deklarierte Scheine verbargen. Der Zoll trieb es auf die Spitze, als sogar noch die Ersatzteile unter die Lupe genommen und dabei der Regler geöffnet und die Zündspule geröntgt wurde. Wolf Bergmann ließ sie wühlen, er hatte nichts zu verbergen und ärgerte sich nur über den unnötigen Zeitverlust.

Nach einer Stunde vergeblicher Suche entließ man ihn. Nun hatte er zunächst damit zu tun, wieder alles optimal zu verpacken, was besonders mit dem Köfferchen, das Brigitte gepackt hatte, nicht einfach war. Einen Nutzen hatte die Schikane dennoch, der Regen hatte inzwischen aufgehört und die Zollbude war warm, so dass er sich aufwärmen konnte und nicht mehr fror.

Unterwegs musste er noch die Kerze und die Reifen wechseln und nahm dann auf der Autobahn Kurs auf Bratislava. Dort lauerte der nächste Anschiss. Eine Milizkontrolle stoppte ihn und warf ihm vor, er sei zu schnell gefahren, einundneunzig Stundenkilometer, das mache zweihundert Kronen. Bergmann war sich sicher, dass er das Tempolimit von achtzig Sachen eingehalten hatte, weil er weder Ärger haben noch seinen Verbrauch in die Höhe treiben wollte und diskutierte mit den Hütern des Gesetzes. Er wies darauf hin, dass ihn kurz zuvor zwei Italiener überholt hatten, nach seiner Schätzung könnten diese mit an Sicherheit grenzender Wahrscheinlichkeit diese neunzig Sachen gefahren sein, denn viel schneller als er waren sie nicht. Die Miliz wird wohl diese gemessen haben, aber die haben sich nicht anhalten lassen, also nahm man den nächsten, Motorrad ist Motorrad. Nach einer Viertelstunde wurde den Milizionären die Geschichte langweilig und sie meinten, DDR und CSSR seien ja Freunde, also „nur" sechzig Kronen. Was blieb dem armen Bergmann? Sie hatten ja seine Papiere in der Hand und wenn er nicht bezahlte, ließen sie ihn schmoren. Er war auf der Palme, als er das Geld aus der Brieftasche nahm und gegen drei Quittungsmarken zu je zwanzig Kronen eintauschte. Ein schlechtes Geschäft. Bergmann war wütend, weil er für etwas büßen musste, was er nicht begangen hatte. Diese Art der Wegelagerei, Jahr für Jahr das gleiche, widerte ihn an.
Wenigstens hatte er an der ungarischen Grenze keinen Aufenthalt und konnte noch bis Südungarn durchfahren, bevor er sich gegen Mitternacht auf einer Wiese zur Ruhe legte.

Am nächsten Morgen wollte er an der letzten Tankstelle in Szeged nachbunkern, um ohne Tankstopp durch Rumänien zu kommen. Er war schon früh halb fünf weitergefahren, jetzt war es kurz vor sechs, die Tankstelle musste gleich öffnen. Er nutzte die Zeit, um einen Blick auf das Motorrad zu werfen, ob vielleicht eine Speiche gebrochen sei und wurde am Hinterrad fündig. Nur gab es ein Problem, nicht die Speiche war gebrochen, sondern der Nippel. Speichen hatte er zur Reserve mitgenommen, aber Nippel?

Beim Tanken war er zerstreut und griff doch glatt nach der verkehrten Zapfpistole. Der eigenartige Geruch des Sprits irritierte ihn, aber erst, als der Tank voll war, ging ihm ein Licht auf, er hatte Diesel eingefüllt! Wolf Bergmann spürte, wie ihm heiß wurde. Jetzt brauchte er einen Plan. Er zapfte etwa zehn Liter in den leeren Kanister ab, den er mitführte. darin hatte er noch Benzin über die tschechische Grenze mitgenommen, um seine mickrige Barschaft an Kronen zu schonen. Dann tankte er Benzin nach. Die Gesamtrechnung ließ auch seinen ohnehin schon geringen Bestand an Forint arg schrumpfen. Stehen lassen konnte er das Benzin-Diesel-Gemisch unmöglich. Er musste es unterwegs in kleinen Portionen bei jedem Tankstopp zudosieren und konnte nur hoffen, dass die MZ das Zeug mit durch den Zylinder schnorchelte.

Doch als erstes tat eine Werkstatt not, um den gebrochenen Nippel auszutauschen; in Rumänien mit den schlechten Straßen käme es sonst zur Katastrophe, wenn eine Speiche nach der anderen brach.

Als er startete, wollte der Motor ausgehen, als der Vergaser die fette Mischung an den Zylinder abgab. Bergmann öffnete den Choke und die ETZ nahm wieder Gas an. Dafür zog er eine blaue Räucherfahne hinter sich her und ein hilfsbereiter ungarischer MZ-Fahrer, den er nach einer Werkstatt fragte, glaubte, sein Motor sei zum Teufel und verbrenne schon Getriebeöl. Mit qualmendem Auspuff gelangte er, dem anderen folgend, zu einer rettenden Werkstatt. Er erklärte dem Meister sein Problem und dieser durchsuchte eine Wühlkiste nach einem passenden Nippel, während Wolf nun zum zweiten Male auf dieser Fahrt das Rad ausbaute und den Reifen von der Felge hob. Er hatte Glück, zwei der kostbaren Nippel waren in der Wunderkiste; der Meister tauschte den gebrochenen aus, zentrierte danach auch das Rad noch, überließ ihm den zweiten Nippel für schlechte Zeiten und lehnte für seine Hilfe jede Bezahlung ab.

Dankbar setzte Bergmann die Reise fort. Das Fahren mit gezogenem Choke bereitete ihm Sorgen. Wenn das so weiterginge, würde die Kerze bald verrußt sein. Vorsichtig schob er den Choke etwas zurück – der Motor lief weiter. Noch ein Stück weiter, der Motor ging nicht aus und ruckelte auch nicht. Bergmann sandte in Gedanken ein Gebet an Christophorus und schob den Chokehebel in die Nullstellung. Er atmete auf, als der Motor ohne zu ruckeln weiterlief. Er hämmerte nur ein wenig.

An der rumänischen Grenze wurde sein Gepäck schon wieder durchwühlt, aber die Zöllnerin interessierte sich nur für Kaffee und Zigaretten. Das konnte man daran erkennen, dass sie ein Päckchen Kaffee aus dem Mercedes vor ihm entgegennahm und in der Hecke verschwinden ließ. Sein kleiner Benzinvorrat blieb unbeanstandet.

Bei sonnigem Wetter war Rumänien ein wunderschönes Land, auch wenn es nur die kurze Strecke zu fahren galt. Am Fluss Bega, einem Nebenfluss des Timisul, gestattete er sich eine Rast zum Ansonnen und Baden. Bei dieser Gelegenheit schob er gleich das Motorrad mit hinein und verpasste ihm eine Wäsche.

Ausgedörrt fuhr er am Nachmittag weiter, weil er sich vor Einbruch der Dunkelheit wieder bei Maglavit kurz vor der Fähre in die Büsche schlagen wollte. Unterwegs hielt er nach Wasserstellen Ausschau, entdeckte in einem kleinen Dorf einen Hydranten, stoppte und drückte den Hebel, doch es kam kein Wasser. Vom gegenüberliegenden Gehöft winkte ihm ein Bauer zu, herüber zu kommen. Er hatte gesehen, dass Bergmann durstig war und seine Frau schon gebeten, einen Krug zu füllen. Der bestimmt zwei Liter fassende Glaskrug war schon vom Kondenswasser angelaufen, so kühl war das frische Brunnenwasser. Wolf Bergmann nahm ihr den Krug dankend aus den Händen und setzte ihn erst ab, als der letzte Tropfen durch seine Kehle gelaufen war. Jetzt war ihm wohler. Er dankte den freundlichen Leuten, die ihm noch eine gute Reise wünschten, als er wieder aufsaß und weiterfuhr.

Planmäßig schlug Bergmann sein Lager hinter einer Düne im Gebüsch auf und wurde am Morgen durch das Grunzen von ein paar vagabundierenden Dorfschweinen geweckt. Er hatte gut geschlafen und war weder von Mücken, noch von streunenden Hunden, die es hier in Massen gab, oder Spitzbuben belästigt worden.

Als er den Gang einlegte und sich durch den Sand zur Straße wühlen wollte, leuchtete die rote Kontrolllampe kurz auf, dann ging der Motor aus, kein guter Auftakt. Es musste nichts zu sagen haben, konnte aber ebenso gut das Vorspiel für Schlimmeres sein. Er musste sehen, wie sich die Dinge weiter entwickeln würden.

Bergmann kickte die ETZ erneut an, der Motor kam sofort und nahm auch Gas an, das beruhigte ihn zunächst.

Wie im vergangenen Jahr auch, ließ er die Touristenschlange oder Blechlawine neben sich und fuhr gleich zur Fähre, um mit dem Sonnenaufgang sein Urlaubsland zu erreichen.

Gegen Vormittag, als er das Gebirge erreicht hatte, hielt er in der Nähe der Stadt Vraza zu einer längeren Mittagspause, badete im Kolk eines kleinen Baches und trank frisches Wasser aus einer in der Nähe gelegenen Quelle. Am Nachmittag brach er wieder auf, um Brot zu kaufen, bevor die Läden schlossen.

Hier war das Gegenteil der Fall, der Bäcker hatte noch Pause und Bergmann musste warten. Als Motorradfahrer wurde man in Bulgarien zu jener Zeit zum Mittelpunkt des Interesses und so hatte er Gesellschaft zur Unterhaltung. Während der vergangenen Jahre hatte er im Studentensommer und im Austauschpraktikum ein paar Brocken bulgarisch gelernt und im Mischmasch mit russischen Fetzen konnte er sich recht gut verständigen. Als er das Brot in der Tasche hatte, blitzte es plötzlich und gleich darauf setzte mit dem folgenden Donnerschlag ein Gewitterregen ein, der die nächste Stunde anhielt. Bergmann wartete ab, bis der Guss nachließ und setzte endlich die Reise fort. Er hatte sich brieflich bei Dontscho in Turija angemeldet und musste zusehen, dass er Land gewann. Das Gewitter hatte einen starken Regen mitgebracht, mehr, als es zunächst aussah. Streckenweise musste er im ersten Gang fahren, weil ihm das Wasser auf der Straße bis an die Vorderachse reichte.

Der Slatiskipass war wegen Steinschlags gesperrt, so querte er die Sredna Gora in diesem Jahr über den Trojanpass, der auch bis auf etwa 1500 m über den Meeresspiegel hinaufführte. Das verdunstende Wasser kondensierte ab 1200 m Höhe schon und bildete dicke Wolkenbänke, so dass zusätzlich die Sicht erschwert war. Erst über den Wolken war es wieder klar. Auf der Südseite sah es dann schon besser aus, und als er um eine Kehre rollte, hatte er einen Ausblick wie aus der Vogelperspektive über das Rosental von Kazanlak.

Mit zwei Stunden Verspätung erreichte er das Grundstück von Dontscho und seiner Familie. Neben dem Tor klebte am Strommast ein Steckbrief, die Todesanzeige von Dontscho. Wie Wolf erfuhr, war er vor einigen Tagen beim Kohlenschippen zusammengebrochen, Herzschlag.

Stafka, seine Tochter, hatte in der Zwischenzeit geheiratet und erwartete in den nächsten Wochen ihr Kind. Sie hatte in den vergangenen zwölf Monaten gut dreißig Kilo zugenommen.

Wolf hatte zwei Flaschen Eierlikör als Geschenk mitgebracht. Beim Abendessen gab es einiges zu erzählen, dann kam noch der Nachbar Doitschin dazu, den Wolf ebenfalls vom Camping in „Atliman" kannte, und lud ihn für morgen zum Frühstück ein. Es war ein langer Abend, bevor Wolf sich schlafen legen konnte.

Der Morgen begann, wie der Abend endete, ein ausgiebiges Frühstück und Gespräche. Wolf hatte ja Doitschin versprochen, vor der Abreise noch zu ihm zu kommen und musste noch ein zweites Mal frühstücken, obwohl er fast am Platzen war. Großvater Dimitar beteiligte sich auch mit seinen Deutschkenntnissen am Gespräch, die sich jedoch in den zwei Sätzen „ich spreche gut deutsch" und „schlafen Sie gut" erschöpften.

Es war früher Vormittag geworden, bevor er das kleine Balkandorf verließ und zurück zur Hauptstraße fuhr. Auf dem Rückweg würde er hier wieder Station machen, das hatte er versprochen.

Bis Burgas lagen noch dreihundert Kilometer vor ihm, aber heute war Sonnabend und die Wochenendausflügler kannten nur eine Richtung, ans Meer. Folglich nahm die Blechlawine kein Ende, an Überholen war kaum zu denken und dann kam es auch noch zu dem befürchteten Stau, weil es in Gegenrichtung zwei Unfälle gab und man nun extra langsam fuhr, um sich nur ja nichts entgehen zu lassen.

In seiner Not, denn in der Mittagssonne und der schwarzen Kombi schwitzte Bergmann wie ein schwarzes Schwein, verließ er an einem Feldweg die Straße und hoppelte lieber offroad neben den Wein und Pfirsichplantagen parallel zur Straße weiter. Für die Federung war das kein Balsam, aber ohne Sozius mussten die Stoßdämpfer das aushalten; dafür konnte er mit vierzig Sachen fahren, hatte etwas Fahrtwind und nach sieben oder acht Kilometern war die Unfallstelle, die hier zum Stau führte, passiert, so dass er wieder auf die Straße auffahren konnte.

Leider zwang ihn ein Glühfaden in der Kerze und ein notwendiger Tankstopp in Karnobat, seinen so herausgefahrenen Vorsprung wieder einzubüßen.

Am späten Abend erreichte er bei Sozopol den Zeltplatz Slatna Ribka – Goldfischchen – konnte aber das Zelt nicht aufschlagen, weil er sich vor einem Gewitterguss bei den Nachbarn unter dem Vordach ihres Caravans in Sicherheit bringen musste. Das Gewitter kam ohne Vorwarnung fast aus heiterem Himmel und verzögerte den Zeltaufbau, so dass er erst kurz vor Einbruch der Dunkelheit damit fertig war und das Gepäck nur noch hineinfeuern konnte. Wenn Brigitte das jetzt sähe, würde sie garantiert sagen, genauso habe sie sich das vorgestellt.

Die Regenwolken hatten sich verzogen und es zeigte sich der Mondschein, so dass Bergmann nicht mehr bis zum nächsten Tag auf sein erstes Bad im Meer warten wollte. Zufrieden ließ er sich auf dem Rücken liegend treiben und genoss die Vorstellung an drei Wochen Urlaub, Meer und Sonne.

Am Nachmittag des nächsten Tages fuhr er nach Burgas, um seine Frau vom Bahnhof abzuholen. Sie wartete schon; doch bevor sie zurück zum Camping fahren konnten, musste noch die Liegekarte für die Rückfahrt bestätigt werden. Da jedoch Sonntag war, hatte der Bahnverkehrsservice seinen freien Tag und sie mussten am Montag noch einmal herkommen.

Die Hitze des Tages erinnerte an einen Backofen; es gab Senken, da hatte sich die Luft über dem Asphalt so aufgeheizt, dass es sich wie in einer Trockensauna anfühlte und Wolf war froh darüber, nur im T-Shirt gefahren zu sein.

Zu schnell gingen die drei Wochen vorüber und schon war Bergmann wieder auf der Rückfahrt.

In Turija wurde er herzlich begrüßt und gefragt, ob denn der Urlaub schön war. Auch heute gab es wieder einen langen Abend, doch konnte er darauf hoffen, am nächsten Morgen zeitig starten zu können, da fast alle Freunde zur Arbeit mussten.

Ivanka heftete Wolf zum Abschied ein Blumensträußchen an die Jacke, dann ließ er die Maschine die Abfahrt vom Gehöft zum Bach rollen, legte den zweiten Gang ein und ließ die Kupplung kommen. Der Motor sprang augenblicklich an, Wolf winkte noch einmal und nahm Kurs auf den Trojanpass. Das Wetter war zu der frühen Stunde noch trübe und unter den Berggipfeln hingen die Wolken. Die Passüberfahrt gestaltete sich denn auch reichlich unangenehm, noch schlimmer, als auf der Hinfahrt, denn zu der lausigen Sicht gesellten sich niedrige Temperaturen. Das Visier beschlug von innen und musste hochgeschoben werden. In der Folge setzten sich die feinen Tröpfchen an der Brille ab, so dass auch diese in der Regenjacke verschwinden musste.

Bergmann war froh, als er auf der Nordseite unterhalb von tausend Höhenmetern die Wolkendecke durchstoßen und wieder freie Sicht hatte. In der nächsten Stunde wurde es auch spürbar wärmer und schon, bevor er die Donau erreichte, fuhr er in einem sonnigen Sommertag durch das Gebirge und genoss die Aussicht.

An der Donau, etwa zwanzig Kilometer vor Vidin, kippte er die letzten Liter seines Diesel-Benzin-Gemisches in den Tank, ab jetzt war Schluss mit der Sorge um eine verrußte Kerze. Er nahm ein erfrischendes Bad in der Donau, hütete sich aber davor, weiter als zwanzig Meter vom Ufer weg zu schwimmen; die Strömung war beträchtlich und er konnte sich nur in Ufernähe mit maximaler Geschwindigkeit im Freistil gegen die Strömung halten.

Um noch etwas Weg zu schaffen zog er die Pause nicht in die Länge, schaffte es, die Fähre als letzter Passagier noch zu erreichen und setzte die Fahrt auf der rumänischen Seite fort.

Er wusste noch nicht, wie weit er fahren wollte und ließ es einfach darauf ankommen, bis er müde wurde oder ein geeignetes Lager fand.

Die Dunkelheit war längst hereingebrochen, als es an einer Baustelle einen Stopp gab. Die Straße unterhalb des Passes war nur einseitig befahrbar, doch niemand hatte daran gedacht, eine Regelung durch eine Ampel oder Personal für die wechselnde Benutzung durch die beiden Fahrtrichtungen vorzunehmen. In der Folge dessen begegnete sich der Verkehr in der Mitte der Baustelle. Keiner konnte ausweichen, weil der Beton einen Höhenunterschied von zwanzig Zentimetern ausmachte; zurück konnte auch niemand, weil die Nachfolgenden keine Ahnung von der Situation hatten und sich in beiden Richtungen ein Stau gebildet hatte.

Bergmann sah sich um und schätzte, dass er zumindest ein Stück vorankommen würde, wenn er hart an der Kante fuhr. Er musste unbedingt so weit kommen, dass die Baumaschine auf der gesperrten Spur hinter ihm lag. Dies gelang ihm, nun riss er das Gas auf und sprang von der Kante auf die rechte Spur. Die Federung schlug voll durch, aber er hatte freie Fahrt. Er drehte sich noch einmal um, zeigte den Autofahrern den dicken Daumen und verschwand in der Dunkelheit.

Doch das Glück war nur von kurzer Dauer. Er fuhr im Augenblick durch das Banater Städtchen Caransebes und überlegte sich gerade, ob es nicht an der Zeit sei, sich hinter der Stadt zum Schlafen in die Büsche zu hauen, als sein Hinterrad neben einer Kaserne zu tänzeln begann. Reifenpanne, und das nachts um halb zwölf. Vielleicht hatte er sich im Baustellenbereich etwas eingefahren, vielleicht lag auch in der Stadt ein Nagel auf der Straße, wer wusste das schon?

Er stoppte unter einer Straßenlaterne, die einzige funktionierende weit und breit, wahrscheinlich wegen der Nähe zur Kaserne, zog die Jacke aus, löste das Gepäck und baute das Hinterrad aus. Gerade besah er sich den Reifen, um festzustellen, worin die Ursache der Panne lag, als eine Patrouille erschien. Der Postenführer, ein Unteroffizier, sagte „nix parking" und bedeutete Bergmann, dass er sich davonmachen sollte. Bergmann zeigte auf den platten Reifen und erklärte, er habe eine Panne und müsse erst reparieren, bevor er weiterfahren könne. Der Postenführer beharrte darauf, dass hier „nix parking" sei und zwang Bergmann, das Rad wieder einzubauen, das Gepäck aufzuladen und das Motorrad mit dem Platten zum nächsten Parkplatz zu schieben, der sich etwa dreihundert Meter in Fahrtrichtung auf der linken Seite befand. Um seiner Forderung Nachdruck zu verleihen, begleitete ihn der ganze Trupp, die MPi´s im Anschlag. Schöne Freunde hatte man! Wenigstens erbarmten sich zwei der Soldaten und halfen ihm beim Schieben.

Trotzdem war er nach den dreihundert Metern Schieben in der Lederkombi und den Trainingssachen darunter kochledergar, als der Postenführer zufrieden verkündete, „hier parking" und sich mit seinem Trupp trollte.

Bergmann stand einsam auf dem Parkplatz. Es war dunkel wie Bärenarsch, kein Mond und kein Stern war zu sehen. Er stand vor der Entscheidung, hier zu schlafen und morgen früh, wenn es hell wurde, den Schlauch zu wechseln, oder sofort damit zu beginnen.

Er hatte so oft in seinem Leben einen Schlauch oder einen Reifen gewechselt; allein mit der TS hatte er auf siebzigtausend Kilometer Fahrstrecke in acht Jahren bis zum Verkauf elfmal eine Panne. Dazu die GST-Maschinen, die er auch wartete. Er konnte das im Dunkeln, und um dies zu beweisen, hatte er jetzt die beste Gelegenheit.

Um die Batterie zu schonen, denn eine Weile würde das schon dauern, schaltete er nur das Parklicht ein und arbeitete beim Licht der 4 W-Birne.

Wie er es sich dachte, hatte er einen alten Nagel aufgelesen, den er mit der Kombizange herauszog und dann den Schlauch austauschte. Das härteste Stück Arbeit lag noch vor ihm, Luft aufzupumpen. Eine Quälerei mit der mickrigen Pumpe, die zur Bordausrüstung gehörte und die auch noch so untergebracht war, dass erst die Sitzbank abgeschraubt werden musste.

Während er den Reifen aufpumpte, fuhr die Kolonne der Autos, die er an der Baustelle überholen konnte, an ihm vorbei, und mehr als einer tat seiner Schadenfreude keinen Abbruch, denn sie schalteten die Fahrzeuginnenbeleuchtung ein und zeigten nun ihm den dicken Daumen.

Bergmann wünschte sie zur Hölle und pumpte weiter. Als er bei 1,8 atü angelangt war, reichte es ihm. Er baute das Rad ein, lud das Gepäck auf und suchte nach Wasser, um die Hände zu reinigen. Er fand nichts und beschloss, nun weiter zu fahren. Das Schlafen war ihm vergangen; er sah auf die Uhr, 0:55.

Bekanntlich sind im Dunkeln alle Katzen grau und Bergmann rechnete mitten in der Nacht nicht mehr mit einer Verkehrskontrolle. So pfiff er auf Tempolimit und streunende Hunde und hielt ein konstantes Tempo von achtzig Sachen, auch in den Dörfern, bei. Dadurch konnte er wieder etwas Zeit aufholen, bevor er müde oder es hell wurde. In einem Dorf querte eine Schäferhündin mit einem Wurf Welpen die Straße und zwang ihn zum Bremsen, sonst blieb alles ruhig, auch der Verkehr hatte sich gelegt.

Dann aber schreckte er hoch, als er in Lugoj in einer Tempo-30-Zone auf einmal durch eine kreisende rote Taschenlampe zum Halten aufgefordert wurde. Mit achtzig Sachen auf der Uhr keine leichte Aufgabe. Er stieg voll in die Eisen, kam aber dennoch erst ein paar Meter hinter der Polizei zum Stehen. Scheiße, das konnte teuer werden. Doch die Pechsträhne schien sich nicht fortzusetzen. Als der Polizist auf Bergmanns Kennzeichen leuchtete und das Schild „DDR" sah, winkte er ab und bedeutete ihm, weiterzufahren. Die hatten ihre Erfahrungen; wer aus

Richtung der Fähre kam, war in Bulgarien im Urlaub und auf dem Rückweg. Solche Leute waren in der Regel arm wie die Kirchenmäuse, da war nichts mehr zu holen.

Bergmann startete wieder und beeilte sich, zu verschwinden; man konnte nie wissen, ob die Leute es sich nicht doch noch anders überlegten.

Ohne weiteren Zwischenfall erreichte er die ungarische Grenze und musste den Posten erst wach trommeln, weil er in seinem Kontrollhäuschen eingeschlafen war. Der Posten öffnete das Fenster, stempelte die Reiseanlage ab, schob sie mürrisch zurück und peng, die Klappe war wieder zu, bedeutete, abhauen.

Jetzt kurz vor der Morgendämmerung kam mit Macht die Müdigkeit, doch nach Sonnenaufgang war das vorbei. Dafür gab es ein anderes Problem, oberhalb von viertausend Umdrehungen in der Minute leuchtete die rote Kontrolllampe auf; ein Zeichen, dass mit der Lichtmaschine oder dem Regler etwas faul war. Er erinnerte sich an den Morgen vor Aufbruch zur Fähre, da brannte die Kontrolllampe auch kurz.

Es beunruhigte ihn, aber solange, wie es unterhalb dieser Drehzahl ohne Ärger ablief, wollte er weiterfahren.

Hinter Budapest stotterte der Motor an einer Steigung der Autobahn, als etwas mehr Leistung gebraucht wurde. Bergmann fuhr zum nächsten Parkplatz und tauschte die Zündkerze aus. Danach lief der Motor wieder rund, solange er im mittleren Drehzahlbereich blieb.

Schon morgens um neun querte er die Donau an der slowakischen Grenze und fühlte sich nun fast wie zu Hause. Noch runde hundert Kilometer Landstraße bis Bratislava, dann lag bis Prag Autobahn vor ihm.

Am frühen Nachmittag überwältigte ihn die Müdigkeit, hinter Brünn steuerte er einen Rastplatz an und legte sich eine halbe Stunde hin, um etwas zu schlafen. Erfrischt fuhr er weiter. In Prag endete die Autobahn, er folgte der Ausschilderung zur Grenze, dort wurde die mit vielen bunten Stempeln versehene Reiseanlage eingezogen und weiter ging der Weg über das Erzgebirge und wieder endlose Autobahn. Er wäre gern schneller gefahren, doch bei Geschwindigkeiten über achtzig flackerte wieder das rote Licht der Ladekontrolle. Bis nach Hause musste es der Regler noch durchhalten.

Eine halbe Stunde vor Ankunft zu Hause wurde er noch von der Polizei gestoppt, die eine Alkoholkontrolle durchführen wollten. Er hielt das für einen Witz; sahen die „weißen Mäuse" denn nicht, was er an Gepäck geladen hatte und wie ihm die Augen brannten? Wer säuft denn unterwegs auf so einer Tour? Das sahen die beiden dann auch ein und verzichteten auf das Pusten ins Röhrchen.

Endlich, nach zweitausendacht Kilometern laut Tacho und einundvierzig Stunden seit dem Aufbruch in Turija, erreichte Wolf Bergmann kaputt wie ein Hund das Hoftor zu seiner Wohnung. Es war zehn nach elf Ortszeit.

Er war so steif, dass er nicht einmal seine Lederjacke allein ausziehen konnte. Brigitte hatte ihn noch nicht erwartet. Sie war ja selbst erst am Nachmittag gekommen.

Die nächsten Tage musste sich Wolf Bergmann noch von dem Gewaltritt erholen, dann, am Dienstag begann die Arbeit in der Landwirtschaft.

XXIX

An diesem Morgen wurden Wolf Bergmann die ersten Blutschläuche gezogen; einer aus dem Fuß und der zweite aus dem rechten Beckenkamm, keine angenehme Sache, aber doch eine Erleichterung.

Er hatte zur Zeit Glück und musste das Krankenzimmer mit niemandem teilen. So konnte er abends ungestört etwas fernsehen und hatte Muße, wenn er nicht gerade Besuch hatte, seinen Gedanken nachzuhängen.

*

Nun war es wieder Ende August, der Spätsommer lag in den letzten Zügen. Wolf Bergmann wurde mit seinen neuen Kollegen bekannt gemacht. Es war ein guter Job, denn er war nur dem Produktionsleiter direkt unterstellt und die Arbeitsaufträge, die die Abteilungsleiter oder das Agrochemische Zentrum in

Eggelin erhielt, wurden zwar vom ihm verfasst, trugen aber die Unterschrift des Chefs. Er hatte nur zu koordinieren und den Stand der Arbeiten zu kontrollieren, um in den Dienstbesprechungen berichten zu können.

Fast den ganzen Tag verbrachte er auf der Sitzbank seines geländegängigen Dienstmopeds, um in der Feldmark nach dem Rechten zu sehen. Das war seine Hauptaufgabe. Nebenbei war es stillschweigende Tradition, dass der junge Kollege fast täglich durch die Felder zum Nachbarort fahren und drei Kuchenplatten für den Nachmittag holen musste. Reihum spendierte jeder Büromitarbeiter täglich eine Kuchenrunde.

Die Arbeit im Freien gefiel ihm. Gewiss gab es im Winter oder bei Regen nichts zu lachen, aber im Frühjahr und Sommer von morgens bis abends um acht in der Natur zu sein kam ihm entgegen. Dafür nahm er die Siebentagewoche und einen Vierzehnstundentag in Kauf.

Nur die Freizeit kam in den Jahren der Landwirtschaft verdammt kurz. Fast jedes Wochenende im Frühjahr wurde vom ACZ die Stickstoffdüngung mit dem Flugzeug, einer polnischen PZL, ausgeführt. Und während sich andere Leute noch stundenlang im Bett wälzten, war er schon seit früh um fünf am Flugplatz im Einsatz.

Selten kam er in der GST zum Training und sein einziger freier Sonntag seit drei Monaten ging für einen Wettkampf drauf, den die Mannschaft aber zufrieden mit einem neunten Platz beendete.

Der Hausbau, mit dem er unter anderem zur LPG gelockt wurde, kam nur schleppend voran; es war absehbar, dass die Fertigstellung zwei Jahre hinter dem Plan liegen würde.

Dies verdross ihn durchaus nicht, nur seine Frau nervte ihn und wollte bald einziehen, aber es musste eben alles seinen sozialistischen Gang gehen, und der war bekanntermaßen nicht der Schnellste, obendrein wurde er den Verdacht nicht los, dass der Bauleiter Material verschob.

Wolf Bergmann hatte sogar im folgenden Sommer nur drei Wochen Urlaub eingeplant und auf die Reise ans Schwarze Meer verzichtet, weil er annahm, er würde viel Zeit zum Einrichten des Hauses brauchen.

Daher hatte er sich bei Jugendtourist als Reiseleiter beworben und durfte Ende August seine Reisegruppe in Ungarn am Balaton betreuen. Die Anreise war individuell, das kam ihm entgegen und er nahm Brigitte das „kurze" Stück über etwas mehr als tausend Kilometer zum Plattensee auf dem Motorrad mit.

Doch er ahnte schon vor dem Ortsausgang, worauf er sich da eingelassen hatte, denn die ETZ war gut und gern an die siebzig Kilo überladen. Zwar hatte er sich in der LPG-Werkstatt zwei Distanzringe drehen lassen, die er noch in die Federung einbaute, um etwas mehr Vorspannung zu bekommen, trotzdem hatte er gerade zehn Millimeter Restfederweg, als Brigitte aufsaß, und bei jeder Bodenwelle schlugen die Stoßdämpfer erbarmungslos bis zum Anschlag durch.

Wenigstens konnte er darauf vertrauen, dass der Reifen die Belastung aushalten würde und ihm nicht wie auf seiner ersten Fahrt nach Bulgarien auf halber Strecke um die Ohren fliegen würde.

Deshalb war er Ende Mai extra in die CSSR gefahren, hatte für vier Tage Kronen eingetauscht und gab an der Grenze vor, nach Banska Bystrica zum Motocross fahren zu wollen. Die Grenzer meinten, dafür würde er allein vier Tage bis zum Ziel benötigen, worauf Bergmann entgegnete, er nicht. Er übernachtete auf einer Wiese südlich des Erzgebirgshauptkamms und fand sich gegen acht zur Öffnungszeit eines Barum-Fachgeschäftes ein. Dort erwarb er einen Vierzoll-Reifen für das Hinterrad, warf den alten Latsch, den er tags zuvor nur als Hinbringer aufgezogen hatte, in den Müll und bemühte sich nach Kräften, den neuen und äußerst widerspenstigen Reifen auf die Felge zu bekommen. Wenn er daran dachte, dass er das gestern in vierzehn Minuten geschafft hatte, gerechnet vom Ausbau des Hinterrades, wobei er danach noch eine weitere Viertelstunde unterwegs war, um einen Kompressor zu finden, wollte er heute schier verzweifeln. Zum Glück für Bergmann kam ihm ein Tscheche zu Hilfe, sie ölten den Reifen und das Felgenhorn ein, damit alles schön gleitfähig werde und mit vereinten Kräften und der Hebelwirkung von drei riesigen Montiereisen brachten sie den Reifen auf die Felge. Wolf Bergmann hoffte inständig, dass er mit diesem Schlappen nie unterwegs eine Panne fahren würde.

Nach dieser Aktion fuhr er zur Grenze zurück, nahm aber sinnigerweise einen anderen Übergang, so dass er in der Nähe vom Fichtelberg in der Warteschlange stand. Natürlich fiel sofort auf, dass er gestern erst eingereist war und mehr Geld getauscht hatte, als er für diese zwei Tage haben dürfte. Bergmann erklärte, er habe Pech gehabt und eine Panne zwang ihn dazu, einen neuen Reifen kaufen zu müssen; so sei sein Geld verbraucht und er müsse zurückfahren. Der Reifen war unverkennbar neu, außerdem wies Bergmann den Kassenzettel vor; da war nichts zu machen.

Und nun waren sie auf dem Wege nach Ungarn. Der Reifen hielt, war aber zu groß dimensioniert. Den Unterschied im Umfang glich Bergmann durch ein siebzehner Ritzel aus, um die Endübersetzung konstant zu halten. Aber der geringe Abstand zum Kotflügel und die dauernden Durchschläge führten dazu, dass er bei der Sichtung der Maschine schon einen Kabelstrang entdeckte, dessen Isolierung bereits durchgescheuert war und ihn die blanke Kupferlitze angrinste, während er in der Schlange der letzten Tankstelle vor der Grenze darauf wartete, dass die Mittagspause vorübergehen möge. Bevor daraus schlimmeres erwachsen konnte, isolierte er das Kabel neu, aß den Inhalt einer Wurstbüchse auf und wickelte den Deckel um den Kabelstrang. Diese Konstruktion hielt dann ewig.

Auf dem Zeltplatz fand sich als Nachbarn eine Gruppe Motorradfahrer aus Bayern ein. Man fand schnell Kontakt zueinander und verbrachte lange Abende bei Gesprächen über die Situation diesseits und jenseits der Grenze und Wolf durfte mit jeder der Maschinen eine Runde drehen. Moto Guzzi und Yamaha waren im Angebot. Die großen Guzzis brachten einiges auf die Waage, und auf der Straße wagte es Bergmann einmal, bis auf hundertsechzig Sachen zu beschleunigen. Dann aber begann der V2 zu pendeln und er drosselte das Tempo lieber, bevor er sich im Straßengraben wiederfand. Die kleine XS 400 dagegen war optimal, draufsetzen, losfahren und wohl fühlen, so etwas würde ihm schon gefallen.

Wolf Bergmann wollte später, nach der Grenzöffnung, als die Konterrevolution in der DDR gesiegt hatte, seine Stasiakte gar nicht sehen; da stand wohl einiges drin. Er war sich sicher, dass ihm noch ein Spitzel in seine Gruppe geschleust wurde, der erst kurz vor Reisebeginn auf seiner Liste erschien und sich nie am abendlichen Gespräch beteiligte, dafür aber aufmerksam zuhörte.

Die Jahre in der Landwirtschaft waren hart, aber er verdiente gut, mehr als er je erwartet hatte.
Dann kam das Jahr der politischen Unruhen; die Urlauber besetzten die Botschaften in Prag und Warschau, andere flüchteten über die geöffnete ungarische Grenze nach Österreich.
Wolf Bergmann war froh, als er seine Reiseanlage für Bulgarien in jenem Jahr in der Hand hielt. Aus Angst, die Partei und Staatsführung der SED würde die Grenzen ganz dichtmachen, fuhren viele Touristen bereits Anfang Juli nach Bulgarien, und wie sich im Herbst zeigte, war diese Einschätzung richtig.

Wolf Bergmann fuhr wieder mit der ETZ und seine Frau folgte ihm ein paar Tage später mit dem Flugzeug.
Unterwegs war er nur wenig zum Schlafen gekommen, weil er sich in Ungarn erst spät zur Ruhe gelegt, dafür aber zeitig aufgebrochen war und in Rumänien noch einen Bekannten besucht hatte. Dort schlafen wollte er aber nicht, denn es war den Rumänen streng verboten, Ausländer zu beherbergen und die Securitate, Ceaucescus Geheimpolizei, hatte ihre Spitzel überall sitzen.
Deshalb saß er morgens um zwei bereits wieder auf der Maschine und fuhr zur Fähre weiter, wo er dann bis zum Ablegen einige Stunden warten musste und während dieser Zeit am Reisetagebuch schrieb.

Als Bergmann dann am Abend in Turija bei Stantscho und Stafka klingelte, war er hundemüde.

Und wie es in Bulgarien so zuging, wenn Besuch kam, wusste er. Bis um Mitternacht wurde gegessen, getrunken und geredet. Wolf Bergmann fiel buchstäblich ins Bett in der kleinen Kammer, die er immer bewohnte, wenn er zu Gast war. Gewöhnlich drehte er sich nachts von links nach rechts und zurück, wie oft, wusste er nicht, doch in dieser Nacht schlief er wie ein Toter. Bergmann erwachte morgens gegen sieben Uhr und musste sich erst einmal einen Augenblick sammeln, um sich darauf zu besinnen, wo er überhaupt war.

Auf dem Zeltplatz von Zlatna Ribka hatten Brigitte und Wolf dieses Jahr Gesellschaft von zwei anderen jungen Familien. Peter war ebenfalls mit dem Motorrad angereist, während seine Frau und die kleine Tochter mit dem Zug gefahren waren.

In angenehmer Gesellschaft verbrachten sie zwei Wochen, dann gab es Ärger. Einen Tag vor ihrer Abreise war Razzia und es wurden von sämtlichen nicht angemeldeten Bewohnern des Zeltplatzes die Ausweise und Pässe einkassiert. Dazu gehörte auch Brigitte, denn die Preise waren in den vergangenen zwei Jahren geklettert wie ein Thermometer in der Sonne. Man hätte schlicht die Kosten nicht stemmen können, und so hatte sich in vielen Zelten und Caravans nur die Hälfte der Familienmitglieder angemeldet, die andere Hälfte blieb nicht registriert.

Um zehn musste sie sich in der Rezeption einfinden. Bergmann hatte in der Zeit bereits das Zelt abgebaut und zusammengepackt, da er mit einer Ausweisung und einer hohen Strafe rechnete.

Auf dem Tisch der Rezeption lag ein Berg von Ausweisen und Pässen, polnische, deutsche, bulgarische, tschechische, jugoslawische, ungarische, kurz, von allen Ländern, die vertreten waren.

Bergmann dolmetschte für seine Frau. Sie sei seit der Anreise vor zwei Wochen bei Freunden in Turija gewesen und erst letzte Nacht hier angekommen. „Wo ist die Registrierung auf der Reiseanlage?" wurde gefragt. Bergmann stellte sich dumm, vergessen. „Zwanzig Leva Strafe." Damit war der Fall erledigt; Brigitte erhielt ihren Ausweis zurück.

Bergmann wollte nun seinen Aufenthalt bezahlen und stand in der Schlange vor dem Fenster der Rezeption. Die Rechnung war fertig und lag vor ihm auf dem Brett. Doch die Frau von der Verwaltung fand seinen Ausweis nicht, der im Fach zu seiner Zeltnummer liegen sollte. Es entstand Hektik, das Personal keifte sich gegenseitig an, jeder schob die Schuld auf den anderen, man suchte und fand einen Ausweis, doch der passte nicht zu Wolf Bergmann. Der meinte dann, vielleicht ist er irrtümlich auf dem Haufen der beschlagnahmten Ausweise verschwunden? An diese Hoffnung klammerte sich die Verwaltung und suchte dort. Es dauerte; in der Zwischenzeit hatte Bergmann sich seine Rechnung gegriffen und hielt die hundertvierzehn Leva abgezählt in der Hand. Dabei bemerkte er zu seinem Nachbarn, „pass auf, die sind so aufgeregt, dass sie am Ende vergessen, dass ich noch bezahlen muss."

Nach zehn Minuten hielt man ihm erneut einen Ausweis vor die Nase; der war der Richtige. Die Frau stempelte noch einmal die Abmeldung hinein, sagte „I´m sorry" und gab Bergmann seinen Ausweis zurück. Er nahm ihn und ging.

An der Ausfahrt vom Platz hielt er die Rechnung in die Höhe, der Schlagbaum wurde gehoben und Wolf Bergmann verschwand auf Nimmerwiedersehen.

Nun hatten sie aber noch das Problem, wo sie die nächste Nacht verbringen sollten. Der Flieger ging erst morgen, die Razzia kam um einen Tag zu zeitig.

Bergmann hatte Brigitte auf den Sozius genommen und fuhr mit ihr nach Sarafovo zum Strand; von dort waren es nur ein paar Kilometer bis zum Flugplatz.

Er wollte eine geschützte Stelle für die Nacht suchen und nahm einen steilen Feldweg unter die Räder. Das war ein großer Fehler, denn er hätte Brigitte vorher absteigen lassen sollen. Die ETZ kämpfte sich mit Vollgas im ersten Gang den Hang hinauf. Der Motor zog durch, doch dann schrie Brigitte auf, weil ihr stachliges Gestrüpp oder Disteln in die nackten Beine stachen. Wolf nahm das Gas zurück und der Motor verreckte unter der

Last. Die Maschine begann, rückwärts zu rollen. Bergmann zog die Handbremse, die völlig wirkungslos war, weil der Reifen einfach über den Lehm rutschte. Die Hinterradbremse griff und die Achse wirkte als Drehpunkt. Das Unheil war nicht mehr aufzuhalten; das Vorderrad hatte Verlangen nach Höhenluft und stieg. Sie würden unweigerlich auf den Rücken fallen und die Maschine noch auf den Körper bekommen. Wolf Bergmann drückte die ETZ mit aller Kraft nach links und sie stürzte auf diese Seite. Brigitte und Wolf wurden abgeworfen und kullerten einige Meter den Berg hinab. Die Maschine blieb mit den Rädern nach oben liegen.

Bergmann verspürte starke Schmerzen im linken Handgelenk. Beim Sturz war der Lenker auf die Hand gedrückt worden und er nahm an, dass er sich dabei eine Verstauchung zugezogen hatte.

Sie fassten gemeinsam an und richteten das Motorrad auf. Wie durch ein Wunder war nichts beschädigt, das Gepäck hatte alles abgepolstert. Es blieb ihnen keine Alternative, als die Nacht neben dem Feldweg hinter einem Busch zu verbringen. Zum Schlafen kamen sie kaum. Neben den Schmerzen im angeschwollenen Gelenk wurden sie von Durst und Mücken geplagt.

Am Morgen brachte Bergmann seine Frau zum Flughafen und suchte in Burgas die Poliklinik auf. Nach drei Stunden Wartens wurde Bergmann ins Behandlungszimmer gerufen. Das Gelenk wurde geröntgt; ein Bruch war nicht feststellbar. Er erhielt eine Bandage und konnte weiterfahren.

Das Schalten wurde zur Tortur; Bergmann fasste in seiner Not den Kupplungshebel und zog die ganze Hand zurück. Bis zum Nachmittag ließen die Schmerzen nach.

Auf dem Rückweg nahm Bergmann noch die Einladung von Marin und Zanka wahr, die ebenfalls in Zlatna Ribka zelteten und mit denen sie täglich zusammen waren.

Da er auf der Rückfahrt die lange Strecke über die Karpaten nehmen wollte und die Donau bei Russe überqueren musste, lag Veliko Tarnovo auf dem Wege.

Zwei Tage später verabschiedete sich Wolf von seinen Gastgebern und startete zeitig zur Grenze. Er genoss die Bergtour, die ihn am Transfagaraspass bis auf 2050 Meter über Meeresniveau führte.

Oben auf dem Pass, es war kalt und nieselte, hatte er beinahe einen Unfall, als er einen Esel streichelte. Ein Gaul fand dies nicht in Ordnung, drängte den Esel zur Seite und stand dann bei Bergmann. Dieser nahm ahnungslos an, der Gaul wolle auch gestreichelt werden und klopfte ihm das Fell. Das hinterlistige Vieh begann jedoch plötzlich, mit den Hufen zu stampfen und Bergmann sprang just in dem Augenblick, als die Hinterbeine auskeilten, wie eine Katze rückwärts, bevor ihm ein Huf das Schienbein oder ein Knie zerschmettern konnte.

Seit dieser Zeit mochte er Pferde nicht mehr leiden. Sie stanken, hatten nur ein PS, fraßen überall herum, schissen überall hin und traten mit den Hufen nach harmlosen Reisenden. Fortan hielt er zu Pferden einen respektvollen Abstand.

Im Herbst erreichte die politische Krise in der DDR ihren Höhepunkt. Auch wenn die Opportunisten aller Parteien in Ost und West das Ereignis als Beginn der Wiedervereinigung feierten und mit Begriffen wie „Wende" und „friedliche Revolution" um sich warfen, hieß die Wahrheit Konterrevolution, da biss die Maus keinen Faden ab. Das Rad der Geschichte wurde zurückgedreht. Auch sein Geschichtslehrer, den Bergmann viele Jahre später besuchte und dazu befragte, bestätigte diese Bewertung als richtig.

Ein neues Leben begann für die Menschen der DDR, und kaum einer ahnte, was auf sie zukommen würde.

Für Wolf Bergmann jedoch war klar, die hundert D-Mark Begrüßungsgeld würden sie teuer bezahlen müssen. Wenn jemand solche Geschenke machte, um ein ganzes Volk auf seine Seite zu ziehen, mussten die Alarmglocken schrillen, denn dieser Jemand hatte vor, einen zu bescheißen. So und nicht anders war die Lage.

Aus heutiger Sicht betrachtete sich Wolf Bergmann nicht als Verlierer der Wiedervereinigung. Im Gegenteil, er hatte eine geregelte Arbeitszeit, großzügigen Urlaub, konnte von seinem bescheidenen Gehalt sein Haus bezahlen, sich ein neues Motorrad kaufen und jedes Jahr Reisen unternehmen, die zu Erichs Zeiten undenkbar waren.

Aber er war auch ehrlich genug, für seine Schulbildung und sein vom Arbeiter und Bauernstaat finanziertes Studium dankbar zu sein.

XXX
Die Jahre nach dem Mauerfall wurden wieder zu einem Wendepunkt in Wolf Bergmanns Leben. Daran waren nicht allein die veränderten politischen Verhältnisse schuld.

Er lernte andere Motorradfahrer kennen und fuhr zum Wintertreffen nicht mehr zur Augustusburg sondern ins Wesergebirge. Dort interessierte sich ein Biker aus dem Norden für das Ehepaar Bergmann, respektive Frau Bergmann.

Und eines schönen Tages, als die Frau Bergmann ihren Geburtstag gefeiert und einen teuren Ring zum Geschenk erhalten hatte, rückte sie mit der Sprache heraus. Sie habe sich verliebt und hätte mit dem anderen Kerl auch schon geschlafen. Bergmann konnte es nicht fassen. Während er am Sonntag im Giftraum der LPG arbeitete und die Spritzbrühen für den Pflanzenschutz anrührte, ließ sich seine Frau in seiner eigenen Wohnung von einem anderen Kerl vögeln.

Beim Nachdenken über diesen Fakt fragte er sich immer wieder, ob er nicht zu blauäugig gewesen sei und ihr zuviel Vertrauen entgegengebracht hatte. Denn nun konnte er sich auch lebhaft vorstellen, was an der TH abgelaufen sein musste, während er bei der Armee war. Und war es etwa anders, als er schon Produktionsleiter im Eiscremewerk war und sie nach dem Rausschmiss von der Hochschule, weil dreimal durch die Hauptprüfung gerasselt, ein Fachschulstudium begann? Die

Wahrheit würde er nie erfahren, und das war vielleicht auch besser so.

Und er war so dämlich, sie noch vor wenigen Wochen als Mitinhaberin seines Sparbuches eintragen zu lassen. Nun war ihm auch klar, warum, sie wollte „ihren" Anteil an seinem Verdienst kassieren. Die ganze Geschichte schien von langer Hand vorbereitet, je länger er darüber nachdachte. Alles passte zusammen. Er kam von der Arbeit, arbeitete bis zum späten Abend am Haus, badete, aß etwas und fiel erschöpft ins Bett. Sie hatte auf der Arbeit nichts zu tun, beteiligte sich nicht am Bau und war nicht ausgelastet. Der Kerl hatte ein dickes Motorrad und besaß auch sonst ihre ganze Sympathie. Immerhin war er über einsneunzig groß und wog hundertzwanzig Kilo, rauchte, soff, zockte, hatte Rauschgift probiert und saß auch schon im Knast. Ein Mann wie aus dem Bilderbuch.

Seinem Noch-Schwiegervater würde der Neue besser gefallen als Wolf Bergmann, den er nie als vollwertigen Mann angesehen hatte, weil er nicht rauchte und nicht soff. Der Schwiegervater hatte seinerzeit die Einwilligung zur Heirat nur zu gern gegeben, um selbst davon befreit zu sein, für seine älteste Tochter weiterhin sorgen zu müssen.

Es gab nichts mehr darüber zu reden. Ihre Ehe war nicht mehr zu retten und nach Brigittes Beichte wollte Wolf Bergmann das auch nicht. Er sagte ihr mit deutlichen Worten ins Gesicht, so eine Frau brauche er nicht und sie solle schnellstens die Scheidung einreichen. Dabei solle sie ihn ruhig nach allen Regeln der Kunst schlechtmachen, damit der Scheidungsrichter nicht auf den Gedanken kommen könnte, es noch einmal mit einer Schlichtung zu versuchen.

Die Vermögensteilung wickelten sie außergerichtlich ab, sie verzichtete auf das Haus und überließ es ihm, den Kredit allein abzuzahlen. Sie unterschrieb auch eine Erklärung zum Verzicht auf Unterhalt bei Krankheit oder Arbeitslosigkeit und dafür erhielt sie fast die Hälfte von Bergmanns Ersparnissen, immerhin eine ordentliche Summe.

In den kommenden Wochen wurde das Eigenheim bezugsfertig. Bergmann hatte das meiste an Wäsche und kleinen Möbeln mit seinem MZ-Gespann transportiert und sie hatte auch einiges von dem, was ihr nicht gehörte, zur Seite geschafft; im Gewusel des Umzuges fiel das nicht auf.

Das Schlafzimmer beanspruchte Bergmann jedoch für sich allein. Er litt es nicht, mit ihr noch in einem Zimmer, geschweige denn in einem Bett, zu schlafen. Eine Woche später rückte der neue Mann mit einem Transporter an und räumte ihre Habseligkeiten und die gestohlenen Sachen aus.

Bergmann wollte nach der Scheidung, die zwei Wochen später anberaumt war, von ihr nie wieder etwas hören oder sehen.

*

Am Nachmittag betrat der Oberarzt der Plastischen Chirurgie das Krankenzimmer. Für den kommenden Tag war die nächste, und bei Erfolg vorläufig letzte Operation eingeplant. Dr. Reuter erklärte Bergmann, dass man von seinem linken Oberschenkel dünne Streifen Haut abschälen und diese durch eine Art Mangel drehen würde, um sie dehnbar und durchlässig zu machen. Dann legte man diese auf den freien Muskellappen, der bisher nur durch die Kunsthaut geschützt war, auf. Das körpereigene Gewebe sollte dann innerhalb der nächsten drei Wochen anwachsen.

Wolf Bergmann unterschrieb die Einverständniserklärung und erwartete anschließend noch den Narkosearzt.

Heute Abend würde das Essen wieder ausfallen.

*

Wolf Bergmann kam sich in den folgenden Wochen vor wie ein Hamster, der den Kopf aus seinem Fallloch steckt und von oben eins mit dem Knüppel übergezogen bekommt. Nachdem er zurück ins Loch gefallen war und sich erholt hatte, sah er wieder nach draußen und bekam den nächsten Hieb übergebraten. Seine Ersparnisse waren für den Bau des Hauses deutlich reduziert worden, fast die Hälfte von dem, was übrigblieb, musste er seiner Exfrau hinterherschmeißen, damit er das Eigenheim behalten konnte. Der Rest wurde bei der Währungsreform am 1. Juli halbiert.

Drei Tage später kam er frisch geschieden vom Amtsgericht. Da nahm ihn sein Abteilungsleiter zu Seite und fragte ihn beiläufig, ob er ihm schon gesagt hätte, dass er in Kurzarbeit Null versetzt sei und heute Abend nicht zur Nachtschicht zu erscheinen brauche.

Nun hatte er schon drei Probleme, keine Arbeit, keine Frau, kein Geld. Er musste sich jetzt fragen, wie es ohne Verdienst weitergehen würde? Und die Woche war noch nicht vergangen, da erhielt er einen Brief von einer der großen deutschen Banken, die die Bauernbank übernommen hatte. Post ohne Antrag bedeutete nie etwas Gutes; er öffnete den Umschlag und las den Brief. Die Bank teilte ihm eiskalt mit, dass sie nun, orientiert an marktwirtschaftlichen Aspekten, den Kreditvertrag zu seinem Eigenheim einseitig kündige und gleichzeitig die Zinsen auf 9,2 % anhebe, weshalb er ab sofort eine Rate von monatlich 267 D-Mark zu überweisen habe.

Wolf Bergmann war am Verzweifeln, er stand allein vor den weiteren Arbeiten am Haus, immerhin waren noch vierhundert Quadratmeter des künftigen Gartens mit Mutterboden aufzufüllen, die Zinsen für den Bau würgten ihn und per Saldo hatte er keine Mark mehr auf der Bank, dafür jedoch einen Haufen Schulden.

In seiner Not fuhr er mit seiner neuen MZ, die er sich ausgangs des Winters noch gekauft hatte, nach Hannover zu seiner Großcousine. Dort blieb er eine Woche und suchte vergeblich nach Arbeit.

Der Produktionsleiter der LPG, dem Bergmanns trauriges Schicksal der letzten Wochen nicht entgangen war, nahm ihn zur Seite. Vor Mitte August würde es auch in der Genossenschaft keine Arbeit für ihn geben; Bergmann solle sein Motorrad nehmen und ein paar Wochen Urlaub machen. Der Chef würde das decken, damit ihm nicht das Kurzarbeitergeld gestrichen würde.

Also hob er eine größere Summe Bargeld ab und setzte sich Mitte Juli auf sein neues Motorrad, Griechenland hieß das Reiseziel.

Wolf Bergmann hatte damals bis spät in die Nacht Reisepläne geschmiedet und wieder verworfen, bevor er sich für Nordgriechenland entschied.

Er hatte am Abend bereits die Maschine beladen, um am Morgen ohne Verzögerung starten zu können; begann die Reise jedoch nicht wie sonst mitten in der Nacht, sondern erst zu einer christlichen Zeit, als die Sonne schon über eine Stunde aufgegangen war.

Bergmann hatte nicht vor, innerhalb von drei oder vier Tagen sein Ziel zu erreichen. Vielmehr wollte er die neu gewonnene Reisefreiheit und das richtige Reisegeld dazu nutzen, etwas Neues kennen zu lernen, was er bisher nur aus Filmen oder gar nicht kannte.

Am ersten Reisetag nahm er fast nur Autobahn unter die Räder; erst östlich von Regensburg zweigte er auf eine Bundesstraße ab und ließ sein Motorrad flott durch die bayerischen Wälder touren, bis er am Abend die österreichische Grenze erreichte. Es war sein erster Besuch in dem Alpenland und als er bei Saalfelden das „Steinerne Meer" erblickte, vergaß er seine Sorgen und begrüßte mit einem herzhaften Jauchzer die mächtigen Alpen.

Nach Einbruch der Dunkelheit fand er auf einer Alm eine Heuhütte und richtete sich darin für die Nacht ein. Einzig lästige Untermieter, vermutlich Spinnen oder Flöhe, störten seinen Schlaf, ansonsten aber verbrachte er eine ruhige Nacht im weichen, duftenden Heu.

Am Morgen führte ihn der Weg weiter nach Süden und schon am Vormittag schlich die ETZ im zweiten Gang die Auffahrt zum Radstädter Tauernpass hinauf. Es machte ihm nichts aus, dass er dabei ohne Unterbrechung von schweren Motorrädern überholt wurde, die mühelos ihren Hubraum in Geschwindigkeit umsetzten. Dafür konnte er nebenbei den Anblick der Bergwelt genießen, ohne einen Unfall zu riskieren.

Die Passabfahrt auf der Südseite verlief ungemein schneller, bevor es keine halbe Stunde später zum Katschbergpass wieder hinaufging. Doch die letzten Kilometer der Abfahrt vom Katschberg waren wegen der engen Kurven und der relativ schmalen Straße mit Vorsicht zu genießen. Bergmann fand es von den türkischen Truckern unverantwortlich, diese Straße mit einem Vierzigtonner zu befahren, nur um die Maut zu sparen.

Am Ufer der Drau fand er zur Mittagszeit einen Rastplatz und legte eine Pause ein. Das Wasser floss kristallklar neben der Straße der Donau entgegen und Bergmann nahm seinen Zahnputzbecher zur Hand, um zu trinken, dann lag er in der Sonne und ruhte sich aus. Vor der Weiterfahrt trank er noch zwei Becher frischen Flusswassers, wer weiß, wann es das nächste Mal etwas gab. Er warf einen Blick flussaufwärts und fühlte plötzlich ein Würgen im Magen. Keine zwei Meter neben ihm lag am Ufer ein halbvergammeltes Bein von einem toten Schaf; Fleisch und Wolle klebten noch an den Knochen und Sehnen. Nun, es würde ihn nicht umbringen. Aber warum zum Teufel passierte so etwas immer nur ihm?

Er setzte seine Fahrt fort und am Wurzenpass lag Jugoslawien vor ihm. Die Abfahrt war kurz, weil der nächste Ort, Kranjska Gora, über achthundert Meter hoch lag. Heute war der Tag der Alpenpässe und Bergmann bog zum Vrsic-Pass in die Julischen Alpen ab. Er kam an zwei blaugrün schimmernden Seen vorüber, die zum Baden einluden, doch da er seine lange Mittagspause schon hinter sich hatte und es bereits später Nachmittag war, verzichtete er bedauernd.

Eine bezaubernde Bergwelt eröffnete sich ihm. Weiße Kalkfelsen stiegen in den azurblauen Himmel, einmal schien es gar, als wäre das riesige Gesicht einer Frau im Felsen eingehauen.

Nur der Straßenbelag bis zur Höhe ließ zu wünschen übrig. In den Kehren herrschte statt Asphalt meist Pflaster vor, doch mit der kleinen Maschine konnte er froh sein, wenn er im zweiten Gang wenigstens die geraden Abschnitte fahren konnte, denn bevor er hätte hochschalten können, lag schon die nächste Kehre vor ihm. Nur selten reichte es einmal für den dritten Gang.

Während der Abfahrt, nach einer kurzen Pause auf der Passhöhe, hatte er einen phantastischen Ausblick über das Tal der Soca und folgte dann dem blauen Band des klaren Flusses bis Bovec, wo er spontan zum Predilpass nach Italien abbog. Die Abfahrt nach Udine war nicht ganz ungefährlich, denn häufig führte die Straße durch kurze Tunnel, die, bevor sich die Augen an die Dunkelheit gewöhnt hatten, in einem scharfen Knick abbogen, so dass Bergmann mehrfach kräftig bremsen musste, um einer näheren Bekanntschaft mit der Felswand aus dem Wege zu gehen.

Als er Udine ostwärts wieder verließ, um nach Jugoslawien zurückzukehren, überraschte ihn ein Gewitter und Regen. Bis zur Grenze lieferte er sich mit dem Wetter in der anbrechenden Dunkelheit ein Wettrennen, dann hatte er einen längeren Aufenthalt vor der Wiedereinreise. Man wollte die internationale grüne Versicherungskarte sehen; die Auslandskasko der Staatlichen Versicherung wurde hier nicht anerkannt. Guter Rat, oder anders ausgedrückt, die Grüne Karte, war teuer. Er wurde gezwungen, für zwanzig Mark eine Grüne Karte zu kaufen, anderenfalls schickte man ihn zurück nach Italien. Nun hatte aber der Mann am Schalter auch noch Feierabend und musste erst lange von Bergmann gebettelt werden, bis er noch einmal öffnete und ihn bediente.

Als es dann endlich weitergehen konnte, stand Bergmann im Regen und der Dunkelheit, die nur durch die ständig zuckenden Blitze unterbrochen wurde. Das Wettrennen mit dem Wetter hatte er verloren.

Eine halbe Stunde fuhr er noch durch das Unwetter, dann suchte er sich etwas Trockenes, fand die Wartehalle einer Bushaltestelle, fuhr das Motorrad hinein und legte sich auf der Bank zur Ruhe.

Gegen Mitternacht stoppte ein Polizeiwagen und ein Milizionär leuchtete mit der Taschenlampe ins Innere der Halle. „Schlafen?" – „Nein, Pause, es regnet!", Bergmann deutete nach oben. Der Polizist ließ ihn in Ruhe.

Es regnete die ganze Nacht. Die Bank war hart und unbequem. Gegen drei Uhr morgens blies Bergmann die Luftmatratze auf und konnte noch etwas schlafen, bevor die Arbeiter aus dem Dorfe erschienen und auf den Morgenbus warteten.

Auch er packte seine wenigen Sachen zusammen und fuhr in den neuen Tag hinein. Der Regen hatte aufgehört, aber es blies ein unangenehmer kalter Wind. Am frühen Vormittag wurde Wolf durch Hinweisschilder auf die 'Postojnska jama`, die Adelsberger Grotte, eine der berühmtesten Tropfsteinhöhlen des slowenischen Karstes, aufmerksam gemacht. Er nahm den Abstecher zur Höhle unter die Räder und besuchte die Höhle, wer weiß, wann er das nächste Mal hierherkommen würde. Und es lohnte sich; eine Höhlenbahn führte zunächst zwei Kilometer in den Berg hinein, vorbei an rußgeschwärzten Tropfsteinen. Diese waren das Ergebnis eines Brandes, als jugoslawische Partisanen 1944 der deutschen Wehrmacht einen Streich spielten und ihr Depot abfackelten.
Die ältesten Tropfsteine waren um die 900.000 Jahre alt, am Fuß mehrere Meter im Durchmesser und bis zu fünfzehn Meter hoch. Verglichen mit dieser Höhle wirkten die Harzer Schauhöhlen wie Mauselöcher gegen einen Dachsbau.

Nachdem er wieder auf dem Parkplatz an seiner MZ war, hatte sich das Wetter gebessert. Nun ging es nach Südosten weiter.
Er hatte vor, durch das Landesinnere zu fahren und sich auch noch die Plitvitzer Seen anzusehen, die als Filmkulisse für viele Karl-May-Filme bekannt wurden. Ausschilderungen waren rar, er hatte auch nur die großen Übersichtskarten, die er von der ADAC-Geschäftsstelle in Hannover erhalten hatte. Doch die grobe Richtung stimmte, sein Navigationsgerät war die Uhrzeit und der Sonnenstand. Zuweilen zweifelte er, ob er noch auf dem richtigen Wege war. Und als er gar auf einer schmalen untergeordneten Straße in einen Wald einfuhr, hätte es ihn nicht verwundert, wenn diese irgendwann an einem Holzstapel geendet hätte.
Doch nichts dergleichen geschah, der Wald lichtete sich irgendwann und es gab sogar ein Hinweisschild auf den Nationalpark. Am späten Nachmittag querte er eine Brücke über den

Fluss, der den Park durchströmte, die Korana. Von oben war ein kleiner Wasserfall zu erkennen, der zum Baden einlud.

Hier parkte er die die MZ, zog sich die Badehose an, nahm Seife und Rasierzeug und begab sich über einen steilen Pfad hinunter zum Wasser. Es war sein erstes Bad in diesem Jahr und das Wasser hatte geschätzt 28 °C.

Erfrischt fuhr er nur ein Stück weiter und stand kurz darauf am Eingang des Nationalparks. Wegen der späten Stunde zeigte man Verständnis für den armen Schlucker und verkaufte ihm ein ermäßigtes Studententicket.

Bergmann hatte keine zwei Stunden mehr, bevor die Besucher den Nationalpark verlassen mussten und hetzte von Wasserfall zu Wasserfall, stieg in die Höhle vom „Schatz im Silbersee" und stand neben dem Großen Wasserfall, der auf der Leinwand mehrfach zu sehen war. Vom Durst geplagt, trank er aus einem der Seen das widerlich warme Wasser, während sich zu seinen Füßen die Fische tummelten.

Die Seen und die Wasserfälle sahen noch immer genauso aus, wie er sie aus den Filmen kannte, und als er abends um acht durchgeschwitzt wieder auf dem Parkplatz stand, nahm er sich fest vor, irgendwann wieder einmal hierher zu fahren und sich genügend Zeit zu nehmen, um die herrlichen Naturwunder zu bestaunen.

Die kommende Nacht verbrachte Wolf Bergmann nur ein Stück vom Park entfernt unter dem Dach einer verlassenen Gewächshausanlage. Es sah es nach Regen aus und er wollte auf den Aufbau des Zeltes verzichten.

Am Morgen war es verdammt frisch geworden; immerhin lag der Nationalpark auf einem Hochplateau etwa achthundert Meter über dem Meer. Der Himmel war trübe und der Wind pfiff unangenehm. Er nahm jetzt Kurs zur Adria und erreichte am Vormittag die Hafenstadt Split. Der Verkehr war unerträglich, es dauerte ewig, bis sich die MZ durch die Stadt bis zum südlichen Ortsrand gekämpft hatte.

Nun begann es zu allem Überfluss auch noch zu regnen, erst zaghaft, dann entwickelte sich daraus ein Landregen. Die Maschine fing an zu schlingern. Prüfend setzte er einen Fuß auf den Asphalt und erschrak, es war glatt wie nasser Schnee. Unter dem Dach einer Haltestelle aß er einen Happen und hoffte auf ein Nachlassen des Regens. Zwei Yamahas, beide SR 500, blubberten an ihm vorbei.

Bergmann sah ein, dass das Warten nichts brachte und setzte die Fahrt in der Regenkombi vorsichtig fort. Mehrere Unfälle auf der Strecke bis Dubrovnik bestärkten ihn darin, dass seine Schleicherei die bessere Taktik war; sechzig Sachen auf der Geraden und nur noch dreißig um die Kurven gewährleisteten hinreichend Sicherheit, so dass er Dubrovnik ohne Risiko erreichte.

Vor der Stadt zweigte die Hauptstraße nach Kotor ab, dem früheren Cattaro, seinerzeit der südlichste Adriahafen der K.u.K. Doppelmonarchie Österreich-Ungarn. Auf einem Parkplatz stoppte er, um die Aussicht auf die Adria und Dubrovnik zu genießen. Der Regen hatte aufgehört und er zog die Regenkombi wieder aus. Dabei lernte er die Piloten der beiden Yamahas kennen, die vorhin im Regen an ihm vorübergefahren waren. Theo und Amra waren auch unterwegs nach Griechenland und man beschloss, ein Stück zusammen zu fahren.

Wolf Bergmann bereute diese Entscheidung jedoch sehr bald. Theo fuhr riskant, überholte bei Gegenverkehr, vor Kurven oder unübersichtlichen Bergkuppen und nahm auf die leistungsschwächeren Maschinen seiner Freundin und von Wolf keine Rücksicht.

Die Straße führte von Fischerdorf zu Fischerdorf um etliche Fjorde herum. Über den Bergen bildeten sich Wolken, die die Spitzen wie in Watte eingepackt erscheinen ließen. Endlich hatten sie Kotor erreicht, das schon sehr südlich und orientalisch anmutete, ein Erbe von jahrhundertelanger Herrschaft der Osmanen. Nun führte der Weg weiter nach Budva und von dort einen Pass aufwärts nach Montenegro, um Albanien herum, das keine Ausländer duldete und sich gegen die Welt abschottete. Oben auf dem Pass, in vielleicht achthundert Metern Höhe, hatten die drei einen reizvollen Blick auf das nächtlich erleuchtete Budva, dann trennten sich ihre Wege wieder. Während die zwei Yamaha-Piloten noch eine Gaststätte für einen Kaffee aufsuchen wollten, das gaben sie jedenfalls vor, hielt Wolf Bergmann Ausschau nach einem Lagerplatz für die Nacht.

Es dauerte seine Zeit, bis er einen fand. Müllkippen oder bellende Hunde waren keine geeignete Nachbarschaft, um zu schlafen. Endlich fand er ein grasiges Plätzchen an einem Weinberg, legte sich gleich in der Lederkombi auf die Matratze, und nahm den Schlafsack als Decke, weil er für den Ernstfall die Stiefel gleich anbehielt und gerüstet sein wollte.

Die Sonne von Montenegro schien ihm ins Gesicht und weckte ihn am Morgen. Das Beladen des Motorrades dauerte keine Viertelstunde, dann war er schon unterwegs nach Titograd. Die frühe Stunde ersparte ihm die Rushhour in der Hauptstadt und schon bald führte ihn der Weg durch den Moraca-Canyon.

Ganz ungefährlich schien diese Strecke nicht zu sein, denn die Leitplanken waren verbeult und unten auf dem Flussschotter gewahrte er manches Autowrack; jedes stummer Zeuge einer Tragödie, denn dass die Fahrzeuge nur „entsorgt" worden waren, konnte er sich beim besten Willen nicht vorstellen. Das hätte man einfacher haben können. Es gab kaum eine Stelle hinter Gebüsch, wo nicht unbrauchbare Fernseher, Waschmaschinen oder Kühlschränke abgestellt worden waren.

Der Himmel hatte sich seit Beginn der Einfahrt in den Canyon bewölkt, die Temperatur war merklich gesunken und es dauerte nicht lange, bis erneut Regen einsetzte. Wolf Bergmann musste von neuem in die Lederolkombi steigen, die die Doppelfunktion von Regen und Kälteschutz erfüllen musste.

Die Straße führte weiter im Gebirge aufwärts. Auf der Passhöhe stand ein altes Kloster, dann ging es wieder bergab, nur der Regen war stärker geworden. Wolf Bergmann glaubte nicht daran, dass er heute noch einmal die Sonne sehen würde.

Er behielt alle Vorsicht bei, denn die Straße war tückisch. Am frühen Nachmittag hörte der Regen auf und die Straße trocknete ab. Bergmann drehte etwas mehr am Gasgriff und war vielleicht eine Viertelstunde mit etwas höherer Reisegeschwindigkeit unterwegs, als er an einem See von der Polizei angehalten wurde. Ganz wohl war ihm nicht bei dem Gedanken, vielleicht zu schnell gewesen zu sein. Doch er hatte Glück, es war nur eine allgemeine Verkehrskontrolle; dieses Mal wurde er nicht gerupft.

Dennoch minderte er das Tempo wieder etwas. Er hatte jetzt die autonome Region Kosovo erreicht, die ärmste Gegend des Landes; darüber konnten auch die vollen Schaufenster der Läden nicht hinwegtäuschen. Die wenigsten der Einheimischen konnten sich die ausgestellten Waren leisten.

Auf dem weiteren Weg nach Süden musste er ein Stück Autobahn benutzen, Nebenstrecken waren nicht ausgeschildert. Die Touristen wurden gezielt auf diese mautpflichtigen Strecken gelotst, um dann in kurzen Abständen abgezockt zu werden. Müde suchte er eine Abfahrt und querte anschließend die Straße in einem Rohrdurchlass von zwei Metern Durchmesser. Ein Bach, den er eine Weile begleitet hatte, floss hindurch und führte ihn so zum Fluss Vardar. Bergmann legte sich eine Stunde in den Sand des Flusses und ruhte sich aus; zum Baden war er zu müde.

Die Sonne stand schon tief; Bergmann kickte seine MZ wieder an und suchte einen Nebenweg zur griechischen Grenze. Es gab am Dojranskosee einen Übergang von Mazedonien nach Griechenland. Dieser war auch nicht überlaufen und kurz darauf rollte er in sein erwähltes Urlaubsland. Der Zoll trug die MZ in den Reisepass ein, damit er nicht auf die Idee käme, das Motorrad hier zu verkaufen.

Wolf Bergmann wollte noch ein Stück fahren, solange es hell war, wurde aber bald von der Dunkelheit eingeholt und suchte sich auf einer Wiese einen Platz zum Schlafen. Auf den Schlafsack verzichtete er, denn es war zu warm, und so legte er sich in der Lederkombi auf das Gras und deckte sich mit einer Armeezeltplane zu.

Eine Schwadron Mücken stürzte sich sofort auf ihn und belästigte ihn mit ihrem unerträglichen hochfrequenten Summen. Verkroch er sich tiefer unter der Plane, konnten ihn die Biester wenigstens nicht piesacken, dafür aber bekam er keine Luft mehr. Ließ er ein kleines Luftloch frei, drangen die Mücken ein. Trotzdem schlief er ein, schreckte aber nach einer halben Stunde auf. Der Boden unter ihm vibrierte. „Ein Erdbeben", durchzuckte es ihm im ersten Moment, doch dann begriff er, dass nur einen halben Kilometer entfernt ein Güterzug vorüberdonnerte.

Er schlief wieder ein und wurde gegen drei Uhr nachts erneut geweckt, als ihm von einer Windbö die Plane weggerissen wurde. Die Mücken waren verschwunden, dafür blitzte es im Norden. Er hatte keine Wahl; in x+5 Minuten war das Gepäck aufgeladen, er saß auf und ab ging die Post.

Das Gewitter saß ihm im Nacken, aber zum ersten Mal auf dieser Tour hatte er Rückenwind und kam zügig voran. Dafür bekam die Kleine den Husten, sobald er schneller als neunzig fuhr, ein untrügliches Zeichen, dass die Zündkerze kurz vor dem Ableben stand. Bergmann hatte keine Lust, im Dunkeln noch zu schrauben, auch wenn es nur eine Kleinigkeit war. Solange der Motor nicht stehen blieb, wollte er versuchen, dem Schlechtwettergebiet zu entgehen.

Er schaffte es und erreichte gegen sechs Uhr morgens trocken, aber total übernächtigt, die Küste des Ägäischen Meeres am Strymonischen Golf.

Zunächst versuchte er, einen Platz zum freien Campen zu finden, doch die einzige geeignete Stelle wimmelte neben ein paar Touristen aus Sachsen von Zigeunern, und mit denen wollte er nichts zu tun haben. Außerdem gab es in der Nähe nur einen Wasserhahn, und ein Mindestmaß an Komfort beanspruchte auch ein Wolf Bergmann für sich.

Auf der Weiterfahrt durchs Gelände entlang der Küste traf er auf eine Meute streunender Köter, eine allgemeine Plage in Rumänien und Griechenland. Der Anführer der Rotte schoss wie eine Furie mit gefletschten Zähnen auf ihn zu. Bergmann hielt es für das Klügste, Gas zu geben, blitzschnell in den dritten Gang zu schalten und das Weite zu suchen, bevor die Bestie ihm zu nahe kam. Der Hund sah schließlich ein, dass die MZ auf Dauer schneller war und ließ von der Verfolgung ab. Bergmann hatte aber vorerst genug und beschloss, eine zivilisiertere Gegend aufzusuchen.

Der Weg führte jetzt mehr oder weniger parallel zum Meer nach Osten in Richtung Kavala. Die zahlreichen Motels, Hotels, Pensionen oder Clubanlagen ließ Bergmann gleich liegen, solch noble Etablissements schieden für seine bescheidene Finanzlage von vornherein aus.

Der nächste größere Ort trug den klangvollen Namen Nea Peramos. Bergmann begab sich auf eine Sightseeingtour und tuckerte mit dreißig Sachen die Straßen rauf und runter, bis er an einem Zeltplatz stoppte. Er besah sich die Örtlichkeit, doch die äußerst gepflegte Anlage und ein Swimmingpool ließen auf eine gehobene Preisklasse schließen. Er wollte zwar durch das geöffnete Fenster der Rezeption einen Blick auf die Preisliste werfen, doch da bog schon jemand um die Ecke. Bergmann wollte vermeiden, nach seinem Begehr gefragt zu werden und machte sich unverzüglich aus dem Staube.

Nach diesem Reinfall suchte er vorerst nicht weiter, denn das Zentrum von Nea Peramos bestand nur aus Restaurants und Souvenirläden. Kurz vor dem Ortsausgang aber entdeckte er eine Art Campingplatz. Meist standen einheimische Wohnmobile oder Caravans auf dem Platz in einem kleinen Pinienwäldchen. Bergmann stieg von der Maschine und rekognoszierte. Ein Zeltplatzbewohner kam ihm entgegen und sprach ihn auf Deutsch an. Es zeigte sich, dass es auch ein Deutscher war, der hier billig seinen Urlaub verbrachte. Bergmann wurde von ihm aufgeklärt, dass dieser Platz vom örtlichen Fußballclub bewirtschaftet wurde. Alle paar Tage käme ein Mädel vorbei und registrierte die Neuankömmlinge, um zu kassieren. Da der Platz nicht offiziell war und es auch keine Duschen gab, selbst die Toiletten waren nur ein paar Donnerlöcher, kostete es pauschal nur dreitausend Drachmen, das waren etwa dreiunddreißig Mark. Dafür konnte man bis zu einem halben Monat hierbleiben, egal ob allein mit dem Motorrad und Zelt oder mit Mannschaftswagen und Armeezelt.

Bergmann beschloss, sich hier nieder zu lassen, holte die Maschine, drehte eine Runde und suchte sich einen für ihn geeigneten Platz aus.

Nachdem das Zelt aufgestellt war, wurde das Motorrad versorgt und die Kerze gewechselt. Im Weiteren stellte er fest, dass wieder einmal eine Speiche herausgerissen war und legte noch eine

Bastelstunde ein, zog den Reifen von der Felge, tauschte den gebrochenen Nippel aus, ließ das Rad an der neben dem Platz gelegenen Tankstelle aufpumpen und überlegte, wie er es anstellen könnte, sich zu reinigen.

Der Zeltplatz grenzte unmittelbar an einen Friedhof und bezog von dort über einen Nebenanschluss das Wasser. Auf der Ostseite, neben der Tankstelle, war eine Baustelle, auch dort gab es Wasser und lange Schläuche. Bergmann legte einen der Schläuche über den Zaun in das Geäst einer Pinie, öffnete den Hahn und konnte auf diese Weise duschen.

Danach kroch er ins Zelt, um den verlorenen Nachtschlaf nachzuholen und schlief bis Mittag; danach ging er zum Strand, um das erste Bad im Meer zu nehmen.

Wolf Bergmann ließ sich über zwei Wochen von der Sonne verwöhnen, litt aber mehrere Tage an einer Reisediarrhoe, im Volksmund auch Scheißerei genannt, und rannte täglich fünf bis sechsmal zum Donnerloch.

Eines Morgens erwischte es ihn schon früh um fünf; schlaftrunken flitzte er zur Toilette und trat an deren Eingang auch noch in einen Scheißhaufen, den irgendein Lümmel gleich neben der Tür abgesetzt hatte. Der Tag fing ja gut an!

Schließlich konnte ihm eine Arzthelferin aus Mannheim mit einem Medikament helfen, das schon in der nächsten Stunde seine Wirkung entfaltete, und danach gönnte er sich Sonne und Meer pur von morgens bis abends.

Wie immer verrann die Zeit viel zu schnell, und als er am Ende der ersten Augustwoche den Heimweg antrat, wirkte er erholt und war satt bronzebraun, wie er es sich gewünscht hatte.

Nur leider begann der Tag mit Regen. In einer Regenpause packte Bergmann seine Sachen zusammen und geriet bereits ab Kavala wieder ins Nasse. Doch eine Stunde später heiterte der Himmel auf und er verabschiedete sich in einem kleinen Fischerdorf beim Schnorcheln durch die Bucht vom Meer.

Er hatte vor, bei Komotini nordwärts zu fahren, um von dort aus in die bulgarischen Rhodopen vorzustoßen. Doch nirgends konnte er ein Hinweisschild zur Grenze entdecken. Er erkundigte sich in einem Hotel und dort erklärte man ihm, die Straße ende an der Grenze, einen Übergang gäbe es dort nicht. Er müsse weiter bis Alexandropolis nach Osten fahren und dann gäbe es irgendwann einen Grenzübergang, der nach Stara Zagora führte.

Zu allem Überfluss setzte nun auch wieder heftiger Regen ein und wurde von Sturm aus Richtung Osten begleitet. Er musste dauernd schalten, die ETZ war für diesen Gegenwind einfach zu lang übersetzt.

Aber das Ungemach war noch nicht zu Ende. Auf der bulgarischen Seite gab es an der Grenzstation keine Tankschecks zu kaufen und die MZ fuhr schon auf Reserve.

Im Hotel von Harmanli schickte man ihn zur Grenze; er ließ es aber sein, denn von dort kam er ja geradewegs; so bettelte einen Autofahrer um zwei Liter an. Dieser erfüllte ihm seinen Wunsch, erhielt dafür ein paar Mark, für ihn ein kleines Vermögen, und Bergmann hatte seinen Aktionsradius auf diese Weise um weitere fünfundvierzig Kilometer erweitert.

Er hatte Glück, denn bevor er erneut den Boden vom Tank sehen konnte, sah er eine lange Schlange an einer Tankstelle und ein paar Motorradfahrer aus der Schweiz. Mit ihnen wurde er schnell einig. Sie könnten ihm einen Tankscheck abgeben, wenn alle Stränge reißen sollten, aber sie waren sich sicher, dass der Tankwart eine direkte Bezahlung in D-Mark nicht ablehnen würde.

So war es dann auch, der Tank wurde 1:1 gefüllt, nun sah die Welt wieder anders aus. Als nächstes musste er sich bulgarisches Geld verschaffen. An der Rezeption eines Hotels bot man ihm einen Wechselkurs von 1:2 an, ein Witz. Bergmann verzichtete und fragte den ersten besten Taxifahrer, den er auf dem Parkplatz antraf. Dieser war wesentlich entgegenkommender und drückte Bergmann für einen Zehner fünfzig Leva in die Hand, damit ließ sich schon etwas anfangen. Ein Jahr zuvor musste Bergmann für den gleichen Betrag hundertsechzig DDR-Mark auf den Tisch legen, vier Tagessätze.

Nun war nur noch ein Problem zu lösen, ein Restaurant oder eine Kneipe zu finden, um ordentlich zu Abend zu speisen.

Der Regen hatte inzwischen aufgehört, aber im Süden Bulgariens musste im Stau der Hochgebirge noch erheblich mehr Niederschlag gefallen sein, denn riesige Wasserpfützen säumten den Straßenrand und abgebrochene Äste zeugten davon, dass es dazu kräftige Sturmböen gegeben haben musste.

In einer Dorfkneipe aß er sich satt, aber mit Getränken war es nicht besonders gut bestellt, denn Wein oder Bier waren für ihn tabu und Limonade gab es wegen des Mangels an Zucker nicht, so musste er mit Leitungswasser vorliebnehmen.

Die Nachtfahrt gestaltete sich weiterhin ungemütlich, doch gegen Mitternacht erreichte er Turija und klingelte bei Doitschin und Ivanka, weil er sah, dass noch Licht brannte.

Nach einer herzlichen Begrüßung und der Frage nach dem „woher?" und „wohin?" musste sich Wolf Bergmann noch einen Slivovic einflößen lassen, bevor es nach einem kleinen Nachtimbiss zu Bett ging.

Wolf Bergmann blieb zwei Tage in Turija und unternahm am Vormittag mit Doitschins Sohn Dimitar einen Ausflug nach Kazanlak, um aus dem Intershop ein paar Gastgeschenke zu besorgen. Doch Bulgarien war seit dem letzten Jahr auf den Hund gekommen; nicht einmal Kaffee gab es gegen harte Währung zu kaufen, so blieb es am Ende bei Schokolade für Stafkas Kinder Vasil und Valentina, Kölnisch Wasser für die Frauen und amerikanischen Zigaretten für die Männer. Für die Kinder war es das erste Mal, dass sie Schokolade naschen durften.

An der Rezeption eines Hotels erwarb er gegen D-Mark endlich zwei Tankschecks und konnte so der Weiterfahrt nun gelassen entgegensehen.

Zum Abend kaufte er im Laden zwei Flaschen Rotwein und brachte noch eine schwere Melone von fünfzehn Pfund mit.

Auch in Bulgarien hatte sich im letzten Jahr vieles geändert. Die Versorgung mit Lebensmitteln hatte ein Niveau erreicht, das nicht weit vom Kriegszustand entfernt war, dafür waren die Preise beträchtlich gestiegen, und für Benzin erwartete man in den nächsten Tagen eine Verteuerung auf 200 %.

Von dem getauschten Geld blieb auch nach dem Einkauf noch soviel übrig, dass Bergmann mit Doitschin vor seiner Abreise mit dem Kanister zur Tankstelle fuhr, denn Bulgaren zahlten im Gegensatz zu Ausländern nur den halben Preis. So bekam er noch für umgerechnet drei D-Mark fünfzehn Liter Super, ein Spottpreis. Und so billig fuhren die Österreicher und die Bundesdeutschen über Jahre durch die Warschauer Vertragsstaaten! Dreizehn Liter passten in den Tank, den Rest schenkte er Doitschin für seinen Moskvich.

Den Rückweg nahm Wolf Bergmann wieder durch die Sredna Gora, aber da er genug Zeit hatte und mit ausreichend Benzin versorgt war, fuhr er die Pässe zum blanken Vergügen rauf und runter. Er begann am berühmten Schipkapass, fuhr ein Stück auf der Nordseite nach Westen und kehrte über den Slatiskipass nach dem Süden des Gebirges zurück. Unterwegs setzte er seine zwei US-$, die er im Intershop als Wechselgeld erhalten hatte, gegen Leva um und verfügte nun für den Rest des Tages über genügend Bargeld, um die Überfahrt mit der Fähre nach Rumänien und ein gepflegtes Mittagessen im Restaurant auf dem Petrohanski-Pass bezahlen zu können. Im Jahr zuvor hatte er darum noch einen großen Bogen gemacht. Heute verspeiste er ein fürstliches Mittagessen und zahlte mit Trinkgeld dafür nicht einmal eine Mark. Es war nicht zu fassen.
Da er annahm, dass dieses Jahr die Polizei genug andere Sorgen hatte, nahm er es mit dem Tempolimit auch nicht so genau und ließ die Tachonadel zwischen neunzig und hundert Stundenkilometern pendeln. Vor der einzigen Radarkontrolle wurde er von einem entgegenkommenden LKW-Fahrer rechtzeitig durch Lichthupe gewarnt und blieb ungeschoren. Bis er nach dem üblichen Bad in der Donau die Fähre bei Vidin ansteuern konnte, war es nun nicht mehr lange zu fahren.

Zwei Tage später wachte Bergmann nördlich vom Balaton unter einer Eiche auf, nachdem er Rumänien gequert und lange gesucht hatte, um in der Nacht ein geeignetes Lager zu finden. Am Abend, als er über die ungarische Grenze gekommen war, hatte es zu regnen begonnen, Erst kurz bevor er den Balaton erreichte, klarte der Himmel wieder auf, so dass er sich entschloss, im Freien zu schlafen.

Er war gerade dabei, die Maschine wieder zu beladen, als sein Blick auf seinen Heckgepäckträger fiel. Unmittelbar hinter der Schraubverbindung zum Rahmen war dieser durch die Hoppelei über die rumänischen Straßen gebrochen und hing nur noch an einem letzten Stück Rohr wie an einem Scharnier. Noch zwei Durchschläge, dann hätten das Zelt und die Luftmatratze auf der Straße gelegen. Ein Glück für ihn, dass dies nicht schon zweihundert Kilometer früher passiert war.

Jetzt bedeutete dies zunächst, die Ladung anderweitig zu verteilen und eine Schmiede oder eine Werkstatt zu finden.

Zunächst versuchte er sein Glück bei einem Landwirtschaftsbetrieb in Balatonfüred. Dort hätte man ihm gern geholfen, doch es fehlte im Augenblick an Sauerstoff für das autogene Schweißen.

Beim zweiten Versuch in Tihany hatte er mehr Glück. Bergmann schraubte den Rest vom Gepäckträger Marke Eigenbau, den ihm ein Kollege von der Schlosserwerkstatt in der LPG nach seiner Vorgabe an den Haltebügel gebrutzelt hatte, ab, und der ungarische Schmied verstärkte das Rohr von innen mit einem zweiten und schweißte das Teil wieder zusammen. Das machte zweihundert Forint, die mit fünf Mark abgeglichen waren.

Den Nachmittag verbrachte Bergmann am Nordufer des Balaton an der einzigen freien Stelle weit und breit. Das Seeufer war im Regelfall von breiten Schilfgürteln gesäumt oder durch Privatgrundstücke bzw. Campingplätze und Hotels vom freien Besuch abgeriegelt. War dann wirklich einmal ein Steg, der von der Straße zum Wasser führte erkennbar, wurde dieser vorsorglich mit einer Parkverbotszone belegt, in der die Polizei fleißig Streife fuhr, um niemanden entwischen zu lassen, der es wagte, dieses Verbot zu missachten.

Zum Baden war es ihm jedoch wegen des mäßigen Seewindes etwas zu frisch und nach ein paar Stunden Ruhe saß er wieder auf der MZ in Richtung Österreich. Von Osten kommend, rollte er zunächst nach Graz, um von dort aus weiter südwestwärts in die Alpen zu fahren, schlief wieder im Heu und war am Morgen von der Kälte der Nacht steifgefroren.

Er hatte vor, die steilste Alpenauffahrt zu nehmen, die Turracher Höhe, die zeitweise einen Anstieg von 23 % aufwies, und schlich im ersten Gang diese Abschnitte hinauf. Hochzuschalten war nutzlos, der Motor ging sofort in die Knie. Die Passhöhe bildete gleichzeitig die Grenze zwischen Kärnten und der Steiermark. Wo es aufwärtsging, musste es auch wieder abwärtsgehen und nach einer kurzen Rast rollte er im Leerlauf mit hundert Sachen ins Tal, so dass er sich fast um seine Bremsen sorgte; doch die steckten die Belastung locker weg.

Im Tal angekommen, musste er noch etwas einkaufen, und als er gerade die Lebensmittel im Seitenkoffer verstauen wollte, kam die Kassiererin hinter ihm her geflitzt. Habe er seine Brieftasche an der Kasse vergessen? Es gab noch ehrliche Leute.

An der nächsten Kreuzung hatte er die Autokarte in der Hand und überlegte, wie er nun weiterfahren sollte, da sprach ihn ein Dresdener an, der gerade den Sölkpass heruntergekommen war und diesen pries. Also wurde Wolf Bergmann neugierig und befolgte den Rat. Er hatte es nicht zu bereuen. Die Südseite glänzte zwar nicht durch einen stoßdämpferfreundlichen Straßenzustand, aber die engen Kehren und die Aussicht über die Berge waren den Umweg wert. Oben trug er sich in einer kleinen Kapelle ins Gipfelbuch ein und vermerkte, dass der Sölkpass für ihn, nach dem Vrsic in Jugoslawien, der schönste Pass auf seiner bisher über fünftausendvierhundert Kilometer langen Reise durch Südosteuropa war.

Damit war die Tour auch fast beendet. Die Alpen lagen nach der Abfahrt vom Pass weitgehend hinter ihm, nur die Ausläufer begleiteten ihn noch links und rechts des Wegs, bis er bei Unken am Steinpass wieder deutschen Boden erreichte.

Leider wusste er auch nicht, was alles in den letzten vier Wochen in der Welt passiert war. Infolge dessen hatte er keine Ahnung, dass die Benzinpreise wegen des Einmarsches vom Irak nach Kuweit und des bevorstehenden Golfkrieges drastisch gestiegen waren. Er wunderte sich deshalb auch nicht, sondern ließ die erste Tankstelle liegen und meinte, in Inzell etwas billiger tanken zu können.

Bis Inzell langte der Tank auch noch, aber beide Tankstellen hatten bereits geschlossen. Er wusste nicht, wo die nächste kommen würde und wendete am Ortsausgang, um lieber zurück nach Unken zu fahren. Doch so weit kam er nicht mehr. Noch bevor er in den dritten Gang schalten konnte, grunzte der Zylinder aus Spritmangel, gab ein „ohrnggghpft" von sich und aus war die Maus. Abends halb neun, dunkel und kein Tropfen mehr im Tank, wenn das keine tollen Aussichten waren!

So sinnlos es war, aber er schob drauflos und kam mit den warmen Sachen unter der Lederkombi sehr schnell ins Schwitzen. Verschiedene Auto und Motorradfahrer stoppten und fragten, ob sie helfen könnten, doch niemand hatte einen Kanister oder einen Schlauch zum Abzapfen dabei. Nach drei Kilometern überlegte er sich, ob es nicht besser wäre, sich hier irgendwo in die Büsche zu schlagen und bis morgen zu warten, wenn die Tankstellen wieder öffneten, als ein Mädchen mit einer Honda neben ihm hielt. Einen Kanister hatte auch sie nicht, doch sie hätte ihn bis Bad Reichenhall zur Tankstelle mitnehmen können, von wo er allerdings allein zurückkommen müsste.

Bergmann griff sich die Gelenktasche mit seinem Bargeld, schloss die Koffer, sicherte das Motorrad und saß gerade hinten auf, als ein Ford neben ihnen hielt und der Fahrer fragte, ob er helfen könne. „Ich habe keinen Sprit mehr", antwortete Bergmann, worauf der Fahrer ausstieg und den Kofferraum öffnete. Bergmann hätte ihn küssen können, gut sieben Liter hatte der Mann noch dabei und goss sie in den leeren Tank. Bergmann wollte ihm einen Zwanziger in Hand drücken, doch der andere wehrte ab, „lass man, ist Dienst am Kunden!"

Bergmann war erleichtert, er verabschiedete sich von dem Mädchen, dankte dem Ford-Fahrer, schüttete einen Schluck Zweitaktöl in den Tank, mischte ordentlich durch und setzte die Fahrt fort.

In ganz Südbayern waren sämtliche Tankstellen geschlossen, musste er auf den folgenden Kilometern feststellen. Von der ätzenden Schieberei hatte er Durst bekommen, deshalb steuerte er die erste am Wege liegende Kneipe an und ließ sich ein großes Glas kaltes Mineralwasser geben, bevor er sich nach einem Nachtlager umsah.

Wenigstens etwas, das keine Mühe machte. Der Himmel war bewölkt, und da er nicht darauf wetten würde, dass es diese Nacht trocken bliebe, machte er es sich auf dem Boden einer Wartehalle bequem.

Der letzte Reisetag war angebrochen. Wolf Bergmann musste vor dem Start noch einmal sein Werkzeug auspacken; als er den Träger wieder anschraubte, hatte er die Strebe der Auspuffhalterung nicht richtig angezogen.

Dann nahm er Kurs auf München und unternahm noch einen Abstecher ins Altmühltal, wo er den Nachmittag am Fluss verbrachte. Die Maschine wirkte heute träge. Bergmann stoppte auf dem Parkplatz eines Supermarktes und während er ein paar Bananen aß, kontrollierte er die Zündung. Die Unterbrecherkontakte waren abgebrannt. Bergmann wechselte den Unterbrecher und stellte die Zündung neu ein.

Nach diesem letzten Zwischenstopp nahm er Kurs Nord und fuhr, nur von kurzen Pausen unterbrochen, bis nach Hause durch.

Kurz nach Mitternacht erreichte er nach vier Wochen und rund sechstausendfünfhundert Kilometern das heimatliche Grundstück. Die kleine Maschine hatte gut durchgehalten, der Verschleiß hielt sich im normalen Bereich. Nun musste sich nur noch sein Leben wieder in geordnete Verhältnisse bringen lassen.

*

Wolf Bergmann dachte nach. Inzwischen lag er seit fast vier Wochen in der Klinik. Er hatte viel Zeit mit der Betrachtung seines Lebens verbracht, aber noch immer keine Antwort auf die Frage gefunden, warum er seit jeher anders war als die anderen.

Vielleicht brauchte er eine Pause, um wieder klare Gedanken fassen zu können. Neben seinem Bett lagen auf dem Schränkchen noch genug Bücher, die er lesen wollte.

Bergmann atmete tief durch. Niemand hetzte ihn, um mit seinen Gedanken ins Reine zu kommen. Morgen sollte die nächste Op. sein. Erst in einigen Wochen würde er erfahren, ob die Verpflanzung der Spalthaut Erfolg hatte.
Er versuchte zu schlafen. Wenn er die Nachwirkungen der Operation überstanden hatte, würde er weiter in seinem Gedächtnis graben und sich an glückliche und unglückliche Momente erinnern.

Er war sich sicher, dass er die Antwort finden würde…

Herstellung und Verlag:
BoD – Books on Demand, Norderstedt
ISBN: 978-3-7519-5877-6